SF

都市と星
〔新訳版〕

アーサー・C・クラーク

酒井昭伸訳

早川書房

6528

THE CITY AND THE STARS

by

Arthur C. Clarke

Translated by
Akinobu Sakai
Published 2009 in Japan by
HAYAKAWA PUBLISHING, INC.
This book is published in Japan by
arrangement with
ROCKET PUBLISHING COMPANY LTD.
c/o DAVID HIGHAM ASSOCIATES LTD.
through TUTTLE-MORI AGENCY, INC., TOKYO.

都市と星

〔新訳版〕

胸もとに輝く宝石のように、都市は広大な砂漠のただなかできらめいていた。かつては変化とうつろいを知っていたこの都市も、いまは時に忘れられてひさしい。外の砂漠には夜と昼とが交互に訪れ、めまぐるしく入れ替わっていく。しかし、ダイアスパーの街路はつねに真昼の明るさが保たれ、暗闇が訪れることはない。長い冬の夜ともなると、希薄になった地球の大気に残るわずかな水分が凍結し、砂漠に霜が降りる。だが、暑さも寒さも、この都市には縁がなかった。外界とはまったく接触がないからだ。この都市はそれ自体がひとつの宇宙なのである。

そのむかし、人類はいくつもの都市を築いたが、このような都市は他に類例を見ない。なかには何世紀も存続した都市もあるし、何千年紀も存続した都市もある。しかし結局は、どの都市も大いなる時に押し流され、名前さえ失ってしまう。そんななかで、ただひとつ、このダイアスパーだけが〝永遠〟に挑み、みずからを護りぬき、歳月によるゆっくりとした磨耗、経年変化による老朽化、錆《さび》による劣化などに抵抗しつづけていた。

　この都市が建設されたのち、地球の海という海は干あがり、地球全体が砂でおおわれた。最後まで残っていた山々も、風雨の侵食によって完全に風化した。地球は衰弱が著しく、当分のあいだ、世界の再生などはできそうにない。それでも都市は一顧だにしなかった。地球そのものがどれだけ荒廃しようとも、ダイアスパーは存続し、時の流れの果てまでも都市建設者の子孫たちを保護して、彼らとその宝物を安全に護りつづけるだろう。

　都市建設者の子孫たちは、あまりにも多くのことを忘れてしまっており、忘れているという事実さえも知らない。子孫たちは都市の環境に完璧に適応しているし、環境のほうも子孫たちに合うように最適化されている。なぜなら両者は、一体として存続するべく設計されたものだからだ。都市を護る塁壁の外のことは、都市居住者の意識にはない。それは人々の意識から完全に締めだされている。この世に存在するもの、人々が必要とするもの、人々に想像できるものは、唯一、このダイアスパーだけなのである。人類がかつて星々を所有していたことも、彼らにはなんの意味もなさない。

　しかし、ときとして太古の神話がよみがえり、人々に取り憑くことがある。そんなとき、人々は不安に身じろぎをしつつ、〈帝国〉の伝説の数々を——ダイアスパーがまだ若く、あまたの恒星系との商取引から繁栄の糧《かて》を得ていたころのことを思いだす。永遠につづく秋に満足しきっている彼らとしては、むかしをいまになすことなど問題外だ。〈帝国〉の栄光は太古のものであり、過去に埋もれたままにしておくのがいちばんいい。人々はいまも、〈帝国〉がどのような末路を迎えたかを憶えている。〈侵略者〉のことを思うとき、宇宙空間のそれにも劣らない冷たさが骨の髄にまで宿り、人々は恐怖におののく。

ゆえに人々は、急いで過去から目をそらし、都市の生命とぬくもりに——連綿とつづく黄金時代に——意識をふりむける。この黄金時代の出発点はとうのむかしに忘れ去られ、終着点はまだまだ遠い。はるかな太古には、このような黄金時代を夢見た人々もいたが、じっさいにそれを手にしたのはダイアスパーの住民がはじめてだ。

住民たちは同じ都市の中に住み、奇跡的ともいえるほど変化しない街路をそぞろ歩く。そして、その間《かん》に時はむなしく過ぎゆき、十億年以上もの歳月が無為に経過していたのだった。

1

何時間もの苦闘の末に、四人はようやく〈白蛆《しろうじ》の洞窟〉を抜けだした。もちろん、洞窟の外に出たあとも、青白い怪物たちの何匹かが追いかけてこないという保証はない。四人の武器は、いまにもエネルギーが切れそうになっていた。行く手には依然として発光する矢印が点々と宙に浮かび、〈クリスタル・マウンテン〉内部の迷宮を貫く神秘的なガイドとなって一行を導いている。四人としては、指示されるままに進むしかない。矢印をたどって道を進み、窮地を脱したと思ったとたん、もっと恐ろしい危険のただなかへ誘導されたことも何度となくあったが、ほかに選べる道がないのだ。

アルヴィンはうしろをふりかえり、みんながついてきていることをたしかめた。アリストラはすぐうしろにつづいている。両手にかかえているのは、ひんやりと冷たいにもかかわらず、豊かな光を放ちつづける冷光球《オーブ》だ。冒険をはじめた当初、オーブはその美しさで感動をもたらすと同時に、それにも劣らない恐怖をいだかせたものだった。球体が放つ淡い白光はせまい通路にあふれかえり、光沢のある壁にあたって跳ね返ってくる。この球体のエネルギーが残っているうちは、自分たちがどこへ向かっているかを把握できるし、目に見える危険はすべて察知することもできるはずだ。しかし、この洞窟でもっとも大きな危険は、目に見えるものではない。アルヴィンにはそのことがよくわかっていた。アリストラの背後には、それぞれに重いプロジェクターを背負い、ナリリアンとフローレイナスが必死についてきている。ふと、アルヴィンは思った。なぜあのプロジェクターはあんなに重いんだろう？　重力中和装置を組みこむのは簡単なことのはずなのに……。アルヴィンは折にふれてこういうことを考えてしまう。危険きわまりない冒険のさなかにあっても、それは変わらない。こういう考えが心をよぎるときは、いつも一瞬だけ現実の構造がゆらぎ、感覚の世界の背後にまったく異なる宇宙をかいま見る気がする……。

通路は行きどまりになっていた。前方には黒い岩壁が立ちはだかっている。またしても矢印にだまされたのか？　いや、ちがう。四人が近づいていくうちに、岩壁に穴があき、こまかな塵となって穴の周辺が崩れだしたのだ。つぎの瞬間、だしぬけに、回転する金属の槍が岩壁から飛びだしてきた。こちらへ突きだしてくるにつれて、槍は急激に太くなっていき、ついには巨大なドリルと化した。アルヴィンと友人たちはあとずさり、機械が岩壁を突き崩すのを見まもった。金属が岩壁を削る、すさまじい音が鳴り響く。この騒音は

〈クリスタル・マウンテン〉内の窪《くぼ》みという窪みにまで響きわたり、そこにひそむ怪物を一匹残らず目覚めさせているにちがいない！　やがて溶融《サブタ》ドリル《リーン》車は岩壁を突き崩しおえ、四人のそばまできて停止した。その側面にある大きなドアが開いた。なかから現われたのはカリストロンだった。カリストロンは、早く乗れ、とアルヴィンたちに叫んだ。

アルヴィンは思った。

（なぜカリストロンが？　この男がこんなところで、なにをしてる？）

アルヴィンたちはすぐさま安全な車内に収まった。車体がゆっくりと前進し、地中の深みを貫く旅を開始する。

冒険はおわった。もうじきアルヴィンたちは、いままでいつもそうだったように、すべての驚異と恐怖と興奮を地中に残し、安閑と自室に収まっていることだろう。四人とも疲れきっていたが、冒険を乗り越えたという満足感はあった。

床のかたむきぐあいからすると、溶融《サブタ》ドリル《リーン》車は地下の深みへ向かっているようだ。カリストロンは自分のしていることを心得ているはずだから、これは故郷へつづくルートにちがいない。しかし、ここで引き返すのは、ちょっぴり残念でもあった。

「なあ、カリストロン」発作的に、アルヴィンは声をかけた。「このさい、上へ向かってみたらどうかな？　〈クリスタル・マウンテン〉がどんな形をしているのか、だれも知らないだろう。山の斜面から外界に出て、空や周囲の土地を見まわせば、きっとすばらしい景色が見られるぞ。地下にはもう、ずいぶん長いあいだいるんだし」

　そう口にするそばから、理屈ではわかっていた。だめだ、こんなことをいっちゃいけない――そのとたん、アリストラがひきつった悲鳴をあげた。溶融ドリル車《サブタリーン》の車内が、水面《みなも》を通して見ているかのように揺らぎだしている。自分を取り囲む金属壁の向こうに、アルヴィンはまたも例のもうひとつの宇宙をかいま見た。ふたつの宇宙がせめぎあっているのだろう、ひとつが前面に出てくるかと思えば、たちまちもうひとつが優勢になる。つぎの瞬間、まったく唐突に、すべてがおわっていた。なにかがはじけ、へし折れる感覚――。

　夢は去った。アルヴィンはふたたびダイアスパーにもどり、すっかり見慣れた自分の部屋で、床から五、六十センチの高さに浮かんでいた。浮かんでいるのは、からだが固い床に落下しないよう、重力場が保護してくれているためだ。

　かくしてアルヴィンは自分自身にもどった。これは現実にほかならない。そして、つぎになにが起こるのかもわかっている。

　最初に現われたのはアリストラだった。怒っているというより、動揺しているような感じだった。それだけ深くアルヴィンを愛しているということなのだろう。

「もう、アルヴィンったら！」アリストラは、部屋の壁の中に実体化したように見えている。そうやって、壁になかば埋もれた状態で、アリストラはつづけた。「せっかく手に汗握る大冒険だったのに！　どうしてだいなしにするようなことをいったのよ？」

「ごめん。中断させるつもりはなかったんだ。つい、外に出られたらどんなにいいだろうかと、本気で——」

そこから先は、いったん呑みこまざるをえなかった。というのは、アリストラにつづいて、カリストロンとフローレイナスも同時に出現したからだ。

「いいか、アルヴィン」カリストロンがいった。「おまえが〈冒険譚《サーガ》〉を中断させたのはこれで三度めだぞ。きのうも〝山道を登って〈虹の谷〉の上に出てみたい〟といいだして、物語をぶちこわしたな。おとといはおとといで、探険していた時間の軌跡を〈源流〉までたどろうとして、なにもかもだいなしにしてくれた。ルールを守れないようなら、これからはもう、おまえひとりで冒険に出てくれ」

それだけいい残し、カリストロンは憤然と消えた。フローレイナスもいっしょだった。ナリリアンは顔も見せない。今回の件で、すっかり頭にきているのだろう。ただひとり、あとに残ったアリストラのイメージだけは、悲しげな顔でアルヴィンを見おろしていた。

アルヴィンは重力場をかたむけ、床に足をついて立ちあがり、実体化させておいたテーブルへ歩いていった。そこにふっと、エキゾチックなフルーツの盛りあわせが出現した。たしかに食べものはイメージしたが、こんな奇妙なフルーツを呼びだそうとしたわけではない。混乱して思考があさってのほうへさまよってしまったらしい。まちがえたことを悟られないよう、アルヴィンはいちばん無難そうなフルーツを選び、用心深く果汁を吸った。

「それで――」ややあって、アリストラがいった。「つぎからどうするつもり？」

「やっぱり、同じことをいわずにはいられないだろうな」ちょっぴりむすっとした声で、アルヴィンは答えた。「だって、ルール自体がばかげてるんだからさ。だいいち、〈冒険《サー》譚《ガ》〉世界にいるとき、そんなルールのことまで憶えていられるはずがないだろう？　ぼくはただ、ごく自然に思えるふるまいをしているだけなんだ。きみはあの山を外から見てみたいと思ったことはないのかい？」

　アリストラの目が恐怖に大きく見開かれた。

「それって、外界に出るということじゃないの！」

　これ以上は話しあってもむだだろう。ここには自分と世界のすべての人々とを隔てる壁がある。このままでは、鬱屈した日々を送ることになるのは必至だった。現実でも、夢の中でも、アルヴィンはつねに外界へいってみたくてしかたがない。しかし、ダイアスパーのすべての人々にとって、〝外界〟はどうしても正視できない悪夢以外のなにものでもない。できることなら、どの人間も、なるべく外界の話は避けようとする。外界とは、不浄で邪悪なものなのである。しかし、指導教師のジェセラックでさえ、なぜそうであるのかを話してくれようとはしない……。

　アリストラはなおも、アルヴィンをじっと見つめていた。当惑ぎみではあるが、やさしい眼差しだった。

「ねえ、なにが不満なの、アルヴィン」アリストラはいった。「ダイアスパーにいて不満を持つ人間なんて、いるはずがないのに。わたしをそちらへいかせてくれない？　じかに会って、話をさせて」

アルヴィンはかぶりをふった。アリストラを呼べばどうなるかは目に見えている。それに、いまはひとりでいたかった。アルヴィンが不満の理由を明かさず、家にも呼んでくれないことにがっかりして、アリストラのイメージは目の前から消えた。

アルヴィンは思った。この都市には一千万もの人間が住んでいるが、心を開いて話せる者はひとりもいない。エリストンとエタニアは、ふたりなりに自分を気にいってくれているが、保護者としての期間が終わりに近づくにつれて、アルヴィンはアルヴィンなりの生きかたを見つければいいと思いはじめているふしがある。ここ数年のアルヴィンは、標準パターンから逸脱する傾向がますます顕著になってきており、それにともなって、両親の怒りを感じることも多い。もっとも、その怒りが向けられる先はアルヴィンではなく――それならアルヴィンも、正面から怒りを受けとめ、戦うことができるのだが――都市には何百万もの成人がいるのに、二十年前、アルヴィンが〈創造の館〉から歩み出てきたとき、よりによって自分たちが出迎えるはめになったという、圧倒的な運の悪さに対してだった。

（二十年、か……）

はじめてふたりに会ったときのことを、アルヴィンは鮮明に憶えている。最初にかけられたことばもだ。

「ようこそ、アルヴィン。わたしはエリストン、きみの父親として指名された者だ。こっちはエタニア。きみの母親だよ」

そのことばは、その時点ではなんの意味も持たず、アルヴィンの精神は機械的に、その内容を正確に暗記しただけだった。そのとき、どんなふうに自分のからだを見おろしたかもよく憶えている。あれから数センチは背が伸びたが、誕生の瞬間からそれほど大きく変わったわけではない。アルヴィンはおおむね成人した姿でこの世に生まれてきたのである。いまから千年後、この世を去るときも、背丈以外はほとんど変わっていないだろう。

両親との出会いよりも前のことは、まったく記憶にない。おそらく、いつの日か、またあの虚無にもどるときがくるのだろうが、それはあまりにも先のことだったので、まるでピンとこなかった。

もういちど、自分の誕生の謎に意識をふりむけた。日常の暮らしに必要な品々を実体化させる力。その力により、自分もまた時の流れの中のある一瞬において創造された。そのこと自体は、すこしも奇異には感じない。謎なのは、そこではなかった。どうしても解くことのできない謎、いまだかつてだれもアルヴィンに説明することのできなかった謎とは――〝なぜ自分だけがこんなに特異なのか〟ということだ。

(特異タイプか……)

それは奇妙であり、悲しくもあることばだった。そして、そう呼ばれる存在であるということ自体、奇妙であり、悲しい状態でもあって。あいつは特異だといわれるとき――話を聞かれているとは気づかずに、人々が自分のことをそんなふうに言及するのを、アルヴィンはたびたび耳にしている――そのことばは、アルヴィンひとりの心の平安だけではなく、それを口にした者、耳にした者をも脅かす、不吉な響きを宿す。

両親は――指導教師も――そして、アルヴィンが知っているどの人間も――けっして彼を真実には近づけさせまいとしてきた――まるで、長い子供時代の純真さを懸命にとどめおこうとするかのように。しかし、そんな状況が終わりを告げるのも、そう遠いことではない。あと二、三日で、アルヴィンはダイアスパーの一人前の市民になる。そうなったらもう、なにものもアルヴィンが知りたいと望む真実を隠すことはできない。

たとえば、どうして自分はさまざまな〈冒険譚《サーガ》〉に融けこめないのか？　この都市に何千とある娯楽のなかでも、〈サーガ〉はひときわ人気が高い。〈サーガ〉の世界に入った者は、アルヴィンも多少は体験したことのある未開時代の原始的娯楽とは異なり、たんなる受け身の観察者ではなくなる。〈サーガ〉の中では、参加者は主体的に活動でき、自由意志を持つ。あるいは、持っているように感じられる。冒険の原材料となるイベントやシーンは、忘れられたアーティストたちによってあらかじめ用意されたものかもしれないが、システムには広いバリエーションを許容するだけの柔軟性があった。参加者は友人たちとともに、〈サーガ〉の生みだすさまざまな幻影世界へ入っていき、ダイアスパーには存在しない興奮を探しもとめることができる。そして、夢がつづいているかぎり、その夢と現実とを区別するすべはない。それをいうなら、ダイアスパーそのものが夢ではないとは、だれにもいいきれないのだが。

都市が誕生して以来、無数に創作され、記録されてきた、多彩な〈サーガ〉――いまだかつて、そのすべてを経験できた者はひとりもいない。

〈サーガ〉のなかには――年少者のあいだでとくに人気が高いもののなかには――さほど複雑ではない冒険や発見のドラマもある。また、純粋に心理学的な状態を探索するものもあれば、論理や数学の演習に取り組むものもある。これらはインテリ層になによりも深い知的愉悦をもたらさずにはおかない。

だが、友人知人たちを満足させるさまざまな〈サーガ〉も、アルヴィンにはなにかしら不完全なものに感じられた。なぜなら、それぞれの〈サーガ〉が持つ特色や興奮、多様に変化する背景やテーマは、あるものを欠いていたからだ。

〈サーガ〉に耽溺したところで、ほんとうに得られるものはない、とアルヴィンは結論した。〈サーガ〉はどれもこれも、ちっぽけなカンバスに描かれた絵でしかない。アルヴィンが憧れてやまないのは、荘厳な景観であり、ゆるやかに起伏しつつどこまでも広がってゆく雄大な風景だ。しかし、そんなものはどこにもなかった。とりわけ、古代人が開拓した無窮の広がりは——恒星間や惑星間のめくるめく宇宙空間は——片鱗すらもない。おそらく、〈サーガ〉を創ったアーティストたちもまた、ダイアスパーの市民すべてを蝕《むしば》む奇妙な恐怖症にかかっていたのだろう。じっさい、もっとも大胆な冒険でさえ、舞台は決まって、せせこましい屋内、地下洞窟、山々で囲まれて外界と隔絶されたこぢんまりした谷、などにかぎられている。

この閉塞性に対する説明は、ただひとつしかない。はるかなむかし——おそらく、ダイアスパーが建設されるよりも前——人類の好奇心と野望を打ち砕いたばかりか、星々の世界から故郷へと人類を逃げ帰らせ、地球最後の都市のちっぽけな閉鎖世界に閉じこもって暮らさせる、なんらかのできごとが起きた。人類は銀河系を捨てて、ダイアスパーという人工の子宮内に引きこもったのだ。かつて人類を銀河系じゅうに雄飛させ、彼方にけぶるいくたの星団へと駆りたてた、燃えあがらんばかりの熱い想い、強烈な宇宙征服の衝動は、すっかり消えはてた。もう何年ものあいだ、太陽系に入ってくる宇宙船は一隻もいない。星々のあいだでは、人類の子孫がいまなお〈帝国〉建設を継続し、多数の太陽を破壊しているかもしれないが——地球は外宇宙の状況を知らないし、知る気もない。

ただしそれは、都市はの話である。

アルヴィンだけは、そうではなかった。

2

部屋は暗く、壁の一角をなす長方形だけがぼうっと発光していた。アルヴィンが脳内のイメージを視覚化しようとするのにともなって、その発光壁にはさまざまな色彩が渦巻き、流れてゆく。そこに現われる景色のパターンには、満足のいく部分もないではない。とりわけ気にいったのは、海面から天へとそそりたつ山々の稜線だ。高みへと連なる稜線には、独特の力強さと誇り高さがあった。アルヴィンはじっくりとそのイメージを検討してから、視覚化システムのメモリーユニットに送って一時保存し、イメージのほかの部分の構想にとりかかった。具体的にどこがどうとはいえないが、ほかの部分には、なにかこう、しっくりとこないものがある。アルヴィンは何度も何度も、まだ空白になっている部分を埋めようと試みた。視覚化システムはそのつど、彼の精神内で変動するパターンを読みとり、発光壁に描きだしていくのが、どうしても納得のいく形にならない。描きだされる線はぼやけていてはっきりとせず、色彩も鈍くよどんだままだ。アーティスト自身に求めるイメージがつかめない以上、奇跡のツールといえどもそれを拾いようがないのだろう。

アルヴィンは不本意なイメージをキャンセルし、四分の三ほど空白が残ったままの長方形を険しい顔で見つめた。美しいイメージで発光壁を埋めようとしてきたのに、なかなかうまくいかない。ふと思いたって、すでにできているイメージを二倍に拡大し、発光壁の中央に動かしてみた。だめだった。やりかたが姑息《こそく》だし、バランスも悪すぎる。もっとまずいのは、二倍に拡大したことで、当初は気にいっていた山々のあらまでもが見えてしまったことだった。最初はよさそうに見えていたラインが、こうして拡大すると、どうにもやぼったい。これはもう、一からやりなおすしかなさそうだ。

「全消去」

視覚化システムに命じた。たちまち、青い海が消え、山々が霧のようにじわりと分解していき、あとには白い長方形の発光壁だけが残った。まるで、最初からそこにはイメージなどなかったかのように——あるいは、アルヴィンが生まれるずっと前に地球の海や山がたどった運命に倣《なら》って、辺土に呑みこまれてしまったかのように。

室内に明るい光がもどってきた。同時に、アルヴィンがイメージを投映していた矩形《くけい》が周囲に融けこみ、壁と見わけがつかなくなった。そもそも、これは壁といえるのだろうか。こういう場所を見たことがない者には、この部屋はきわめて特殊なものに思えるだろう。じっさい、特徴といえる特徴はまったくなく、家具もいっさいない。こうしているかぎり、まるで球の中心に立っているかのようだ。壁と床、壁と天井を仕切る線も見あたらない。

目が焦点を合わせられる対象はなにもなかった。アルヴィンを取り囲む空間は、視覚から判断できるかぎり、直径が三メートルかもしれないし、三キロあってもおかしくはない。両手を前につきだし、前に歩いていって、この不可解な空間の物理的境界がどこにあるかをたしかめたい――事情をよく知らない者であれば、そんな誘惑に抵抗するには、たいへんな意志力を必要とするだろう。

しかし、歴史の大半を通じて、ほとんどの人間にとっては、このような部屋こそが〝自室〟だったのである。外を見たければ、適切なイメージを思い描くだけでいい。壁はたちまち窓になり、都市のどこでも好きな場所を見ることができる。家具がほしければ、そう願うだけでいい。するとたちまち、どこに隠してあるのか、アルヴィンもいまだに見たことのない機械が、必要な家具のイメージを室内に投映してくれる。それが〝リアル〟であるかどうかを気にする人間は、この十億年間、皆無だった。事実、リアルさという点では、見た目でも手ごたえでも、そういった投映イメージがもうひとつの仮象に――つまり、実体ある物質に――劣っているわけではないし、必要がないときは、都市のメモリーバンクという幻影世界に収納してしまうこともできる。ダイアスパーの他のあらゆるものがそうであるように、そういった〝家具〟もまたけっして朽ちることはなく、消えることもない――保存されたそのパターンが、意識的に削除されないかぎり。

アルヴィンが自室をいつもの状態にもどしかけたとき、耳の中でベルのようなチャイムが執拗に鳴りだした。心の中で応答の思考シグナルを出すと同時に、いましがたまで〝絵を描いて〟いた壁面がふたたび融けはじめた。そこに現われたイメージは、思ったとおり、両親のものだった。すぐうしろにはジェセラックの姿も見える。指導教師がいるからには、これはありきたりの家族の顔合わせではない。だが、それはすでにわかっていたことだ。

イメージは本物そのものといっても通じるほど完璧で、エリストンが口をきいたときも、その完璧さはすこしも損なわれることがなかった。もちろん、アルヴィンはちゃんと知っている——現実には、エリストンもエタニアもジェセラックも、たがいに何キロも離れた場所にいることを。都市建設者たちは、時間との戦いに打ち勝っただけではなく、空間をも完全に征服したのだ。ただしアルヴィンは、両親がいまどこに——ダイアスパーのおびただしい超高層ビルが織りなす複雑な迷宮のどこに——住んでいるのかを知らない。前回、イメージを送るのではなく、みずから両親の自宅を訪ねたあとで、ふたりが転居してしまったからである。

「アルヴィン」エリストンは話しはじめた。「エタニアといっしょにきみを出迎えたときから、ちょうど二十年たった。それが意味するところは、きみにもわかっているはずだな。われわれの保護期間はおわった。これからはもう、きみは自由だ。なんでも好きなようにしなさい」

エリストンの声にはわずかに悲しみが聞きとれた。ただしそれは、ごくかすかなものでしかなく、前面にはむしろ、安堵の気持ちが強く出ていた。アルヴィンが〝なんでも好きにする〟状態は、もうだいぶ前からつづいている。その状態が法的な裏づけを得たことで、エリストンもほっとしているのだろう。もっとも、晴れて自由を手にするこの日を心待ちにしてきたのは、アルヴィンのほうも同様だったが。

「はい、承知しています」アルヴィンは儀礼的に答えた。「いままで見まもってくださって、ありがとうございました。おふたりのことは、生涯ずっと忘れません」

形骸化したフレーズもいいところだった。いままでに何度となく耳にしてきたせいで、そこからはいっさいの意味が消えてなくなっている。これはもう、意味もなにも持たない、たんなる音の羅列《られつ》でしかない。よく考えてみると、〝生涯ずっと〟というのは、なんとも奇妙な表現ではあった。そこにこめられた意味を、アルヴィンも漠然と理解してはいたが、こうしてついにそのときがきてみると、そこにこめられた意味がはっきりと認識できた。ダイアスパーにはアルヴィンの理解していないものが無数にあり、これから何世紀もつづく人生において、それを学んでいかなくてはならない——そういうことなのだ。

つかのま、エタニアがなにかいいたそうなようすで、いったん片手をあげたが——その動きで、虹色にきらめく薄物が優雅にゆらめいている——無言のまま、また下におろした。そして、途方にくれた眼差しをジェセラックへと向けた。アルヴィンは、ここにいたってはじめて、両親が不安そうにしていることに気がついた。メモリーに過去数週間のできごとをすばやく検索させたが――ちがう、最近はとくに、両親にこんな漠然とした不安をいだかせる行為はしていない。エリストンとエタニアを包みこむ弱い緊張のオーラのようなものは、アルヴィンの行動が原因ではないのだ。

この場を取りしきる立場にあるのは、どうやらジェセラックのようだった。ジェセラックは、エリストンとエタニアにうかがうような視線を向け、ふたりにはもう、なにもいうべきことばがないのを確認すると、このときにそなえて何年も前から用意してきたことばを述べはじめた。

「アルヴィン。この二十年間、きみはわたしの教え子だった。わたしのほうは、この都市でいかに生きるべきかを教えるために――そして、きみのものである資産へと導くために――最善をつくしてきたつもりでいる。きみはたくさんの質問をしたな。その質問には、答えてやれないものも多かった。そのなかには、答えを教えるには早いものもあったが、わたし自身、答えを知らないものもあった。いまここに、きみの幼年期は終わりを告げる。しかし、きみはまだ少年期を歩みはじめたばかりであり、わたしには依然として、きみを導く義務がある――もちろん、きみが今後もわたしの助力を必要とするのならばだがね。もう二百年もすれば、アルヴィン、きみもこの都市とその歴史について、片鱗くらいは学んでいるだろう。しかし、それでもまだ学ばねばならないことは多い。この人生の終わりに近づいているわたしでさえ、訪ねた領域はダイアスパーの四分の一にもおよばないし、目にした財物は、おそらく千分の一にも満たないのだから」

いまのところ、アルヴィンが知らない話は出ていなかったが、ジェセラックをせかすようなまねはできなかった。見かけは青年のままの老人は、何世紀にもおよぶ時の隔たりを介して、ゆるぎない目でアルヴィンを見つめており、そのひとことひとことには、おおぜいの人々や多彩な機械との長年にわたる触れあいを通じて得られた、測り知れない重みがあるからだ。

「さて、アルヴィン。わたしからの質問だ」ジェセラックはいった。「いままでに、生まれる前、自分はどこにいたのだろうと自問したことはないかね？〈創造の館〉で、エタニアとエリストンに出迎えられる前のことだよ」

「どこにもいなかったんだと思っていました。都市の精神に登録された一パターン以上のなにものでもなかったんだろうと。そのパターンにしたがって、無から有を創りだす――つまり、こんなふうに」

きらめきとともに、アルヴィンのそばに低いカウチが現われ、みるみる質感を増していき、やがて完全に実体を持った。アルヴィンはカウチに腰をおろし、ジェセラックのことばを待った。

「もちろん、その答えは正しい」ジェセラックは答えた。「しかし、それは答えの一部でしかない――というよりも、ごくごく一部でしかない。これまでのあいだ、きみが日常的につきあってきたのは、同年齢の子供たちだけだ。その子たちは、いまはまだ真実を知らないが、やがては思いだす。しかし、きみだけはそうはならない。ゆえに、われわれには、きみに真実と直面するための心がまえを持たせてやる義務がある。

十億年にわたって、アルヴィン、人類はこの都市に住んできた。〈銀河帝国〉が崩壊し、〈侵略者〉が星々の世界に引きあげて以来、ここはわれわれの持つただひとつの世界だ。ダイアスパーの壁の外にはなにもない。あるのはただ砂漠のみ。伝説はそう伝えている。

原始的な祖先のことについては、ほとんどなにもわかってはいない。わかっているのは、祖先たちが非常に短命であり、これはなんとも不思議に思える話だが、メモリーユニットや物質変換装置の力を借りずとも、自力で増殖できたという事実だけだ。そのむかしは、複雑で一見制御不能に思えるプロセスにより、ひとりひとりの人間のキー・パターンが、人体内部で造られる顕微鏡的サイズの細胞構造に保存されていたらしい。興味があるなら、生物学者たちがくわしい話を聞かせてくれる。もっとも、その増殖手段自体は、歴史の曙《あけぼの》において廃棄されてしまった。そこから考えるなら、きっとたいして重要なものではなかったのだろう。

一個の人間は、他のあらゆる物体と同じように、その構造によって――そのパターンによって――規定される。人間のパターンはとんでもなく複雑だ。人間の精神を規定するパターンともなると、さらに複雑をきわめる。しかしながら、大いなる自然は、そんなにも複雑なパターンを、肉眼では見えないほど小さな細胞に押しこむことができた。だが、自然にできることは人間にもできる——人間なりのやりかたでね。人間が独自の増殖方法を開発するのにどれだけ長い時間を要したのか、われわれにはわからない。もしかすると、百万年もかかったのかもしれない。しかし、時間がかかることがなんだというのか。最終的に、われわれの祖先は、ひとりひとりの構成情報を解析し、情報として記録する方法を学んだ。そして、その情報を用いて、オリジナルと同じ個体を創りだすすべをも身につけた——たったいま、きみがそのカウチを創りだしたのと同じように。

きみがそういうことに興味を持っているのは知っているよ、アルヴィン。その具体的な過程については、わたしには教えてやることができないが——どのような形で情報が保存されるかは、このさい、あまり重要ではない。重要なのは、情報そのものだ。紙に記された文字であれ、変化する磁場であれ、電荷のパターンであれ、それが情報でありさえすればいい。人類は、いまあげた保存方法だけでなく、ほかにもさまざまな方法を活用してきた。ここでは、そのむかし、人類が自分自身をも保存できるようになったといっておくだけで充分だろう。より正確には、構成パターンを解明し、それをもとに、個体を再生できるようになったというべきかな。

ここまでは、すでにきみも知っているとおりだ。このようにして、祖先たちは実質的な不死を手に入れたが、同時に、死を捨てるのと引き替えに生じるさまざまな不都合を回避することにも成功した。ひとつの肉体につき千年というのは、いかなる人間にとっても、充分に長い寿命だ。千年の寿命が終わりを迎えるころになると、その精神はぎっしりと詰まった記憶の負担にあえぎ、ただ休息だけをもとめるようになる。あるいは、新たなる始まりをもとめるようになる。

もうすこししたら、アルヴィン、わたしはこの生に別れを告げる準備をはじめるつもりでいる。自分の記憶を遡《さかのぼ》って編集し、残しておきたくない記憶を消去していくんだよ。それがすんだら〈創造の館〉に入っていくわけだが――そのさいに使う扉は、きみがまだ見たことのないものだ。その扉をくぐることで、この古い肉体は存在を停止する――意識そのものも、ともにな。ジェセラックであったものはなにも残らない。残るのは、結晶体の中心で凍てついた、電子の銀河のみ――。

それ以降、アルヴィン、わたしは眠りつづけることになる。夢はいっさい見ない。そして、ある日、いまから十万年もたったころだろうか、ふと気がつくと、新たな肉体の中に宿っていて、自分の保護者に選ばれた夫婦と顔を合わせている。そのふたりは、エリストンとエタニアがきみに対してそうしたように、わたしを導くだろう。なぜなら、〝生まれた〟ばかりのわたしは、はじめのうち、ダイアスパーのことをなにも知らず、かつて自分がどのような人物であったかも憶えてはいないからだ。そういった記憶は、幼年期の終わりを迎えて、ゆっくりともどってくる。その記憶の上に、わたしは新たな記憶を築いていき、新たな存在のサイクルを進んでいくことになる。

それがわたしたちの生のパターンなのだよ、アルヴィン。わたしたちはみな、何度も何度も、そうやって生をくりかえしてきた。各人の非存在期間は、ランダムとおぼしき法則に基づいて変動する。ゆえに、同じ顔ぶれの市民構成が再現されることは二度とない。新しいジェセラックは、過去に出会ったことのない友人たちとともに、新しい興味の対象を模索する。ただし、古いジェセラックもまた——残しておきたいと思う範囲において——存在するんだ。

それだけではない。どの一瞬をとっても、アルヴィン、この都市に生き、街路をゆくのは、ダイアスパー全市民の百分の一にかぎられる。大多数はメモリーバンクの中で眠っているんだよ——ふたたび存在の段階へと呼びだされる合図を待ちながらね。ゆえにわれわれは、連続性を維持しつつ、変化をも経験する。不死性を獲得しながらも、停滞することはない。

ああ、きみがいま、なにを考えているのかはわかるぞ、アルヴィン。前世の記憶がいつもどってくるのかを知りたいのだろう。事実、きみの友人たちは、すでに思いだしはじめている。

しかし、きみに前世の記憶はない。なぜならきみは、特異な存在だからだ。この事実がきみの少年時代に影を落とさないようにするために、われわれはできるだけ長いあいだ、きみには事情を伏せておこうとしてきた。しかし、わたしが思うに、きみはもう、自力で真実の一部を解き明かしたようだ。五年前までは、まさかそんなはずはないと思っていたが、いまはそう確信している。

あらためていおう。きみは、アルヴィン、ダイアスパーの創立以来、数えるほどしか起こっていないできごとの当事者だ。この十億年間を通じて、きみはずっと不活性のまま、メモリーバンクで眠っていたのかもしれないし——なんらかのランダムな順列によって、つい二十年前、はじめて創造されたのかもしれない。都市の設計者たちによって、当初からなんらかの計画に組みこまれていた存在かもしれないし、この時代において発生した、とくに意味のないイレギュラーの産物かもしれない。

真相は、われわれにはわからない。わかっているのは、ただひとつ。きみは、アルヴィン、全人類のなかでただひとり、過去において生を受けた経験のない人間だということだ。すくなくとも十億年間、地球に新たな子供が生まれ出たことはない。きみは十億年ぶりにこの都市で誕生した、最初の子供なんだよ」

3

ジェセラックと両親が目の前から消えてしまうと、アルヴィンは長いあいだ横になり、心からいっさいの意識的思考を締めだそうとした。部屋を周囲から閉ざしたのは、だれにもこの夢想状態をじゃまされないようにするためだ。

眠っているわけではなかった。そもそもアルヴィンは、眠りというものを経験したことがない。眠りとは、夜と昼がある世界に属するものであり、ここには昼しかないからである。そんな忘れられた睡眠状態に、いまの状態はもっともちかいものだった。睡眠はかならずしも必要なものではないが、心の整理をするうえで役だつことはわかっている。

いましがたのやりとりで、新たに知った事実はほとんどなかった。ジェセラックに聞かされたのは、ほぼすべて、すでに推測していた内容ばかりだ。しかし、推測することと、その推測が反駁《はんばく》の余地なく裏づけられることのあいだには、大きな隔たりがある。

師の話は、自分の生にどう影響してくるだろう？　そもそも、影響するのだろうか？　なんともいえなかった。このおぼつかなさは、アルヴィンにとっても新奇な感覚だった。

もしかすると、じつはなんのちがいもないかもしれない。たとえこの生でダイアスパーに適応しきれなくても、つぎの生ではできるだろう──あるいは、そのまたつぎの生で──。しかし、そんなことを考えるそばから、アルヴィンの心はそれを否定していた。ダイアスパーは、自分以外の人間には充足できる場所かもしれない。しかし、自分にとってはそうではない。たとえ千回の生をくりかえしたとしても、ダイアスパーの驚異の数々を知りつくすことはできないだろうし、ダイアスパーが提供する無数の経験の組みあわせを体験しきれないこともたしかだ。そういったものに耽溺するのはいい。だが、それ以上の経験をできないのなら、自分はけっして満足はしないだろう。

そうなると、見すえるべき問題はただひとつ──〝それ以上の経験とはなにか〟に絞りこまれる。

答えの出せないこの疑問によって、彼の夢想状態は破られた。どうにも落ちつかない気分だった。こんな気分では、とても部屋に閉じこもっていられるものではない。そして、この都市で多少ともアルヴィンが心の安らぎを得られる場所は、ただ一カ所だけだ。

壁に近づいていくと、一角がゆらいで消滅した。そこを通りぬけ、通路に出る。通りぬけるさいには、極性を持った分子がわずかに抵抗し、そよ風が顔をなでていくような感触をもたらした。目的地までいくには楽な方法がいろいろあるが、アルヴィンはつねに歩いていくことを好む。彼の部屋は都市のメイン階層からやや高い位置にあり、通路をすこし歩くだけで、街路に降りる螺旋《らせん》スロープに出ることができた。路面の高さに降りてからは、自走路には見向きもせず、せまい歩道を歩きつづける。目的地までは何キロもあるので、歩くということ自体、奇矯な行動ではある。それでもアルヴィンは、自分でからだを動かし、歩いていくのが好きだった。歩くことには心を鎮める効果があるからだ。そもそも、この先、悠久の時間が待っているというのに、ダイアスパーの最新の驚異の数々を愛《め》でることもせず、その前をあっという間に通りすぎてしまうのは、あまりにももったいない話ではないか。

都市のアーティストたちは——ダイアスパーの全住民が、いずれかの時期にはかならずアーティストになるのだが——通行人に作品を鑑賞してもらうため、自走路の脇に最新作を展示するのが通例となっている。こうすることで、見るべきほどの作品は、通常、二、三日のうちに、全住民の目に触れ、評価が下される仕組みだった。各人の評価は、集計装置が自動的に記録する。この装置には、買収もごまかしも利いたためしがなく——ということはつまり、そういう欺瞞《ぎまん》の試みが何度となくなされてきたという証拠でもあるのだが——その総合評価で作品の運命が決まる。高く評価する声が充分に多ければ、その作品の構成情報《マトリクス》は都市のメモリーに保存され、それ以降は、いつでもだれでも、望みさえすれば、オリジナルと寸分たがわぬ複製を所有することができた。

いっぽう、評価の高くない作品は、その手の作品につきものの末路をたどる。すなわち、分解されて都市の素材ベースにもどされるか、アーティストの友人たちの家に収まるか、そのどちらかだ。

目的地へ向かう途中、これはと思う芸術品《オブジェ・ダール》はひとつしか見かけなかった。どことなく植物の開花を思わせる、純粋な生命の創造物がそれである。小さな色彩の核がゆっくりと成長していき、複雑な螺旋と垂れ幕を構成して広がりきったかと思うと、いきなり崩壊し、また最初からその過程をくりかえす。ただし、完全に同じ形になることはない。同じ過程がくりかえされることは二度とないのだ。アルヴィンは何度もその脈動ぶりを鑑賞したが、基本パターンは同じながら、毎回かならず、微妙でほとんどそれとはわからない程度の変化が見られた。

この実体なきアートに自分が魅かれる理由が、アルヴィンにはわかっていた。その展開リズムには、空間を思わせるものがあるからだ。さらには、外へと解放される印象もある。それだけに、このアートは、この都市の同胞たちにはまずアピールしないだろう。アルヴィンはアーティストの名前を記録し、できるだけ早い機会に連絡をとろうと心に決めた。

すべての道路は、自走式のものも固定式のものも含め、〈公園〉に達した段階で断ち切られている。〈公園〉は都市の緑あふれる中心地だ。大きな円形をしていて、差しわたしは約五キロ。そこには、いにしえの地球の思い出が――ダイアスパーを除くすべてが砂漠に呑みこまれる前の時代のようすがが――たっぷり詰まっている。入ってすぐのところには、幅の広い帯状の草地が広がっていた。草地の向こうには低木林が連なり、その木陰を奥へ歩むにつれて、木々の密度はしだいに高くなっていく。地面はゆるやかな下り勾配になっているため、奥行のさほど深くない林を通りぬけ、その向こうに広がる中心部に出ると、周囲を木々の壁にはばまれて、ここが都市であることを示す建物はいっさい見えなくなってしまう。

行く手を横切る幅の広い流れは、たんに〈川〉と呼ばれるものだ。ほかの名前はないし、必要としてもいない。ところどころには、幅のせまい橋がかけられている。〈川〉自体は〈公園〉内を一周して閉じた円環をなしており、何カ所かで池を貫いていた。〈川〉の流れは速く、川水は十キロたらずの全周をひとめぐりしてまた同じところにもどってくるのだが、アルヴィンはその事実を、べつにおかしなことだとは思っていない。また、〈川〉は上り勾配になっている部分があり、川水はそこで低きから高きへと流れているのだが、たとえそれに気づいたとしても、とくにけげんに思うことはない。なにしろダイアスパーには、はるかに不思議なことがいくらでもあるのだから。

小さな池のひとつでは、十人ほどの若者が泳いでいた。アルヴィンは足をとめ、そのようすを眺めた。ほとんどの若者については、名前は知らなくとも、顔くらいは知っている。つかのま、仲間に加わって、泳いでいこうかと思った。だが、秘密をかかえているため、泳ぐのはあきらめ、いまは傍観者の立場にとどまることにした。

この若い市民のうち、どれが今年になって〈創造の館〉から出てきた者であり、どれがアルヴィンと同じく二十年ほどダイアスパーで生きてきた者であるのかは、外見からは区別がつかない。背丈や体重にはかなりの幅があるが、年齢との相関関係は皆無だ。人間は最初から、ああいう若者の姿で生まれてくるのである。平均すれば、年齢の高い人間ほど背丈が伸びる傾向はある。しかし、何世紀ものスパンで比較するのでないかぎり、それはかならずしも判断基準とはならない。

それよりも推測の役にたつのは、むしろ顔つきのほうだった。新生の若者たちは、なかにはアルヴィンより背が高い者もいるが、みんなあどけない顔を——自分たちが生まれてきた世界に対する新鮮な驚きに満ちた顔を——しているため、見わけるのはむずかしくない。あの若者たちの心の中に、数かぎりなくくりかえされてきた生の記憶が手つかずのまま眠っており、それがもうじき復活することになるのかと思うと、不思議な感じがした。そんな若者たちがうらやましくもあった。だが、考えてみると、はたしてそれはうらやむべきことだろうか。はじめてこの世に生きるという経験——それは二度とくりかえされることのない貴重な贈り物だ。はじめて身をもって味わう生には、夜明けの清々《すがすが》しさのようなすばらしさがある。アルヴィンはしみじみと思った。ほかにも自分のような者がいたなら、この思いと気持ちを分かちあえるのに……。

もっとも、肉体面では、アルヴィンもまた、池で遊ぶ〝子供たち〟とまったく同じ鋳型をベースに造られている。人体の形態は、ダイアスパーが建設され、基本的なデザインが都市のメモリーバンクに永遠に凍てついてからの十億年というもの、まったく変わってはいない。ただし、オリジナルの原始的な形態とくらべれば、そうとうに変化してはいた。その変化の大半は内部的なものであり、はたからはわからないが、その長い歴史において、肉体につきまとう各種の不都合を斬り捨てるべく、人類は何度となくみずからを改造してきたのである。

爪や歯などという無用の付属物は消えた。体毛は頭部だけに残り、それ以外の部分には痕跡も残っていない。おそらく臍《へそ》の消滅だろう。臍がないという、彼らにとっては不可解な状況は、ろう特徴は、〈薄明の時代〉の人間がいまの姿を見たなら、なによりも驚くであ

変化した人体についてさまざまにめぐらす思いの、格好の糧《かて》となるはずだ。また、ぱっと見ただけでは男女の区別がつかないことにも、古代人は面食らうにちがいない。もしかすると、男女のあいだにはまったく性差がないと判断する誘惑にさえ駆られるかもしれない。だが、それは大きなあやまちだった。適切な状況下においては、ダイアスパーのいかなる男性であれ、男の機能をはたせることに疑問の余地はない。男性器官は、ただたんに、必要がないときは体内にしまいこまれているだけなのである。この器官が収納可能になったことで、自然が生みだした、あまりエレガントとはいいがたい、露骨に単刀直入すぎるオリジナルの器官配置は、むしろ著しい改善を見たといえるだろう。

生殖がもはや肉体に一任されていないことは事実だった。あまりにも重要なことがらなので、サイコロのかわりに染色体を使う運まかせのゲームには、もはやゆだねられないということらしい。ただ、妊娠と出産はもう人の記憶にすら残ってはいないが、セックスだけは残った。古代においてさえ、生殖と関係のある性行為は全体の一パーセントにも満たなかったくらいだから——そのわずか一パーセントの消滅は、やがて人間社会の構成だけでなく、〝父親〟と〝母親〟ということばの意味までも変えてしまうのだが——欲望はそう簡単には衰えず、いまなお消えてはいない。もっともいまでは、セックスを通じて得られる満足は、ほかの感覚で得られる快楽のいずれとくらべても、さほど深いものではなくなっている。

アルヴィンは池でたわむれる同世代の者たちのそばを離れ、〈公園〉の中心部へと歩きだした。このあたりまでくると、道らしきものがうっすらと見えた。交差しながら低い灌木のあいだを縦横に貫く、草の薄い部分がそれだ。たまに、苔でおおわれた大岩のあいだを通り、せまい谷へ降りていく道もある。途中、小さな多面体の形をした機械に遭遇した。大きさはせいぜい人間の頭ほどの機械が、とある木の枝のあいだに浮かんでいたのである。ダイアスパーにいったいどれほど多種多様なロボットがいるのかは、だれにもわからない。ロボットたちはふだん、人間の目に触れないようにしながら、効率よく仕事をこなすことに全力をあげており、一台に出会うだけでもきわめてめずらしいことだった。

まもなく、地面が上り勾配になってきた。行く手に小さな丘が盛りあがっているためだ。この丘は〈公園〉のちょうど中心に位置しており、したがって、ここは都市全体の中心地ということでもある。ここまでくると、障害物や迂回路はぐっとすくなくなり、そのおかげで、丘の頂《いただき》とその上に建つ素朴な建物がよく見える。丘の斜面を登ってゆき、その建物にたどりつくころには、すこし息があがっていた。アルヴィンはひと息つきながら、ローズピンクの列柱の一本に背中をあずけ、いまきた方向を見わたした。

建築様式のなかには、すっかり完成されているため、もはや変わりようのないものがある。〈ヤーラン・ゼイ霊廟〉もそんなひとつで、人類の初期文明のいずれかに属する霊廟建築者たちが設計したといっても通用する形をしていた。ただし、その建築素材がなんであるかは、たとえ古代人たちが見たとしても、見当をつけることすらできなかっただろう。ここには屋根がない。青天井だ。ひとつしかない部屋の床には、大きな板石が敷きつめてあり、一見、自然石のように見える。しかし、地質学的ともいえる年月のあいだ、無数の人々に踏まれてきたというのに、磨耗の形跡はまったく見られない。この素材には信じられないほどの耐久性があるのである。

〈霊廟〉に祀《まつ》られているのは、この巨大公園の創造者、ヤーラン・ゼイだ。一説によれば、彼はダイアスパーそのものの建設者でもあるという。ゼイの座像は、ひざの上に広げた図面を検討するかのように、やや下に視線を向けていた。その顔に浮かぶとらえどころのない表情は、市民のあいだではつとに有名で、数かぎりない世代にわたり、議論の的《まと》ともなっている。あれは座像制作者のちょっとした気まぐれにすぎないと一蹴する者もいれば、ヤーラン・ゼイがひそやかないたずらを仕掛け、薄く笑っているのだと見る向きもある。

そもそも、この〈霊廟〉全体が謎のかたまりといってよい。都市の歴史記録には、この〈霊廟〉に関する情報がいっさい残っていないからである。アルヴィンには、〝霊廟〟ということばの意味さえよくわからないくらいだが、これはたぶん、ジェセラックに訊けば教えてもらえるだろう。なにしろ、師は死語を蒐集するのが大好きで、会話のはしばしに集めた死語をちりばめ、聴き手を煙に巻いては喜んでいるような人物だから。

見晴らしのよい中央の丘の頂からは、〈公園〉のようすが一望できた。内側からの視界をさえぎる木々の樹上を超えて、都市の景観も見わたせた。いちばん近い建物群は三キロ近く先にあり、〈公園〉の周囲を完全に取りまく低い環状帯を形成している。その環状帯の向こうに、外へいくにつれ、しだいに高さを増しながらそそりたっているのは、いくつものテラスをそなえた超高層タワー群だ。あれこそは都市の主体にほかならない。超高層建築群は、外周へ向かって何キロも何キロも連なり、外へいくほど天に近づいて、より複雑に、より荘厳になっていく。ダイアスパーはひとつの統一体として設計された。ここは一個の巨大な機械だ。しかし、外見の複雑さも圧倒的ながら、ほんとうにすごいのは、その下に秘められた、おびただしいテクノロジーの驚異のほうだろう。そのテクノロジーなかりせば、あの巨大なタワーの群れも、たんなる生命なき墓標と化してしまう。

ここでアルヴィンは、自分が住む世界の果てに視線を投げかけた。二十キロ――または三十キロの彼方には、遠いために細部は見えないが、都市の巨大な外壁がそびえている。空はまるで、その壁に支えられた天井のようだ。外壁の外にはなにもない。あるのはただ、慄然とするほどうつろな砂漠のみ――。そんな砂漠に出れば、人はたちまち気がふれてしまうという。

では、そのうつろな世界が自分を魅《ひ》きつけてやまないのはなぜなんだろう？　いままで会った人間は、だれひとりとして、外界になど興味を示したこともないというのに……。わけがわからない。アルヴィンは、はるか遠く、人類の領域全体を包みこむ、彩り豊かな尖塔の数々と胸壁を眺めやった。自分の疑問に対する答えを、そこにもとめるかのように。

答えは見つからなかった。しかし、この瞬間、手のとどかないものに対する憧れにつきあげられるようにして、アルヴィンはひとつの決断を下した。

この生をどう生きるべきか。アルヴィンはいま、自分の進むべき道を定めたのだ。

4

ジェセラックは、あまりたいした答えを与えてやれなかった。といってもそれは、けっして非協力的だったからではない。アルヴィンはどうもそう思っているようだが、それはちがう。教師としての長いキャリアを通じて、ジェセラックはアルヴィンがいつもするような質問を何度となく受けてきた。いくらアルヴィンが特異な人間でも、そうそう風変わりな問いばかりを発するはずはなく、解けない問題をつきつけられることはないだろうとも思っていた。だから、今回の質問には、むしろ意表をつかれたというのが正直なところだった。

たしかに、アルヴィンが少々おかしなふるまいをするようになってきたのは事実であり、これはいずれ矯正してやらねばならないと思う。たとえば、この都市のよく考えぬかれた社会生活に参加したがらないこと、友人たちと空想の世界への冒険に出たがらないことなどがそうだ。思考のより高次の領域にさほど関心を示さないのも、歯がゆい点ではある。とはいえ、アルヴィンの年齢を考えれば、この点はそう驚くべきことでもない。ほんとうに驚くべきは、恋愛というものに対する、その特異な姿勢のほうだった。なるほど、いまのアルヴィンの年齢を考えれば、すくなくともあと一世紀ほどは、あまり安定した恋愛関係を持てなくてもしかたがないかもしれない。しかし、それを考慮に入れてもなお、アルヴィンの恋愛関係はあきれるほど長続きせず、すでにそのことで悪名を馳せている。つきあっているうちは、アルヴィンもひどく熱をあげるが、どんな相手であっても、せいぜい二、三週間ほどしか関係がつづかない。おそらくアルヴィンは、いちどにひとつのことしか熱中できないたちなのだろう。過去をふりかえれば、アルヴィンもたびたび仲間たちとエロティックなゲームにふけったことがある。選んだパートナーといっしょに、数日間、どこかへしけこんだこともある。しかし、いったん熱が冷めてしまうと、この齢ごろの主たる関心事であるべき恋愛に対して、長期にわたり、まったく関心を失ってしまうのだ。アルヴィンもつらいだろうが、相手にされなくなった恋人にしてみれば、つらいどころではすまず、その結果、何人もの女性が、失意のあまり都市内をあてどなくさまよい、ほかに慰めを見つけるまで、長い時間を要するはめに陥る。ジェセラックの見るところ、どうやらアリストラもまた、そんな悲惨な段階にさしかかっているようだった。

アルヴィンとて、けっして冷たい人間ではないし、思いやりを欠いているわけでもない。ただ、ほかのすべてのことと同じように、愛情についても、ダイアスパーには提供できない目標をもとめているふしがある。

そんなアルヴィンの特徴を、しかしジェセラックは、とくに心配してはいなかった。特異タイプがそういうふるまいにおよぶのは充分にありうることだ。そのうちアルヴィンも、都市の一般的パターンに馴じんでくれるだろう。いかなる個人も、いくらエキセントリックであり、いくら聡明であろうとも、十億年以上にわたって不変でありつづけた社会の圧倒的な慣性に抗しきれるものではない。ジェセラックは、たんに安定を信じているというだけにとどまらず、安定以外の状態がまったく考えられないのである。

アルヴィンは質問への答えを待っている。

ジェセラックは長々と語りはじめた。

「きみを悩ませている問題は、じつは非常に古くからあるものでな。しかし、この世界のありようをごくあたりまえのものだと思っていて、ちらりとも疑問を持ったこともない者がどれだけ多いかを知ったら、きみは驚くだろう。たしかに人類は、かつてこの都市よりもはるかに広大な空間——無限ともいえる広い空間を領有していた。砂漠に占拠され、海が消える前の地球の姿は、きみも多少は映像で見て知っているとおりだよ。きみが好んで投映するあの映像は、人類が保有する記録のなかでも最古のものに属する。〈侵略者〉がやってくる前の地球の姿をとどめた記録は、あれのほかにはない。しかし、あれを見た者はそう多くはあるまい。外に向かって開かれた無窮の空間なるものは、われわれには考えることさえ耐えがたいものなんだ。

そして、いうまでもないことだが、その広大な地球でさえ、〈銀河帝国〉全体から見れば、たったひとつの砂粒でしかない。星と星を隔てる深淵は悪夢のようなものであり、正常な人間は想像してみようとさえしないだろう。歴史の曙《あけぼの》において、祖先たちはその深淵を渡った——銀河系に進出し、〈帝国〉を建設するために。しかし、祖先たちが最後にその深淵を渡ったのは、〈侵略者〉に駆逐され、地球へ逃げ帰ってきたときのことだった。伝説にいわく——これはたんなる伝説にすぎないのだが——地球に帰還したわれわれは〈侵略者〉と協定を結んだという。そんなに宇宙がほしければ〈侵略者〉の好きにするがいい。われわれはみずからの生まれた世界だけで満足する——そういう協定だ。

以後、われわれは協定を守り、人類の少年時代のあだな夢を忘れた。これはきみにも忘れてもらうことになるぞ、アルヴィン。この都市を建設し、この都市にふさわしい社会を設計した者たちは、物質だけでなく、精神のマスターでもあった。彼らは人類がここの外壁の内側で暮らしていくのに必要なものをすべて盛りこんで——だれも壁の外には出ないよう、仕上げをしたんだよ。

ああ、しかし、物理的な壁は、このさい、たいした問題にはなるまい。都市の外へ出るルートは、たぶんいくつかあるだろう。しかし、たとえそのルートを見つけられたとしても、あまり遠くまではいけないだろうな。それに、かりに外へ出られたとしても、そんなことをしてなんの益があるね？　砂漠に出てしまえば、人間の肉体など、長くはもたない。

都市の庇護がなければ、もはや保護してももらえず、食べものを得るすべもなくなるんだから」

「都市の外へ出るルートがあるとしたら……」アルヴィンはゆっくりといった。「……ぼくが出ていくのを止めるものはあるでしょうか？」

「愚問だな。きみはもう、その答えを知っているのではないかな？」

たしかにそのとおりだった。しかし、ジェセラックが思っているような意味でではない。アルヴィンにはわかっていた。というよりも、見当がついていた。現実の暮らし、そしてアルヴィンが参加者と共有する冒険の夢──その両方において、答えを与えてくれたのは友人たちだ。彼らにはダイアスパーを離れることができない。ジェセラックが気づいていないのは、友人たちの生を支配する強制力が、なぜかアルヴィンにだけは働かないということだった。アルヴィンの特異性が偶然によるものなのか、太古にそう設計されたからなのかはわからない。しかし、この特性はその結果のひとつだ。それらがもたらす結果を、これから自分はどれだけ発見していくことになるんだろう、とアルヴィンは思った。ダイアスパーではだれも急がない。これはアルヴィンでさえめったに破らないルールだ。

この問題を、何週間もかけて、アルヴィンはじっくりと考えてきた。都市が持つ最古の歴史記憶を調べるのに、たっぷり時間をかけもした。何時間もぶっつづけで、手では触知できない反重力場の腕に支えられ、睡眠プロジェクターを通じて精神を過去へと解き放った。

記録の渉猟がおわると、プロジェクターはぼやけ、消えてしまう。だが、アルヴィンはその後も宙に横たわり、ふたたび現実世界にもどるまで、宙を見つめたまま、悠久の年月を反芻《はんすう》しつづける。その目が見ているのは、果てしなく連なる青い水の広がりだ。水界は陸地よりも広大で、金色に輝く岸辺に絶えず寄せ波を送りつけてくる。その耳に聞こえているのは、この十億年のあいだ絶えてひさしい砕け波の轟きだ。そして、いまなおまぶたに浮かぶ、広大な森に大草原、かつてはこの世界を人類と分かちあっていた奇妙な動物たち――。

古代の記録でいまも現存しているものはきわめてすくない。なかでも、原始時代の歴史記録は、〈侵略者〉の襲来とダイアスパーの建設とのあいだのどこかで、すべて消えてしまっている。このこと自体は、一般に広く知られている事実だが、なぜ消えたのかはだれにもわからない。記録の消滅はあまりにも徹底していたので、事故で消えたとはとうてい考えられなかった。いずれにしても、人類は過去を失った。いまに残るのは、純然たる伝説の可能性を否定できない、わずかな年代記のみ。ダイアスパーよりも前の時代には、すべてをひとまとめにした〈薄明の時代〉しかない。その忘却の淵のなかでは、火を使った最初の人々と原子力を解放した最初の人々が――丸太のカヌーを造った最初の人々と星々に到達した最初の人々が――一体不可分となっている。時の荒野の彼方では、すべてがひとつに混じりあっているのだ。

アルヴィンは自分ひとりだけであの場所を訪ねたかった。だが、このダイアスパーでは、いつでも単独行動ができるとはかぎらない。じっさい、部屋を出てすぐに、アリストラと出くわした。アリストラは、偶然にきあわせたというそぶりを装おうとさえしなかった。

アルヴィンはアリストラを美しいと思ったことがない。醜い人間というものを見たことがないので、その美しさがわからないのである。都市において普遍的となった美は、心を動かす力を失ってしまう。感情をゆさぶる力は、むしろ美を欠くもののほうが大きい。

アリストラの姿を見て、アルヴィンは一瞬、気まずいものをおぼえた。かつての情熱がすっかり冷めてしまったことをまざまざと実感させられたからだ。長続きする関係の必要性を感じるには、アルヴィンはまだまだ若すぎるし、なんでも自力でやろうとしすぎる。もっとも、たとえそんな関係を確立すべき時期がきたとしても、うまくやれない恐れは多分にあった。これまでの恋人たちとのあいだには、どれほど親密になった相手でも、つねにアルヴィンの特異性に起因する障壁が立ちはだかっていた。成人のからだで生まれてきたとはいえ、アルヴィンの心はいまだに子供のままだ。これからも何十年かはそうだろう。それに対して、友人たちは、ひとり、またひとりと過去の生の記憶を取りもどし、アルヴィンを置き去りにして遠くへいってしまう。前にもそんな例を見せつけられた経験を持つアルヴィンとしては、他人に対してなかなかすなおに胸襟《きょうきん》を開くことができない。いまは純真であどけないアリストラでさえ、もうじきアルヴィンには想像もできない、記憶と才能が複雑に入り組んだ人物に化けてしまうだろう。

だが、気まずさはすぐに消えた。アリストラがそう望むなら、いっしょにきていけない理由はどこにもない。アルヴィンは自己中心的ではないし、これから訪ねる場所のことを、ひとり自分の胸のうちだけにためこんでおきたいわけでもなかった。じっさい、アリストラの反応からは、いろいろと学べる可能性もある。

高速自走路で人の多い都市中央部から外周部へ向かっていくあいだ、アリストラはなにもたずねようとはしなかった。これはいつにないことだった。自走路に乗ったふたりは、まず最初に、中央の高速セクションに向かって移動していった。そのあいだ、ふたりとも、足もとの奇跡には目を向けようともしない。だが、古代世界の技術者がこの自走路の仕組みを理解しようとしたなら、考えれば考えるほど頭をかきむしり、ついにはおかしくなってしまうだろう。なにしろ、道路の左右の端は両脇に固定されていて、一見、動いていない固体に見えるのに、端から離れるにつれて前方へ流れだし、中央にいくほど速度が速くなっていくのだから。しかし、アルヴィンとアリストラにとっては、この種の物質は——一方向に対しては固体、べつの方向に対しては流体となる性質を持つ物質は——ごくあたりまえの日常的な存在でしかなかった。

先へ進むにつれて、ふたりの周囲には、高く、ますます高く、超高層タワーがそそりたっていく。まるで、外界に対する防壁が強化されていくかのような光景だった。高くそびえるこれらの〝壁〟が、もしもガラスのように透明になり、内部の暮らしぶりを覗けるようになったなら、すごく奇妙な感じだろうな、とアルヴィンは思った。周囲の空間には顔なじみの友人たちが住んでいるし、いつの日か知りあうことになる友人たちも住んでいる。けっして会うことのないままでおわる人間たちもだ。もっとも、一生のあいだには、ダイアスパーの住民のほぼ全員と知りあうはずだから、面識のないままでおわる相手は、ごくわずかしかいないだろう。住民のほとんどは、それぞれが自分の個室にすわっているはずだが、どの人間もけっして孤独を感じることはない。そう願いさえすれば、会いたいと思った相手に直接会うのと同様の経験ができる。退屈することもない。空想と現実――この両方の領域において、ダイアスパーが建設されてから起こったすべてのできごとにアクセスできるからである。それでよしとする精神の持ち主には、これはまさに間然するところのない、充足しきった生きかただろう。しかし、それは同時に――このことにはまだアルヴィンでさえも気づいていないのだが――とてもむなしい生きかたでもあった。

アルヴィンとアリストラが都市の中心部から外周部へと向かうにつれて、路上に見かける人々の数はしだいに減っていった。明るい色の大理石でできた長いプラットフォームに接する部分で、自走路がなめらかに停止するころには、あたりに人影はまったく見えなくなっていた。自走路を構成する物質は、そのプラットフォームのすぐ手前で中心部方向へと還流しており、凍てついた物質の渦を形成している。その渦の上を横切って、ふたりはプラットフォームにあがった。目の前には壁がそびえており、煌々《こうこう》と照明されたいくつものトンネルが口をあけていた。アルヴィンはそのひとつを選び、ためらうことなくその中へ足を踏みいれた。アリストラもすぐあとからついてくる。たちまち、蠕動《ぜんどう》フィールドに捕捉され、ふたりはくつろいだ状態であおむけに横たわり、周囲の〝景観〟を眺めながら奥へと運ばれていった。

ここが深い地の底のトンネルだとはとても思えない。というのは、ふたりの周囲には、ダイアスパーの景観を映しだす一大アートが展開していたからである。頭上に広がる大空は、天の風が吹きわたるはるかな高みにまで達しているように見える。どちらを向いても、周囲には都市の超高層タワーが林立し、陽光を浴びてきらめく姿が目にまぶしい。といっても、これはアルヴィンの知っている都市の姿ではなく、むかしむかしのダイアスパーの姿だった。巨大なタワーの多くは見覚えのあるものだが、あちこちに微妙なちがいがあり、それがこの景観に興趣をそえている。できれば、もっとゆっくりと眺めていきたいところだったが、いまだにアルヴィンは、このトンネル内の進みを遅くする方法を見つけるにいたっていなかった。

トンネルをあっという間に通りぬけ、ふたりはそうっと床に降ろされた。そこは大きな楕円形の部屋だった。部屋の全周にはずらりと窓がならんでいる。各々の窓の向こうには、触れそうで触れられない〝イメージの庭園〟が広がっており、彩り豊かな花々が咲き乱れていた。ダイアスパーにもあちこちに庭園はあるが、ここに見える花々が存在するのは、これらを創造したアーティストの心の中だけだ。今日の世界に、このような花が実在していないことはまちがいない。

アリストラはその美しさにすっかり魅了された。どうやら、アルヴィンが自分をここに連れてきたのは、これを見せるためだと思いこんでいるようだ。顔を輝かせて窓から窓へと移動しては、それぞれにようすのちがう庭園を愛《め》でてまわるアリストラの姿を、アルヴィンはしばし、じっと眺めた。ダイアスパー外周部の、人気《ひとけ》のない建物には、このような場所が何百とあり、これらをメンテナンスする見えない力によって、完璧な状態にたもたれている。いつの日か、おおぜいの人々がここへ移り住むときがくるかもしれない。しかし、そのときまで、この古代の庭園は、ふたりだけが知る秘密の花園のままだろう。

「まだ先があるんだ」しばらく待ってから、アルヴィンは声をかけた。「ここは出発点でしかないんだよ」

アルヴィンはそういいながら、窓のひとつに歩みより、通りぬけた。イメージはたちまち消滅した。窓ガラスの向こうに庭園はなく、丸いトンネル状をした勾配のきつい通路が上へ向かって伸びていた。ふりかえれば、一メートルほどうしろに、アリストラの姿が見える。向こうからはまだ、こちらの姿が見えていないはずだ。しかし、アリストラはためらうことなくこちらへ歩きだし、一瞬ののち、新たな通路内で、アルヴィンのすぐ横に立っていた。

ふたりの足の下で、床がゆっくりと前へ進みだした。まるで、床がみずからの意志を持ち、ふたりを目的地まで連れていこうとしているかのようだった。最初の何歩かは自分の足で床の上を歩いたものの、床の進みはみるみる速くなり、やがて歩く意味がなくなった。

通路の勾配はなおきつくなっていき、三十メートルほども進むと、とうとう垂直に登りはじめた。もっとも、それは理屈でわかっているだけで、感覚的には、完全に水平な通路に立っているのと変わらない。じっさいには、深さ千メートル以上もの垂直な縦坑をまっすぐ上に登っているのだが、その事実も、なんら不安をもたらすことはなかった。重力偏向フィールドが誤作動するなど、考えられないことだからだ。

ほどなく、通路は〝下り勾配〟になり、最終的には垂直部分から九十度傾斜して、水平に切り替わった。床の進みがそれとわからないほど徐々に遅くなっていき、とうとう停止した。通路が通じていた先は細長いホールで、その壁面にはずらりと鏡がならんでいた。

この部屋でアリストラをせきたてても、おそらく無駄だろう。それは充分に予想がついた。女性の性質のなかには、原初のイブ以来、いまだに変わっていないものがあるからである。たとえそれは考慮にいれないにしても、何者もこの鏡の間の魅力には抗しえないにちがいない。アルヴィンの知るかぎり、このような場所は、ダイアスパーにはほかにない。ここを造ったアーティストの気まぐれで、現実の姿を映す鏡は、このなかのごく少数だけだ。しかも、真実を映す鏡はしじゅう切り替わる。大半の鏡には〝なにか〟が映るが、絶えず変化するきわめて空想的な世界を自分が歩く姿には、少々面食らわされるものがあった。

ときどき、鏡の向こうの世界には、人々の行きかう姿が映ることもある。そのなかには、アルヴィンの知っている顔が混じっている場合も一再ならずあった。それがこの時代に生きる友人たちの顔でないことはまちがいない。鏡を覗く者は、未知のアーティストの精神を通して、過去の光景や人々を――いまのこの世界に生きる人間たちの、むかしにおける、生まれ変わりの姿を――見せられているのだ。自分の特異性を思いださせるその事実に、アルヴィンは悲しみをおぼえた。なにしろ、変化するこれらの光景の前でどれだけ待ったところで、自分自身の前世の姿にはお目にかかれないのだから。

「ここがどこだかわかるかい？」

アルヴィンはアリストラにたずねた。鏡の数々を、彼女がひとめぐりしたあとのことだった。

「都市のはずれのどこかなんだと思うけれど」まだ鏡に注意を引かれたまま、アリストラは答えた。「ずいぶん遠くまできたわよね。どのくらい遠くまでかはわからないけれど」

「ここは〈ローランの塔〉なんだよ。ダイアスパーでもっとも高いタワーのひとつでね。ついておいで――いいものを見せてあげる」

アルヴィンはアリストラの手をとり、鏡の間の外へと連れだした。目に見える出入口はなかったが、床のところどころには、室外へ出る通路を示した目印が記されている。その目印が指し示す鏡に近づいていくと、鏡像が光のアーチ道に融けこんで、別の通路に出た。くねくねとカーブしつつ、何度も曲がる通路を進むうちに——アリストラにはもう、どの方角へ向かっているのかわからなくなっているだろう——やがて通路は上り勾配になり、別のトンネルに合流した。それはかなり長いトンネルだった。左右にまっすぐ伸びていて、絶えずひんやりとした風が吹きぬけている。トンネルは左右へそれぞれ百メートル以上にわたって伸びており、左右の突きあたりには小さな光の円が見えた。

「ここ……落ちつかないわ」アリストラが不安そうな声を出した。「ひどく寒いし」

これまでの生において、アリストラはほんとうの寒さというものを経験したことがないにちがいない。そのことで、アルヴィンはすこしやましさをおぼえた。途中でマントを調達してくるべきだったのだ。それも、ちゃんと寒さをしのげるマントを。ダイアスパーの服は純粋に装飾的なもので、からだを保護するという観点では、まったく役にたたない。

アリストラに寒い思いをさせてしまったのは、一〇〇パーセント、自分の責任なので、アルヴィンは黙って自分のマントを差しだした。この行為は、女性をいたわってのものではない。完全な男女平等が確立されていくひさしく、女性をいたわるという概念はもう生き残っていないのだ。立場が逆であれば、アリストラが自分のマントを差しだしていただろうし、アルヴィンも自動的にそれを受けとっていただろう。

背後から風を受けて歩くのは、けっして不愉快な経験ではなかった。ほどなくふたりは、トンネルのいっぽうの突きあたりにたどりついた。行く手は目の粗い石造りの格子ではばまれていて、それ以上は進めなくなっている。だが、もしも進めていたなら、ふたりともたいへんなことになっていただろう。というのは、格子の向こうには、ただ虚空だけが広がっていたからである。格子は巨大なエアダクトの送風口で、タワーの切りたった側面に口をあけていたのだ。下を見おろせば、地上までますくなくとも三百メートルはある。いまの高さは、都市外壁の最上部よりも高い。そして眼下には、この世界の住人がめったに見たことのない、ダイアスパーの俯瞰図《ふかんず》が——それも、映像ではない、本物の情景が——広がっていた。

その眺めは、アルヴィンが〈公園〉中央の丘から見た光景とは、ちょうど正反対のものだった。浅いボウルの底にある都市の中心部をめざし、段階的に低くなりながら連なっていく、石材と金属でできた多重の同心円——。何キロもの彼方には、内側に建つタワーに部分的にさえぎられてはいるものの、中央の〈公園〉の草地や森、永遠の循環をくりかえす〈川〉が見える。そのはるか向こうには、反対側の外壁が天にそそりたっていた。

すぐとなりでは、アリストラも魅せられたように都市の景観を眺めていたが、とくに驚いてはいないようだった。これまでにも彼女は、都市の全貌を、ここと同じ程度に全体を俯瞰できる視点から――ただし、自分の部屋で、うんと快適に、安楽な状態をたもったまま――何度も目にしているからだろう。

「これがぼくらの世界――そのすべてだ」とアルヴィンはいった。「さて、これを見てもらったら、もうひとつ見せたいものがある」

アルヴィンは格子に背を向け、トンネルの反対側の突きあたりにある光の円に向かって歩きだした。薄着になったため、風の冷たさはひとしおだったが、その寒さをほとんど意識することもなく、風上に向かって進んでいく。

アリストラがそばにいないことに気がついたのは、反対側の格子のすぐそばまで近づいてからのことだった。ふりかえると、アリストラはややうしろに立ちつくし、アルヴィンのマントを風になびかせ、片手でなかば顔をおおうようにして、じっとこちらを見つめていた。その唇が動くのが見えた。だが、風にはばまれて、声はここまでとどかない。はじめのうち、アルヴィンは驚きの目で――ついで、憐れみも混じっていなくはないいらだちの目で――まじまじとアリストラを見つめた。やはりジェセラックのいったとおりだった。アリストラには自分についてくることができない。すぐそこにある光の円からは、ダイアスパーへと絶えず風が吹きこんでくる。それが意味するものに、アリストラも気がついたにちがいない。アリストラの背後にあるのは既知の世界であり、驚異には満ちていても、脅威とは無縁の世界――時の川を流れゆく、輝かしいが固く閉ざされた水泡《みなわ》のような世界だ。それに対して、あとすこしでたどりつく格子の先に待ち受けているのは、なにもない空漠たる世界——砂漠の世界——〈侵略者〉の世界にほかならない。

アルヴィンはアリストラのところへ引き返し——そばまでいってぎょっとした。アリストラが震えていたからである。

「なにを怖がってるんだい？　ここはまだ安全なダイアスパーの中じゃないか。いまさっき、向こうの窓から外を見わたしただろう。こっちの窓からだって、見わたせないはずがないよ！」

アリストラは得体の知れない怪物を見るような目でアルヴィンを見ていた。じっさい、アリストラの基準からすれば、アルヴィンはまさしく怪物なのだろう。

「わたしには……むり……」やっとのことで、アリストラは答えた。「窓の向こうのことを考えただけで、背筋がぞっとしてしまう。この寒風に吹かれているよりも、ずっと。もうこれ以上、先にいかないで、アルヴィン！」

「だけど、きみがいってることには筋が通ってないぞ」アルヴィンはアリストラの気持を斟酌《しんしゃく》せず、険しい声を出した。「すぐそこの格子まで歩いていって、向こう側を眺めたからといって、どんな危害がおよぶというんだ？　たしかに、向こうに広がるのは奇妙で荒涼とした世界だけど、べつに恐ろしいものなんかじゃない。事実、眺めていればいるほど、だんだん美しく見えてきて——」

アリストラは最後まで聞こうとはせず、くるりときびすを返し、きた道を引き返していった。そして、このトンネルにあがってくるときに使った、例の傾斜した通路にたどりつき、その中に消えた。アルヴィンは、あえて引きとめようとはしなかった。自分の意志を他人に強《し》いるのは礼儀にもとる行為だし、あのようすでは説得しようとしてもむだだろう。友人たちのもとへもどるまで、アリストラは足をとめようともしないにちがいない。さいわい、都市の迷宮の中で迷ってしまう恐れだけはなかった。きた道を逆にたどるのは、それほどむずかしいことではないからだ。複雑きわまりない迷宮に入りこんでも、ぶじに外へ出られる本能は、人類が都市というものに住みはじめてから獲得した数多い能力のひとつといえる。はるかむかしに絶滅したネズミも、荒野を捨て、ヒトとともに暮らす道に賭けたのち、同様の能力を身につけたという。

　アルヴィンはしばらくのあいだ、アリストラがもどってくるのをなかば期待しているかのように、その場で待ちつづけていた。アリストラの反応自体は、とくに意外ではない。意外だったのは、その反応のはげしさと理不尽さだ。アリストラにそっぽを向かれたのは心底から残念だった。そのいっぽうで、せめてマントを返していってくれればよかったのに、との思いも胸にくすぶっていた。

　都市の肺機能をはたすダクトの中、向かい風にさからって進んでいくのは、寒いだけでなく、ひどく骨の折れる大仕事だった。戦わねばならない相手は空気の流れだけではない。

空気を動かしているなんらかの力も行く手をはばんでいる。ようやくひと息つけたのは、石造りの格子にたどりつき、格子にしっかりと腕をからめてからのことだった。格子にはかろうじて頭を突きだせるだけの隙間しかなく、しかも都市の外壁に面するダクトの吸気口は内側にくぼんでいるため、視界がすこしさえぎられてしまう。

それでも、充分な範囲が見わたせた。千メートル以上も下の砂漠に別れを告げようとしているのは、はるか遠い真っ赤な落日だ。吸気口ごしに、ほぼ真横から射しこんでくる夕陽は、トンネルのずっと奥のほうにまで、金色の光と黒い影の織りなす異様なパターンを投げかけている。夕映えのまばゆさに耐えかねて、アルヴィンは額に手をかざした。そして、十億年ものあいだ、だれひとり歩いたことのない大地を見おろした。

永遠に凍てついた海――眼下に広がるのは、それと見まがうばかりの光景だった。何キロも何キロも、ただ無数に連なる砂丘の波だけが、悠然とうねりながら西へつづいている。水平にちかい斜光を浴びて、その輪郭はくっきりと強調されていた。そこここには、風の気まぐれにより、砂の海に奇妙な渦や小谷が刻まれて、なかには驚くほど精緻にできているため、知性ある存在が彫った彫刻としか思えないものもある。はるか遠方――あまりにも遠く、距離の推し量りようがないほど彼方には、丸みを帯びた丘のような連なりがあった。アルヴィンにとっては、それは落胆させられる光景だった。そこに連なるのが、古代の記録や自分の夢に出てきたような天を衝く山並みであれば、どんなにかよかっただろう。

夕陽はその連丘の稜線にかかっていた。陽光に力がなく、真っ赤なのは、大気をななめに貫き、何百キロもの空気を透過してきているためだ。赤い日輪には、ふたつの大きな黒点があった。これまでの研究から、太陽にそういうものが存在することは知っていたが、こうもあっさりと目にすることができて、かえって拍子ぬけした。かんだかい音をたて、耳もとを容赦なく吹きすぎていく風にさらされながら、アルヴィンはひとりその場にうずくまり、覗き穴から延々と外を眺めつづけた。ふたつの黒点は、まるで一対の目となり、そんなアルヴィンを見返しているかのようだった。

薄暮、というものはなかった。夕陽が沈みきるとともに、砂丘の合間に無数にちらばる影だまりはすみやかに広がり、ひとつに融けあって、一気に巨大な暗黒の湖と化したのだ。夕空から色彩が引いてゆく。あたたかい赤と金色はみるみる薄れ、冷たく冴えた藍色に取って代わられていき、その藍色はますます濃さを増して、夜の漆黒へと移り変わっていった。アルヴィンはその後も、現存する全人類のなかでただひとり自分だけが知っている、あの息もとまらんばかりの瞬間を待ち受けた。一番星がまたたいて、夜空によみがえる瞬間である。

しかし、そこに現われたものは――。

前にこの場所を訪れてから何週間もたっているので、その間《かん》に星空のパターンが変化していることは、知識としては知っていた。が、まさかこんなものを目にすることになろうとは、予想だにしていなかった。宵の空にはじめて見るそれは——〈七つの太陽〉とでも呼ぶべきだろうか。

ほかに形容を思いつけない。この名前は、ひとりでに口をついて出てきたものだ。宵空に宿る残照のなか、ちっぽけな、ごくごく緊密に密集した七つの星が、驚くほど相称的なグループを形作っている。そのうちの六つは、わずかにひしゃげた楕円形を構成していた。あの六つはおそらく、真円の形にならんでいて、視線に対してわずかに傾斜しているため、楕円のように見えるのだろう。それぞれの星は色がちがう。六つのうち、赤、青、金、緑までは識別できるが、残りふたつは判然としない。六つの星のちょうど中心に輝くのは、ひとつの白い巨星だ。視界のおよぶかぎり、全天でもっとも明るいのはその白い星だった。ああして整列していると、七つの星は宝飾品を思わせる。自然がこれほど完璧なパターンを構成するとは——偶然でこのような構造ができあがるとは——とても信じられない。

目がゆっくりと夜空に慣れてくるにつれ、巨大な霧状のベールもすこしずつ見えてきた。あれはかつて〈天の川〉と呼ばれたものだ。いまは天頂から地平線にかけてかかっており、その襞《ひだ》に〈七つの太陽〉がからみついているように見える。このころになると、七つの星と明るさを競おうとして、ほかの星々も姿を見せはじめていた。だが、それらが形作るランダムな幾何学図形は、〈七つの太陽〉が持つ完璧な相称性の謎をかえって強調する結果をもたらした。こうして見ると、七つの星を整然と配置することで、自然な宇宙の無秩序さに対し、なんらかの力が対抗しているようでもある。

　人類がはじめて地球に歩みを印して以来、銀河系が回転軸を中心にひとめぐりした回数は、せいぜい十回程度。それ以上ではない。銀河系の尺度では、これはほんの一瞬のことだろう。しかし、そのわずかな期間に、銀河系はすっかりさまがわりしていた。それも、事象の自然な変化の過程では起こりえないほど劇的にだ。かつては若き誇りに満ちあふれ、あれほど猛々しく燃え盛っていた銀河系各地の大型恒星は、いまや衰亡の危機に瀕している。しかし、栄光に輝いていた当時の、古代のきらびやかな夜空を見たことがないアルヴィンには、数々の栄光が失われてしまったことなど知りようがない。

　ほどなく、寒さが骨にまで染み透ってきた。そろそろここを離れたほうがいいだろう。アルヴィンは格子から手を離し、血のめぐりをよくするため、四肢をこすった。ふりかえると、トンネルの反対端からは、ダイアスパーの光が燦然《さんぜん》と流れこんできており、そのあまりのまばゆさに、アルヴィンは一瞬、目をそらした。都市の外には昼夜の区別があるが、都市内にあるのは永遠の昼だけだ。陽がかたむくにつれて、ダイアスパーの上空には人工の光があふれていく。自然の照明がいつ消えたのか、人々が気づくことはない。睡眠の必要性を排除するのに先立って、人類はさまざまな都市から闇を締めだしていたのである。ダイアスパーに訪れる夜といえば、ごくまれに、思いがけなく〈公園〉を訪れ、神秘の場所に変貌させる、うすぼんやりとした闇くらいしかない。

アルヴィンは通路を引き返し、ゆっくりと鏡の間を通りぬけていった――まぶたの裏に、いまなお夜空と星々をあふれさせながら。あの光景は、しかし、心を刺激すると同時に、失意をもたらした。あの広大な荒野へ出ていくルートはなかなか見つからないし、そうするだけの筋が通った目的もない。ジェセラックは、砂漠に出ようものなら、人間はたちまち死んでしまうといっていた。それも納得のいく話ではある。いつの日か、ダイアスパーを出る方法が見つかるかもしれないが、たとえ見つかったとしても、すぐに引き返してこざるをえないだろう。あの砂漠に出ることは、たんなる興味本位のゲームであって、それ以上のものではない。おまけに、だれとも共有できず、得るものなどなにもないゲームでもある。とはいえ、自分の魂に宿った餓《かつ》えをいやす助けになるのなら、ためしてみる価値はあるはずだった。

見知った世界にはもどりたくなくて、アルヴィンはぐずぐずと鏡の間にいすわり、過去の〝鏡像〟を眺めて過ごした。とくに大きな鏡の一枚の前に立ち、その深い淵からさまざまな光景が浮かびあがっては消えていくようすを見つめる。この〝鏡像〟を映しだすメカニズムがどのようなものであれ、それは見る者の存在によって制御され、ある程度までは思考に反応するらしい。毎回、この部屋に入ってくると、当初はどの鏡もなにも映してはいないのに、そのあいだを歩きだすとともに、たちまち〝鏡像〟で満たされるからだ。

いま鏡の中に広がっているのは、広々とした中庭のようだった。現物を見たことはないが、これはおそらく、いまもダイアスパーのどこかに実在する中庭だろう。そこにはいつになくおおぜいの人々が詰めかけていた。どうやら、なにか公共の集いが開かれているらしい。一段高くなった論壇の上では、ふたりの男が丁重な態度で議論をしており、その台座のまわりには各々の支持者たちが立って、ときどき合いの手を入れている。音はいっさいしないが、想像力が音声を補うことで、この光景をいっそう魅力的なものにしていた。このひとたちは、いったいなにを議論しているんだろう？　もしかすると、これは過去に現実にあったできごとの一場面ではなくて、純粋な創作の産物かもしれない。人々の絶妙な配置といい、微妙に改まった動きといい、現実のできごとにしてはやや整然としすぎている。

識別できる顔はないかと、群衆をしげしげと見まわした。見知った顔はひとつもなかった。もっとも、何世紀かのうちに友人となる者たちの顔なら、いろいろと混じっているのかもしれない。人間の顔の造作《ぞうさく》にはどれだけのパターンがあるんだろう？　膨大な数ではあるはずだが、有限にはちがいない。醜悪な造作のバリエーションはすべて排除されているので、幅はなおさらせばまる。

鏡像世界のふたりの男は、とうに忘れ去られた議論にふけっていた。そのそばにじっと立つアルヴィンには気づきもしない。もちろん、気づかないのはあたりまえだが、ときどき自分がその〝鏡像〟の一部ではないことを忘れてしまいそうなほどに、映像はリアルで完璧だった。鏡像世界の幻影のひとりがアルヴィンの背後にまわりこめば、現実の世界と同じように姿が見えなくなる。幻影のひとりが目の前を通れば、こんどはアルヴィンがその陰になる。

だが……やっとのことで鏡の前を立ち去ろうとしたとき、アルヴィンはふと、鏡像世界には場ちがいな服装をした男がひとり、議論の集団からやや離れたところに立っていることに気がついた。動きといい、服装といい、なにもかもがこの群衆のそばではすこし浮いて見える。その人物の存在は、この鏡像世界にはそぐわない。アルヴィンと同じように、周囲と時代がずれているような感じとでもいえばいいだろうか。

それよりも、もっと驚くべきことがあった。その人物は、なんと現実の存在であり——ちょっぴりからかうような微笑を浮かべて、アルヴィンをじっと見つめていたのである。

5

まだそんなに長くは生きていないので、アルヴィンが会ったことのあるダイアスパーの住民は、全体の千分一にも満たない。だから、自分を見つめている男に見覚えがないことにも、とくに驚きはしなかった。驚いたのは、こんな人気《ひとけ》のないタワーの、未知のフロンティアにこれほど近い場所で、自分以外の人間に遭遇したことだ。

アルヴィンは鏡に背を向け、うしろにふりむいた。闖入《ちんにゅう》者はそこにいた。そして、アルヴィンが口を開くよりも先に、男のほうから話しかけてきた。

「きみはアルヴィン——だね？　いやはや、だれかがここへ入ろうとしていると知ったとき、きみだと気づいてしかるべきだったよ」

怒らせようと思ってのことばではなさそうだった。これはたんに、事実を述べているだけのようだ。すくなくとも、アルヴィンはそのように受けとった。自分の顔と名が広く知られていることは、あまり意外ではない。好むと好まざるとにかかわらず、自分が特異であること、それゆえになにをしでかすかわからないことは、すでにもう、都市の全住民に知れわたっている。

「わたしの名はケドロン」見知らぬ男はいった。それがすべてを言いつくしているといわんばかりの口調だった。「人はわたしを〈道化師〉と呼ぶ」

アルヴィンのきょとんとした顔に、ケドロンはいかにも無念そうなしぐさで、大仰に肩をすくめてみせた。

「やんぬるかな、わが知名度、いまだし――。しかし、きみはまだ若い。これまでの人生で道化を見たこともなかろう。とすれば、わたしを知らないのも、むりからぬ話ではあるな」

こういう反応は新鮮だった。一般的な人間とは、これはずいぶん毛色のちがう人物だ。アルヴィンは〝道化師〟という奇妙なことばの意味をもとめ、心の中をまさぐった。記憶の底にそれらしきことばがちらついていたが、意味まではわからない。それに、都市の複雑な社会構造には、似たような肩書がほかにもある。肩書の意味をぜんぶ把握するには、一生をかけて学ばないとむりだろう。

アルヴィンはたずねた。

「ここへは、よく？」

ちょっぴり悔しい思いが頭をもたげてきた。いつしかアルヴィンは、〈ローランの塔〉を自分の私的な所有物と見なしており、ここから見る数々の驚異が他人にも知られていたと思うと、なんとなく不愉快だったのだ。もっとも、このケドロンなる人物が、砂漠の彼方を一望したり西に沈む星々を眺めたりしていたかどうかは、まだわからないが。

「いやいや」アルヴィンの心の中を読んだかのように、ケドロンは答えた。「ここへくるのははじめてだよ。しかしながら、都市内の常ならぬできごとを知るのは、わが喜びとするところでね。だれかが〈ローランの塔〉に入るのは、なにしろ、ずいぶんひさしぶりのことだからな」

ケドロンという男は、これまでにも自分がここを訪ねていたことを知っているらしい。どうやって知ったのだろう？　そう思ってすぐに、アルヴィンはそんな考えを心から締めだした。ダイアスパーには、目や耳、その他の繊細な感覚器官が大量にひしめいていて、市内のできごとはすべて都市に筒抜けになっている。その気になって注意していさえすれば、ここに出入りする人間をチェックする方法はたやすく見つかるにちがいない。

「だれかがここへくるのが、その〝常ならぬこと〟だとしても」アルヴィンは依然として、警戒した口調でいった。「どうしてそういうことに興味を持つんです？」

「なんとなれば、このダイアスパーでは、〝常ならぬもの〟こそわが専権事項だからさ。じつをいうと、きみにはずうっと前から目をつけていたんだ。いつの日か出会うことも、ちゃあんとわかっていた。自分なりの形で、わたしもまた、特異な部類に属するのでね。ああ、いやいや、きみの特異性とは特異性がちがう。これはわたしの最初の生ではない。

〈創造の館〉から歩み出た回数は一千回にもおよぼうか。ところが、創建期のどこかで、わたしという人間は道化に選ばれたらしい。ダイアスパーに存在する〈道化師〉は、いちどにひとりだけだ。たいていの人間は、ひとりでも多すぎると思っているようだがね」

ケドロンのしゃべりかたには、はしばしに皮肉っぽい響きがあり、アルヴィンの狐につままれたような思いはいっこうに好転しなかった。個人的なことがらを訊くのは、けっして礼儀正しいふるまいではないが、ケドロンのほうからこの話題を持ちだしたこともあり、アルヴィンはあえてたずねた。

「無知をさらすようで申しわけありませんが……〈道化師〉とはなんです？　なにをするのが仕事なんです？」

「〝なにを〟、ときみは訊くかね。ならばわたしは、〝なぜか〟というところから語るとしよう。話せば長い物語ながら、きっときみは興味を持つだろう」

「ぼくはなんにでも興味を持つんです」

とアルヴィンは答えた。じっさい、そのとおりだった。

「けっこう、けっこう。では、聞きたまえ。ダイアスパーを設計した人々は――ときどき、それは〝人〟ではなかったのではないかと思うんだが――信じられないほど複雑な問題を解決せねばならなかった。知ってのとおり、ダイアスパーとはたんなる一機械ではない。一個の生きた生命体――それも、不死の生命体だ。われわれはこの社会にすっかり馴じんでしまっているので、太古の先祖から見たら、どれほど奇妙な存在に映るかわからんがね。ここにあるのは、なんともちっぽけな、閉じた世界でな。瑣末《さまつ》な細部以外、なんら変わることはない。ただし、それだけに、幾星霜《いくせいそう》を経ても、じつによく安定している。おそらくダイアスパーは、ここが建設される前の人類の歴史よりも長く存続しているのではなかろうか。ただし、以前の歴史では、無数の文化と文明が乱立していて、それぞれはほんの短期間つづいただけで滅んでしまったと信じられている。では、ダイアスパーの並みはずれた安定性は、いったいどうやって得られたものなのか？　きみはどう思うね、うん？」

これほど基本的な問いを発する人間がいるとは、思いもよらないことだった。新しい知識が得られるかもしれないというアルヴィンの期待は、だんだんしぼみはじめた。

「メモリーバンクのおかげでしょう、もちろん」とアルヴィンは答えた。「ダイアスパーはいつも同じ人々で構成されています。もっとも、各人の肉体が創造されたり分解されたりするのに合わせて、グループ構成は変わりますが」

ケドロンはかぶりをふった。

「それは答えの一端でしかない。成員がまったく同じ顔ぶれであってもだよ、多彩なパターンの社会はいくらでも構築できる。証明はできないがね。また、それを裏づける直接的な証拠もない。しかし、事実はそのとおりである、とわたしは信じている。都市の設計者たちが規定したのは、人々の顔ぶれだけではないぞ。人々のふるまいを司《つかさど》るルールもだ。

われわれはそんなルールが存在することに気づいてもいないが、それにしたがっている。ダイアスパーは凍てついた文化なんだよ。そこにはごく限定的にしか変化の余地がない。メモリーバンクは、われわれの肉体や人格のパターンのほかにも、たくさんの情報を持っている。そのなかには、この都市そのもののイメージも含まれる。その固定イメージが、時がもたらしうるすべての変化に対して、原子のひとつひとつにいたるまで、頑強に抵抗させているんだ。たとえば、足もとの板石を見てごらん。これは何百万年も前に敷かれたもので、この上を数かぎりない足が踏んできた。しかし、どこに磨耗のあとがあるね？いくら丈夫な物質であろうと、特別な保護処置がとられていないかぎり、長い年月のうちには、かならず塵に還る。ところが、メモリーバンクを機能させるエネルギーが存続するかぎり――そして、そこに保存された構成情報《マトリクス》がこの都市のパターンを制御できるかぎり――ダイアスパーの物理構造はけっして変わることがない」

「でも、多少の変化はあったはずですよ」アルヴィンは反論した。「この都市が建設されて以来、たくさんの建物が解体されて、新たに建てなおされてきたんだから」

「もちろんだとも。ただしそれは、メモリーバンクに眠っていた情報を吐きだして、新たなパターンをセットアップしただけのことでしかない。いずれにしても、物理構造が不変であるという話は、都市がみずからを物理的に維持する手段の例証としてあげたにすぎん。物理構造と同じく、ダイアスパーには、われわれの社会構造を維持する多数の装置がある

――わたしがいいたいのはそちらのほうだ。その装置群は、あらゆる変化を監視していて、変化が大きくなりすぎないうちに、早々に修整してしまう。どうやって修整するのかって？　それはわからん。あるいは、〈創造の館〉から現われる顔ぶれを選別することで制御しているのかもしれん。でなければ、われわれの人格パターンに干渉するのか。われわれは、自分では自由意志を持っていると思っているが、ほんとうにそうだといいきれるだろうか？

いずれにしても、維持という問題は、こうして解決された。ダイアスパーは悠久の時を生き延びて、安全に航海してきたんだ――人類に残された貨物一式を載せて運ぶ、大きな船舶としてな。社会工学という点では、これはもう、たいへんな偉業というほかはない。ただし、そうするだけの意味があるかどうかとなると、また別の問題だがね。

それというのも、安定というだけでは充分ではない。安定は、あまりにもやすやすと停滞につながってしまう。そして、頽廃にもだ。都市設計者たちは、停滞を回避するため、いろいろと巧妙な予防措置を講じた。しかし、こんなふうに人気《ひとけ》のない建物を見るにつけ、そういう措置がかならずしもうまくいってはいないことがわかるだろう。かくいうわたし、〈道化師〉ケドロンもまた、その計画の一部であるとは思う。しかし、わたしの務めなど、ごくごく小さなものでしかあるまいな。そうではないと思いたいところだが、自信はないよ」

アルヴィンはたずねた。

「あなたの務めとは、どんなものです？」

依然として、話がまったく見えなかった。すこし腹もたってきている。

「計算された量の無秩序を都市にもたらすこと——とだけいっておこう。自分がしていることを説明したなら、その効果がだいなしになってしまうじゃないか。わがふるまいより判断せよ、手がかりは多くなければども、わがことばはあてにしたもうな、口数は多けれど、ということさ」

ケドロンのような人物にお目にかかるのは、じっさい、アルヴィンははじめてだった。ちょっと話を交わしただけでも、〈道化師〉が強烈な個性の持ち主であることは明らかだ。ダイアスパーの典型的市民に広く見られる均一性とは、一線を画するものがある。その務めというのが具体的にはどんなもので、それをどのように実行しているのか、たずねたところで教えてもらえる見こみはなさそうだったが、そんなことは瑣末事でしかない。重要なのは、目の前にいるのが話の通じる人物であり、長いあいだアルヴィンを悩ませてきた問題の多くに、答えを——ただし、饒舌の合間をぬってだが——与えてくれそうだということだった。

ふたりはそろって〈ローランの塔〉の通路をいくつも通りぬけ、これも人気《ひとけ》のない自走路のそばに出た。外に出てはじめて、アルヴィンは気がついた。ケドロンからはいちども、未知の領域に接するこんな場所でなにをしていたのかとたずねられてはいない。おそらくケドロンは、アルヴィンがここにきた理由を知っているのだろう。そして、アルヴィンの行動を興味を持って見てはいても、けっして驚いたりしてはいないのだろう。なんとなく、ケドロンを驚かせるのは、並みたいていのことでは無理なような気がしてきた。

気が向いたらいつでも連絡をとりあえるよう、ふたりは市民番号《インデックス・ナンバー》を教えあった。〈道化師〉の話をもっといろいろ聞きたいところではあったが、あまり長くこの人物といっしょにいると、疲れはててしまう気がしてならない。いずれにしても、つぎに会う機会にそなえて、友人たち、とくにジェセラックに、ケドロンについて知っていることをたずねておいたほうがよさそうだ。

「ではまた、いずれ」

ケドロンは別れを告げ、瞬時に消え失せた。アルヴィンはすこしむっとした。人に会うとき、イメージだけを投映し、生身では出向かないのであれば、最初にその旨を告げておくのが礼儀というものではないか。ときとして、それと知らずに会っていた相手が、多大な不利益をこうむることもあるのだから。たぶんケドロンは、さっき顔を合わせて以来、ずっと自宅にいて、安閑とくつろいでいたのだろう。その自宅がどこにあるのかはわからない。たしかに、教えられた番号があれば、どんなメッセージでも伝えることはできる。しかし、その番号自体は、どこに住んでいるのかを明かすものではない。すくなくとも、一般的な慣習ではそうだ。市民番号《インデックス・ナンバー》は一般に公開してもいいが、住所は親しい友人にしか教えないものなのである。

都市の中心部へ引き返す途中、アルヴィンはケドロンに聞かされたダイアスパーのこと、その社会構成のことをひととおり反芻し、考えにふけった。ここの暮らしぶりに満足していないらしい人間にかつていちども出会ったことがないのは、どうにも不思議でならない。ダイアスパーとその住民たちは、ひとつのマスタープランの一部として設計されたといわれる。そこにあるのは典型的な共生関係だ。その長い生を通じて、都市の住民は退屈することがない。この世界は、太古の基準に照らせば、規模としてはちっぽけなものかもしれないが、複雑さでは圧倒的に勝り、その富、驚異、宝物の質と量たるや、人に把握できる限度を超えている。人類はここに、その天稟《てんぴん》が生んだ果実のすべてを――過去の残骸から発掘されたすべてを――詰めこんだのだ。これまでに建設されたあらゆる都市は、伝説によれば、その一部がなんらかの形でダイアスパーに反映されているという。〈侵略者〉の来襲以前、ダイアスパーの令名は、いまの人類が失った諸々《もろもろ》の世界に知れわたっていたらしい。そして、ダイアスパー建設にあたっては、〈帝国〉の技術のすべて、芸術的才能のすべてが注ぎこまれたとされる。栄光の時代が終わりに近づくころ、才覚ある人々はこの都市を造り変え、都市を不死とする装置の数々を組みこんだ。したがって、どれだけのものが忘れ去られても、ダイアスパーだけは永遠に生きつづけ、人類の子孫を時の流れの果てまで安全に送りとどけるはずだった。

結局のところ、ダイアスパーがなしとげたのは、存続の道を確保することだけでしかない。だが、住民はそれで満足してしまった。ほぼ成人した姿で〈創造の館〉から現われ、外見上はほとんど齢をとらないまま、都市のメモリーバンクに還っていくまでのあいだ、することはいくらでもある。すべての男女が、むかしなら天才と呼ばれる知能を持つ世界にあっては、だれも退屈する恐れなどない。会話や議論を楽しみ、複雑な社交儀礼を修得する――それだけをとっても、人生のかなりの部分を費やすことになるだろう。それに、大がかりな公開討論もある。都市じゅうの市民が固唾《かたず》を呑んで見まもるなか、そのときどきでひときわ鋭敏な精神同士が、あるいは言論の火花を散らし、あるいは哲学の未踏峰に――いまだ征服されたことはないが、それでも挑戦者が尽きることのない高峰に――攀《よ》じ登る姿を披露するのだ。

男にも女にも、強い知的好奇心を持たない者はひとりもいない。たとえばエリストンは、毎日かなりの時間を割いて、〈中央コンピュータ〉を相手に延々と問答をくりかえしている。この都市の事実上の管理者、〈中央コンピュータ〉が相手にするのは、ひとりエリストンばかりではない。知恵くらべを挑む者はおおぜいいて、機械知性はその全員を同時に相手にしている。この三百年というもの、エリストンは〈中央コンピュータ〉に解けない論理パラドックスを作ろうとしてきたが、あのぶんでは、千年の人生を何度かくりかえさないかぎり、とうてい進展は見られないだろう。

エタニアの興味は、もっと審美的な方向に向けられていた。物質変換装置の助けを借りて、このうえなく美しく、複雑に交錯する三次元パターンをデザインし、造りあげるのが彼女の趣味だ。それはすなわち、位相幾何学のきわめて高度な問題を解くということでもある。その作品は、ダイアスパーのいたるところで見ることができ、一部は舞台舞踊の大ホールの床にも組みこまれているし、新作バレエや舞踊モチーフの基礎にも使われている。

こういった行為や創作活動は、その味わいを評価する知性のない者には無味乾燥に思えるだろう。しかしダイアスパーには、エリストンやエタニアがやろうとしていることを理解できない人間などひとりもいない。なにしろ、市民のひとりひとりが、ふたりと同じように、時間と労力をつぎこむなんらかの興味の対象を持っているのだから。

各種のエクササイズやスポーツは、重力制御が可能になってはじめて成立したものも含めて、生まれてから数世紀以下の若者たちに好まれる。冒険と想像力の発露については、望めばだれでも参加できる〈冒険譚《サーガ》〉がある。動くイメージを再生し、音を記録し、それらの技術を用いて、現実の生や架空の生を元にしたシーンを創りだす——リアリズムの追求がはじまったのは、そういったことに人類が手を染めるのと同時だった。〈サーガ〉とは、その結果として不可避的に生まれた最終生産物にほかならない。〈サーガ〉の中では、あらゆるイメージが現実同様の完璧なリアリティを持つ。関係するすべての感覚入力は精神に直接フィードされ、それと相いれない感覚はみなはじかれてしまうからだ。冒険がつづいているかぎり、物語に没入している参加者は現実から切り離される。それはまさに、自分では目が覚めていると思いこんでいるのに、じっさいには夢の世界に生きているのに等しい。

十億年にわたって本質的な変化の見られない世界——純然たる秩序と安定の世界においては、運のゲームが熱い興味の対象となるのも、たぶんそれほど不思議なことではない。人類はつねに、振られるサイコロ、めくられるカード、回転する矢印《ポインター》の神秘に魅了されてきた。もっともいじましいレベルでは、人々はたんなる欲からギャンブルにのめりこんだものである。なるほど、だれもが望めば必要なものをすべて手に入れられる世界では、欲などというものが生き残る余地はない。しかし、欲が排除されたあとも、運のゲームに対する純粋に知的な好奇心は残り、きわめて洗練された精神たちをも魅きつけずにはおかなかった。掛け値なしにランダムにふるまう機械——そして、どれだけ大量の情報を持っていても、けっしてその結果を予測できないできごと——。哲学者も賭け事好きも、そこに等しく娯しみを見いだす。

もうひとつ、すべての人間に共通して残っているものとしては、性愛と性技の結びついた世界がある。両者が結びつくのも当然ではあった。技巧なき性愛はたんなる性欲の処理でしかなく、愛情をともなわない性技は、心から娯しめるものではないからだ。

人類はさまざまなものに美を探しもとめてきた。音の連続、紙に引いた線、石の表面の質感、人間の肉体の動き、空間に配された色彩……そういった美の媒体はみな、いまもダイアスパーに息づいている。長い年月のあいだには、さらにいろいろな形の美がこれらに加わってきた。しかし、潜在的にありうるアートの形がすべて見つかったかどうかについては、だれもいまだ確信が持てずにいる。人間の精神の外で、アートが意味を持つかどうかについてもだ。

そしてそれは、愛についてもいえることだった。

6

ジェセラックは、数字の渦のただなかにじっとすわっていた。目の前に整然とならぶのは、最初の千個までの素数だ。数字はすべて、電子計算機が発明されて以来、すべての算術的操作に使われてきた二進法で表示されている。ジェセラックの目の前を行進していく、果てしなく連なる1と0の列——自分自身と1のほかに約数を持たない数の、延々とつづく連鎖。素数の持つ神秘性はつねに人類を魅了し、その想像力をかきたててやまない。

ジェセラックは数学者ではないが、ときどき、そう思いこんで数字に接するのが好きだった。彼にできるのは、無限にならぶ素数の列に、相互の特殊な関係や規則性を見つけることだけだ。もっと数学の才のある人間なら、それを法則にまとめられるかもしれないが、そこまではできない。それに、素数のふるまいは見つけられても、その理由を説明することもできない。それでも、数字の密林をかきわけて進むうちに、ときどき、もっとすぐれた探険家たちが見落としていた驚異を見つけることがある。彼にとっては、それがなによりの楽しみだった。

まず、用意できるかぎりの整数を行列の形にならべ、コンピュータを使って素数だけを選びだし、その上に同じ数を重ねていく。メッシュの交点にビーズを載せていくようなものである。ジェセラックはこの作業を、これまでに百回以上も行なってきた。得られた発見はいまのところなにもないが、整数のスペクトル上に、一見なんの規則性もなく素数が点在しているさまを眺めるのは、楽しくてしかたがない。素数の分布を知るための定理がすでに発見しつくされていることは知っている。それでも、なにか新しい定理が見つかるのではないかという期待は、なかなかぬぐえるものではなかった。

じゃまが入ったのはそのときだった。帰れ、といってやりたいところだったが、さすがにそれはいいにくい。じゃまがいやなら、告知パネルをそのようにセットしておくべきだったからだ。おだやかなチャイムが耳の中で響き、それとともに数列の壁が震え、大量の数字がぼやけていき、ジェセラックはありふれた現実の世界に引きもどされた。

訪ねてきた人物がだれであるかは、ひと目でわかった。ケドロンだ。あまり歓迎すべき相手ではなかった。ジェセラックは秩序だった日々を乱されるのを好まない。それに対してケドロンは、予測がつかないものの代名詞的な存在といえる。それでもジェセラックは、内心のおだやかならぬ思いをとりつくろい、表面上は丁重に訪問者を迎えた。

ダイアスパーでは、はじめて会った人間同士は——それが百度めでも同じことだが——一時間ほど社交上の四方山《よもやま》話をし、そのあとでようやく本題に入るのが通例となっている。

もちろん、本題があればの話だ。ところがケドロンは、儀礼的な会話を大幅にはしょり、わずか十五分で切りあげてしまったので、ジェセラックはすこしむっとした。

儀礼もそこそこにケドロンが口にしたのは、こんなことばだった。

「じつは、アルヴィンのことで話を聞きたくてね。あなたは彼の教師——だろう？」

「そのとおりだよ」ジェセラックはうなずいた。「いまでも週に数回は会っている。アルヴィンが会いたいといってくれれば、何度でも会うことにしている」

「あなたの目から見て、彼は利発な生徒だったかな？」

ジェセラックはじっくりと考えた。この問いに答えるのはむずかしい。生徒と教師の関係はきわめて重要なものだ。ダイアスパーでの生活の基盤をなす重大要素のひとつとさえいえる。毎年、都市に誕生する新しい精神の数は、平均してほぼ一万。生まれた時点で、前世の記憶はまだ眠ったままで、それから二十年間は、見るもの聞くもの、みな新鮮で、めずらしいものばかりの日々がつづく。したがって、毎日の生活の基盤をなす無数の機械や装置については、使いかたを教えてやらねばならないし、かつて人類が築いたもっとも複雑な社会についても学ばせてやらねばならない。

そういった教育の一部は、新生市民の両親に選ばれたカップルから施されることになっている。抽選で選ばれる両親の務め自体は、それほど負担の大きなものではない。エリストンとエタニアにしても、アルヴィンの教育に費やしたのは、持てる時間の三分の一程度でしかなかったが、それでも、自分たちに求められる役割はひととおりこなすことができた。

アルヴィンの教育でジェセラックが受け持つのは理知的な側面にかぎられる。社会でのふるまいを教え、しだいに広がっていく友人の輪に紹介するのは、両親の役目だ。アルヴィンの人格形成に責任を負うのもまた両親であり、ジェセラックが責任を負うのは、もっぱら精神面の発達のほうと決まっている。

「その質問に答えるのは少々むずかしいな」とジェセラックはいった。「たしかにアルヴィンは、知的側面ではまったく問題がない。しかし、関心を払うべきことがらの多くに対して、まったく興味が向かないらしい。そのいっぽうで、われわれがふつうは議論しないテーマに対しては、旺盛な好奇心を示す」

「たとえば、ダイアスパーの外の世界――とかかな？」

「うむ。なぜ知っているんだね？」

ケドロンはしばしためらった。ジェセラックをどこまで信用していいかわからなかったからだ。ジェセラックが親切で善意の人物であることはケドロンも知っている。しかし、そのいっぽうで、ダイアスパーのすべての住民を――アルヴィンだけは例外だが――呪縛するタブーにとらわれていることも知っている。

ややあって、結局、ケドロンはこう答えた。

「いや、まあ、なんとなくね」

ジェセラックは、ゆったりとした椅子を実体化させ、腰をおろし、深々と身をゆだねた。興味深い状況なので、腰をすえてじっくりと分析しようと思ったのだ。もっとも、この状況では、たいしたことはわからない——ケドロンが進んで協力してくれないかぎり。

アルヴィンがいずれ〈道化師〉と出会い、予測のつかない結果をもたらすであろうことは、予想していてしかるべきだった。ケドロンはこの都市で特異と呼ばれうる、アルヴィン以外ではただひとりの人間である。ただし、その奇人ぶりは、ダイアスパーの設計者たちによって組みこまれたものでしかない。犯罪や無秩序のないユートピアというものは、早晩、どうしようもなく沈滞してしまう。これはずっとむかしに発見されたことだ。しかし、犯罪はその性質上、社会の平衡にとって最適のレベルでありつづけるとはかぎらない。といって、許可を受け、規制されたものであれば、それはもう犯罪ではなくなる。

その対策として都市設計者たちが考案したのが、〈道化師〉の機能だった。一見、素朴すぎるように見えるこの措置は、これでなかなか奥が深い。ダイアスパーの全歴史を通じて、この特殊な役割に向く精神的資質を持って生まれた者は、わずか二百人たらず。〈道化師〉は一定の特権を持ち、自分たちの行ないがどんな結果を招いても責任を免除される。もっとも、なかにはやりすぎてしまって、ダイアスパーが科せる唯一の懲罰を受けさせられた者たちもいた。その懲罰とは、寿命をまっとうする前に、未来へ追放されることだ。

ごくまれに、だれにも予見しようがない機会をとらえて、〈道化師〉は悪ふざけを仕掛け、都市を大混乱に陥れる。それは手のこんだたちの悪いジョークであることもあるし、そのときどきの金科玉条や生きかたに対する巧妙な攻撃であることもある。総じて、〝道化師〟という名前は、きわめて適切な呼称といえた。じっさいこれは、はるかなむかし、まだ宮廷というものがあり、王がいたころ、同様の認可のもとで同じような役割をはたしていた者たちの呼び名なのである。

「このさいだから」とジェセラックはいった。「腹を割って話しあったほうがいいだろう。われわれはふたりとも、アルヴィンが特異な存在であることを知っている。アルヴィンはいままでダイアスパーで生を受けた経験がない。その含みに見当をつけるのは、わたしよりもきみのほうが得意なことがらだろう。この都市で起こることで、当初の計画にないものがあるとは思えないから、彼が創造された裏には、なんらかの目的があるはずだ。アルヴィンがその目的を——それがなんであれ——達成するのかどうか、わたしにはわからない。その目的がいいことなのか悪いことなのか、それもまたわからない。どういう性質のものであるのかも、皆目見当がつかない状態だ」

「それが都市の外と関係あることだとしたら？」

ジェセラックは辛抱づよくほほえんだ。例によって、ケドロンはささやかなジョークをいっているにちがいない。〈道化師〉とはそうしたものだ。

「都市の外になにがあるかは教えてある。ダイアスパーの外に砂漠しかないことは、アルヴィンもちゃんと知っているよ。できるものなら、きみが外に連れていってやりなさい。きみなら道を知っているだろう。現実をその目で見れば、アルヴィンの精神の奇矯さも治るかもしれないしな」

「じっさいには、もう見てるんだけどね」

ケドロンはぼそりとつぶやいた。ただし、これは自分につぶやいたのであって、ジェセラックには聞こえていない。

「アルヴィンが現状に満足しているとは、わたしも思っていない」ジェセラックはつづけた。「いまのところ、都市にこれといった愛着の対象を見つけてはいないし、例の強迫観念に取り憑かれているかぎり、それはむずかしいだろう。しかし、なんといっても、彼はまだ若い。もっと成長すれば、気の迷いも晴れて、都市のパターンの一部に収まるのではあるまいか」

自分に言い聞かせるようなしゃべりかただった。このご仁、本気でそう思っているんだろうか、とケドロンは思った。

「ときに、ジェセラック」唐突に、ケドロンはたずねた。「アルヴィンは、自分が最初の特異タイプでないことを知っているのかな?」

ジェセラックはぎょっとした顔になり、ついで挑むような目をケドロンに向け、哀しげな口調でいった。

「察していてしかるべきだったよ、きみがそれを知っていることは。ダイアスパーの歴史を通じて、特異タイプはどのくらい生まれてきたんだろう？　十人もいたろうか？」

「十四人だ」迷うことなく、ケドロンは答えた。「アルヴィンは勘定にいれずにな」

「きみはわたしよりも事情通らしい」顔をしかめて、ジェセラックはいった。「とすれば、その特異タイプたちがどうなったのか、それも知っているのかね？」

「消えてしまったのさ」

「ご教授、痛みいる。しかし、その程度のことならわたしも知っているぞ。だからこそ、アルヴィンには先達《せんだつ》たちのことを話さないようにしてきたんだ。いまの彼の精神状態では、けっしてプラスにはならないからな。きみもこの件は黙っていてくれるだろうね？」

「当面は――イエスかな。わたしも個人的に、アルヴィンのことは調べてみたいんでね。神秘はつねづねわたしを魅了してやまないものだが、ダイアスパーにはあまりにも神秘がすくなすぎる。どうやら運命は、大がかりないたずらをたくらんでいるらしい。わたしのいたずらなど児戯にしか見えない、とびきりのいたずらをだ。もしもそうであれば、そのいたずらが発動するさいには、ぜひ立ちあいたいところだが……」

「きみはどうも、謎めいたしゃべりかたが多すぎてこまる」ジェセラックは不満を漏らした。「具体的には、どのようなことを予期しているんだね？」

「わたしの推測があなたの推測よりましだという保証はない。が、わたしが信じているのは――あなたやわたしだけではなく、ダイアスパーのだれであれ、〝アルヴィンがその気になったら、だれにもその行動はとめられない〟ということさ。見ていたまえ、これからの何世紀かは、とんでもなくおもしろい時代になるぞ」

ケドロンのイメージが眼前から消え失せたあとも、ジェセラックは長いあいだ、じっとその場にすわりつづけていた。素数のことは、もうすっかり念頭から消えている。ずしりと両肩にのしかかっているのは、いままでに経験したことがないたぐいの不吉な予感だ。つかのま、〈評議会〉に会見を申し入れるべきかとも思った。だが、そんなことをすれば、根拠のない空騒ぎを引き起こすことになりかねない。もしかすると、この一件は、ケドロンが仕組んだ、いまだ狙いのうかがい知れない、手のこんだいたずらである可能性もある。そのいたずらの対象になぜ自分が選ばれたのかは、まったく見当がつかなかったが。

ジェセラックはこの件を真剣に考え、あらゆる角度から検討した。小一時間ほどたち、彼が下したのは、いかにもジェセラックらしい判断だった。

しばらく待って、ようすを見ることにしたのである。

アルヴィンは時間をむだにせず、ケドロンについて知りうることをかたはしから調べていった。主要な情報源は、いつものようにジェセラックだった。老教師は、〈道化師〉が訪ねてきたことを教え、会見の内容については、話してもさしつかえない事実だけを語ったのち、わずかながら、ケドロンの生きかたについて知っていることを付言した。ダイアスパーという都市で可能な範囲において、ケドロンは世捨て人だ。どこに住んでいるのか、どんな暮らしぶりをしているのかは、だれも知らない。前回、ケドロンが仕掛けたいたずらは、都市じゅうの自走路を全面的に麻痺させるという、どちらかというと子供じみたものだった。あれはたしか、五十年前のことだ。一世紀前には、とびきりたちの悪いドラゴンを解き放ち、都市内をうろつかせ、当時もっとも人気のあった彫刻家の作品だけをつぎつぎに食わせてまわった。ドラゴンが自分の作品しか食わないと知った彫刻家が、つぎは自分も食われてしまうのではないかと恐怖し、身を隠したのも、あの状況ではむりからぬ話だろう。ようやく彫刻家が姿を見せたのは、出現したときと同じように、ドラゴンが不可解な形で消滅したあとのことだった。

こういった所業からわかる背景がひとつある。ケドロンは都市を管理する機械や動力系について深い知識を持っており、余人にはまねのできない形で意のままに管理システムを制御できるということだ。ただし、その制御を強制的に無効にする優先システムもあるにちがいない。調子に乗りすぎた〈道化師〉が、ダイアスパーの複雑な構造に対し、恒久的かつ修復不可能なダメージを与えないようにするための予防措置である。

アルヴィンは、こういった情報をすべて記録したが、あえてケドロンにコンタクトしようとはしなかった。〈道化師〉にしたい質問は山ほどある。しかし、頑固なまでの自立心の強さゆえに——おそらくこれは、アルヴィンの性質のなかでもひときわ特異な部分だろう——だれの助けも借りず、できるだけ自力で答えを見つけだしたかったのだ。出口探索プロジェクトに着手したことで、これからは何年間も忙殺されるかもしれない。しかし、目標に向かって進んでいると感じていられるかぎり、アルヴィンは満足だった。

未知の土地の地図を作成する大むかしの旅行家のように、アルヴィンはまず、ダイアスパーの系統だった探険から開始した。都市の外周部にそびえる無人の超高層タワー内を、何日も何週間もかけて探索していくのだ。どこかに外の世界へ出る道があるのではないかと期待してのことである。探索のあいだ、高みで口をあけ、砂漠を一望する大型吸気口を、ほかに十いくつか見つけた。どの吸気口も石の格子で封鎖されていたが、たとえ格子がなかったとしても、切りたった外壁は地面まで一キロ以上あり、それだけで充分な障壁となっていた。

一千の通路、一万のがらんとした部屋をめぐったものの、結局、吸気口以外の開口部は見つからなかった。ただし、外周部の建物はどれも——ダイアスパーの住民にとっては、これがあたりまえの状態なのだが——しみひとつない完璧な状態に維持されていた。ときどき、移動中のロボットに遭遇することもあった。どうやらそれらは、設備検査のために巡回しているロボットたちのようだった。遭遇するたびに、アルヴィンはかならず質問を投げかけたが、問いに答えが返ってきたためしはなかった。巡回ロボットたちは、人間のことばや思考に反応するようにはセットされていないらしい。目の前に人間がいることは認識しているようで、アルヴィンとすれちがうさいには、宙に浮かんだまま、丁重に道をゆずる。しかし、会話にはいっさい応じようとしないのだ。

ほかの人間と顔を合わせない時期も、何日もあった。空腹になれば居住コンパートメントのひとつに入り、食事を注文する。すると、ふだんは存在を気にかけたこともない奇跡の機械たちが長い眠りから目覚め、メモリーに蓄えていたパターンを現実世界に呼びだし、自分たちに制御できる物質を組織化して構成する。かくして、アルヴィンの目の前には、一億年も前の一流シェフが腕をふるったのとみごとに同じ料理が供されることになる――食べる側の目的が美味を堪能するためであろうと、たんに空腹をいやすだけであろうと、まったくおかまいなしに。

このがらんとした世界の――活気にあふれた都市中心部を取りまく人気《ひとけ》のない外周部の――ものさびしさにも、アルヴィンは平気だった。孤独には慣れている。友人と呼ばれる者たちといっしょにいるときでさえ、アルヴィンはいつも孤独だったのだ。むしろ、持てるエネルギーと関心のありったけをつぎこみ、こうして夢中になって探険していられるうちは、一時的にせよ、自分の出生の謎や自分と友人たちとを隔てる特異性のことを忘れられて、かえってありがたく感じられた。

そんなアルヴィンが、こんなことをしていても時間のむだだと結論したのは、まだ都市外周部のうち、百分の一も探険していない段階でのことだった。これはけっして辛抱がたりないからではない。純然たる論理に基づく結論である。必要とあらば、またここにもどってきて、たとえ一生かかろうとも、すべてを探険しつくす心がまえはできている。だが、ようすはもう充分にわかった。ダイアスパーから出るルートがあるとしても、居住区をうろつく程度の探しかたでは、なにも見つかりはしないだろう。このままでは、実りなき探索に何世紀も費やすことになる。それがいやなら、より賢明な人物たちの助力を仰ぐしかない。

ジェセラックはすげない口調で、ダイアスパーから出るルートなど知らないし、そんな道があるとも思えないと答えた。情報機器にも問い合わせてみたが、ほぼ無限ともいえるメモリーを検索させてみても、外へ出るルートは見つからなかった。情報機器は、都市の歴史についてなら、記録に残る始原の時点にまで遡《さかのぼ》り――そこから先は〈薄明の時代〉という壁にはばまれ、茫洋としてなにもわからないのだが――詳細に語ることができる。しかし、アルヴィンの単純な質問には答えることができなかった。知らないのか、でなければ、なんらかの高次の権力が答えることを禁じているのか、そのどちらかだ。

やはり、もういちどケドロンに会わなくてはならないらしい。

7

「やけに時間がかかったもんだな」とケドロンはいった。「しかし、いずれ連絡してくると思っていたよ」

自信たっぷりの口調に、アルヴィンはむっとした。おまえの行動などお見通しだと指摘されるのは、けっして気持ちのいいものではなかった。もしかすると〈道化師〉は、アルヴィンがむなしく探索してまわるところをずっと見張っていたのだろうか。そして、なにを探しているのかにも気づいていたのだろうか。

「ぼくは都市から出る道を探していたんです」ぶっきらぼうな口調で、アルヴィンは答えた。「どこかに道があるはずなんだ。それを見つけるうえで、あなたなら力になってもらえるんじゃないかと思って連絡したんですが」

ケドロンは黙りこんだ。その気になれば、行く手に伸びる道から引き返す余地はまだある。道の彼方に待つのは、先を見通すケドロンの力がまったく通用しない未来だ。ほかの人間なら、ここでためらうことなく引き返しているにちがいない。なにしろこの都市には、自分を除けば、たとえそれだけの力があったとしても、何百万世紀も前に滅んだ時代の亡霊をあえて呼び覚まそうとする者などいはしないのだから。おそらく危険はないだろう。しかし、このダイアスパーの永遠の不変性をくつがえすことはだれにもできないだろう。世界になにか奇妙で新奇なものが入りこんでくる可能性は否定しがたく、それを回避する機会は、この瞬間をのがしたら、二度と訪れない気がした。

ケドロン自身は、いまの都市のありように満足している。たしかに、ときどき都市の秩序にちょっかいを出しはするが、それはささやかな揺さぶり程度のものでしかなかった。ケドロンは批評家であって、革命家ではない。おだやかに流れる時の川にわずかな波紋を立てることさえできれば、それで充分だ。川の流れを変える行為など、どうして挑戦する気になれようか。冒険への欲求が——頭の中だけでの冒険を除けば——入念かつ徹底的に取り除かれているという点では、ケドロンもまた、ダイアスパーの他の市民全員となんら変わらない人間なのである。

ただし、ケドロンはいまも——もはや風前の灯《ともしび》の状態とはいえ——かつて人類の最大の宝物であった好奇心のきらめきを残していた。リスクを冒す覚悟はちゃんとできている。

ケドロンはアルヴィンをじっと見つめ、自分の若いころのこと、五百年前にいだいた自分自身の夢のことを思いだそうとした。ダイアスパーの成人は、過去のどの時点であれ、見たい記憶を選び、そこに焦点をあてさえすれば、その当時のことを、いまもって鮮明に、くっきりと思いだせる。この人生の記憶だけではない。糸に通したビーズのように連なるこれまでの前世のすべてを、はるかむかしまで遡ることができるのだ。そして、どのビーズでも望むままに選び、その生を再体験できる。いまのケドロンから見れば、前世のケドロンのほとんどは、見知らぬ他人も同然だった。基本的なパターンは同じかもしれないが、各々の生の重みによって、現在のケドロンとは永遠に隔てられている。いちおう、本人の希望しだいでは、〈創造の館〉へもどり、また都市に呼びだされることを期して眠りにつくさい、そういった過去の人格をすべて消去することはできた。しかし、それはある種の死であり、そこまでの境地には彼もまだ達していない。いまのケドロンは、生が与えてくれるものを残らず集め、享受するつもりでいる——ちょうど、多室の殻を持つオウムガイが、ゆっくりと拡張されていく螺旋の殻に、ひとつ、またひとつと、新たな空室をつけ加えていくように。

若い時分のケドロンには、友人たちとくらべても、格別変わったところなどなかった。遠いむかしに運命づけられていた自分の役割に気づいたのは、成年に達し、潜伏していた前世の記憶が、いっせいによみがえってきてからのことである。ときどきケドロンは、圧倒的な知恵と技術でダイアスパーを設計した知性たちに対して、怒りをおぼえることがある。なにしろその者たちは、これだけの年月を経てなお、草創期に用意した舞台の上で、操り人形のように自分を動かすことができるのだから。考えてみると、いまこの瞬間は、待ちに待った復讐をはたす絶好の機会かもしれない。新たな役者の登場は、うんざりするほど何度も上演されてきた道化芝居の幕を閉じさせる予兆とも考えられる。

そしてさらには、自分の孤独などよりもはるかに深い孤独にさいなまれてきた者への共感——長年、道化の仕事ばかりくりかえしてきたことによる倦怠感——アルヴィンがなにをしでかすのか見とどけてやりたいといういたずら心——本来なら折り合いの悪いこれらの要素が複雑にからみあって、とうとうケドロンを行動へと駆りたてた。

「力になってやれるかもしれないし」と、ケドロンはいった。「やれないかもしれない。あだな希望を持たせたくはないので、あいまいな言いかたはゆるしてくれ。では、三十分後に、放射三号路と環状二号路の交点で落ちあおう。なにはなくとも、興味深い旅は約束してやれると思う」

約束の時間の十分前、アルヴィンは待ちあわせの場所に到着した。そこは都市の反対側にある一角だったが、移動にはたいして時間がかからなかった。おだやかで充足しきった都市の市民たちが、いっときも休むことなく目の前を動きつづける自走路に乗り、たいして重要ではない仕事をするため、いずこかへと移動していく。そのようすを眺めながら、アルヴィンはじりじりと待った。ようやくケドロンの長身が遠くに見えた。高速帯に乗ってきたので、そばまでやってくるのはあっという間で、つぎの瞬間にはもう、ケドロンは自走路を降りていた。

〈道化師〉の実体とじかに会うのは、こんどがはじめてだった。さすがにこれは投映イメージではない。手のひらと手のひらを触れあわせる古来からのあいさつを交わしただけでも、たしかに本物だとわかる。

〈道化師〉は低い大理石の塀のひとつに腰をおろし、まじまじとアルヴィンに視線をそそいだ。

「はたしてきみには――」と、ケドロンはいった。「――自分のもとめるものがわかっているのかな？　もとめるものを得たとして、では、どうする？　たとえ道を見つけたとしても、都市の外へ出られると本気で思っているのか？」

「本気です」アルヴィンはきっぱりと答えた。

しかしケドロンは、その声ににじむ不安を聞き漏らさなかった。

「それなら、これは話しておいてやろう。きみがまだ知らないといけないからな。ほれ、あそこにタワーが見えるだろう？」ケドロンはそういって、一対の超高層タワーを指さした。〈エネルギー・センター〉と〈評議会庁舎《カウンシル・ホール》〉だ。双子のタワーは、深さ一キロ半の峡谷を隔てて、たがいに見つめあっている。「あの二本のタワーのあいだに、絶対に折れない板を差しわたしたとしよう。幅は十五センチしかない。きみにはそれを渡ることができるかね？」

アルヴィンはためらってから、

「わかりません」と答えた。「あまり渡りたくはないですね」

「断言してもいい、きみには絶対に渡れない。十歩といかないうちに、足を踏みはずしてしまうのがおちだ。しかし、同じ板を地面のすぐ上の高さに架けてあるなら、なんなく歩いて渡れるだろう？」

「なにをいいたいんです？」

「ごく単純なことを指摘しようとしているのさ。いまあげたふたつの思考実験に使われた板は、まったく同一のものだ。きみはときどき、車輪走行型のロボットに出くわすだろう。どの個体であろうと、あれはいまいった板をたやすく渡ることができる——タワーの高みに架けられたものでも、地面のすぐ上に架けられたものでも、同じように、やすやすとな。しかし、人間にはそういう芸当はできない。高所に対する恐怖があるからだよ。なんとも不合理ではあるが、この恐怖は強すぎて、とても無視できるものではない。生まれたときから組みこまれた、これは人間の本能なんだろう。

同様に、人間には広い場所に対する恐怖がある。だれでもいい、ダイアスパーの住民に都市から出る道を教えたとしても——それがわれわれの目の前にあるような、歩く必要のない自走路であったとしても——その人間には、けっして遠くまでいくことはできない。かならず引き返してくる。きみがタワーの高みに架けわたした板から途中で引き返してくるように」

「でも、なぜです？」アルヴィンはたずねた。「そのむかしは、外界と行き来していた時代が——」

「わかっている、わかっている。人類はかつて、地球の隅々にまで広がり、星々にまでも到達した。その人類を、なにかが変えてしまったんだ。そして人類は、広い空間への恐怖を植えつけられて生まれてくるようになった。自分だけはそんな恐怖とは無縁だときみは思っているようだが……ま、いまにわかる。これから〈評議会庁舎《カウンシル・ホール》〉へ連れていくから、その目でたしかめてみるといい」

〈評議会ホール〉は、都市でも最大級の建築物のひとつである。そのほぼすべての階層は、ダイアスパーの行政と管理の実務を担う機械で占められている。最上階からすこし下の階には〈評議会〉の〈議事室〉があるが、ここはめったに使われることがない。議論すべき事態が生じたときにしか〈評議会〉は召集されないからだ。

ふたりは自走路に乗り、広々としたエントランスの前に運ばれていった。金色の薄闇へ先に足を踏みいれたのは、ケドロンのほうだった。アルヴィンはいまだかつて、〈評議会ホール〉に入ったことがない。ここへの立ち入りを禁止する規則はなかったが——ダイアスパーにはそもそも、なにかを禁じる規則そのものがなかった——ほかの市民全員と同様、

〈ホール〉に対して、なかば宗教的な畏怖《いふ》をいだいている。神々のいない世界にあって、神殿にもっとも近い存在が、この〈評議会ホール〉なのである。

ケドロンは勝手知ったるようすでアルヴィンを引き連れ、いくつもの通路を通り、いくつものスロープを降りていった。この通路が人間の歩行ではなく、車輪つきの機械の移動を前提に造られていることは明らかだ。スロープのなかには、途中で折り返し、かなりの急角度で下へつづいているものもある。重力のかかる方向が偏向され、斜面の傾斜を打ち消していなければ、とても徒歩で降りていくことはできなかっただろう。

歩きつづけるうちに、やっとのことで、閉じられたドアの前に出た。ふたりが近づいていくと、ドアは音もなく横へスライドして開き、ふたりが通りぬけると自動的に閉じて、引き返す道をふさいだ。行く手にはもうひとつドアがあった。こちらは近づいても開こうとしない。しかし、ケドロンはドアに手を触れようとせず、その前にじっと立っている。短い間ののち、おだやかな声がうながした。

「お名前を」

「わたしは〈道化師〉のケドロン。連れはアルヴィンだ」

「ご用件は」

「ちょっと中を覗きたくてな」

アルヴィンが驚いたことに、ドアはただちに開いた。これまでの経験でいうと、ジョークをいわれた機械はかならず混乱するため、最初から手順をやりなおさなくてはならなくなる。ケドロンに用向きをたずねた機械は、かなり高度なタイプにちがいない。〈中央コンピュータ〉の序列でもそうとう上位に位置するものだろう。

そこから先は、もはや通行を妨げられることはなかったが、それと気づかないうちに、さまざまなチェックを受けているんだろうな、とアルヴィンは思った。

短い通路を通って奥へ進むと、唐突に、大きな円形の部屋に出た。中央部分の床は周囲よりも低い。その床の上に、驚嘆すべきものを目のあたりにして、アルヴィンは呆然とそれを見つめた。そこに広がっているのは、ダイアスパーの全景のミニチュアだった。かなり縮小されていて、もっとも高いタワーでもアルヴィンの肩ほどの高さしかない。

知っている場所をあちこち眺め、意外な角度からの景観を堪能しているうちに、思いのほか時間がたってしまい、ようやく部屋のほかの部分に目がいったのは、だいぶたってからのことだった。壁は顕微鏡的なサイズのモノクロの四角で埋めつくされている。四角の装飾パターンは完全に不規則で、すばやく視線を動かすとちらつく印象を受けるが、パターン自体はまったく変化していないらしい。壁面の下部には、短い間隔をおいて、キーボードのついた制御卓らしきものがいくつも設置されており、それぞれにはディスプレイとオペレーター用のシートもそなわっていた。

アルヴィンが満足するまで室内を見まわすのを待ってから、ケドロンはミニチュアの都市を指し示し、たずねた。

「これがなんだかわかるかね？」

もうすこしで、アルヴィンはこんな答えを返しそうになった。

「模型――だと思います」

だが、こんなにあたりまえすぎる答えが正解のはずはない。アルヴィンはかぶりをふり、みずから発した問いにケドロンが答えてくれるのを待った。

「思いだすことだ」と〈道化師〉はいった。「以前、この都市がどんなふうに維持されているかを話しただろう？　都市のパターンは、永遠に凍てついた状態でメモリーバンクに保存されている。そのメモリーバンクが収容されているのがこの部屋の周辺なんだ。そこには測り知れない量の情報が記録されていて、今日《こんにち》の都市の状態を完璧に規定している。ダイアスパーを構成する原子のひとつひとつが、人類はもう忘れてしまった力によって、どのようにしてか、ここの壁面に埋めこまれた構成情報《マトリクス》と連動しているんだよ」

ケドロンは目の前に広がる都市に――細部まで詳細このうえなく表現されたダイアスパーの姿に――手をひとふりした。

「これは模型とはちがう。物理的な実体は持たない。これはたんなるイメージ――メモリーバンクに保存されているパターンを投映したものでしかない。したがって、いまの都市そのものと完全に同じ姿を反映していることになる。壁にならぶ展望モニターを使えば、どこでも自在に好きな部分を拡大して見ることができる。実物大で見ることもできるし、もっと拡大することもできる。都市に変更を加える必要が生じたときに使われるのが、この装置なのさ。もっとも、最後に装置が使われてから、もうずいぶん長い時間がたっているがね。ダイアスパーのなんたるかを知りたければ、ここそはきみが訪ねるべき場所だ。ここを使えば、一生かけて足で調べてまわるよりもたくさんのことを、ほんの二、三日で知ることができるだろう」

「すごい……」アルヴィンはつぶやくようにいった。「ここの存在を知っている人は、どのくらいいるんです?」

「ああ、かなり多い。しかし、興味を示す者はめったにいないな。ときどき〈評議会〉の連中もここへ降りてくる。評議員の全会一致でないと、都市に対する改変はできないからだよ。全会一致であったとしても、〈評議会〉の提案を〈中央コンピュータ〉がよしとしなければ、改変はなされない。ここに人がくるのは、せいぜい年に二、三回というところだろう」

ケドロンはどうやってそんなことを知ったんだろう? アルヴィンは心の中で首をひねったが、そこで思いだした。手のこんだ道化仕事のなかには、都市の内部機構に関する知識を必要とするものがあるにちがいない。そういった知識は、徹底した調査を通じてはじめて得られるものだ。どこにでもいけて、なんでも知ることができるのは、〈道化師〉の特権のひとつなのだろう。であれば、ダイアスパーの秘密の案内人として、これほどうってつけの人物はいない。

「きみが探しているようなものは、存在していないかもしれない」とケドロンはいった。

「しかし、もしも存在するとしたら、それを見つけられる場所はここだけだ。さ、モニターの操作方法を見せてあげよう」

それからの一時間、アルヴィンは展望スクリーンのひとつの前にすわり、操作法を教わった。ここのモニターを使えば、都市のどんな場所でも選択的に映しだし、自由自在に拡大して調べられるという。事実、座標を変えるにつれて、さまざまな街路、タワー、壁、自走路が画面を通りすぎていった。まるで、物理的な障害物にいっさいじゃまされることなく、ダイアスパー全域を苦もなく動きまわれる存在に——すべてを見通す実体なき魂に——なったかのようだった。

いま自分が見ているのは、現実のダイアスパーそのものではない。動きまわっているのは、じつはメモリーセルの中であり、目のあたりにしているのは、都市が夢見ているイメージ——十億年ものあいだ、ダイアスパーの実体を不変のまま維持してきた原型の夢だ。したがって、このモニターを通して見えるのは、都市の恒久的に存続する部分だけであり、街路を歩いている市民たちは、この凍てついたイメージには含まれない。しかし、アルヴィンの目的のためには、そこは問題にならなかった。いまのところ、彼が関心をそそぐ対象は、自分が閉じこめられている石と金属の被造物のみであり、自分とともに閉じこめられている人々は——といっても、進んで閉じこめられているわけだが——眼中にはない。あちこちを見てまわるうちに、〈ローランの塔〉を見つけた。現実に訪ねたことのある通路やトンネルの中を、視点はすみやかに進んでいく。あの石の格子が目の前にぐんぐん近づいてきたときには、全人類の歴史のおそらく半分の期間を通じて、ずっとそこから吹きこみつづけ、いまも吹いているはずの寒風を全身に感じるような錯覚をおぼえた。格子にたどりつくと、急いで外を見わたした。だが、なにも見えない。ショックがあまりにも大きくて、一瞬、自分の記憶を疑ったほどだった。あの砂漠の光景は、じつは夢でしかなかったのか？

そこではっと思いだした。外の砂漠はダイアスパーの一部ではない。であれば、自分が探索している幻影のなかに、砂漠のイメージが存在しているはずはない。現実には、石の格子の外にも世界があるが、モニターにはそれを映しだせないのだろう。

ただし、このモニターは、いまこの都市に生きる人間がだれひとりとして目にしたことのないものを見せることができた。アルヴィンはまず、格子の向こうへ、都市の外の虚空へと視点を進めさせた。それから、視点の向きをぐるりと反転させ、いまきた方向に向けさせた。

そこに——ダイアスパーの全景があった。外部から見たダイアスパーの姿がだ。

〈中央コンピュータ〉にとって――無数のメモリーユニットにとって――アルヴィンがいま見ているイメージを生成しているおびただしい機構のすべてにとって――これはたんに視座《パースペクティブ》の問題にすぎない。それらは都市の形状を〝知っている〟。ゆえに、外部からどのように見えるかも表示できる。それだけのことだ。とはいえ、理屈はわかっても、その景観がもたらす衝撃は圧倒的の一語につきた。なにしろ、肉体的にはともかく、魂だけは都市の外に出すことができるのだから。こうして見ると、空中に浮かんでいるような感じだった。〈ローランの塔〉の垂壁は、目の前一メートルほどのあたりにある。しばし呆然として、目の前に切りたつ、なめらかな灰色の表面を見つめた。それから、コントロールを操作し、視点を地面の方向へと向けさせた。

この驚異の装置が秘める可能性がわかったからには、今後の計画は明白だ。これからはもう、何ヵ月も何年もかけて、部屋から部屋へ、通路から通路へと、内部からダイアスパーを探索してまわる必要はない。この新たな視点を活用し、都市の外周を飛びまわれば、砂漠やその向こうの世界に通じる出入口はすぐに見つかるだろう。

勝利の思いと達成感がこみあげてきた。天にも舞いあがらんばかりの心地だった。この喜びをだれかと分かちあいたくてしかたがなかったので、こんなすばらしい経験への道を開いてくれた〈道化師〉に礼をいおうと、うしろをふりかえった。ケドロンはいつのまにか姿を消していた。ちょっと考えてみて、その理由はすぐにわかった。

いまモニター画面をよぎる光景を見ても動揺せずにいられるのは、ダイアスパーじゅうを探しても、おそらくアルヴィンひとりだけだ。ケドロンも探索を手伝うことはできる。とはいえ、〈道化師〉といえども、人類を長きにわたってこの小世界に閉じこめてきた恐怖を——宇宙に対する不可解な恐怖を——共有している。探索行はアルヴィンひとりにまかせることにして、ケドロンはそそくさと退出してしまったにちがいない。

すこしのあいだアルヴィンの魂を離れていた孤独感が、ふたたびずしりとのしかかってきた。だが、いまは落ちこんでいる場合ではない。するべきことは山ほどある。アルヴィンはモニター画面に向きなおり、都市の外壁のイメージをゆっくりとスクロールさせて、出口の捜索に取りかかった。

それから何週間か、ダイアスパーにはアルヴィンの姿がまったく見られない日々がつづいた。しかし、そのことに気づいた者はわずかしかいなかった。ジェセラックは、元生徒が都市の外周部をさまよっているのではなく、〈評議会ホール〉にこもっているのだと知って、すこし安心した。あそこなら、アルヴィンが危険やトラブルに巻きこまれる可能性はないと判断したからだ。エリストンとエタニアは、一、二度、アルヴィンの部屋に連絡を入れ、そのたびに外出していると知ったものの、たいして気にもとめなかった。そんななかで、もうすこし気をもんでいる人物がいた。アリストラである。

よりによって、アルヴィンという人間に惹かれてしまったのが、アリストラの心の平静を乱すもとだった。なにしろアリストラは、パートナー選びに苦労したことがない。ほかに相手はいくらでもいる。ただ、アルヴィンとくらべると、知っている男たちがみんなつまらない人間に思えるのは事実だった。どの男もまったく個性がなくて、同じ鋳型にはめて造ったように感じられてしまうのだ。それほどに個性的なアルヴィンを、なんの努力もせずに失うわけにはいかない。アルヴィンのどこか超然として無関心な態度にも、挑戦的な気持ちをかきたてるものがある。

しかし、おそらくアリストラの動機は、利己的なものではなかった。アルヴィンに対する想いは、異性に対してのそれというより、むしろ母性的なものだ。出産という過程は忘れ去られても、保護と共感という女性的本能はいまなおしっかりと残っている。アルヴィンは頑固で自信家で、わが道をゆく意志堅固の人に見えるかもしれないが、その身内にひそむ心さびしさを、アリストラは的確に感じとっていたのである。

姿が見えなくなってまもなく、アリストラはジェセラックにアルヴィンの所在をたずねた。ジェセラックはすこしためらっただけで事実を打ち明けた。アルヴィンが連れを望んではいないとしても、それは本人が告げるべき問題だと考えたからだ。師としては、ふたりの関係を肯定も否定もしていない。ただ、総じてアリストラのことは気にいっており、その存在が、アルヴィンをダイアスパーの暮らしに馴じませる一助になればいいと思ってはいた。

アルヴィンが〈評議会ホール〉にこもっているのであれば、なんらかの研究プロジェクトに没頭しているとしか思えない。自分以外の女とつきあっているのではないかとの疑念は、そうと知ったおかげで解消され、ジェラシーは収まったものの……こんどは好奇心がむくむくと頭をもたげてきた。アルヴィンを〈ローランの塔〉に残し、ひとりで先に帰ってきたことを思いだすたびに、後悔の念がこみあげてくる。しかし、もしもまた同じ状況がくりかえされたとしたら、自分はまったく同じ行動をとるだろう。いずれにしても、アルヴィンの心のうちを理解することはできない——アルヴィンがなにをしようとしているかをつきとめないかぎり。

アリストラは意を決し、〈評議会ホール〉に足を踏みいれた。エントランスに入ると同時に、あたりはしんと静かになり、その静けさは強烈な印象をもたらしたが、畏怖の念をいだくというほどではなかった。突きあたりの壁を見ると、情報端末がずらりとならんでいたので、そのうちの一台を適当に選んでみた。

認識シグナルがともるとともに、アリストラはいった。

「アルヴィンを探しているの。この建物のどこかにいるはずなんだけど。どこにいるか教えてもらえる？」

この都市で長い一生を費やした人間といえども、ありふれた質問に情報端末が答えるさいの応答時間の短さ、打てば響くような反応には、多少ともとまどわずにはいられない。その仕組みを知っている者たちは——あるいは、知っていると称する者たちは——いまもなお実在していて、〝アクセス・タイム〟がどうの、〝ストレージ・スペース〟がどうのとむずかしいことばを口にするが、だからといって、反応時間の短さに対する驚異がすこしも減るわけではなかった。都市の膨大きわまりない情報に含まれている範囲内で、純粋に事実に関する質問をすれば、答えは瞬時に返ってくる。それとわかるほどの応答時間がかかるのは、複雑な計算が必要な質問をした場合だけだ。

「モニターのところに」

端末は即座に、そんな返事を返した。あまり役にたつ情報ではなかった。〝モニター〟といわれても、アリストラにはなんのことかわからなかったからである。だが、訊かれもしない情報を進んで教える機械はないし、機械から的確に答えを引きだすにはちょっとしたノウハウがあり、それを修得するにはしばしば長い時間がかかる。

「どうすればアルヴィンのところへいけるの？」

アリストラはたずねた。現場にいけば、モニターがどういうものかわかるだろう。

「〈評議会〉の許可がないかぎり、返答不可」

まったく思いがけない答えに、アリストラは狼狽《ろうばい》すらおぼえた。ダイアスパーには、個人が望んで入れない場所などめったにない。それに、アルヴィンに〈評議会〉の許可がとれるはずはなく、それでもなお立入禁止の場所に入れたのだとしたら、高次の権限を持つ何者かがアルヴィンに力を貸していることになる。

ダイアスパーを司るのは〈評議会〉だ。しかし、〈評議会〉の決定自体、より上位の権力にくつがえされる場合もありうる。その上位の権力とは、ほとんど無限ともいえる知力を持った存在、〈中央コンピュータ〉を指す。〈中央コンピュータ〉を、生命を持った存在、一カ所に固定された局所的存在とは考えにくい。なぜなら〈中央コンピュータ〉は、ダイアスパーのすべての機器の総和だからである。しかし、生物学的な意味での生命を持っていないとはいえ、すくなくとも、ヒトと同等の意識と自意識を持っているのはまちがいない。したがって〈中央コンピュータ〉は、アルヴィンがいましていることをちゃんと把握しており、それを是認していると見るべきだろう。じっさい、是認しているのでなければ、アルヴィンを制止するか、〈評議会〉の名を出して立ち入りを禁じるかしていたはずだ――たったいま、目の前の情報端末がアリストラに対してそうしたように。

立ち入りを拒否された以上、ここにぐずぐずしていてもしかたがない。アルヴィンのところへいこうと試みても――そもそも、この巨大な建物のどこにアルヴィンがいるかを知っていればの話だが――うまくいかないことはわかりきっている。おそらく、どの扉も開かないだろう。自走路に乗れば逆走し、前ではなく、うしろへ運ばれる。浮揚フィールドもなぜか機能しなくなり、あるフロアから別のフロアへ持ちあげることを拒否するはずだ。

それでも強引に進もうとすれば、丁重だが断固たる態度のロボットによって、やんわりと街路へ連れだされてしまう。でなければ、〈評議会ホール〉内部を何度も何度も堂々めぐりさせられたあげく、すっかりうんざりして、自分の意志で引きあげることになる。

街路にもどったとき、アリストラはすっかり不機嫌になっていた。それに、すくなからず、当惑してもいた。個人的な欲望や興味など、ごく瑣末事にしか思えない謎がある――そんな事実をつきつけられたのは、今回がはじめてだったからである。とはいえ、だからといって、自分の欲望や興味が重みを失ってしまうわけではない。これからどうすればいいかはわからないが、ひとつたしかな事実がある。ダイアスパーで頑固であきらめの悪い人間は、ひとりアルヴィンだけではないということだ。

8

コントロールパネルから両手を離し、データをクリアすると同時に、モニター画面のイメージは消えた。アルヴィンはしばし、じっとその場にすわったまま、もうなにも映っていない四角い画面を——何週間ものあいだ、意識のありったけを注いできた画面を——虚脱したようすで見つめつづけた。都市の外壁めぐりは一巡した。この間《かん》、ダイアスパーの外壁の基部のうち、画面に映しだされなかった部分は一平方メートルもない。いまのアルヴィンは、ケドロンを別にすれば、どんな人間よりもくわしくこの都市のことを知っている。そして、外壁を貫いて外へ出る道がまったくないことも。

しかし、アルヴィンの思いを占めているのは、落胆ばかりではなかった。もともと、それほど簡単に答えが見つかるとは——最初の試みで求める情報が得られるとは——思っていない。重要なのは、これでひとつの可能性をつぶせたということだ。であれば、これからはむしろ、ほかの可能性を探っていかなくては。

立ちあがり、部屋のほぼ全体を埋めつくす都市のイメージに歩みよった。これが実体を持つ模型ではないと考えるのはむずかしいが、じっさいには、いましがたまで探索してきたメモリーセルに保存されているパターンの、たんなる光学的投映でしかないことはまちがいない。モニターのコントロールを操作し、ダイアスパー内に視点を動かしていくと、この光学的レプリカの表面を移動していく光の点が表示され、それをたよりに、自分がどこへ向かおうとしているのかが正確にわかる。最初のうちは、それがガイドとしてなかなか役にたってくれた。が、まもなく都市イメージの探索にも熟練してきて、ガイドの助けを借りなくてもやすやすと探索座標を設定できるようになった。

眼下に広がる巨大な都市――。アルヴィンはいま、それを神のごとく見おろしている。しかしその目には、都市の姿は映っていない。これから模索すべき方法を、心の中でひとつひとつ検討しているからだ。

他の方法がすべて失敗したとしても、問題を解決する方法がひとつだけあった。永続システムによって、ダイアスパーはとこしえの停滞状態にあるかもしれない。メモリーセル内のパターンにしたがって、永遠に凍てついたままでいるかもしれない。しかし、その大《おお》本《もと》のパターン自体に変更を加えることはできる。そうすれば、それに合わせて都市も変化する。外壁の一区画を設計しなおし、出入口を設け、そのパターンをモニターにフィードすれば、都市は新しい設計に合わせ、みずからを再構成するのではないだろうか。

モニターのコントロールパネルのうち、ケドロンが操作方法を説明しなかった部分は、かなりの割合にのぼる。それらはおそらく、そのような改変に関与するものにちがいない。試験的にいじろうとしてみても、たぶんむだだろう。都市の構造そのものを変更するコントロール機構は厳重にロックされているはずで、それをいじる権限があるのは〈評議会〉だけであり、〈評議会〉が決定したところで、さらに〈中央コンピュータ〉の了承が必要になる。何十年、いや、何世紀もかけて辛抱づよく変更を申請しつづけても、〈評議会〉の認可がおりる可能性はまずない。それでは選択肢としてあまりにも魅力がなさすぎる。

思考を天にふりむけた。アルヴィンはときどき、思いだすのも恥ずかしいくらいの空想のなか、天空を自由自在に飛翔する自分を思い描く。飛翔は人類が遠いむかしに捨て去った能力のひとつである。アルヴィンは知っている——かつて地球の空が奇妙な形の物体に満ち満ちていたことを。未知の財宝を満載し、宇宙空間から舞いおりてくる、巨大宇宙船の群れ——。それらが停泊する先は、伝説のダイアスパー宇宙港だ。しかし、都市の境界の外にあった宇宙港が、風に吹き流される砂に埋もれてしまって以来、すでに何億年もがたつ。ダイアスパーの迷宮のいずこかには、いまも飛行機械が隠されているのではないかとの夢想をいだくこともあったが、もちろん、本気でそんなことを信じているわけではない。小型の個人用飛行機械があたりまえに使われていた時代でさえ、都市の境界内でそういうものを飛ばす許可はおりなかっただろう。

しばらくのあいだ、アルヴィンはむかしから何度も見てきたおなじみの夢想に思いをはばたかせた。自分が大空の主《ぬし》となったところを想像してみる。眼下にどこまでも連なり、気の向くままに好きなところを訪ねてみろと誘《いざな》う、広大な世界。空想のなかで見えているのは、いまのアルヴィンが所属している現実の世界ではない。〈薄明の時代〉の失われた世界だ。そこには、丘、湖、森などが作る、豊かで生命に息づく大パノラマが広がっている。アルヴィンとしては、見も知らぬ祖先たちがうらやましくもあり、腹だたしくもあった。なぜなら彼らは、地球じゅうの空を思いのままに飛んでまわったばかりでなく、せっかくの地球の美を死なせてもしまったからである。

しかし、心の麻薬とでもいうべき夢想にひたっていてもしかたがない。アルヴィンは自分を叱咤《しった》して現在に引きもどし、目の前の問題と向きあった。空には手がとどかず、陸路も塞がれているとすれば、残る手だては――？

ふたたび、助けが必要な局面にさしかかったようだ。これ以上はもう、自力では先に進めない。その事実を認めるのは癪《しゃく》だったが、自分に正直になるのであれば、それは認めざるをえないことだった。必然的に、思いはケドロンに向かった。

自分があの〈道化師〉を好きなのかどうかは、いまもって判然としない。出会えたことにはとても感謝している。ケドロンの助力と、この探索にはっきりと共感を示してくれた気持ちはありがたいと思う。ダイアスパーの住民で、これほど共有するものが多い人間は、たぶんほかにはいないだろう。しかし、〈道化師〉の人格には、なにかしら違和感を感じさせる要素があった。おそらくは、あの皮肉屋で、どこかつきはなした雰囲気のなせるわざだろう。それはときとして、アルヴィンの努力という努力をひそかに笑っているような印象を与えることがある。懸命に援助してくれているように見えるときでさえ、その点は変わらない。それだけに——そして、自分自身の持って生まれた頑固さや、なんでも自力でやりとげたい自立性のゆえに——ほかにまったく手だてがなくなったときでないかぎり、〈道化師〉に近づくことにはためらいをおぼえてしまうのだ。

待ちあわせの場所は、〈評議会ホール〉からさほど遠くない、円形の中庭に決まった。都市内には、そういった人目につかない場所がたくさんある。そのような場所は、人通りの多い街路から数メートルしか離れていないのに、周囲から完全に隔絶されていて、たいていは徒歩でないといけず、やや遠まわりすることを余儀なくされる。なかには、巧妙に構成された迷路の中心にあって、周囲からいっそうしっかりと切り離された場所もある。待ちあわせにそういう場所を選ぶのは、いかにもケドロンらしいことだった。

中庭の直径はせいぜい五十歩ほどしかなく、巨大な建物内部の奥深くに位置していた。それなのに、一見、物理的境界がなさそうに見えるのは、透き通ったブルーグリーンの材質で周囲を囲まれていて、それがほのかにぼうっと発光しているからだろう。もっとも、目に見える境界がないとはいえ、無限の空間に放りだされたような錯覚に陥ることのないよう、レイアウト上の工夫が施され、周囲には腰の高さよりも低い囲いが配されている。囲いはところどころで途切れ、開口部が設けられているが、それぞれは人ひとりがかろうじて通りぬけられる程度の幅しかなく、それが外部から安全に遮断されているような印象をもたらす。ダイアスパーの住民にとっては、これ以上安心できる環境はない。

アルヴィンが到着したとき、ケドロンはその低い囲いのひとつに見いっていた。囲いはカラフルなタイルの複雑なモザイクでおおわれている。あまりにも入り組んだ意匠だったので、アルヴィンはなにが描いてあるかを読みとろうという気にもなれなかった。

「このモザイクを見てみたまえ、アルヴィン」〈道化師〉がいった。「なにか妙なことに気づかないかね？」

「いいえ」ちょっとモザイクを見つめてから、アルヴィンは正直に答えた。「そもそも、興味もないんですが――とくに妙なところはなさそうです。それにはね」

ケドロンはカラフルなタイルに指を走らせた。

「観察力がたらんなあ、きみは。ほら、ここの角や縁――みんな丸みを帯びて、当たりがやわらかくなっているだろう。ダイアスパーでは、これはめったにお目にかかれないしろものだぞ。なんと、磨耗のあとだ。時の絶えざる攻撃によって、物質がすり減っているんだよ。このモザイクが真新しかったころのことはようく憶えている。ほんの八万年前――前回の生でのことだった。あと十回以上も生をくりかえしてから、またこの場所を訪ねたら、このタイルは磨耗して、すっかり消えてしまっているだろうな」

「とくに驚くようなことだとは思えませんが」アルヴィンは答えた。「この都市には、メモリーに保存されるほどの名作ではないけれど、即座に破壊されてしまうほど悪くもない芸術作品が、ほかにもいっぱいあるんだし。そのうち、別のアーティストがここにやってきて、もっといい作品を作るかもしれません。そうしたら、その作品はもう磨耗しないかもしれませんよ」

「この囲いを造った人物とは、じつは知りあいでな」モザイクのひび割れを指先で探りながら、ケドロンはいった。「不思議なものだよ、その事実は憶えているのに、その人物本人のことは思いだせないんだから。きっとその男が大きらいで、精神から消去せずにはいられなかったんだろうな」

そこでケドロンは、短く笑い、語をついだ。

「でなければ、芸術志向期のどれかに、自分でこさえたものかもしれん。都市に永久保存を拒否されたものだから、すっかり頭にきて、この件にかかわる記憶をみんな消去してしまったのかも……。おお、見たまえ——わかっていたんだ、ここのタイルがはずれることは！」

ケドロンはそういって、金色のタイルの一片を抜きとった。ささやかな破壊活動に、得意満面のようすだった。それから、その一片を床に放りだし、こう付言した。

「はてさて——保守ロボットたちは、このタイルをどうするだろう?」

これはなにかをほのめかしているんだな、とアルヴィンは気がついた。〝直感〟として知られる奇妙な本能が、論理だけでは見つけられない近道をたどり、それを告げている。アルヴィンは足もとに落ちた金色のタイルを見つめ、いま自分の精神を占有している問題にどう関連づけられるのかを見きわめようとした。

じっさい、関連があるとわかってしまいさえすれば、答えを見つけるのは、そうむずかしいことではなかった。

「なにを伝えようとしているのか、やっとわかりましたよ。ダイアスパーには、メモリーに保存されない物体がいろいろある。それは〈評議会ホール〉のモニターを通じては見つけられないものだ。あそこにいって、モニターの焦点をこの中庭に合わせても、ぼくらがすわっているこの低い囲いは表示されない——。そういうことですね?」

「囲い自体は見つかるかもしれんがね。モザイクはないだろうな」

「ええ、そうかもしれません」そんな瑣末なことにかまうのももどかしく、アルヴィンは先をつづけた。「同じように、都市のあちこちには、都市に永久保存されてはいないけれど、まだ磨耗していない部分が残っているんでしょう。しかし、その情報がなんの役にたつのか、ぼくにはわかりません。都市の外壁が実在していることはたしかですし——外壁に出口がないこともわかっています」

「もしかすると、出口はないかもしれん。確約できることはなにもない。しかし、モニターで学べることは、まだまだたくさんあると思う――もちろん、〈中央コンピュータ〉が許可しさえすればだがね。しかし、どうやらきみは、あれに気にいられているようだ」

ふたりで〈評議会ホール〉へ向かいながら、アルヴィンはそのことばの意味を考えた。いまのいままで、モニターのところに出入りできるのは、全面的にケドロンの影響力のおかげだと信じこんでいた。自分自身に内在する資質がかかわっているとは考えたこともなかった。しかし、特異な人間であるという事情により、いままでいろいろ不利益をこうむってきた過去を思えば、多少の埋め合わせくらい、あってしかるべきかもしれない……。

何週間も過ごしてきたモニター室は、さっきまでと同様、変化とは縁がない都市のイメージで占領されていた。そのイメージを、アルヴィンはいま、新たな視点から見なおしてみた。ここで見たものはすべてが実在する。しかし、ダイアスパーのすべてがここに反映されているとはかぎらない。もちろん、この規模の前では、多少の不整合など誤差の範囲だろうし――アルヴィンに見てとれるかぎり、ちがいがわかるレベルではないのだが。

「じつは、ずっとむかしにも、同じことをやろうとしてみたことがあるんだ」モニター制御卓の前にすわりながら、ケドロンがいった。「そのときはコントロールがロックされていたが、こんどはいうことをきいてくれるだろう」

はじめはゆっくりとだったのが、長いあいだ忘れていた操作法を思いだすにつれ、しだいに自信を深めていきながら、ケドロンはコントロールパネルの上に指先を躍らせはじめた。ときどき、パネルに埋めこまれた感知グリッドの節点上で、指の動きが一瞬だけとまる。

「——これでいいと思う」ややあって、ケドロンはいった。「なんにせよ、結果はすぐにわかるだろう」

モニター画面に表示が現われた。だが、アルヴィンが予期していたのとちがって、そこに現われたのは画像ではなく——少々不可解なメッセージだった。

〔溯行を始める前に、溯行速度の設定を〕

「これはしたり」ケドロンはつぶやいた。「ほかの処理はみんなちゃんとできたのに、肝心かなめのところを忘れていたとは」

もはや自信たっぷりのようすで、ふたたびパネルに指を走らせた。画面のメッセージが消えると同時に、ケドロンは椅子をうしろに回転させ、都市のイメージに向きなおった。

「さあさあ、とくとごろうじろだ、アルヴィン。これからわれわれは、ダイアスパーについて、いままで知らなかった知識を学ぶことになる」

アルヴィンは辛抱づよく待った。なにも起こらなかった。目の前に浮かぶ都市のイメージは、いつもどおり、驚異と美に満ちている。もっとも、いまのアルヴィンには、どちらも意識のうちにはなかったのだが。あまりにも変化がないので、なにを見ればいいのかとケドロンにたずねようとしたとき――いきなり、なにかが動いた。その動きを追おうと、すばやく顔をイメージにもどす。それは一瞬の閃光、もしくは揺らぎでしかなく、目でとらえようとしたときにはすでに手遅れだった。なにも変わってはいない。ダイアスパーはアルヴィンが知っているままの姿でそこにある。ふと目をやると、ケドロンが例の皮肉な笑みを浮かべてこちらを見ていたので、アルヴィンはもういちど都市のイメージに目をもどした。今回は、ちょうどその瞬間を目のあたりにすることができた。

〈公園〉の縁にあった建物の一棟がふっと消滅し、瞬間的に、まったくちがうデザインの建物に取って代わられたのだ。入れ替わりは一瞬のことで、まばたきでもしていたら、きっと見そこねていただろう。驚愕の面持ちで、わずかに変化した都市を凝視する。だが、驚愕の最初の大波に翻弄されながらも、アルヴィンの精神は答えを探しにかかっていた。思いだしたのは、モニター画面に出たさっきのメッセージだった。

〝溯行を始める前に――〟。

思いだすと同時に、なにが起こったのかを悟った。

「これは……何千年も前の都市の姿なんだ」とケドロンにいった。「ぼくらは時を遡ってるんですね？」

「なかなかに詩的な表現だが、およそ正確とはいいがたい。じっさいにあそこで起こっていることを形容するなら、〝モニターが都市の前バージョンを思いだしている〟というところかな。なんらかの改変が加えられても、当該部分のメモリーは完全に消去されてしまうわけじゃない。その情報は補助的ストレージ・ユニットに記録される。必要が生じたら、いつでも呼びだせるようにしてあるんだよ。モニターには、一秒につき千年のペースで、補助ユニットのデータを復帰させるよう指示しておいた。いまあそこに見えているのは、五十万年前のダイアスパーの姿だ。大きな変化を見るには、もっともっとむかしまで遡らなくてはならない。というわけで——遡行速度を速めることにしよう」

〈道化師〉はコントロールパネルに向きなおった。そのあいだに、こんどは建物一棟ではなく、一ブロック全体が消滅し、大きな楕円形の円形劇場に取って代わられた。

「おお、〈アリーナ〉か！」ケドロンがいった。「あれを取り壊すと決まったときの騒ぎはよく憶えているよ。使われることはめったになかったが、相当数の人間があれに郷愁を感じていたのでね」

モニターはいっそうペースをあげて過去の記憶を思いだしつつあった。ダイアスパーのイメージが過去へ遡っていくペースは、一分につき、百万年。さっきまでの百七十倍弱の速さだ。変化のスピードはめまぐるしく、目ではもうとても追いきれなくなっている。ただし、都市の改装には、一定の周期があることがわかった。長い停滞状態がつづいたかと思うと、あちこちでいっせいに大改変が行なわれ、それからまたしばらく、凪《なぎ》がつづく。まるで、ダイアスパーが一個の生きもので、爆発的成長のため、長い時間をかけて力を蓄えているかのようだった。

その改変のすべてを通じて、変わらないものがひとつあった。都市の基本設計だ。無数の建物が現われては消えていくが、街路のパターンは永続的なもののようだし、ダイアスパーの緑の中心として、〈公園〉もずっと存続している。モニターはどれほど過去まで遡れるのだろう、とアルヴィンは思った。都市の創建当時まで遡って、既知の歴史とそれ以前の時代――〈薄明の時代〉の神話や伝説とを隔てる不分明のとばりを通りぬけ、さらに過去へともどれるのだろうか？

時を遡ること、すでに五億年。当時のダイアスパーの外には、モニターの知らない世界、いまとは異なった地球が広がっているにちがいない。おそらく、海も森もあるだろうし、この最後の家に閉じこもるにいたる長い長い過程において、人類がまだ捨ててはいない、他の都市さえいくつかあるかもしれない。

時間は刻々と過ぎてゆき、モニターの投映する小世界は、一分ごとに百万年前の姿へともどっていった。もうじき、記録されたメモリーの始原点にまで到達して、溯行はおわるだろう。すばらしい経験をさせてもらったものだが、しかし、いま現在のこの都市から外へ出るうえで、これがなんの役にたつのかはわからない。

唐突に、音のない爆縮とともに、ダイアスパーはそれまでよりもうんと小さなサイズに収縮した。〈公園〉が消え、外壁が瞬時に蒸発する。外壁と一体になった多数の巨大な外周タワーもろともにだ。都市は外界に対して開け、放射状の道路は、もうなにものにも妨げられることなく、投映イメージの限界ぎりぎりにまで延々と伸びている。そこにあるのは、人類に大いなる変化が訪れる以前の、開かれたダイアスパーの姿だった。

「これ以上は遡れない」

モニター画面を指さして、ケドロンがいった。そこに表示されているのは、こんなメッセージだった。

〔遡行完了〕

「こいつはメモリーセルに保存されている、都市のもっとも古いバージョンにちがいない。これより前は、永続システムが使われていなくて、建物は自然に劣化していたのではないだろうか」

アルヴィンは長いあいだ、太古の都市のイメージを見つめていた。見つめながら、多数の放射状道路を行きかう交通に思いを馳せた。人々はこの道路を通って、世界の隅々にまで――そして、他の世界にまでも――自由に行き来していたにちがいない。そこを闊歩《かっぽ》するのは自分の祖先たちだ。アルヴィンは、この都市を共有する現代人たちよりも、むしろその祖先たちのほうに近しいものを感じた。十億年前の道路を行く祖先たちの姿が見られたなら、そしてその思いを知ることができたなら、どんなにかすてきだろう。しかし、当時の人々の思いは、けっして幸せなものではなかったかもしれない。そのころの人々は、〈侵略者〉の影に怯えて暮らしていたはずであり、この時代から何世紀かすれば、かつて勝ちえた栄光に背を向けて、宇宙を締めだす壁を築くことになるのだから。

その過渡期である、歴史的にはごく短い期間について、ケドロンは十回ほど、モニターの投映イメージを先に進めては溯行させた。小さな開けた都市から、はるかに大きいが閉じた都市への変化は、せいぜい一千年ほどのあいだに起こったものだった。これまでダイアスパーに忠実に仕えてきた多様な機械が設計され、製造され、その任務を達成するのに必要な知識が各機器のメモリーユニットに組みこまれたのも、その一千年のあいだのことにちがいない。現存するすべての人間の本質的パターンが都市のメモリーユニットに登録され、しかるべき欲求《インパルス》を受けるたびに、個々のパターンが物質という衣をまとい、〈創造の館〉から出てくる仕組みが構築されたのも、この時代のことだろう。ある意味で、自分もこの古代世界に存在していたにちがいない、とアルヴィンは気がついた。もちろん、自分が純然たる合成体である可能性もある。自分の全人格が、想像を絶する複雑なツールを駆使するアーティスト／技術者たちにより、なんらかの目標を達成するため、人為的に設計された可能性はたしかにある。しかし、自分がかつて地に生き、地上を歩いた人間たちから構成されていると思うほうが、ずっと自然な気がした。

新ダイアスパーが建設されるさい、旧ダイアスパーから持ち越されたものはほとんどなかった。旧都市のほぼ全域を、〈公園〉が呑みこんでしまったからである。大改造の前にも、ダイアスパーの中央には、放射状道路の合流点を取り囲む形で、草でおおわれた小さな緑地があった。大改造後、その緑地は十倍に拡張され、周辺の道路と建物も一掃された。〈ヤーラン・ゼイ霊廟〉が建設されたのもこのころのことである。〈霊廟〉が建てられる前、そこに——放射状道路の合流点に——建っていたのは、高さはたいしたことはないが、直径はかなり大きな円形の建物だった。〈霊廟〉が創建当初に建てられたという伝説を、アルヴィンはけっして信じていたわけではない。だが、どうやらそれは事実だったらしい。

「おそらく——」ふと思いたって、アルヴィンは水を向けた。「——このイメージも探索できるんでしょう？　現在のダイアスパーのイメージを探索できるように？」

ケドロンの指がすばやくコントロールパネル上に走り、モニター画面がアルヴィンの問いに答えた。はるかむかしに消滅した都市が画面上に拡大され、妙にせまい通りのあいだへと視点が分けいっていく。メモリーに眠っていた遠い過去のダイアスパーのイメージも、いまアルヴィンが住んでいる今日のダイアスパーのイメージと同じく、非常に鮮明だった。

十億年もの長きにわたって、旧都市は希薄な擬似存在として情報ストレージに保存され、いつの日か、こうしてふたたびだれかに呼びだされるのを待っていたのだ。しかも――と、アルヴィンは思った――いま目にしているのは、たんなる記憶ではない。それよりももっと複雑ななにかだ。記憶の記憶、とでもいえばいいだろうか……。

このイメージからなにが学べるのかはわからないし、出口探索にとってプラスになるかどうかもわからない。しかし、プラスにならなくてもかまわない。過去の姿は魅力にあふれており、人類が星々のあいだを飛びまわっていた時代の世界を見ていると思うと、ひとりでに心が浮き立ってくる。

旧都市の中心に建つ低い円形の建物を指さして、アルヴィンはケドロンにうながした。

「あそこから見ていきましょう。最初に見るには、ちょうどいい場所みたいだ」

おそらくそれは、純然たる幸運だったのだろう。あるいは、太古の記憶のなせるわざだったのかもしれない。純粋な論理がもたらした帰結の可能性もある。いずれにせよ、ちがいはなかった。なぜなら、遅かれ早かれ、そこはアルヴィンがかならずたどりついていたであろう場所だったからだ。その場所――すなわち、都市のすべての放射状道路の合流点。道路が一点に合流しているのは、相称的な意匠のためだけではなかった。それを知るのに、十分ほど時間がかかった。そしてそれは、長い探索がついに報われたことを知るにいたる十分間でもあった。

9

アリストラにとって、アルヴィンとケドロンに気づかれずにふたりのあとをつけるのはしごくたやすいことだった。ふたりとも、やけに急いでいて——それ自体、非常に異例のことなのだが——背後をふりかえろうともしなかったからである。通行人の陰に隠れつつ、姿を見失わないようにしてふたりのあとを追いかけるのは、むしろゲームのようで楽しかった。尾行の終わりごろになると、目的地がはっきりわかってきた。街路網をあとにして〈公園〉に入っていくのであれば、行き先は十中八九、〈ヤーラン・ゼイ霊廟〉だろう。〈公園〉にはほかに建物はないし、あれほど急いでいる以上、〈公園〉の景色を眺めにきたとは思えない。

〈霊廟〉までの数百メートルほどは身を隠すところがないので、アリストラはケドロンとアルヴィンが大理石の列柱に囲まれた薄闇の中へ入っていくまで待った。ふたりの姿が見えなくなると、草におおわれた丘の斜面を駆け登り、〈霊廟〉へと急いだ。大きな列柱の陰に隠れていれば、〈霊廟〉の内側からは見とがめられることなく、アルヴィンとケドロンがなにをしているかをたしかめられるにちがいない。なにをしているのかさえわかってしまえば、見つかってもかまわない。

〈霊廟〉は同心円上に配置された二重の列柱で囲まれており、その内側には円形の空間があった。入口の一角を除けば、柱の列にはばまれて、内部のようすは見えないようになっている。アリストラはあえて入口を避け、横手から〈霊廟〉に近づいていった。外側の列柱のあいだを用心深く通りぬけ、そうっと内部を覗く。ふたりの姿が見当たらなかったので、こんどは忍び足で内側の列柱に歩みよった。柱と柱のあいだから、何億年ものあいだ、エントランスごしに自分が造った公園を——そして、その向こうの都市を——眺めてきた、ヤーラン・ゼイの座像が見えた。

しかし、大理石の列柱の内側にはその座像があるだけで、人影はない。アルヴィンたちの姿は、〈霊廟〉内のどこにもなくなっていた。

そのころ、アルヴィンとケドロンは、三十メートルほど地下にいた。立っているのは、小さな箱のような部屋の内側だった。周囲の壁は、絶えず上へせりあがっていくように見える。部屋が動いていることを示す変化はそれしかない。地中へすみやかに下降していることを示す、わずかな振動もだ。ここにいたってもなお、ふたりには自分たちがどこへ向かっているのか、完全には理解できていなかった。

地下への降り口を見つけるのは、あきれるほど簡単だった。ふたりのために道が用意されていたからである。

（これを用意したのはだれだろう？）とアルヴィンは思った。（〈中央コンピュータ〉か？　それとも、都市を大改造したとき、ヤーラン・ゼイ自身が用意しておいたのか？）

あのとき——まだ〈評議会ホール〉にいたとき——モニターが映しだしたのは、円形の建物の地下へと垂直に降りていく長い縦坑だった。しかし、すこし地下に潜っただけで、そのイメージはふっと消えた。これはモニターがデータを持っていないときに起こる現象だ。おそらく、現在だけでなくて、かついちどもそんなデータを持ったことはないのだろう。

ところが、考えをまとめるひまもないうちに、ふたたび画面が明るくなり、短いメッセージが現われた。それは、機械が人間と同レベルの知性を獲得して以来、人間とコミュニケートするさいにいつも用いる、単純化された構文だった。

〔座像が見つめる場所に立て——そして想起せよ〕

〔ダイアスパーはつねにこうだったわけではない〕

二行めの文字は太字で表示されていた。それを含むメッセージ全体の意味が、アルヴィンにはすぐにわかった。思考制御による作動メッセージは、長年、ドアを解錠したり機械に作業をさせたりするのに使われてきたものだ。〝座像が見つめる場所に立て〟の部分は――簡単すぎるほど簡単だった。

「このメッセージを見た人間――どれくらいいるんです？」

考え深げな顔で、アルヴィンはたずねた。

「十四人だよ、わたしの知るかぎりではな」とケドロンは答えた。「ま、ほかにもいたかもしれんが」

この謎めいたせりふを、ケドロンはことさら説明しようとはしなかった。アルヴィンのほうも、〈公園〉へいこうと気がせいていたため、それ以上は質問しなかった。

〈霊廟〉の機構がいまも作動メッセージに反応するかどうかは心もとなかったが、現地に着くのとほぼ同時に、床に敷かれた何枚もの板石のうち、ヤーラン・ゼイが視線をそそいでいる一枚はすぐにわかった。像が都市を見はるかしているように思えるのは、見かけだけのことでしかない。像の正面に立てば、その視線が下に向けられており、かすかな微笑が入口のすぐ内側の一点に向けられていることがわかる。仕掛けがわかってしまえば、もはや疑いの余地はなかった。念のため、となりの板石に移動してみると、やはりヤーラン・ゼイはもうこちらを見ていない。

問題の板石の上に立つケドロンのそばにもどり、〈道化師〉が口にする作動メッセージに心の中で唱和した。

〃ダイアスパーはつねにこうだったわけではない〃

即座に、最後に稼動してから経過した何百万年もの時間など存在しなかったかのように、待ち受けていた機構は反応した。ふたりが立つ大きな板石が、いきなり、なめらかに地中へと沈みはじめたのだ。

唐突に、頭上に四角く見えていた青空がふっと消えた。縦坑の口が閉じたらしい。だれかがたまたま〈霊廟〉を訪ねてきても、これで縦坑に落ちこむ危険はなくなったことになる。いま自分とケドロンが立っている板石に替わって、頭上に新たな板石が実体化したのだろうか、と一瞬思ったものの、すぐにそうではないのだろうとアルヴィンは結論した。頭上をふさいだ板石、〈霊廟〉の床にある板石は、オリジナルのものにちがいない。いまふたりが乗っているのは、一秒を無限小に細分化したわずかな瞬間ずつ存在する別の板石で、それがめまぐるしく消滅と創造をくりかえしながら、そのつど、ほんのすこしずつ深いところへ再創造されていくため、なめらかに降下しているように感じられるのだ。

周囲の壁が音もなくせりあがっていくあいだ、アルヴィンもケドロンも、ひとことも口をきかなかった。ケドロンはまたもや自分の良心と格闘し、今回ばかりはやりすぎたのではないかと、内心、気が気ではなかった。この縦坑がどこへつづいているかは——そもそも、どこかへ通じているとしての話だが——見当もつかない。ここにおいて、ケドロンは生まれてはじめて、恐怖ということばのほんとうの意味を理解しはじめていた。

いっぽうのアルヴィンは、まったく恐れてはいなかった。興奮のあまり、恐怖を感じるどころではない。これはまさに、〈ローランの塔〉の高みから人跡未踏の砂漠を見わたし、星々が夜空を征服していく光景を見たときにいだいた、あの感覚そのものだ。あのときは未知なるものを遠望しただけでしかなかった。しかしいまは、その未知なるものに向かって運ばれていっている――。

いきなり、周囲の壁の動きがぴたりととまった。ついで、謎に満ちた動く部屋の一面に四角い光の一角が現われ、それがしだいに明るさを増していき、とうとうドアと化した。ふたりしてドアをくぐり、その向こうの短い通路を通って外に出る。出たところは巨大な円形空洞の底だった。周囲の壁は、上へいくにつれてドームのように内側へ湾曲しており、百メートルほど頭上で丸天井となっている。

空洞の底から天井の中心にかけては、一本の細い柱がそそりたっていた。この柱の中を、いままでふたりは降下してきたわけだ。柱はあまりにも細すぎて、頭上の何百万トンもの岩を支えられるとはとても思えない。じっさい、それはこの空洞の重要な部分ではなく、あとから取ってつけたもののような印象がある。アルヴィンの視線をたどって、ケドロンも同じ結論に達したようだった。

「この柱は――」と、すこし動揺した口調で、ケドロンはいった。まるで、むりにでもことばを口にしなければ落ちつかないような、そんな感じだった。「――われわれをここに運んできたこのリフト、これを収めるだけのために造られたものだろう。ダイアスパーがまだ世界に対して開かれていたころ、ここを中心としていた交通に関与するしろものとはとても思えない。交通の主体は、あれだ――あそこにあるトンネルのほうだと思う。あのトンネルはもう見わけがつくな？」

アルヴィンは空洞の周囲の岩壁に目をやった。どちらを向いても、中心部の柱から百メートル以上は離れている。そして、岩壁の各所には、一定の間隔をおいて、大きなトンネルが口をあけていた。数はぜんぶで十二あり、今日《こんにち》の自走路とまったく同じ方向へ放射状に伸びだしている。各トンネルはゆるやかに傾斜しつつ、上へ向かっていた。よく見ると、路面の材質は、見慣れた自走路のグレイの材質と同じものだった。あれは巨大な道路の、いわば幹を伐《き》られたあとの切株みたいなものらしい。道路に生命を与える奇妙な材質は、いまでは不活性化され、凍てついていた。〈公園〉が造られたとき、自走路システムの中枢《ハブ》は埋められてしまったが、完全な破壊はまぬがれたのだろう。

アルヴィンは適当なトンネルに向かって歩きだした。が、二、三歩進んだところで、足もとの地面になにかが起こっていることに気がついた。地面がしだいに透き通りはじめている。もう二、三メートル歩くと、すぐ下の岩は完全に見えなくなり、空中に浮かんでいるかのような状態になった。アルヴィンは立ちどまり、足の下に広がる虚無を見おろして、

「ケドロン！」と叫んだ。「ここにきて、見てください、これを！」

そばにやってきたケドロンとともに、ふたりで足もとの驚異を見つめた。はるか遠い地の底にほの見える巨大な地図——。その地図が表わすものは、多数のラインが織りなす大規模ネットワークだ。全ラインは、中央の細い柱の真下にある一点で合流している。ふたりはしばし、無言でそれに見いっていたが、ややあって、ケドロンが静かな声でたずねた。

「あれがなんだか、わかるかな？」

「たぶん」とアルヴィンは答えた。「あれは交通システムの案内図でしょう。あちこちにある小さな円は、地球上のほかの都市。それぞれのそばには名前も見えます。かすかなので、読みとるのはむりですが」

「そのむかしは、なんらかの内部照明があったはずだが……」

すっかり足もとに気をとられている口調で、ケドロンはつぶやくようにいった。案内図を目で追ううちに、やがてその視線は空洞の壁面に向けられた。

「やっぱりな！」だしぬけに、ケドロンは叫んだ。「見たまえ、下の放射状のラインはすべて、壁面の小さなトンネルにつづいているぞ」

いわれてみると、不活性化された自走路の大トンネルのそばには、うんと小さなトンネルがいくつも口をあけていた。ただし、その小トンネルはみな、上ではなく、下へと傾斜している。

アルヴィンの返事を待とうともせず、ケドロンはつづけた。

「これ以上シンプルなシステムは考えられん。市民は自走路でここへ降りてきて、行き先を選び、案内図の適切なラインをたどって、小トンネルに入る——」

「小トンネルに入ったあとは？」

ケドロンは黙したまま、その謎を探るべく、地下に向かう小トンネルを見つめた。数はぜんぶで三十から四十といったところか。見た目はどれも変わらない。各々を区別するものは案内図上の名前しかなく、その名前は、いまは判読不能だ。

それでも案内図を見つめるうちに、ケドロンはアルヴィンが離れていくのに気がついた。中央の柱をまわりこみ、向こう側へいこうとしている。とうとう、ケドロンの位置からは姿が見えなくなった。

ほどなく、アルヴィンの呼び声が聞こえてきた。すこしくぐもっている。その声に、空洞の壁に反響するこだまが重なった。

「どうした？」

ケドロンは呼びかけた。なるべくなら、いまはこの場を動きたくない。もうすこしで、かすかに見える文字列のひとつが判読できそうになっているからだ。しかし、あまり執拗にアルヴィンが呼ぶので、なにごとかとようすを見にいった。

はるか下のほうに、大きな案内図の、向こう側の半分があった。ネットワークを形作るかすかなラインは、放射状をなしてコンパスの各方位へとつづいている。しかし、こちらの案内図は、ぜんぶがぜんぶ暗いわけではなく、ラインの一本が――ただその一本だけが――明るく輝いていた。光るラインは、システムのほかのラインとは接点を持たないらしく、発光する矢となって、より深い地下に傾斜する小トンネルのひとつを指し示している。終端ちかくで、そのラインは金色に輝く光の円を貫いており、その円のそばには、たった一語だけ、〔リス〕という文字が記されていた。ほかに文字はない。その一語だけだ。

長いあいだ、アルヴィンとケドロンはその場に立ちつくし、物言わぬシンボルを見おろしていた。ケドロンにしてみれば、これはとうてい受けてたつことのできない挑戦であり、こんなものを見つけなければよかったのに、という思いのほうが強かった。

いっぽう、アルヴィンにすれば、これはすべての夢が実現する可能性をほのめかすものだった。〔リス〕ということば自体はなんの意味もなさないが、そのことばを舌の上で何度もころがし、そこに含まれる歯擦音をエキゾチックな風味のように味わう。からだじゅうに血液があふれ、血管が疼《うず》いた。熱でも出たかのように、頬が真っ赤になっていた。

巨大なコンコースを見まわして、往時のようすを想像してみようと試みる。その当時、空中の輸送機関はなくなっていたものの、都市同士はまだ連絡をとりあっていたのだろう。しかし、それから数百万年のうちに、交通システムは徐々に縮小していき、巨大案内図の発光部も、ひとつ、またひとつと消えていって、最後にあの一本のラインだけが残った。

周囲のラインがすべて暗くなるなかで、たった一本だけとなったあのラインは、ここに降りてくる人々を案内するために、どのくらい長く灯っていたのだろう。だが、その後、人がコンコースを訪れることは二度となく、最後にはヤーラン・ゼイがここに通じる自走路システムを閉鎖し、世界に対してダイアスパーを閉じることになったのだった。

それが十億年前のできごとだ。そして、その当時でさえ、リスとダイアスパーの連絡は断たれていたにちがいない。リスがいまだに存続できている可能性はないだろう。したがって、結局のところ、この案内図にはなんの意味もないのかもしれない……。

そのとき、ケドロンに声をかけられて、アルヴィンの長い物思いは破られた。ケドロンは奇妙にそわそわとして、落ちつきのないようすになっている。上の都市にいるあいだはあんなにも自信にあふれていたのに、ここではあの余裕がすこしも感じられない。

「いまはもう、これ以上先へは進まないほうがいいんじゃないかな」とケドロンはいった。「その、安全ではないかもしれないだろう――まず、準備をととのえてからでないと」

たしかに、一理ある。だが、ケドロンの声には恐怖の響きが感じとれた。それさえなければ、アルヴィンももうすこしは慎重になっていたかもしれない。しかし、勇気がないと思われる行動はとりたくなかったのに加えて、相手の臆病さを情けなく思う気持ちもあり、いまのことばはかえって背中を押す効果をもたらした。それに、ここまできて引き返すのは――あとすこしでゴールが見えるかもしれないところまできて引き返すのは――愚かなことにも思える。

「ぼくはいきます。あのトンネルの奥へ」口をついて出たのは、とめようとしてもむだだといわんばかりの、頑《かたくな》な調子のことばだった。「あれがどこに通じているのかを見てみたいんです」

アルヴィンは腹をくくった態度で歩きだした。〈道化師〉はすこしためらったものの、アルヴィンのあとを追いかけ、足の下で発光するラインをたどってついてきた。

トンネルに足を踏みいれるとともに、おなじみの蠕動《ぜんどう》フィールドにとらえられ、ふたりは宙に浮かんだまま、下に傾斜したトンネルの奥へ、地の底へと運ばれていった。移動には一分もかからなかった。フィールドから解放されたふたりが降り立ったのは、小さな細長い空洞の一端だった。空洞は半円形のトンネルのような形状をしていて、向こう側の突きあたりには、ほのかに照明の灯る二本のトンネルが口をあけ、無限の彼方へ伸びていた。

人類の曙以来、ほぼすべての文明の人間には、これはごく日常的な光景に見えただろう。だが、アルヴィンとケドロンの目には、それは異世界をかいま見るに等しい奇観と映った。空洞の床は細長いプラットフォームになっており、その両側はやや深い溝になっていて、いっぽうの溝には長い流線形の機械が横たわっている。まるで向こうのトンネルに向けて射出されるのを待っているかのようだ。この機械の目的は明白だったが、だからといって新奇さが薄れるわけではなかった。機械の上半分は透明で、その透明壁ごしに、すわり心地のよさそうな椅子の列が見えていた。機械への入口らしきものはどこにも見当たらない。機械全体は、金属で造られた一本の誘導レールのようなものの上に浮かんでいる。レールから車体までの空間は三十センチほどだろうか。誘導レールは奥へ向かって伸びていて、トンネルの一本の中へ消えていた。機械の向かい側の溝にはもう一本の誘導レールがあり、これも第二のトンネルへとつづいているが、こちらの上には機械が浮かんでいない。だれかに教えられたわけでもないのに、教えられたも同然に、アルヴィンには状況が手にとるようにわかった。はるか遠い未知の都市〔リス〕の地下にはこれと同じような空洞があり、そこに第二の機械が待っているにちがいない。

　ケドロンがしゃべりはじめた。すこし急《せ》きこんだような口調になっていた。

「これはまた、特殊な輸送機関もあったものだな！　これだと、いちどに運べるのはせいぜい百人がところだろう。だとしたら、大量輸送を前提としたものではあるまい。それに、まだ空が開かれていたのなら、なぜわざわざ地下を潜っていく必要がある？　もしかすると、〈侵略者〉のせいで自由に空を飛べなくなっていたのか？　それはちょっと信じがたいことだぞ。それとも、これは過渡期の産物で、人類がまだ都市間を行き来してはいたが、宇宙のことを思いだしたくない時期にでも造られたのか？　これを使えば、都市間の移動はできるし、空や星々を見なくてもすむわけだからな」ケドロンはことばを切り、神経質な声で笑った。「なんにしても、アルヴィン、ひとつたしかなことがある。健在だったころのリスは、ダイアスパーにそっくりだったにちがいない。すべての都市は、本質的に同じものだったんだろう。だとしたら、人類がほかの都市をすべて捨ててダイアスパーに統合したことにも納得がいく。同じものなら、ひとつありさえすればいい。いくつも維持していることに、なんの意味があるね？」

ケドロンのことばは、アルヴィンの耳にはほとんど入っていなかった。長い流線形の機械を見てまわり、入口を探すのに忙しかったからだ。この機械がなんらかの思考コマンド、もしくは音声コマンドで制御されるものなら、それを知らない自分には動かしようがない。動かせなければ、この先一生、この謎をかかえたまま、気の狂いそうな思いで生きていくことになる。

そのとき――音もなくドアが開いた。完全に虚をつかれた格好だった。音がしないばかりか、なんの前触れもなく、機械の側面の一角がいきなり消滅し、美しいデザインの内部があらわになったのである。

ここが決断のしどころだ、とアルヴィンは思った。この瞬間までは、その気になりさえすれば、いつでも引き返すことができた。しかし、いまここで、内部へ誘うように開いたドアの内側に足を踏みいれれば、なにが起きるのかの見当はつく。この機械は未知の世界に向かって動きだすだろう。そうなったらもう、自分自身の運命の手綱をとることはできない。得体の知れない力の制御下に身をゆだねることになる。

それでも、アルヴィンはほとんどためらわなかった。怖いのはむしろ、ここでしりごみすることだ。ぐずぐずしているうちにドアが閉まってしまい、もう二度とこんな好機にはめぐりあえないかもしれない。たとえめぐりあえたとしても、そのときにはもう、知識への欲求に対し、自分の勇気がついていけなくなっている可能性もある。ケドロンが顔色を変え、制止しようとするかのように口を開いた。が、その口からことばが出てくる前に、アルヴィンは機械に足を踏みいれていた。うしろにふりかえり、ケドロンと向かいあう。うっすら見えるドアの四角いフレームの向こうで、ケドロンはじっと立ちつくしている。しばし、緊張に満ちた沈黙がつづいた。おたがい、相手が口を開くのを待っているのだ。

そのとき、ついに決定的な瞬間が訪れた。かすかなちらつきとともに開口部が消滅し、機械がふたたび出入口のない乗り物と化したのだ。別れを告げようと、アルヴィンは片手をあげた。そのときにはもう、長い円筒形の機械はゆっくりと動きだしていた。機械はぐんぐん速度を増してゆき、トンネルに入る時点では、すでに人が走っても追いつけない速度に達していた。

そのむかし、日々、何百万人もが、基本的にはこれと同じ機械に乗り、日常的な仕事をこなすため、自宅と仕事場とを行き来していた時代がある。人類が宇宙を探険し、結局は地球にもどってくるよりも前——いちどは〈帝国〉を築きあげ、それを奪い去られる前の、はるか遠いむかしの話だ。いま、ここにふたたび、忘れられた時代の人々、冒険とは無縁だった人々にとってはありふれた乗り物を使っての、むかしであれば平凡だった旅が始まろうとしていた。

しかしそれは、この十億年において一個人が経験する、もっともだいそれた旅だった。


アリストラは十回以上も〈霊廟〉を探したが、じつのところ、探すのは一回でことたりた。というのは、〈霊廟〉には人が隠れられる場所などなかったからである。驚きによる最初のショックから覚めたアリストラは、〈公園〉を横切って自分がつけてきた相手が、じつはアルヴィンとケドロン本体ではなく、ただの投映イメージだったのではないかと考えた。しかし、それではどうにも説明がつかない。投映イメージは、本人がわざわざ現地へ赴《おもむ》くことなく、訪ねたいと思った場所へ自在に投げかけるものだ。まともな人間なら、目的地へいくために三十分も費やして、たんなるイメージに三キロも〝歩かせ〟たりはしない。なにしろ、一瞬でその場にいけるのだから。したがって、あれはやはり、イメージではなかったことになる。自分が〈霊廟〉まで追いかけてきたのは、まぎれもなく本物のアルヴィンであり、本物のケドロンだったはずだ。

となると、どこかに秘密の出入口があるにちがいない。ふたりがもどってくるのを待つあいだ、漫然と手をこまぬいているくらいなら、その出入口を探したほうがましだろう。幸か不幸か、ケドロンが座像の正面側から出てきたとき、アリストラはたまたまそちらを見ていなかった。座像のまうしろの柱を調べていたからだ。だが、足音で人がいるとわかったので、あわてて正面側にまわりこむと、そこにケドロンの姿だけが見えた。

「アルヴィンはどこ？」

心配のあまり、大きな声が出た。

〈道化師〉は、すぐには返事をしなかった。すっかり取り乱しているようだった。なんだか判断力をなくしているように見える。もういちど問いをくりかえして、ようやく注意をこちらに向けさせることができたが、アリストラがここにいるのを見ても、ケドロンはすこしも驚きを見せなかった。

「……アルヴィンがどこにいるかはわからない」やっとのことで、ケドロンはそう答えた。「わたしにいえるのは、彼がいま、リスへ向かっているということだけだ。それ以外のことは、きみ以上に知っているわけではないよ」

〈道化師〉なるもののことばを額面どおりに受けとるのは賢明なことではないが、たしかめるまでもなく、アリストラは確信を持った。きょうにかぎって、〈道化師〉は本来の役目をはたしていない。ケドロンはほんとうのことをいっているのだ——それがなにを意味するにせよ。

10

機械が走りだしてすぐに、アルヴィンは力なく手近の椅子にすわりこんだ。脚から急に力が抜けてしまったような感じだった。これまでは縁がなかったもの、都市の市民全員に取り憑く未知なるものへの恐怖――それがついに、自分にもおよびはじめたのだろうか。手足が小さく震えていた。目もかすみがかかったようで見えにくい。高速で移動中のこの機械から脱出できるものなら、喜んでそうしていただろう――たとえ脱出することにより、これまで見てきた夢のすべてを捨てる結果になろうとも。

アルヴィンを苦しめているのは、たんに恐怖ばかりではない。形容に絶する孤独の影響も大きい。アルヴィンが知っているもの、愛しているものは、すべてダイアスパーにある。この先、危険に遭遇することはないにしても、故郷はもう二度と見られないかもしれない。アルヴィンはいま、十億年のあいだ、どんな人間も経験したことのない気持ちを知った。故郷を永遠に離れるということがどういうものなのかを知った。この孤独の瞬間、自分がたどっている道の先に待つのがなんであれ――危険な場所であれ、安全な場所であれ――

もうどうでもいい。いまのアルヴィンにとってなによりも問題なのは、自分が故郷から遠ざかっているという事実なのである。

しかし、そんな鬱々とした気分は徐々に去っていった。心の中から暗い影が引いていく。長いようでも、自分を失っていた時間は一分もなかったろう。やがてアルヴィンは、周囲のようすに注意を向けはじめた。自分が乗って移動している、この信じられないほど古い乗り物から、なにか学べることはないだろうか。地下に埋もれた輸送システムが、十億年もの歳月を経てなお完璧に機能していることについては、とくに不思議だとも驚異だとも思わない。都市のモニターがつながっている永続システムには記録されていないが、どこかに同様のシステムがあって、それが乗り物を変化や劣化から防いでいるのだろう。

ここでアルヴィンは、前部の壁の一部をなす表示パネルに気がついた。そこには、簡潔だが不安をおおいにやわらげてくれる、こんなメッセージが表示されていた。

リス
35分

パネルに目をやったとたん、時間の表示は〝34分〟に変化した。すくなくとも、これは有益な情報ではあった。ただし、機械がどれほどの速度を出しているのかは不明なので、リスまでの距離はわからない。トンネル内の壁は、ぼやけてひとつながりになった灰色の面としか見えなかった。動いていることを示す唯一のしるしはごくかすかな振動だけで、それも注意していなければわからないほどかすかでしかない。

ダイアスパーはすでに、何キロも後方へ離れているはずだ。頭上には、風で刻々と形の変わる砂丘が無数に連なった、あの広大な砂漠が広がっているのだろう。もしかすると、乗り物はいまこのとき、〈ローランの塔〉から何度も見た、あの丸みを帯びた丘のような連なりの下を通過しているところかもしれない。

肉体が現地へ到着するのを待ちきれないかのように、精神はひと足先にリスへ飛んでいた。向こうはどんな都市なのだろう？　どれだけ想像力を働かせてみても、ダイアスパーにそっくり同じで規模だけが小さなイメージしか浮かんでこなかった。そもそも、リスはまだ存在しているんだろうか。しかし、もし存在していなければ、この機械が高速で地中を走りぬけ、向こうへ連れていこうとはしないはずだ。そう思いなおして、アルヴィンはみずからを力づけた。

唐突に、足の下の振動に、はっきりとした変化が表われた。乗り物は減速しだしている。その点には疑問の余地がない。思っていたよりも速く時間が過ぎていたのだろうか。少々意外に思いつつ、表示パネルに目をやると——。

リス
23分

まだまだ終点ではない。アルヴィンは当惑し、すこし不安もおぼえつつ、乗り物の透明な内壁に顔を押しつけた。まだかなりの速度が出ているもようで、あいかわらずトンネルの壁はのっぺりとした灰色のままだが、ときどき、標識のようなものがちらりと見えた。見えたと思ったとたん、それらは一瞬で後方へ飛び去っていったが、ひとつ通過するたびに、もうすこしだけ長く標識が見えるようになっていく気がした。

そのとき——なんの前触れもなく、左右のトンネル壁が一瞬で消えた。乗り物が広大な空洞に飛びだしたのだ。速度はまだかなり速い。いま通過している空洞は、自走路が集中していた出発点の空洞よりもはるかに大きかった。

透明壁ごしに目をこらすと、外の床に、複雑な誘導レールの一大ネットワークが見えた。無数の誘導レールは複雑怪奇に交錯しながら、トンネルの迷宮へ消えている。乗り物の反対側も同じ構造のようだ。ドーム状の天井には青みがかった照明が灯っており、その光を受けて、巨大な機械群のシルエットがうっすらと見えていた。照明は強烈で、見ていると目が痛くなるほどまぶしい。このまばゆさからすると、ここは人間が使うことを前提にした場所ではないにちがいない。一瞬ののち、乗り物は何列にも連なる、横に細長い円筒群に差しかかった。各々の円筒は、それぞれが誘導レールの上で静止している。どれもこれも、いまアルヴィンが乗っている機械よりずっと図体が大きい。あれはきっと、貨物を運ぶための乗り物なのだろう。各円筒の周囲には、用途のわからない多関節の機械群が、ひそやかに、じっと動かないまま群がっていた。

現われたときと同じく、一瞬のうちに、広大で活気のない大空洞は後方へ消え去った。大空洞の通過とともに、アルヴィンの心には畏怖が芽生えていた。ダイアスパーの地下にあった巨大で暗い案内図の意味は、ここにおいてはじめて、ほんとうに理解できたことになる。世界はどうやら、自分が夢にも思わなかったほどの驚異に満ち満ちているらしい。

ふたたび、表示パネルを見た。時間表示は変わっていない。大空洞の通過には一分とかからなかったのだ。機械はふたたび加速に移っている。動いている感覚はまったくないのに、左右のトンネル壁は、想像もつかない速さでうしろへ流れ去ってゆく。

ほとんどそれとわからない振動の変化が起きたのは、大空洞を通過してのち、永遠とも思える時間がたってからのことだった。

この時点で、表示パネルにはこのようなメッセージが出ていた。

リス
1分

それからの一分間は、アルヴィンが経験したなかで、もっとも長い一分間だった。乗り物は刻一刻とスピードを落としていく。これは一時的な減速などではない。いよいよ停止しようとしているのだ。

なめらかに、音もなく、長い円筒形の乗り物はトンネルをあとにし、ダイアスパーの地下にあったのとうりふたつの空洞にすべりこんだ。興奮のあまり、しばらく周囲の状況を把握することができなかった。乗り物を降りられると気づいたのは、ドアが開いてだいぶたってからのことである。あわてて機械を降りるまぎわ、最後にもういちど、表示パネルを見た。文字はいつしか、完全に切り替わっていた。そのメッセージを見て、アルヴィンは心から安堵した。

ダイアスパー
35分

空洞からの出口を探しはじめてまもなく、ダイアスパーとは異質な文化の存在を示す最初の徴候が見つかった。地表へは、空洞の一端に口をあける、天井が低くて幅の広いトンネルを通って出ていくらしいが——そのトンネルには、階段が設けられていたのである。

階段というものは、ダイアスパーでは非常にめずらしい。ダイアスパーの建設者たちは、高低差があるところにはほぼ例外なく、スロープや傾斜した通路を設けていた。それはおそらく、ほとんどのロボットが車輪で動き、階段が通行不可能な障害であった時代から受け継がれた、保守優先の設計思想だったのだろう。

階段はかなり短めで、突きあたりにはドアがあった。アルヴィンが近づいていくと、ドアはひとりでに開いた。その向こうの小さな部屋へ足を踏みいれる。見たところ、〈ヤーラン・ゼイ霊廟〉の下にあったあの部屋——シャフトを通ってアルヴィンたちを地下へと運び降ろした、あの部屋にそっくりだった。それもあって、二、三分後、ドアがふたたび開き、さっきの階段とはちがう場所に通じているのを見たときも、アルヴィンはすこしも驚かなかった。ドアの向こうはゆるやかな上り勾配の通路になっており、その先はアーチになっている。アーチの向こうに見えるのは半円形の空だ。動いている感覚はまったくなかったが、いまの数分のうちに、この部屋は何百メートルも上まで上昇してきたらしい。急ぎ足でスロープを登り、陽光の射しこむ出口に向かった。恐怖はどこかへ消えてしまっている。一刻も早く外のようすを見たくてたまらない。

出たところは低い丘の頂だった。一瞬、アルヴィンは、自分がまだダイアスパーにいて、〈公園〉の丘の上に立っているのではないかとの錯覚をいだいた。だが、ここが〈公園〉であるのなら、アルヴィンの心には把握しきれないほどの巨大な公園ということになる。

予想していた都市の姿はどこにもない。目のとどくかぎり、どこまでも広がっているのは、ただ森と草原だけだ。

そこでアルヴィンは、地平線に視線をあげた。そこに――はるか遠く森の向こうに――右から左にかけて、流れるようなラインを描きながら世界を包みこむ、壮大な石造りの環状壁が見えた。そのサイズたるや、ダイアスパー最大の超高層タワー群でさえちっぽけに思えるほど大きい。あまりにも遠いため細部はぼやけて見えないが、その輪郭のなにかに対して、アルヴィンは当惑をおぼえた。ややあって、ようやく目が壮大な風景のスケールに慣れてくると――アルヴィンはついに、うんと遠くにそびえるその壁の正体を知った。あれは断じて人間が造ったものではない。

時はすべてを征服したわけではなかった。地球にはまだ、誇るに足る山々が現存していたのだ。

それから長いあいだ、アルヴィンはトンネルの出口に立ちつくし、思いがけなくさまよいこんだ奇妙な世界に、すこしずつ自分を馴じませていった。この世界の想像を絶する巨大さ、空間の広がりがもたらすショックに、なかば心が麻痺したようになっている。遠く霧にかすむ環状山脈の内側には、ダイアスパー規模の都市が軽く十以上も収まってしまいそうだ。いくら目をこらしても、人が住んでいる形跡はまったく見当たらない。しかし、丘の斜面を下る道路はきちんと整備されており、アルヴィンとしては、その道に導かれるまま、先へ進んでいくほかなかった。

丘のふもとまで降りると、道は木々のあいだに消えていた。木はみんな大木で、高々とそそりたち、太陽をほとんど覆い隠してしまっている。その影のあいだに分けいると同時に、複雑にからみあった、さまざまな――それも、奇妙な――匂いと音の出迎えを受けた。吹きわたる風に葉がさやぐ音なら、これまでにも聞いたことがある。しかし、ここの場合、その音の下に隠れている一千もの微妙な音は、どれもこれも、まったく見当のつかないものばかりだった。襲いかかってくるのは、未知の音だけではない。ダイアスパーの住民の記憶から忘れ去られた、いろいろな匂いもだ。空気のあたたかさ、多種多様な匂いと音、姿は見えないがたしかにそこにいる、百万もの生物の気配――それらは物理的な暴力も同然となって、アルヴィンをしたたかに打ちのめした。

なんの前触れもなく、唐突に、横手に湖が現われた。右側の木々がいきなり途切れたかと思うと、そこに広大な水圏が広がっていたのである。あちこちには小さな島も点在している。これまでの人生で、こんなにも大量の水は見たことがない。これにくらべれば、ダイアスパーで最大の池といえども、水たまりのようなものだ。アルヴィンは用心深く湖岸まで降りていき、両手でぬるい水をすくいあげた。指のあいだから水がしたたり落ちていった。

そのとき、アシの水面下の部分をすりぬけて、大きな銀色の魚がすぐそばにやってきた。

人間以外でアルヴィンが目のあたりにする、それははじめての生きものだった。当然、奇妙に見えてもおかしくはないはずなのに、その姿にはむしろ、記録の中で頻繁に見てきたある形に通じる馴じみ深さがあった。ぼやけて見えるほど小刻みにヒレを動かし、淡い緑色の水中で静止しているその姿に、みごとなまでに具現された力と速さ、生きた肉体がその身に宿す造形美――それはまさに、かつて地球の空を支配していた、巨大な船の優美なラインそのものだった。進化と科学は、同じ答えにたどりついたのだ。ただし、より長く存続したのは、自然の造りあげた造形のほうだったが。

やっとのことで湖の魅力を断ち切り、曲がりくねる道を進みつづけた。木々がふたたび周囲から押しせまってきたが、それもしばらくのことで、ほどなく道は途切れ、幅一キロたらず、奥行はその倍ほどの、大きな林間の広場に出た。ここにいたって、アルヴィンはようやく、いままで人の住む形跡が見られなかったわけを理解した。

広場に建ちならんでいるのは、低い二階建ての建物だ。いずれもおだやかな色合いで、強い陽射しに照りつけられているのに、目を刺激しない。そのほとんどは飾り気のない、ごく質朴なデザインだったが、複雑な様式を採用した建物もあり、何棟かには、縦溝彫りの柱や美しい雷文《らいもん》模様を施した石が用いられていた。そういった建物は、みなおそろしく古い時代のものと見えて、上端の尖ったアーチという、とてつもなく古い意匠が組みこんであった。

村へゆっくりと足を踏みいれながら、アルヴィンはなおもこの目新しい住環境を理解しようと試みた。馴じみ深いものはなにもない。空気でさえ質が異なっており、未知の生命の息吹を感じさせる。建物のあいだにいるのは長身で金髪の人間たちだ。見た目に美しいその特徴は、ここではありふれたものらしい。ダイアスパーの人間とは明らかに人種がちがう。

向こうはアルヴィンになんの関心も示さない。それ自体、不思議なことだった。アルヴィンの服装は、ここの者たちが着ている服とくらべて異質さがきわだつ。ダイアスパーでは気温が一定しているから、服とは純粋に装飾的なもので、しばしば手がこみすぎる傾向がある。それに対してここの者たちの服は、なによりも機能第一であり、見た目よりも実用性を優先して作られていた。なかには一枚の布をからだに巻きつけただけの者もあちこちにいた。

リスの人々がアルヴィンの存在に反応したのは、村のかなり奥まで入りこんでからのことだった。その反応がまた、少々意表をつくものだった。家の一軒から、ふいに五人の男が現われ、いかにも目的ありげに、まっすぐこちらへ歩いてきたのだ。まるで、あらかじめ客がくることを知っているような態度だった。アルヴィンは急に、はげしい興奮をおぼえた。胸が高鳴り、全身の血管が疼きだす。かつてあちこちのはるか遠い惑星では、こんなふうにして、異種属との運命的な邂逅が行なわれたにちがいない。いまここで会おうとしているのは自分の同族だが――リスとダイアスパーを隔てる悠久の年月のあいだに、この人々はどれくらい変わってしまったのだろう？

代表団は、アルヴィンの一メートルほど手前で立ちどまった。リーダーらしき人物がほほえみを浮かべ、友情を示す古風なやりかたで片手を差しのべてきた。

「ここで出迎えるのが、いちばんいいのではないかと思ってね」リーダーがいった。「わが故郷は、ダイアスパーと趣きを異にする。ターミナルからここまで歩いてくるうちに、訪問者が――この地に慣れてくれるのではないかと思ったのだよ」

アルヴィンは差しだされた手を握ったが、驚きのあまり、しばしことばが出てこなかった。ほかの村人たちがいままで声をかけてこなかったのは、そういうわけだったのか。

「ぼくがくるのが……わかってたんですか？」やっとのことで、アルヴィンはたずねた。

「もちろんだとも。軌道車《キャリア》が動きだせば、いつでもわかる仕組みになっている。ひとつ訊きたいのだが――どうやってここへのルートを見つけたのかね？ もうずいぶん長いあいだ訪問者がきていないので、秘密はもう失われてしまったのではないかとみんなで危ぶんでいたんだよ」

ここで、連れのひとりがリーダーのことばをさえぎった。

「好奇心は抑えておいたほうがいいんじゃないか、ジェレイン。セラニスが待っているんだから」

〝セラニス〟という名前の前には、アルヴィンの知らないことばがついていた。おそらく、なんらかの称号だろう。その他のことばについては、苦もなく理解できたし、そのことを不思議だとも思わなかった。ダイアスパーとリスは同じ言語体系を共有しているにちがいない。太古に発明された録音機械によって、はるかなむかし、この体系は不変の鋳型にはめこまれ、固定されてしまったのかもしれない。

ジェレインと呼ばれた男は、しかたがないといわんばかりの態度で、ちゃめっけたっぷりに肩をすくめてみせ、

「うん、もっともだ」といって、ほほえみを浮かべた。「外来者への質問は、セラニスの数少ない特権のひとつだからな。彼女からそれを奪うことはすまい」

村の奥へ案内されていくあいだ、アルヴィンは案内役の五人のようすを観察した。みんな親切で知的に見えるが、これは都市ではあたりまえの美徳でしかない。それよりも知りたいのは、ダイアスパーの同様のグループとは異なる特徴のほうだった。たしかに、差異はあるようだ。だが、差異を明確に述べることはむずかしい。どの男も、アルヴィンよりいくぶん背が高く、ふたりにはまぎれもなく老齢の徴候が見られる。肌の色はみな小麦色で、各々の動きぶりは活力と精気にあふれており、アルヴィンの目にはそれが新鮮に映った。しかし、その点は同時に、少々とまどいをいだかせもした。思わず笑みが漏れたのは、〝リスにいっても、ダイアスパーとまったく同じ世界が待っているだろう〟というケドロ

ンの予言を思いだしたからだ。

村人たちは、案内役のあとについていくアルヴィンに対し、いまははっきりと好奇の目を注いでいる。もう見慣れた存在だというふりはしていない。

そのとき——だしぬけに、右手の木々でかんだかい叫び声があがったかと思うと、小柄な生きものの一団が飛びだしてきて、ひどく興奮したようすでアルヴィンのまわりに群がった。心底から驚いて、アルヴィンは呆然と立ちどまった。自分の目が信じられなかった。この地には、アルヴィンの世界がずっとむかしに失い、もはや神話の領域にしか残っていないものが息づいている。生命というものは、かつてはこういう形で始まるものだった。騒々しいが魅力的なこの生きものたちは——まぎれもなく人間の子供だ。

アルヴィンはまじまじと子供たちを見つめた。驚嘆、そして信じられないという思い。そのほかにもうひとつ、胸を締めつける、なんとも名状しがたい感情。自分はいま、慣れ親しんだ世界から遠く離れた場所にいる。ほかのどんな光景をもってしても、これほど鮮烈にその事実を思い知らされることはなかっただろう。ダイアスパーは不死の代償を支払ったのだ。それも、とてつもなく大きな代償を。

一行は、アルヴィンがこの村で見たなかで、もっとも大きな建物の前で歩みをとめた。建物は村の中心にあり、小さな円筒形の塔のてっぺんに立った旗竿には、緑色のペナントが微風に揺れている。

ほかの四人をその場に残し、アルヴィンだけをともなって、ジェレインが建物内に足を踏みいれた。屋内はひっそりと静かで、ひんやりとしていた。壁の透きとおった部分から射しこんでくる陽光が、屋内のすべてをおだやかで安らかな光で照らしている。床はなめらかで弾力があり、繊細なモザイクが敷きつめてあった。壁面にならぶのは、森の情景を描いた一連の絵だ。よほどの名画家の手になるものらしい。各々の絵画のあいだにはまた別の系統の絵がかけてあり、なにを描いたものかはわからなかったが、どれも魅力的で、見ていて強く惹きつけられた。壁の一面には、絶えずうごめく色彩の迷宮で表面全体を埋めつくされた、四角いモニターもあった。わりと小さめのサイズだが、これはおそらく、壁電話《ヴィジフォン》の受像器だろう。

　ジェレインのあとにつづいて短い螺旋階段を昇っていき、建物の上の平らな屋上に出た。この高さからだと、村全体が見わたせる。ざっと見たところ、家屋の数は百軒くらいか。ずっと向こうのほうでは、森が伐《き》り開かれて広々とした林間の草地になっており、何種類かの動物がそこここで草を食んでいるのが見えた。なんという動物かは見当もつかない。ほとんどは四足動物だが、なかには六本脚のものもいるし、八本脚のものさえいる。

　セラニスと呼ばれる女性は、円筒形の塔が落とす影の中で待っていた。このひとはいったいいくつなんだろう、とアルヴィンは思った。金色の長い髪には、ちらほらと白いものが混じっている。これはたぶん、老齢のしるしだろう。子供たちがいることを知り、それが意味する当然の帰結に気づいてからというもの、アルヴィンの胸のうちでは、著しい混乱が渦巻いていた。誕生のあるところ、確実に死がある。リスでの寿命は、ダイアスパーのそれとは大きく異なるのかもしれない。セラニスが五十歳なのか五百歳なのか五千歳なのかはわからなかったが、その瞳には、ジェセラックといっしょにいるときによく感じる、深い英知と豊かな経験が感じとれた。

女性は小さな椅子を勧めた。目には歓迎の微笑をたたえているが、口は開こうとしない。アルヴィンはひとまず椅子にすわり、できるだけ楽な姿勢をとろうと努めた。とはいえ、いくら好意的ではあっても、こうまじまじと見つめられては、そうそうくつろげるものではない。やがて女性はためいきをつき、ここではじめて、低くおだやかな声で話しかけてきた。

「こういう機会はめったにないものだから、わたしが適切な応対のしかたを知らなくてもゆるしてもらいますよ。訪問者には、一定の権利があるの——たとえそれが、予期せぬ訪問者であったとしても。なにはともあれ、話をはじめる前に、これだけは警告しておかねばならないわね。わたしにはあなたの心が読めます」

アルヴィンが驚愕するのを見て、セラニスはほほえみを浮かべ、急いでことばを添えた。

「心配無用。精神のプライバシーは、なによりも厳重に尊重される権利だから。あなたの心に入っていけるのは、あなたの許可を得たときにかぎってのこと。隠しておくのはフェアではないから、先にこの事実を打ち明けておくだけよ。わたしたちのしゃべりかたが少少ぎごちなくて、ことばを口にするのに苦労している理由が、これでわかってもらえたでしょう。ここでは、音声をともなうことばが使われることはめったにないの」

秘密を打ち明けられて、アルヴィンはすこし警戒心をいだいたが、とくに驚きはしなかった。ダイアスパーでも、かつては人・機械ともに、この能力を持っていたからである。いまでも、永久不変の機械のほうは、主人が心の中に思い浮かべた命令を読みとることができる。しかし、人間のほうは、下僕《しもべ》である機械と分かちあっていたこの能力をなくしてひさしい。

「あなたがなんのために自分の世界をあとにし、わたしたちの世界にやってきたのか――その理由は知らないけれど」セラニスはつづけた。「生命を探して旅に出たのであれば、あなたの探索はここで終わり。ダイアスパーを除けば、わたしたちの山脈の外には、ただ砂漠しかないの」

不思議なことに、これまでそんな一般通念にたびたび疑問をいだいてきたアルヴィンが、セラニスのことばだけはすんなりと信じた。疑念のかわりにアルヴィンがいだいたのは、これまで教わってきた知識がおおむね真実であったことに対する、深い悲しみだけだった。

「リスのことを教えてください」アルヴィンは熱心な口調でうながした。「こんなに長いあいだ、ダイアスパーとの連絡を断っているのはなぜです？　こちらのことはよく知っているみたいなのに？」

アルヴィンの熱心さに、セラニスはほほえみ、

「それはあとで」と答えた。「そのまえに、まず、あなたのことを聞かせてちょうだい。ここへくる道をどうやって見つけたのか、なぜここへきたのか、それを教えてもらいましょう」

はじめのうちはとつとつと、しだいに自信を深めながら、アルヴィンはここを訪れるにいたった経緯を話した。これほどあけすけに思いを語ったのははじめてだった。この地にきてはじめて、ようやくアルヴィンの夢が夢ではないことを知っており、けっして笑ったりしない人間に出会えたからだろう。一、二度、セラニスは短く質問をはさんだ。自分の知らないダイアスパーの側面をアルヴィンが口にしたときのことである。自分の日常生活の一部であったものが、ダイアスパーにいちども住んだ経験がなく、その複雑な文化と社会組織をまったく知らない者にとっては無意味だという事実が、アルヴィンにはなかなか実感できなかった。もっとも、セラニスはダイアスパーの事情をかなりよくわかっているようだったし、それは当然のように思えた。じつはこのとき、セラニス以外にもおおぜいの精神が自分のことばに聞き耳を立てていたのだが、そうと知るのはもっとあとのことになる。

話しおえると、しばしの沈黙が降りた。ややあって、セラニスはアルヴィンを見つめ、

ひとこと、こうたずねた。

「リスにきたのは、なぜ？」

アルヴィンは驚いてセラニスを見返した。

「いまいったでしょう。ぼくは世界を探険したかった。だれもかれもが、都市の外には砂漠しかないというけれど、どうしてもそれを自分の目でたしかめたかったんです」

「それが唯一の理由？」

アルヴィンはためらった。ややあって、答えを返したとき、アルヴィンは不屈の探険家ではなく、異世界に生まれて途方にくれている子供になっていた。

「……ちがいます」ゆっくりと、アルヴィンは答えた。「唯一の理由というわけじゃない。もっとも、いまのいままで気づいていなかったんですが。ぼくは――さびしかったんだと思います」

「さびしかった？　ダイアスパーにいて？」

セラニスの口もとには微笑が浮かんでいたが、その目には共感が見てとれた。アルヴィンにはすぐにわかった。これは答えをもとめて訊いているんじゃない。いうべきことをすべていってしまうと、あとはセラニスが、約束どおり、問いに答えてくれるのを待つばかりとなった。しばらくして、セラニスは立ちあがり、屋上をいったりきたりしはじめた。

「あなたが訊きたいことは、だいたい見当がつくわ」とセラニスはいった。「なかには答えてあげられるものもあるけれど、ことばで説明するのは、少々おっくう。わたしに心を開いてくれれば、知りたいことを簡単に教えてあげられるのだけれどね。わたしのことは信用してくれてだいじょうぶよ。あなたの許可なくして、けっしてあなたの心の中を盗み見たりはしないから」

「どうすればいいんです？」アルヴィンは用心深くたずねた。

「わたしの助力を受けいれればいいの――わたしの目を見て――すべてを忘れて」

そのあとになにが起こったのか、アルヴィンにはよくわからなかった。すべての感覚が一時的に失われたと思ったとたん――そんなものを受けいれた覚えはないのに、心の中を覗きこんでみると、そこにはもう知識があったのだ。

見えているのは過去の世界だった。はっきりとは見えない。高山の高みから、うっすらと霧がかかる平原を見わたしているような感じがする。そして、アルヴィンは理解した。人類のみんながみんな都市居住者だったわけではないことを。人類が機械によって労働から解放されて以来、そこにはつねに、相いれない二系統の文化同士の対立があったことを。〈薄明の時代〉、地球には何千という都市があったが、人類の大多数は比較的小さなコミュニティに住むことを好んでいた。交通網が地球の隅々にまで行きわたり、即時通信が可能で必要なときはいつでも連絡をとりあうことができたので、大都市で窮屈な思いをしながら何百万人もの人々と暮らす必要を感じなかったのだろう。

当初はリスも、そういった何百とある小規模社会と大差ないコミュニティだった。だが、長い年月のあいだに、リスはすこしずつ独自の文化を築いていった。かつて人類が築きあげたなかでも、いまでは最高のひとつに数えられるその文化は、おおむね精神能力の直接利用に基づくものだった。そして、他の人間社会がますます機械にたよるようになるにつれて、リスの文化はますます独自色を濃くしていった。

それから長い歳月を経て、別々の道を歩むうちに、リスと諸都市との溝はいっそう広がった。両者の溝に橋がかけられるのは、大いなる危機にさいし、人類全体が団結するときだけだった。たとえば、月が落ちてきたさい、その破壊を担ったのはリスの科学者たちである。〈侵略者〉の攻撃から地球を防衛し、シャルミレインの戦いで堡塁《ほうるい》を護りきったのも、やはりリスの科学者たちだった。

しかし、そういった大いなる試練によって、人類は疲弊した。そして、都市はひとつ、またひとつと滅びていき、砂漠に埋もれていった。人口が減るにつれて、人類は大移動を開始した。最終的に、ダイアスパーが最後にして最大の都市になったのは、そういう流れの終着点だった。

そのような都市の変化は、リスにはなんの影響ももたらさなかったが、リスはリスで独自の戦いを強《し》いられていた。砂漠との戦いである。山脈という自然の障壁だけでは、砂漠の侵攻を食いとめるには充分ではなく、広大なオアシスの保全体制が確立されるまでには長い歳月を必要とした。ここでイメージがぼやけたのは、おそらくダイアスパーが獲得した事実上の永遠に匹敵するものを、リスはいかにして手に入れたのか。アルヴィンには結局、それを見ることはできなかった。

過去の情景を説明するセラニスの声は、遠いところから聞こえてくるようだった。いや、セラニスの声だけではない。そこにはいくつもの声が融合し、ひとつのシンフォニーを構成していて――おおぜいがセラニスのことばに唱和しているかのようだった。

「これがわたしたちのごく簡単な歴史。〈薄明の時代〉でさえ、リスは各都市とほぼ没交渉であったことがわかるでしょう。もっとも、都市のほうから訪ねてくる者たちはけっこうたくさんいたのよ。わたしたちも、その来訪を妨げたりはしなかったわ。なぜなら、このコミュニティでもっとも偉大な人々は、外部からきた人間が多かったから。とはいえ、都市が滅びはじめて以降は、その没落に巻きこまれたくなかったのも事実でね。やがて空中交通の終焉とともに、リスへくる道はたったひとつしかなくなってしまう。それがダイアスパーからの軌道《キャリア》システム。のちに〈公園〉が造られると、ダイアスパー側の乗り場は閉鎖されて――あなたがたはわたしたちを忘れてしまった。けれど、わたしたちのほうは、けっしてあなたがたを忘れたことはなかったの。

ダイアスパーにはほんとうに驚かされてばかり。てっきり、ほかの都市と同じ運命をたどることになると思っていたら、予想に反して、地球が存続するかぎり消滅しそうにない、きわめて安定した文化を築きあげてしまったんだもの。それはわたしたちが敬服する種類の文化ではなかったけれど――ダイアスパーを脱出したいと願う人々がここへくる道を見つけるのは、わたしたちにとっては喜ばしいことだったわ。ここへ旅してきた人たちは、あなたが思うよりたくさんいるのよ。そしてその人たちは、ほぼ例外なく傑出した人々で、リスへくるとき、決まって価値あるものを携えてきてくれたの」

それを最後に、声は薄れていった。五感を麻痺させていたものはゆっくりと消えていき、アルヴィンはふたたび単独の自分にもどっていた。いつのまにか、太陽は木々の向こうに沈み、東の空は夜の藍色を呈しはじめている。どこかで大きく鐘の鳴る音がした。ひとしきり空気を振動させたのち、その余韻はゆっくりと静寂に呑みこまれていき、あとにはただ、神秘と予感とでぴんと張りつめた空気だけが残った。気がつくと、アルヴィンは小さく震えていた。夕べの寒さが忍びよってきていたせいもあるが、たんにそれだけではない。いま知ったことに対する純粋な畏怖と驚異とが、全身をわななかせているのだ。夜も間近にせまり、故郷ははるか遠くにある。唐突に、友人たちに会いたくてたまらなくなった。慣れ親しんだダイアスパーの情景と景観に身を置きたくてたまらなくなった。

「もどらなきゃ……」つぶやくように、アルヴィンはいった。「ケドロンが――それに、両親も――ぼくが帰るのを待っている」

それは全面的に事実とはいいがたいことばだった。ケドロンだけは心配してくれているだろうが、アルヴィンの知るかぎり、自分がダイアスパーを離れたことを知る者はほかにいない。こんなささやかな自己欺瞞を口にした理由が自分でもよくわからず、いまのことばを口にしてすぐに、アルヴィンはちょっぴり自分を恥じた。

セラニスは考え深げな顔でアルヴィンを見つめている。

「残念だけれど、ことはそう簡単にはいかないのよ」

「どういう意味です？　ぼくをここに運んできたキャリアに乗れば、ダイアスパーにもどれるんじゃないんですか？」

自分の意志に反してリスにとどめおかれる場合もある——そんな可能性がちらりと心をよぎりはしたものの、正面からそれを見すえる気にはまだなれなかった。

ここではじめて、セラニスはすこしばかり不安そうな顔になった。

「わたしたち、あなたの処遇をずっと話しあっていたのだけれど……」〝わたしたち〟というのがだれのことなのか、どうやって相談をしていたのかを、セラニスは説明しようとしなかった。「あなたをダイアスパーに帰せば、都市全体がわたしたちの存在を知ることになるわ。いくらあなたが他言しないと誓おうとも、帰ってみればわかるはず。あなたには絶対に、ここの秘密を守りとおすことはできません」

「なぜ秘密にしておかなくちゃならないんです？　交流を再開できたら、おたがいにとってプラスになるでしょう?」

セラニスはむずかしい顔になり、

「わたしたちは、そうは考えていないの」と答えた。「門戸が開かれたなら、この地は物《もの》見遊山《みゆさん》の暇人や刺激をもとめるだけの者たちであふれてしまう。けれど、現状のままであれば、わたしたちのもとにたどりつけるのは、ダイアスパー市民でもとびきり優秀な者だけにかぎられる——」

そのことばには、意識されざる優越感があふれていたので——そのうえ、まったく見当はずれの仮定まで透けて見えたので——急に怒りがこみあげてきて、アルヴィンの不安は完全に払拭された。

「そういうふうにはなりませんよ」アルヴィンは平板に答えた。「ダイアスパーを離れる人間がぼくのほかにいるとは、とても思えません。たとえ出たいと思ったとしても——ダイアスパーのほかに世界があると知ったとしても——じっさいに外へ出るところまで踏みきる者はいないはずです。ぼくを帰しても、リスはなにも変わりません」

「帰すかどうかを決めるのは、わたしではないの。それに、あなたの同胞を都市に閉じこめている心の障壁がそう簡単に破れないと思っているのなら、あなたは精神の力を過小評価していることになるわね。もちろん、意志に反してあなたをここに拘留するようなまねはしませんよ。けれど、あなたがどうしてもダイアスパーに帰るというのなら、リスに関する記憶をすべて精神から消去せざるをえなくなってしまう」そこでセラニスは、しばしためらった。「なにしろ、そんな事態ははじめてなものだから……。これまでダイアスパーからきた人たちは、みんな自発的にここへ残ったの」

記憶を消されるのも、ここに残るのも、どちらもごめんだった。リスを探険したくはある。この地のいろいろな秘密を知りたくはある。ダイアスパーとどこがどうちがうのかを調べてみたい。だが、そういった気持ちと同じくらいに、ダイアスパーへもどりたい気持ちも強かった。故郷にもどり、自分が他愛ない夢想家ではなかったことを友人たちに証明してやりたい。それに、秘密を守るようにと強要する理由が、アルヴィンにはどうしても理解できなかった。もっとも、かりに理解できていたとしても、これからとる行動に変わりはなかっただろうが。

時間を稼がなくてはならない。でなければ、どちらの要求も呑めないことを、なんとかセラニスに納得させなくてはならない。

「さっき名前をあげたケドロンは、ぼくがここにきていることを知っています。彼の記憶までは消せないでしょう」

セラニスはほほえんだ。感じのよいほほえみだったので、こんな状況でなければ、好意的な笑みだと受けとっていただろう。しかしアルヴィンは、ここにおいてはじめて、その笑みの背後にひそむ、圧倒的に強力で無慈悲なまでの力の存在をかいま見た。

「あなたはわたしたちを過小評価しているわね、アルヴィン。そんなのは造作もないことよ。わたしには、リスを横断するよりも短い時間でダイアスパーへ赴くことができるんだもの。〝友人たちが自分の行き先を知っている〟――いままでここにやってきた訪問者のなかには、そう話した者たちがいたわ。けれど、やがてその友人たちの記憶から、訪問者の存在は消えてしまった――ダイアスパーの歴史そのものからも」

その可能性に思いいたらなかったのは、うかつもいいところだった。いわれてみれば、たしかに自明のことではある。ふたつの文化が隔てられてから何億年ものあいだ、失うまいと汲々《きゅうきゅう》としてきた秘密を守るため、いったい何度、リスの人間がダイアスパーに入りこんできたのだろう？ ここの奇妙の人々が持ち、使うことをためらわない精神能力とは、どれほど強力で、どういうことができるのだろう？

ひそかに計画を立てるのは安全だろうか。セラニスは相手の了承なしに心を読みはしないと約束したが、状況によっては、その約束が守られないこともあるかもしれない……。

「いくらなんでも――」とアルヴィンはいった。「――いますぐ決断を下せとはいわないでしょう？ どちらかを選ぶ前に、この地をすこし見学することはできませんか？」

「もちろん、それはかまわないわ。好きなだけここにいて、やはり帰りたいと思ったら、その時点でダイアスパーに帰ってもけっこう。ただし、二、三日のうちに決心がつくようであれば、いろいろと楽になるわね。友人たちを心配させたくはないでしょう？ それに、あなたが長く留守にしていればいるほど、わたしたちが都市で行なわなくてはならない調整がむずかしくなってしまうのよ」

そういう事情は、アルヴィンにもよくわかった。知りたいのは、その〝調整〟というのがどういうものかだ。おそらく、リスのだれかがダイアスパーに赴き、ケドロンに——当人にはそれと気どられることなく——接触して、その記憶をいじるのだろう。アルヴィンがいなくなったという事実は隠しようがないが、アルヴィンとケドロンが見つけた情報は、それで消去してしまえる。時がたつにつれて、アルヴィンの名前は、なんの痕跡も残さずに不可解な失跡をとげた他の特異タイプと同じく、忘れられてしまうはずだ。

リスにはたくさんの謎があり、そのどれひとつとして、とうてい答えには近づけそうにない。リスとダイアスパーとの、なんとも奇妙な一方的関係は、たんなる歴史的偶然の産物なのだろうか？　特異タイプとは何者であり、なんなのか？　また、リスの人間がダイアスパーに入りこめるのなら、なぜ都市のメモリーユニットを改竄《かいざん》し、リスの存在を示す手がかりを消してしまわない？　この疑問については、アルヴィンもなんとかそれらしい答えを考えつくことができた。〈中央コンピュータ〉は、外部からの操作に対するセキュリティがおそろしく固く、最先端の精神テクノロジーをもってしても、おいそれとは干渉できないにちがいない……。

さまざまな疑問はひとまず棚上げしておくことにしよう。いつの日か、もっといろいろなことを学んだら、これらの疑問に答えが得られるときもくるかもしれない。だが、知識もないのにむだな考えをめぐらして、無知という基盤の上に推測のピラミッドを築くことにはなんの意味もない。

「わかりました」とアルヴィンはいった。といっても、あまりうれしそうな口調ではなかった。行く手に立ちふさがったこの思いがけない障害に、いまなお腹がたっていたからだ。「できるだけ早く答えを出します――この土地がどんなところかを見せてもらえるのでしたら」

「いいでしょう」セラニスは答え、こんどはなんの脅威も秘めていないほほえみを浮かべてみせた。「わたしたちはね、リスを誇りに思っているの。都市の助けなくして、人がどんなふうに生きていけるのかを見せるのは、わたしたちの喜びとするところでもあるのよ。見学しているあいだは、よけいな心配はしなくてけっこう。あなたの友人たちが、あなたの不在を疑問に思うことはありません。それはこちらでめんどうを見ておくわ。わたしたちの身を護るためにもね」

セラニスは力強く請けあった。結果的に、彼女はこのとき、生まれてはじめて守れない約束をするはめになるのだが、そうと知るのは、もっと先のことになる。

11

アリストラに執拗に問いただされたものの、ケドロンは頑としてくわしい事情を話さなかった。当初のショックとパニックからの立ちなおりが、それだけ早かったということだ。あのとき〈道化師〉は、〈霊廟〉の地下にひとり取り残され、あわてて地表へ逃げもどってきた。いまにして思えば、自分の臆病さが恥ずかしい。もっとも、だからといって、自走路の焦点であり、世界じゅうに広がるトンネル・ネットワークのハブでもあるあの空洞に引き返す勇気は、とても出せそうになかった。アルヴィンの行動は、無謀とまではいかなくとも、性急であったとは思う。しかし、なんらかの危険に遭遇しかねないと本気で心配しているわけでもない。アルヴィンがじきにもどってくることには確信がある。いや、確信とまではいいきれないか。ここはやはり、万一にそなえて用心しておくに越したことはない。当面は、できるだけ多くを語らず、これもまた道化のいたずらだとして通すのがベストだろう。

ひとまずそう判断したものの、ケドロンにとってまずいのは、地表にもどってきたさい、アリストラに遭遇し、動揺している姿を見られてしまったことだった。〈道化師〉の目に浮かぶまごうかたなき恐怖をはっきりと見てとったアリストラは、アルヴィンの身になにかあったと即断したらしい。それからは、ケドロンがどれだけだいじょうぶだと請けあっても聞きいれようとせず、ふたりで〈公園〉を横切り、自走路へ歩いてもどるあいだも、ますます機嫌が悪くなっていくばかりだった。はじめのうち、アリストラは、なにがなんでも〈霊廟〉に残り、消えたときと同様、アルヴィンが不可解な形で帰ってくるのを待つといいはった。そんなことをしても時間のむだだと必死に言いふくめ、ようやくいっしょに都市部へ引き返しだしてくれたときには、ケドロンもほっとしたものだ。アルヴィンがひょっこりともどってくる可能性はつねにある。ケドロンとしては、ヤーラン・ゼイの秘密を余人に知られたくなかったのである。

だが、〈公園〉の外に出るころには、懸命のはぐらかし戦術もむなしく、アリストラはどうにもなだめようがないほど腹をたてていた。ケドロンの人生で途方にくれたのは、今回がはじめてだ。いままでケドロンは、どんな問題が起きても対処できるつもりでいた。しかし、こんどばかりは勝手がちがった。当初の不合理な恐怖は、より深刻でより根拠の明確な危機感にすこしずつ取って代わられつつある。今回、自分がしでかしたことの重大さについては、いまのいままで、これっぽかりも意識のうちになかった。自分の行動の動機としては、自分自身の興味、そしてアルヴィンに対する弱いが純粋な共感、このふたつだけで充分だと思っていた。じっさい、アルヴィンの背中を押してやり、手助けはしたものの、まさかほんとうにこんどのような事態になるとは、予想だにしていなかったのである。

生きてきた年数と経験ではずっと上なのに、アルヴィンの意志の強さは、つねにケドロンのそれを上まわっていた。その点については、いまさらいかんともしがたい。そして、その結果として起こったできごとにより、自分ではまったくコントロールのきかないクライマックスに向かって、みるみる押し流されようとしている。

そんな受け身の立場からいわせてもらえれば、アリストラが自分を見る目は、少々不当だと思う。アルヴィンをそそのかしたのはケドロンだ、とアリストラは見ている。そして、今回の件はなにもかもケドロンのせいだといって批判する。アリストラもけっして恨みがましいほうではないが、いまは腹をたてていて、その腹だちの一部は、まぎれもなくケドロンに向けられていた。これから彼女がとる行動により、ケドロンがのっぴきならないはめに追いこまれたとしても、いちばん平然としているのは、たぶんこのアリストラだろう。〈公園〉を取り囲む環状自走路にたどりつくと、ふたりは無言のまま別れた。ケドロンは、離れ去っていくアリストラの背中を見送り、彼女はなにをするつもりでいるんだろう、と力なく思った。

確実にいえるのはただひとつ——これからかなり長い時間にわたって、退屈な思いとは無縁になりそうだということだ。

アリストラは、迅速かつ賢明に行動した。エリストンとエタニアにはあえて連絡しようとはしなかった。アルヴィンの両親は、人柄はいいが平凡な人物で、好感は持っていても尊敬はしていない。ふたりに相談したところで、無益な議論で時間を浪費したあげく、結局のところ、アリストラがいましようとしているとおりのことをするのがせいぜいだろう。

ジェセラックは、感情を見せることなく、淡々とアリストラの話に耳をかたむけた。懸念をいだいたり驚いたりしたとしても、それはいっさい表に出さなかった。あまりにも無表情だったので、アリストラはすこし失望したほどだった。アリストラの感覚では、これはかつてなく異常で重大なできごとだ。なのに、ジェセラックの泰然としたようすは変わらない。その落ちつきはらった態度に、アリストラはがっかりした。話を聞きおえると、ジェセラックはいくつかこまかい質問をし、はっきりとは口にしなかったものの、アルヴィンが消えたというのはきみの勘ちがいではないのか、とほのめかした。ジェセラックいわく、きみはたしかにアルヴィンが都市を出ていったというが、出ていくことになんの意味があるのか？　きみはたんに、からかわれただけではないのか？　ケドロンがかかわっているという事実も、それを強く裏づけているように思えるのだがね。こうしているいまも、アルヴィンはダイアスパーのどこかに隠れていて、きみのことをひそかに笑っているのではないかな?

ジェセラックから引きだせた、唯一たよりになりそうな反応は、これから調べてみて、一日以内にまた連絡するという約束だけだった。それまではあまり心配しないでいなさい、ともジェセラックはいった。この件については、だれにもいっさい口外しないほうがいい。二、三時間のうちには解決するかもしれないできごとを触れまわって、無為に騒ぎを大きくする必要はないだろう——。

アリストラは鬱々とした思いでジェセラックのもとをあとにした。だが、その直後にジェセラックがとった行動を見たなら、アリストラももうすこしは安心できていただろう。ジェセラックは〈評議会〉に複数の友人を持つ。長い人生において、ジェセラック自身、評議員を務めていたこともあるし、運が悪ければ、また就任するはめになる可能性もある。とにもかくにも、知りあいのなかで、もっとも影響力の大きな評議員三人に連絡を入れ、用心深く、三人の興味を刺激した。アルヴィンの教師として、自分の置かれた立場が微妙であることは承知している。したがって、まずは自分の身の安全を確保することが先決だ。そのためにも、当面、状況を把握している人間は、すくなければすくないほどいい。

なによりもまず、ケドロンに連絡し、事情を説明させることで、評議員たちとは意見の一致を見た。しかし、この順当な判断には、ひとつ欠陥があった。呼びだされることを予期して、すでにケドロンは姿をくらましていたのである。

アルヴィンが微妙な立場にあるとしても、それと気づかせないよう、リスの人々はずいぶん気をつかってくれた。エアリーの中なら、どこでも自由にいくことができた。エアリーというのはこの小さな村の名前で、治めているのはセラニスだ。もっとも、〝治める〟というのは、セラニスの立場を示すものとしては、少々強すぎる表現のような気もする。アルヴィンの見るところ、セラニスは状況しだいで、善意の権力者に思えるときもあれば、なんの権力もないように思えるときもある。いまのところ、リスの社会制度はまったく理解できていない。あまりにも素朴すぎるからか、逆にあまりにも複雑すぎるからか、構造がさっぱり見えないのである。これまで見てきたなかで確実にわかったのは、リスには相当数の村があり、エアリーはその典型だということだけだった。もっとも、ある意味で、リスには典型などないらしい。村人たちが請けあったところによると、どの村も、近隣の村とできるだけ差別化を図ろうとしているという。それだけに、状況はきわめて混沌として見えた。

面積がかなりせまく、住民も千人たらずとはいえ、エアリーは数々の驚異に満ちていた。ダイアスパーの生活様式と同じものは、ただのひとつとして見つからなかった。その差異は言語のような基本的要素にまでおよんでいた。通常の意思疎通に声を使うのは子供たちだけで、おとなはめったに口をきかない。しばらくしてアルヴィンは、村人たちが自分に口をきくのはたんに礼儀のためだけであり、ほかに理由はないことに気がついた。音声をともなわず、はたからはそれとわからない意思疎通のネットワークにからめとられているのは、奇妙にもどかしい経験だったが、じきにそれにも慣れた。こういう世界で音声言語がいまも生き残っているのは、むしろ不思議な状況にも思える。なにしろ、おとなたちのあいだでは、音声はまったく使われていないのだ。ただ、のちにアルヴィンも知るように、リスの人々は歌を歌うことが大好きだった。というよりも、ありとあらゆる形の音楽を好んだ。歌うことへの愛着がなかったら、彼らはとうのむかしに、音声言語を失ってしまっていたにちがいない。

エアリーの住民はいつも忙しく働いており、たいていの場合、アルヴィンには理解できない仕事や問題に取り組んでいた。たまにその内容を理解できるときがあっても、そんな仕事をする必要性はまったくないように思えた。たとえば、住民たちの食糧のかなりの部分は、何億年も前に設定されたパターンにしたがって合成されるのではなく、じっさいに農地で栽培されている。なぜそんなことをするのかとたずねると、辛抱づよい口調で、リスの人々はものが成長するのを眺めたり、複雑な遺伝の実験を行なったり、もっともっと繊細な味や香りを創りだすのが好きなのだという説明が返ってきた。リスのなかでも、エアリーはフルーツの産地として有名なのだという。いくつかサンプルを口にしてみたが、ダイアスパーでは指一本あげる労力すらなしに呼びだせるフルーツとくらべて、それほど味がいいとも思えなかった。

つぎの疑問は機械についてだった。リスの人々は、アルヴィンの感覚では有ってあたりまえのものを――ダイアスパーの暮らしの基盤である電力や機械の存在を――忘れてしまったのだろうか、それとも、最初から持っていなかったのだろうか。はじめのうちは判断がつかなかった。しかし、まもなく、どちらもちがうことがわかってきた。道具や道具に関する知識は、リスにもたしかにある。だが、どうしても必要なとき以外、けっして使おうとはしない。そのひときわ顕著な例が交通システムだった。もっとも、これを交通システムと呼べるならばだが。移動距離が短いとき、リスの人々は歩く。しかも、歩くことを楽しんでいるらしい。そして、急ぎのとき、もしくはちょっとした荷物を運ぶときには、動物を使う。この動物が、わざわざ輸送目的のために品種改良されたことは明らかだった。荷物運搬種は体高が低く、六本の脚を持ち、とても従順で力が強いが、知能は高くない。それに対して、レース用の動物はまったく系統が異なり、ふだんは四本の脚で歩行するが、スピードをあげる段になると、筋肉の発達した二本の後肢だけで走る。この動物は、なんでもリス全域を数時間で横断できるそうで、騎手はそのあいだ、動物の背中に結わえられた一軸支持の鞍に乗っているのだという。アルヴィンとしては、どれほどの好条件を出されても、そんなものに乗る危険を冒す気にはなれなかったが、リスの若者のあいだでは、これは非常に人気のあるスポーツだそうだ。入念なブリーディングの産物であるこの動物たちは、動物界の貴族であり、当の動物たちもそれを十二分に自覚しているふしがある。じっさい、頭もよく、言語能力が発達していて、かなり豊富な語彙《ごい》を持っている。動物たちが過去や未来の勝利を自慢げに語りあうようすを耳にして、アルヴィンはさりげなく声をかけ、会話に加わろうとしてみた。すると動物たちは、アルヴィンのいうことなど理解できないふりをした。それでもあきらめずに話しかけていると、最後には、いかにも気位の高そうな態度で、みんな憤然と走り去っていった。

この二種類の動物だけで、たいていの用はことたりる。また、動物という存在は、いかなる機械も代替できない形で、飼い主に大いなる喜びを与えてもくれる。しかし、動物にはとても出せない速度がもとめられるとき――あるいは、うんと大量の荷物を運搬しなければならないとき――ここリスでも機械が使われる。それも、まったくためらうことなしに。

リスの動物のおかげで、アルヴィンの前には、まったく新たな興味と驚きの世界が開けたが、それにもまして魅力的だったのは、ふたつの対照的な年齢グループ――子供と老人だった。どちらのグループも、アルヴィンには同じくらい奇妙で、同じくらい驚異的な存在に思えた。エアリーで最高齢の住民は、まだ二百歳に達したばかりだというのに、寿命はあと数年しかないという。自分がこの年齢になったとき、肉体はほとんどいまの状態と変わっていないだろう。それに対してこの老人は、未来に何度も生まれ変われるというなぐさめもないままに、肉体の持つ力をほぼ使いはたしてしまっている。髪はすっかり白くなり、顔は信じられないほど複雑なしわの迷路だ。老人はほとんどの時間を、じっとひなたぼっこをしてすわっているか、村の中をゆっくりと歩きまわり、会う人会う人とあいさつを交わすことに費やしているようだった。アルヴィンにわかるかぎりでは、老人はそれで充分に満足しており、これ以上は生をもとめることもなく、間近にせまった終焉を悲しんでいるふうでもなかった。

そこにある哲学は、ダイアスパーのそれとは著しく異なるものであり、完全にアルヴィンの理解を超えていた。死ぬ必要などないのに、なぜ死を受けいれなくてはならないのだろう？　いっぽうには、それとは対照的な選択肢が——一千年の時を生き、何千年もの空白を一気に飛び越え、自分が形成するのに手を貸した世界にふたたび生まれ変わり、新たな生を送るという選択肢があるというのに？　このことを村人たちと腹蔵なく話しあえる機会が持てたら、できるだけ早くこの謎を解く努力をしてみよう、とアルヴィンは心に決めた。別の選択肢の存在を知ったうえで、それでもなおリスが自由意志でこの道を選んだとは、とても信じられないことだったからである。

もっとも、その答えの一端は、子供たちのなかに見いだすことができた。アルヴィンにとって、子供とは、奇妙さの点ではリスの動物のいずれにも引けをとらない、小さくて不可思議な生きものだ。子供たちと多くの時間を費やし、遊びたわむれる姿を眺めるうちに、やがてアルヴィンは、子供たちから友人として受けいれられるようになった。ときどき、子供というのは、人間とはちがう種ではないかと思えることがある。その動機、その理屈、さらにはそのことばでさえ、なんとも異質きわまりない。まったく別の生きもののようなおとなたちを見るにつけ、信じられないという思いをいだかずにはいられず、アルヴィンはつい自問してしまう——あの子供たちが、どこをどうしたらこんなふうに成長するのだろう? なにしろ、子供というのは、時間の大半を自分自身の私的な世界に没頭して過ごす、ひどく変わった生きものなのである。

しかし、子供たちという存在にとまどいをおぼえるいっぽうで、アルヴィンの心の中に、いままで知らなかった感情が芽生えてきたのも事実だった。子供のうちのだれかが、悔しかったり悲しかったりして——しょっちゅうではないが、ときどき——涙をこぼすとき、そのささやかな失意は、〈銀河帝国〉を失ったのちに人類が余儀なくされた長い長い撤退よりも、いっそうつらい悲劇として胸を打たずにはおかない。人類の悲劇は規模が大きすぎ、遠いできごとすぎてピンとこないが、子供の泣き声には、いやでも心の奥深くにまで突き刺さってくるなにかがある。

愛情なら、ダイアスパーでもいだいたことはあった。しかしいま、アルヴィンは、愛情と同じくらい貴重なものを学びとりつつあった。それなくして、愛情は至高の満ちたりた状態に充足することはなく、不完全な形にとどまらざるをえない。

そのなにかとは――相手を気づかい、いたわる心だった。

アルヴィンがリスの実態を見きわめようとするいっぽうで、リスのほうもアルヴィンの人となりを見きわめようとしており、そこに見いだした彼の本質に、さほど悪い印象は持っていないようだった。エアリーに滞在して三日が過ぎたころ、アルヴィンはセラニスに、このさい、村の外まで遠出して、もっとよくリスを見てきてはどうかと勧められた。この申し出に、アルヴィンは一も二もなく飛びついた。ただし、村の競走用動物にだけは乗っていかないという条件でだったが。

「これは請けあうけれど」めったに見せないユーモアの表情を見せて、セラニスはいった。「ここの住民で、たいせつな動物を進んで危険にさらす者はひとりもいませんよ。ただし、動物のかわりに、今回は特例として、移動用の〝足〟を提供しましょう。そのほうが楽に旅ができるものね。案内役にはヒルヴァーをつけるわ。といっても、もちろん、どこへでも好きなところへいってくれてかまわないのだけれど」

はたしてそれはほんとうだろうか、とアルヴィンは思った。たとえば、あの小さな丘へ――地下から出てきて、はじめてリスの地を見たあの丘の頂へ――もどるといったなら、なんらかの抵抗があるのではないか。もっとも、当面、その点は心配しなくてもいい。急いでダイアスパーに帰る必要はないからだ。じっさい、セラニスとの最初の面会のあとも、この問題については、ほとんど考えたことがなかった。ここでの生活は、興味深いこと、ものめずらしいことだらけで、いまになっても、その場その場の経験を堪能するのに手いっぱいだったのである。

息子を案内人につけてくれたセラニスの配慮を、アルヴィンはありがたく受けいれた。もっとも、ヒルヴァーは確実に、アルヴィンにおかしなまねをさせないよう、入念な指示を受けているにちがいない。

ヒルヴァーという人物に慣れるまで、アルヴィンはすこし時間を要した。その理由を口にすれば、たぶん本人は傷ついただろう。外見上の完璧さは、ダイアスパーでは普遍的なものだったから、ひとりひとりの美しさにはなんの価値もなく、ダイアスパーでは空気のようなものでしかない。ところが、リスでは状況がちがう。ヒルヴァーに対する形容は、どれだけ好意的に表現しても〝不器量〟がせいいっぱいだ。アルヴィンの基準では、ヒルヴァーは非常に醜く、ゆえに、しばらくは意識して顔を見ないようにしていたほどである。しかし、たとえそれに気づいていたとしても、ヒルヴァーはおくびにも出さなかった。それどころか、その善良で気さくな人柄によって、いつしかふたりのあいだの垣根は取り払われてしまった。やがてヒルヴァーの、歪んではいるがあけっぴろげな笑顔、その力の強さ、心根のやさしさにすっかり慣れたアルヴィンは、かつてこの男を魅力的ではないと思ったことが信じられず、むしろこのままでいてほしい、絶対に変わらないでほしいと思うまでになっていた。

ふたりがエアリーを出発したのは、夜が明けてすぐのことだった。乗っていくのは、ヒルヴァーが〝地上車〟と呼ぶ小型の乗り物だ。見たところ、アルヴィンをダイアスパーからここまで運んできた機械と同じ原理で動くものらしく、車体は草地から十センチほどの高さに浮かんでいた。誘導レールらしきものは見当たらなかったが、ヒルヴァーによると、地上車はあらかじめ決められたルート上しか走れないのだという。すべての人口集中地は、この地上車による交通網で結びつけられているそうだ。もっとも、リスにきてからこちら、アルヴィンは一台もほかの地上車を見かけたことがなかったが。

そうとうの手間ひまをかけて準備しただけあって、ヒルヴァーはこの遠出を、アルヴィンと同じくらい楽しみにしていた。探訪先のルートは、ヒルヴァーが自分の興味の赴くままに決めたものである。彼が情熱をかたむけている対象は博物学で、これから訪ねる地域——リスでも比較的人口のすくない地域に新種の昆虫が見つかるのではないかと思うと、楽しみでしかたがないのだそうだ。ヒルヴァーの話では、まずは南をめざし、この機械でいけるところまでいく。しかし、そこから先は徒歩でいかざるをえない。アルヴィンがとくに異論を唱えなかったのは、〝徒歩でいく〟という意味が、まだちゃんとわかっていなかったからだった。

旅にはほかにも道連れがいた。名前はクリフという。ヒルヴァーの数多いペットのなかでも、ひときわ目を引くのが、この巨大な昆虫だった。どこかに舞いおりて止まるとき、クリフは透き通った六枚翅《ばね》を体側《たいそく》に折りたたむ。その姿はまるで、宝石をちりばめた笏《しゃく》のようだった。なにかに驚けば、クリフはその翅を虹色にきらめかせ、空中にすばやく舞いあがる。高速で動く翅はもはや見えず、聞こえるのはかすかな羽音のみだ。呼ばれればやってくるし、簡単な命令にも――ときどきは――したがうが、クリフに精神といえるほどのものはない。それでも、それなりに固有の性質はあって、どういうわけか、アルヴィンのことを警戒していた。アルヴィンもときどきクリフの信頼を獲得しようと努めたものの、結局は失敗におわるのがつねだった。

アルヴィンにとって、リスをめぐる旅は、白日夢にも似た非現実感をもたらした。ふたりが乗った機械は、亡霊のように音もなく、ゆるやかに起伏する平原をすべるように進み、くねる道づたいに森を通りぬけていく。その間《かん》、見えない軌道からはずれることは一瞬もなかった。移動速度は、人間がふつうに歩く速度の十倍程度だろう。もっとも、リスの住民で、これ以上速く移動する必要のある者はまずいない。

途中、たくさんの村を通過した。なかにはエアリーより大きな村もあったが、たいていはよく似た造りをしていた。興味深いのは、それぞれのコミュニティの服装に、微妙だが決定的な差異があったことである。服装だけではない。肉体面でも特徴がある。リス文明は何百もの異なる文化で構成されていて、そのひとつひとつが独特の産物や技能により、文明全体に貢献しているのだという。地上車には、エアリー名産の小ぶりの黄桃が山と積んであり、行く先々でヒルヴァーが見本を配るたびに、みんな大喜びで受けとった。

ヒルヴァーはときどき地上車を停め、遭遇した友人たちにアルヴィンのことを紹介した。相手が都市からきたと知ると、だれもかれもが、すぐさま音声言語に切り替えてくれた。その素朴な礼儀正しさに、アルヴィンは感銘を受けずにはいられなかった。向こうにしてみれば、たいていの場合、ことばを話すのはとてもわずらわしいことにちがいない。にもかかわらず、アルヴィンに判断できるかぎり、どの人間もテレパシーを使いたい誘惑をこらえ、都市の人間に疎外感を味わわせずにすむよう、気をつかってくれたのだ。

いちばん長く停車したのは、丈高い金色の草の海に埋もれて存在する、小さな村だった。草はアルヴィンたちの背丈よりも高くそそりたち、おだやかな風に吹かれて、まるで動物のように揺れ動いている。そのあいだを通りぬけていくさいには、うねる草の波頭が何度となく地上車の上を通りすぎ、そのたびに、無数の葉が頭上でいっせいにこうべをたれた。はじめのうち、アルヴィンには、それが少々不気味に思えた。まるで草が身をかがめて自分を覗きこんでいるような、そんなばかげた空想にとらわれたせいだ。しかし、しばらくすると、延々と反復されるその動きに、むしろ安らぎすらおぼえるようになった。

ほどなく、なぜヒルヴァーがここに停車するのかがわかった。地上車がすべるように村へ入っていったとき、広場にはすでに小人数の村人が集まって待機していたのだが、そのなかにいた肌の浅黒いシャイな娘を、ヒルヴァーがわざわざ紹介してくれたからである。娘の名前はナイアラといった。ふたりが再会を心から喜んでいることは一目瞭然で、この短い逢瀬にこんなにも幸せを感じられることが、アルヴィンは心からうらやましかった。どうやらヒルヴァーは、案内人としての務めと、ナイアラとふたりだけになりたいという気持ちの板ばさみになっているようだったので、アルヴィンは見かねて苦境を救ってやることにし、さっさと地上車を離れ、ひとりで村を見てまわりだした。小さな村で、見るべきものはあまりなかったが、なるべく時間をかけて見物するように心がけた。

ふたたび地上車での旅がはじまったときには、ヒルヴァーに訊きたいことが山ほどできていた。テレパシー社会の恋愛というのがどういうものなのかは、まったく想像がつかない。といって、いきなり切りだすのも気が引けるので、やっとのことでふんぎりをつけたのは、しばらく間を置いてからのことだった。ヒルヴァーは進んで説明してくれようとした。だが、たずねてすぐに、友人が恋人と心の中で名残《なごり》を惜しんでいる可能性に思いあたり、じゃまをしてしまったのではないかと気が気ではなかった。

どうやらリスでは、あらゆる恋愛は精神的接触からはじまるらしい。カップルがじっさいに顔を合わせるのは、接触を持って数ヵ月後——どうかすると数年後のことだそうだ。そうやって時間をかければ、おたがい、あやまった印象を持つ心配はないし、幻想をいだく恐れもない。たがいの心を開放しあった者同士には、隠しごとがいっさいできなくなる。

どちらがなにかを隠そうとしても、相手にはすぐ、それとわかってしまう。

　それほど裏表のない恋愛関係を持てるのは、うんと成熟してバランスのとれた精神だけだろう。そして、そのような試練を乗り越えられるのは、絶対的な信頼に基づく愛情だけにかぎられる。そういう愛が、ダイアスパーの知りうるどんな愛よりも深く豊かなものであることは容易に理解できた。しかし、あまりにも完璧なので、そのような愛が成立するということ自体、信じられない気持ちも強かった。

　しかしヒルヴァーは、そういう愛はたしかにあるのだと請けあい、夢見るような眼差しになった。ふたたび恋人との別れを惜しみだしたようだ。それからしばらくは、もうすこし具体的に説明してくれとアルヴィンがたのんでも、反応らしい反応が返ってこなかった。世の中には、ことばではどうしても伝えきれないものがある。いっぽうは理解できているのに、相手にはどうしても理解できないものがある。アルヴィンは悲しい思いで結論した。リスの幸せな人々が生活の基盤に置いている深い相互理解は、自分にはけっして得られないものにちがいない。

　地上車が草の海を出ると、草はもう一本も生えていなかった。まるで、〝ここから先には草が生えてはならない〟という境界線でも引かれているかのようだった。行く手に連なるのは、木々の密集する低い丘陵だ。ヒルヴァーの説明によれば、あの丘陵地帯は、リスを護る主要な外壁＝山脈の前哨地域なのだという。本格的な山脈は、ずっと向こうにそびえていたが、アルヴィンにとっては、この低い丘陵の連なりでさえ、圧倒的な畏怖をもたらすに足る眺めだった。

地上車は丘と丘のあいだの、木々にはさまれたせまい谷で停止した。谷の内側はあたたかく、かたむきかけた太陽の光がさんさんと射しこんできていた。ここでヒルヴァーは、アルヴィンに目を向けた。悪意や不誠実さなどひとかけらもないと断言できる、純真であっけらかんとした眼差しだった。

「ここから先は歩いていくしかない」快活な口調で、ヒルヴァーはいった。すでに地上車から荷物を降ろしにかかっている。「これから先は、車じゃいけないんだ」

アルヴィンは周囲を取り囲む丘陵を見まわし、これまで乗ってきたすわり心地のいいシートに目をもどした。

「迂回していくルートはないのかい？」

望み薄だと知りつつ、たずねてみた。

「あるさ、もちろん。だけど、迂回はしない。これから自分の足で丘を越える。頂上は平地よりもうんとおもしろいぞ。地上車は自動モードにして、向こう側のふもとに待機させておけばいい」

簡単にあきらめたくはなくて、アルヴィンはもうひと押ししてみた。

「だけど、もうじき暗くなる。陽が沈む前に丘を越えるのはむりだろう？」

「ああ、むりだな」ヒルヴァーは驚くほどの手早さで、持っていく荷物や道具を選りわけながら答えた。「だから、今夜は頂上で夜を明かす。丘を下るのは朝を迎えてからだ」

こうまでいわれては、もうあきらめざるをえなかった。

かついでいく荷物はそうとうにかさばったが、重さはなきに等しかった。重力偏向コンテナに詰めてあるため、重さが中和されるのだ。ただし、慣性にだけは気をつける必要があった。まっすぐに歩いているかぎり、荷物を背負っていることもわからないほど軽いが、取りまわしには少々コツがいる。急に向きを変えようとすると、荷物が頑固に、いままでの方向へ進みつづけようとするからである。それを制御するためには、力ずくで運動量を打ち消すしかない。

ヒルヴァーがストラップをひととおり締めおえ、万事問題ないと判断すると、ふたりはゆっくりと斜面を登りはじめた。地上車は通ってきたルートを逆にたどり、離れていった。あれに乗っていければどんなに楽だろうと思いながら、何度もふりかえるうちに、やがて機械の姿は見えなくなった。ふたたび車内にもどり、安楽な旅をつづけられるようになるまで、どれだけの時間を屋外で過ごさなくてはならないのだろう。

もっとも、おだやかな陽光を背中に受けながら丘を登るのは、とても気持ちのいいものだった。登るにつれて、周囲には見たこともない景観が広がっていく。斜面には、かろうじてそれとわかる程度の道しかなく、ときどき完全に途切れてしまうこともあるが、アルヴィンにはまったく識別できない道の痕跡を、ヒルヴァーは苦もなくたどれるようだった。

この道はだれが作ったのかとアルヴィンはたずねた。返ってきた答えは、〝丘に住むいろいろな小動物〟というものだった。小動物のなかには、単独で住む種類もいれば、原始的なコミュニティを作って暮らしている種類もいる。そのコミュニティには、人類文明にも共通する特徴がいろいろとそなわっているらしい。なかには、二、三、道具や火を使う種もいて、それを自力で身につけた場合もあれば、人に教わった場合もあるという。そういった動物が友好的ではない可能性については、ちらりとも頭をかすめなかったし、それはアルヴィンだけでなく、ヒルヴァーも同様だった。地球上の生物がヒトの優越性に挑戦しなくなって、もうずいぶん長い年月がたつためだ。

三十分ほど登ったころ、周囲の空気中に反響する、かすかなつぶやきのような音が聞こえてきた。音の出どころはよくわからない。特定の方向から聞こえてくるわけではなかったからである。音はいっこうにとまる気配がなく、眼下に見わたせる範囲が広がるにつれて、むしろ大きくなっていく。あれはなんの音かとヒルヴァーに訊けばいいのだが、息が切れて質問する余裕がない。口は呼吸をするだけでせいいっぱいだ。

アルヴィンは申しぶんのない健康状態にある。生まれてからこのかた、体調の悪さとは無縁の生活を送ってきた。しかし、たんに健康なだけでは――たしかにそれは、生きていくうえで重要で不可欠なことだが――いまアルヴィンが直面している仕事をこなせるものではない。肉体は健康であっても、それを使いこなすだけの技術がないのだ。ヒルヴァーの軽々とした足運びや、どんな斜面も苦もなく登っていける脚力が、アルヴィンはうらやましくてしかたがなかった。足を一歩でも前に出せるうちは、絶対に休むまい——そう決意したのは、そんなうらやましさの裏返しでもある。ヒルヴァーが自分をテストしていることはわかっていた。その事実に対しては、べつに腹もたたない。これは他愛ないゲームであり、アルヴィンもそれにつきあう気になっている。もっとも、そんなことを思うあいだにも、疲労はゆっくりと脚にたまっていきつつあった。

丘の三分の二ほどの高さまで登ったところで、さすがに見かねたのだろう、ヒルヴァーが小休止を宣言した。西向きの斜面にすわりこみ、全身におだやかな陽射しを浴びながら、ふたりは休憩をとった。さっきのささやきのような音は、いつしかリズミカルな雷鳴にも似た音にまで高まっている。アルヴィンはここでようやく、あれはなんの音かとヒルヴァーにたずねてみた。返ってきたのは、まだ教えないという答えだった。丘を登りつめた先になにがあるのかわかっていれば、せっかくの驚きがだいなしになってしまうじゃないか、というのがその理由だった。

休憩をおえてからは、登りきるのが先か、太陽が沈むのが先かの競争となった。さいわい、最後の三分の一はそれほどの悪路でもなく、勾配もゆるやかだった。休憩したあたりまでは密生していた木々も、しだいにまばらになってきている。まるで、アルヴィンと同じく、重力との戦いに疲れはてたかのように。最後の数百メートルほどの地面は、短くて細い草でびっしりとおおわれていて、その上を歩くのはとても気持ちがよかった。とうとう丘の頂が見えてくると、ヒルヴァーは急に奮いたち、一気に斜面を駆け登っていった。さすがにこの挑戦は、アルヴィンも受けて立たないことにした。じっさい、受けて立とうにも、からだがいうことをきいてくれない。一歩一歩、着実に登っていくように心がけ、やっとのことで追いついたアルヴィンは、達成感をともなった心地よい疲労にひざを屈し、ヒルヴァーの横にすわりこんだ。

眼下に広がる光景に目を向ける余裕が持てたのは、ようやく呼吸がととのってきてからのことだった。いまや一帯をおおいつくす絶え間ない轟《とどろ》きの、その源があるのも、同じ場所だった。地面は丘の頂で急角度をなし、下へと落ちくぼんでいる。傾斜は急で、すこし下から先はもう、切りたった崖だ。その断崖から向こうへ向かって、荘厳な水の幕が勢いよく飛びだしていた。膨大な量の水は、下方へ大きく湾曲し、三百メートルほど下の岩場に荒々しく落下していく。きらめく水しぶきがもうもうと立ちこめていて、そのあたりのようすは、はっきりとは見えない。絶え間ない雷鳴のような轟きが聞こえてくるのは、その水しぶきの底からだった。轟音は左右の丘に反響し、うつろなこだまとなって跳ね返ってきている。

これは――滝だ。

日没を控えて、滝の大半はもう影に呑みこまれていたが、西の山脈をかすめて射しこむ夕陽は、滝がなだれこむ一帯を照らしており、ただでさえ幻想的な情景に、最後の魔法の演出を加えていた。水しぶきに包まれた滝の基部——そこにかかり、はかなげな美しさを宿して小さくわななく、地球に残された最後の虹——。

ヒルヴァーは片腕を大きくふり動かし、地平全体を指し示した。

「ここから見わたせば——」声を張りあげているのは、瀑布の轟きにかき消されないようにするためだ。「——リス全体を一望できる」

アルヴィンはそのことばを容易に信じることができた。

北に向かって何十キロもの彼方まで、一面の広大な森が広がっている。ところどころで森は途切れ、小さな空き地や草原になっていた。森全域には百本もの川が縦横に流れているようだ。この広大なパノラマのどこかに、エアリーの村もあるはずだが、このなかから見つけだすのは、まずむりだろう。リスへの入口の丘からつづく道のそばにあった湖——あれは見えるような気もするが、もしかすると、勘ちがいかもしれない。森のさらに北へ目をやれば、木々も草地も姿を消して、まだら模様の緑の絨毯に取って代わられている。絨毯の向こう側で、ところどころに起伏するひだのようなものは、丘陵地帯の稜線だろう。さらにその向こう、視界のおよぶぎりぎりのところには、リスをぐるりと取りまき、砂漠からオアシスを護る環状山脈が、遠い雲堤《うんてい》のようにかすんで見えた。

東と西の眺めも、北とほとんど変わらない。しかし、南に視線を向ければ、山脈はもうほんの数キロしか離れていないようだ。これだけ近いと、形状がはっきりと見てとれる。いま立っているこの小さな丘の頂よりも、山々の頂上ははるかに高い。そして、この丘陵地帯と山脈地帯とのあいだには、いままで通ってきた森林や草原とくらべ、ずっと荒涼とした土地が横たわっていた。なんと形容すればいいのだろう——荒れはてて空虚で、人類が住まなくなって何年も何年もたっているような感じ、といえばいいだろうか。

アルヴィンの心の中の問いを察して、ヒルヴァーが教えてくれた。

「そのむかし、リスのあのあたりにも人が住んでいたんだ。なぜ捨てられたのかはわからない。そのうち、またあそこへ移り住むこともあるかもしれない。だけど、いまあそこに住んでいるのは動物だけだよ」

じっさいそこには、人が暮らしているようすがすこしも見られなかった。人間の存在を示すものは——木々を伐《き》り開いた空き地も、管理されていることがわかる川も、まったく見られない。ただ、一ヵ所だけ、かつて人が住んでいたことをうかがわせる痕跡があった。何キロも先に、ぽつんとひとつ残る白い廃墟が、まるで折れた牙のように、林冠の上へ突きだしていたのである。それ以外のあらゆる場所では、密林が隆盛を取りもどしていた。

リスの西側に連なる山脈の向こうへと、真っ赤な夕陽が沈んでいく。息を呑むほど荘厳な一瞬——はるかな山並みが黄金の炎に燃えたったかに見えた。ついで、その山脈が護っている地全体がずーっと影に呑みこまれ、夜のとばりが降りた。

「ほんとうは、もっと早くに準備しとかなきゃいけなかったんだがな」いつものように現実的なヒルヴァーが、かついできた荷をほどきはじめた。「あと五分で真っ暗になる——暗くなったあとは猛烈に寒いぞ」

草の上に置かれたのは奇妙な道具だった。細い三脚の上に垂直の棒が伸びだしており、上端には洋梨《ナシ》の形をした膨らみがある。ヒルヴァーはその膨らみをつかみ、ふたりの頭よりも上の高さまで引きあげてから、アルヴィンにはわからない精神シグナルを発した。たちまち、ナシ形の膨らみがぱっと光を放ち、周囲の闇を払った。ナシ形のものは、光だけではなく、熱も出しているようだ。おだやかな発光にともなうぬくもりは、骨の髄にまで染み透ってきた。

片手にその三脚を、片手にコンテナを持って、ヒルヴァーは頂をまわりこみ、南側の斜面を下《くだ》りはじめた。アルヴィンも急いであとを追い、光の円をたよりに、できるだけ遅れまいと努力した。ヒルヴァーは最終的に、丘の頂から二百メートルほど降りたあたりでキャンプ地を選び、残りの用具もコンテナから取りだしにかかった。

最初に設置されたのは、大きな半球形のドームだった。ほぼ透き通った素材をぴんと張ったように見えるこのドームは、ふたりをすっぽりと包みこみ、丘の斜面を吹きあげだした寒風を完全にさえぎってくれた。ドームはどうやら、ヒルヴァーが地面に置いた小さな四角い箱から生成されているものらしい。いったん置いてしまったら、ヒルヴァーはもう箱には目もくれず、ほかの装備の下に埋もれてもいっこうに気にしていないようすだった。半透明のカウチを生成したのも、おそらくはこの箱だろう。ほっとしながら、アルヴィンは腰をおろした。すわり心地のいいカウチだった。リスで家具が実体化されるのを見るのは、これがはじめてだ。いままで見てきたかぎり、リスの家々には、天然素材で作った人工物が雑然と置かれていた。こういうものはメモリーバンクにしまっておいて、必要なときだけ取りだしたほうがずっとじゃまにならないだろうに、とそのたびに思ったものだが、どうやらリスでも、データからの実体化は行なわれているらしい。

その点は、ヒルヴァーが別の箱で作った食事についてもいえることだった。アルヴィンはリスにきてはじめて、純粋な合成食を口にした。頭上のドームのどこかにあいた開口部から勢いよく空気が流れこんでくるのは、物質変換装置が空気中から原材料を取りだし、日常的な奇跡を行なっているからだろう。総じてアルヴィンは、純合成食のほうがずっと落ちつく。合成でない食事というものは、作りかたがあまりにも不衛生で、ぞっとしてしまうのだ。それに、物質変換装置なら、すくなくとも自分が食べているものの原材料がなんであるのかが厳密にわかる。

ふたりが夕食をとるあいだに、周囲では夜が深まり、星々が姿を見せはじめた。食事がおわるころには、光の円の外はすっかり真っ暗になっていた。その光の円の縁をかすめて、ぼんやりとした影がいくつも動いていくのが見える。森のけものたちが隠れ場所から出てきたのだろう。ときどき、光を反射して白く光る一対の目が、じっとこちらを見つめていることもあった。もっともその動物がなんであるにせよ、ある程度以上は近づいてこようとしないので、姿をはっきりと見ることはできなかった。

安らぎに満ちた夜——アルヴィンはこのうえなく満ちたりた気分だった。しばらくのあいだ、ふたりはそれぞれのカウチに寝ころがり、これまでに見てきた数々の驚異のこと、ふたりを巻きこもうとしている謎のこと、双方の文化におけるいくつもの相違点のことなどを話しあった。ヒルヴァーが知りたがったのは、ダイアスパーを時の侵食から護りぬく永続システムの奇跡についてだった。その質問のなかには、答えるのがむずかしいものもたくさんあった。

「どうにもわからないのは——」とヒルヴァーはいった。「都市設計者たちはどうやって、ほんのすこしの狂いも出ない仕組みをダイアスパーのメモリーシステムに組みこめたのかということなんだ。都市の形を規定している情報も、そこに住んでる住民全員の情報も、電荷のパターンとして結晶に保存されている——そういったろう？　結晶なら永遠に持つかもしれない。だけど、その結晶につながっているシステムはどうなんだい？　なにかエラーは起こるんじゃないか？」

「同じ質問をケドロンにもしてみたことがあるんだけどさ。彼がいうには、メモリーバンクは三重構成になっているらしい。三つあるメモリーバンクのうち、ひとつだけでも都市を維持できるようになっていて、どれかひとつがエラーを起こしても、ほかのふたつが自動的にそれを訂正する。ふたつのメモリーバンクで、まったく同じエラーが同時に起こった場合、そのデータは永久に失われることになるものの、そういう事態が起こる確率は無限に小さいそうだ」

「それじゃあ、メモリーユニットに記録されたパターンと、都市のじっさいの構造との関係は、どんなふうに維持されてるんだい？　いわば図面と、その図面をもとに造られるモノとの関係ということだけど」

アルヴィンは返答に窮した。その答えに、空間そのものの操作に基づく技術が関与していることは知っている――しかし、別の場所に保存されたデータに定義されているとおりの位置に、正確に原子を固定する方法については、説明できるだけの知識がない。

そのとき、格好の言いのがれを思いつき、アルヴィンは上を指さした。指し示したのは、ふたりを夜から保護している、目に見えないドームだった。

「頭の上の透明ルーフを生成してるのは、きみのカウチの下にある箱だろう？　だったらまず、その生成の仕組みを教えてくれよ。そうしたら、永続システムの働きを説明するからさ」

ヒルヴァーは笑った。

「うまい切り返しをするじゃないか。それを知りたいなら、うちの力場《フィールド》理論の専門家に訊いてもらわなきゃな。どう逆立ちしたって、おれには説明できないことだから」

この答えが示唆《しさ》するところを、アルヴィンは考えてみた。これはつまり、リスにはいまも、機械が作動する仕組みを知っている者たちがいるということだ。この点は、ダイアスパーとまったく事情がちがう。

こんなふうにして話しあい、議論をするうちに、やがてヒルヴァーがいった。

「もう疲れた。どうする？　寝るかい？」

まだ疼いている脚をさすりながら、アルヴィンは正直にいった。

「そうしたいところだけど――はたして眠れるものかどうか。睡眠というのは、いまだに奇妙な習慣に思えてしかたがないんだ」

「眠りはたんなる習慣なんかじゃないぜ」ヒルヴァーはそういって、顔をほころばせた。「そのむかしは、どんな人間も眠らずにはすまなかったそうだ。リスの人間は、すくなくとも一日にいちどは眠るほうが調子がいい。たとえ二、三時間だけでもさ。眠ってるあいだに、肉体はひとりでにリフレッシュする。精神もだ。ダイアスパーじゃあ、だれも眠らないのかい？」

「ごくまれに眠ることはある。ぼくの指導教師のジェセラックは、うんと頭を使ったあと、一、二度、眠ったことがあったっけ。ただ、バランスよく設計された肉体は、睡眠みたいな休息時間を必要としないらしい。ぼくらはもう、何百万年も前から、眠らなくてもいいからだになってるんだ」

だが、すこし自慢げなことばとは裏腹に、からだのほうは眠りに誘われはじめていた。かつてなく全身がだるい。ふくらはぎに端を発する筋肉痛は、じわじわと太腿を這い登り、全身にまで行き渡ろうとしている。ただし、このだるさには、不思議に不快な感じがなく――むしろその正反対だった。ヒルヴァーはにやにや笑いながらアルヴィンを見つめている。いくら疲れてはいても、その視線をいぶかしむ程度には、アルヴィンも頭が働いた。もしかするとヒルヴァーは、自分に対してなんらかの精神パワーをおよぼしているんだろうか。もっとも、たとえそうだとしても、やめてくれという気はすこしも起きなかったが。

頭上の金属製のナシからあふれていた光が弱まってきた。しかし、放射されるぬくもりには変化がない。光がちらついてすっかり消えてしまうまぎわ、疲労で働きの鈍くなったアルヴィンの精神は、ある奇妙な事実に気がつき、朝になったらそのことをたずねてみようと心にメモした。

気がつくきっかけは、ヒルヴァーが寝る前に服を脱いだことだった。その姿を見てはじめて、アルヴィンは人類のふたつの系統が、どれほど大きく隔たってしまったのかを思い知った。彼我の差異には、体形のちがいのような瑣末なものもあれば、生殖器が体外に露出していること、歯や爪があること、濃い体毛が残っていることなどといった、もっと根本的なものもある。しかし、なによりもアルヴィンをとまどわせたのは、ヒルヴァーの腹部のまんなかにある、奇妙な小さい窪みだった。

その後、すっかりそのことを忘れていたアルヴィンは、何日かしてふと思いだし、腹部の窪みはなんなのかとたずねてみた。ヒルヴァーはその説明に大汗をかいた。どうにかアルヴィンが臍《へそ》の機能を理解できたのは、ヒルヴァーが何千語ものことばを費やし、五つ六つの図形を描いてからのことである。

ここにおいて、ヒルヴァーとアルヴィンは、たがいの文化の基礎を理解するうえで、さらに大きな一歩を踏みだしたのだった。

12

　とうに夜半をまわったころ、アルヴィンは目を覚ました。なんの音だろう、これは？　滝の轟きにもかかわらず、ささやきのような音が聞こえる気がする。暗闇のなかで上体を起こし、暗くてよく見えない周囲の地形に目を配った。そのあいだにも、息を殺し、耳をすます。聞こえるのは、リズミカルに轟く滝の水音と、もっと静かでもっととらえどころのない、夜の生きものたちがたてる音だけだ。

　周囲にはなにも見えない。星明かりは暗すぎて、何百メートルも下に広がる広大な土地のようすもわからない。地平線の付近で星々を覆い隠す、夜よりも暗いぎざぎざの影は、南にそびえる山脈のシルエットだろう。

　すぐそばの暗闇で、友が寝返りを打ち、身を起こす音が聞こえた。

「どうした？」ヒルヴァーのささやき声がたずねた。

「妙な音が聞こえた気がしたんだ」

「どんな音だった？」

「わからない。気のせいだったのかも」

しばしの沈黙のあいだ、二対の目は夜の神秘を見まわした。そこで、ヒルヴァーがアルヴィンの腕をぐっとつかみ、ささやき声でうながした。

「見ろ！」

はるか南に、ぽつんとひとつ、光点が輝いていた。地上すれすれの高さだ。星とはとても思えない。光点はまばゆい白色で、わずかにスミレ色を帯びていた。と、見ている間に、光点はますますまばゆさを増していき、ついには正視できないほどになった——と思った瞬間、だしぬけに、その光点が炸裂した。稲妻に打ちすえられたかのように、世界の縁がかっと燃えあがる。つかのま、環状山脈が暗黒を背にくっきりと浮かびあがり、山脈の手前の大地が煌々と照らしだされた。やがて、長い時間がたったかに思えたころ、はるか遠い爆発の轟きがようやく丘にまでとどいた。突然の突風に、下方の森が荒々しく揺さぶられている。だが、その突風はすぐに収まり、ひとつ、またひとつと、閃光でかき消されていた星々が夜空にもどってきはじめた。

アルヴィンが恐怖のなんたるかを思い知ったのは、生まれて二度めのことだ。ただし、この恐怖は、自走路のハブ空洞で感じたものとは——リスへいこうと決意したときの個人的で切迫した恐怖とは——まったく種類がちがう。おそらくこれは、恐怖というよりも、畏怖にちかい。いま目にしているのは、まぎれもなく未知なるものだ。そして、あの山脈にあるなにかを訪ねていかなくてはならないことは、すでに運命づけられているような気がした。

やっとのことで、アルヴィンはつぶやくようにたずねた。

「あれは……なんだったんだ？」

「いまたしかめてる」

ヒルヴァーは答え、ふたたび黙りこんだ。友人がしていることに察しがついたので、アルヴィンは無言の探索のじゃまをせず、黙っているように努めた。

まもなくヒルヴァーは、小さく失望のためいきをついた。

「みんな眠ってる。あれがなんだったのか、教えてもらえそうなやつは起きてない。このぶんだと、夜明けまで待つしかないな。友だちのだれかをたたき起こせば、訊けるには訊けるんだが、よほど重大なことじゃないかぎり、そういうまねはしたくないし」

ヒルヴァーにとって〝よほど重大なこと〟とは、いったいなんなんだろう？　すこし皮肉をこめて、これはたたき起こすに値する重大事じゃないのか、とアルヴィンがいいかけたとき、ヒルヴァーが語をついだ。

「待てよ、そういえば……」すこしすまなさそうな口調になっていた。「うっかりしていた。ここにくるのはかなりひさしぶりだから、絶対とはいいきれないんだが、あれは……シャルミレインにちがいない」

「シャルミレイン！　まだ実在していたのか？」

「うん。ほとんど忘れかけていたが。以前、セラニスに聞いたことがある——あの要塞は環状山脈にあるんだって。もちろん、廃墟になってずいぶんたつが、いまもだれかが住んでいるのかもしれない」

シャルミレイン！　文化も歴史も大きく異なるリスとダイアスパーだが、それぞれの子らであるふたりにとって、シャルミレインはまさに、魔法の響きを持つ名前だった。全宇宙を征服した〈侵略者〉を迎え討つ、シャルミレイン一大防衛戦。地球の長い歴史のすべてを通じて、これほど壮大な叙事詩はない。具体的になにがあったのかとなると、〈薄明の時代〉のまわりに濃密に立ちこめる霧にまぎれてよくわからないが、この伝説はいまだかつて忘れられたことがなく、人類が存続するかぎり消えることはないだろう。

ややあって、闇の中から、ふたたびヒルヴァーの声がいった。

「南部の住民なら、あの光がなにかを知っているはずだ。南部には友だちもいる。夜が明けたら連絡してみるよ」

アルヴィンはもう、そのことばをほとんど聞いていなかった。シャルミレインについてこれまでに見聞きした話をすべて思いだそうと、考えに没頭していたからだ。といっても、その知識はたいして多くはなかった。膨大な時が経過しているので、真実と伝説の見わけはだれにもつかなくなっている。ひとつ確実にいえるのは、〈シャルミレインの戦い〉が、人類がその覇権に終止符を打たれ、長い凋落《ちょうらく》の道を歩みだすにあたっての第一歩になったということだ。

あの山脈のどこかには——とアルヴィンは思った——長年のあいだ自分を悩ませてきた、さまざまな問題に対する答えが埋もれているのかもしれない。

「どのくらいだろう？」とヒルヴァーにたずねた。「要塞までいくのにかかる時間だよ」

「いったことはないが、今回の目的地よりもずっと遠い。一日がかりでも、たどりつけるかどうか……」

「地上車は使えないのかい？」

「むりだな。要塞への道は、丘の向こうの原始林を通っているから、車は通れないんだ」

アルヴィンは考えこんだ。なにしろ疲れていたし、脚もずきずきと疼いている。慣れない山登りで、太腿の筋肉がまだ痛い。できることなら、またの機会にしたいという誘惑はとても強かった。しかし、その〝またの機会〟というのがもう二度とないかもしれないと思うと……。

衰えゆく星々の、力ない光のもとで——シャルミレインが建設されて以来、すでにすくなからぬ数の星々が死を迎えている——アルヴィンは自分の思考と格闘し、やがて決断を下した。なにかが変わったわけではない。山脈は眠れる土地の監視を再開している。だが、歴史における転回点は、今宵、ついに訪れて去り——その結果、人類という種は、新奇な未来へ向けて、新たな一歩を踏みだしたのだった。

その夜はもう、アルヴィンとヒルヴァーは眠らず、夜明けの光がきざすと、早々にキャンプをたたんだ。丘の草にはびっしりと朝露が降りていた。無数の草の葉にこうべをたれさせている小さな宝石のきらめきに、アルヴィンは目を見張った。斜面を下るさいには、露で濡れた葉を踏んでいくことになったが、そのさいに靴がたてる〝キュッ、キュッ〟という音がまた、なんともいえず心地よい。丘の上をふりかえれば、自分の通ってきた細い道が、きらめく草地を貫く黒い帯となって残っている。

南の原始林のはずれにたどりついたのは、朝陽がリスの東に連なる山脈の上に昇るころのことだった。南側の自然はすっかり原始の姿を取りもどしており、ヒルヴァーでさえ、朝陽をさえぎって密林の地面に長い影を落とす巨木の数々にすこしひるんだほどだった。さいわい、例の滝から南へと流れる川は、自然のものとは思えないくらいまっすぐだったので、そのほとりに沿って歩いていけば、北側とくらべてずっと濃く密生している下生えを避けることができた。

はめをはずすクリフの手綱をとるのに、ヒルヴァーはかなり時間を割かれた。ときどき、いきなり密林に入っていったり、川面を荒々しくかすめたりして、なかなかいうことをきかないのだ。もっとも、リスのなにもかもが新奇に見えるアルヴィンにとってさえ、この南側の森には、北側の森にない新奇さが感じられた。北側は木々がもっと小ぶりだったし、人の手が入った森も多かった。しかしこちらは、ふたつとして同じ木がないのではないかと思えるほど多様性に富む。ほとんどの木は退化のさまざまな段階にあり、なかには何億年も退行した結果、原種の姿を取りもどしたものもある。また、明らかに地球産ではないと――それどころか、太陽系産ではないと――思われる種類もたくさんあった。背の低い木々の上にそそりたち、巨大な歩哨のように周囲を見張っているのは、ジャイアント・セコイアだ。高さは百メートルから百二十メートルはあるだろう。かつては地球最古の生物と呼ばれていたこの種も、いまとなっては、人類よりすこし年上な程度でしかない。

ややあって、川幅が広くなってきた。川は小さな湖に流れこんでいることもしばしばで、そこには小さな島の姿もあった。この地にも昆虫はおり、湖面すれすれの高さを、鮮やかな色の虫たちが盛んに飛びかっていた。いちど、クリフがヒルヴァーの制止をふりきって、遠い従兄弟たちのもとへ飛んでいったことがある。たちまちクリフは、きらめく翅の雲に群がられ、総攻撃を受けた。怒っているらしき虫たちの羽音は、岸辺までも聞こえてきたほどだった。一瞬ののち、翅の雲がぱっと分かれ、クリフが水上をすごい勢いで――目では追いきれないほどのすさまじいスピードで――逃げもどってきた。それ以後、クリフはぴったりとヒルヴァーのそばに寄りそい、二度とさまよい出ていくことはなくなった。

夕方が近づくころ、行く手の木々の合間に、ちらちらと山脈の姿が見えるようになった。ここにくるまでのあいだ、頼りになる道案内役をずっと務めてくれた川だが、しだいに流れが遅くなってきており、そろそろ旅路も終わりに近づいているような印象をもたらした。もっとも、日没までに山脈にたどりつくのは、さすがにむりな相談だった。日が暮れるよりもずっと早く、森はすっかり闇に沈み、それ以上は進めなくなった。無数の巨木が影の中にうっそりとたたずんで、木の葉をさやがせながら、寒風が梢《こずえ》のあいだを吹きぬけていく。アルヴィンとヒルヴァーは、一本の巨大なセコイアの陰に夜営地を設けた。セコイアはおそろしく高く、地面付近は暗いのに、樹上をふりあおげば、いまだに夕陽を浴びて燃えたつ樹冠が見えた。

木々にさえぎられて見えない太陽がとうとう没したあとも、水の流れが絶えることのない川面には、しばし天に宿る残照が映りこんでいた。ふたりの探険家は——いまではふたりとも、自分たちのことをそう思っていたし、事実、そのとおりだった——深まる闇のなかでカウチに横たわり、黙然と川面を眺め、これまで見てきたもののことに思いをめぐらした。やがてアルヴィンは、ふたたびあの甘美なけだるさが——昨夜、生まれてはじめて経験したあの倦怠感が——襲ってくるのをおぼえ、喜んで睡魔に身をゆだねた。ダイアスパーの安楽な暮らしでは、睡眠は必要ないかもしれない。しかし、ここでは歓迎されるべきものだ。無意識に呑みこまれるまぎわ、ふと、アルヴィンは思った。最後にここまできた人間はだれだったんだろう、それはいったい、どのくらいむかしだったんだろう……。

ふたりがようやく森を抜けだし、リスを囲む山脈壁の手前に立ったのは、陽も高く昇ってからのことだった。行く手では空に向かって、地面が急角度でせりあがっている。波状に重畳《ちょうじょう》するのは、荒涼たる岩山の連なりだ。ここで川は、始点の滝にもけっして負けない、荘厳な終点に達していた。行く手で地面がぱっくりと裂け、川水は渦を描きながら、轟音を立てて地中に流れこんでいたのである。この先、川の水はどうなるんだろう、とアルヴィンは思った。地下の洞窟を通って旅をつづけたのち、また地上に出て、陽の目を見ることがあるんだろうか。もしかすると、失われたはずの地球の海は、永遠の暗黒の中、はるか地の底にまだ残っているのかもしれない。そして、古くから存在するこの川は、いまなお海への呼び声を感じとっているのかもしれない。

ヒルヴァーはしばしその場に立ちつくし、大渦とその向こうの荒涼たる地形を眺めていたが、ややあって、手前にある低い岩山の鞍部《あんぶ》を指さし、自信たっぷりの口調でいった。

「あの向こうだ――シャルミレインがあるのは」

アルヴィンは、どうしてわかるのかとたずねはしなかった。おそらく、ヒルヴァーの精神が、何キロも彼方にいる友人のひとりと短い接触を持ち、必要な情報をテレパシーで送ってもらったのだろう。

鞍部まで登るのに、そう長くはかからなかった。鞍部を通りぬけると、その向こうにそびえているのは、奇妙な台地だった。台地の周囲はゆるやかな斜面になっていた。アルヴィンはもう、まったく疲れを感じなくなっている。疲れだけではない。恐怖もだ。あるのはただ、わくわくするような緊張感と、冒険が近づいているという予感のみ。上の台地になにがあるのかは、まだ見当もつかない。ただ、なにかが見つかるという予感はあった。

台地の頂に近づくにつれて、足もとの岩場の性質が急に変化した。斜面の下のほうは多孔質の火山岩で、そこここには大きな火山砕屑物《さいせつぶつ》の山もあった。このあたりまでくると、岩肌は急に硬くなり、ガラス質の層におおわれていて、つるつるとよくすべった。まるで、融けた岩石の川が岩肌を流れ落ちたみたいなありさまだった。

台地の縁は、もうすぐそこにある。先にたどりついたのはヒルヴァーだった。数秒後、アルヴィンも追いついて、そのとなりに立った。

しばし、ことばが出てこなかった。というのは、ふたりの前に姿を現わしたのは、予想していたような台地ではなく——深さ一キロ弱、直径五キロ弱の、巨大な円形の谷だったからである。すぐ目の前で、岩場は急角度で落ちこみ、しだいにその曲面がゆるやかになっていって、いったん谷底で水平になったのち、しだいにまた隆起しだし、どんどん急角度になっていき、ついには向こうの縁に達していた。谷底の中央、いちばん低い部分には円形の池があり、その表面は絶えず震えているように見える。どうやら、途切れることなく、湖面全体に小さな波が立っているらしい。

真上から陽光がさんさんと射しているというのに、巨大な円形の窪みは全体が黒一色で、まったく艶《つや》がなかった。どのような材質でできているのかは、アルヴィンにもヒルヴァーにも想像すらつかなかったが、とにかくその色は、太陽を知らない世界の岩でできているのではないかと思えるほど真っ黒だった。しかも、ふたりの足の下には、円形の谷の内縁をぐるりと取りまいて、高さ三十メートルほどの金属の帯が走っていた。とほうもない年月を経てきたのだろう、さすがに曇りはできているものの、それでも錆らしきものはまったく浮いていない。

この世のものとは思えない光景に目が慣れてくると、アルヴィンとヒルヴァーは、谷の材質の黒さが思ったほど絶対的なものではないことに気がついた。ほんの一瞬のことなので、はっきりとは目でとらえられないものの、か黒い壁のあちこちに、小さな光の爆発が起きていたのだ。それはいたるところでランダムに発生し、光ったと思うとまたすぐに消えてしまう。まるで波だつ海面に映りこんだ星々の姿のようだった。

「すごい！」アルヴィンはあえぐようにいった。「だけど、これは——なんなんだ？」

「なんらかの反射鏡みたいだな」

「だって、こんなに黒いのに！」

「おれたちの目には黒く見えるだけさ。忘れちゃいけない。当時の人間は、どんな波長でものを見てたのかわからないんだから」

「それにしたって、ここにあるのはこれだけじゃないはずだ！　要塞はどこにある？」

ヒルヴァーは湖を指さした。

「よく見てみるといい」

うながされたとおり、アルヴィンは震える湖面に目をこらし、その深みに隠された秘密を見きわめようとした。はじめのうちはなにも見えなかった。やがて、湖の縁にちかい浅瀬に、光と影の織りなす、かすかな網目のようなパターンが識別できるようになってきた。そこから湖の中心に向かって、パターンを目でたどっていくにつれ、水深はしだいに深くなり、細部が見えなくなっていく。

どうやら要塞は、あの黒い湖に呑みこまれてしまったらしい。あの湖の底には、かつては強力無比だったが、ついには時に征服された構造物の廃墟が沈んでいるのだろう。しかし、すべてが水没してしまったわけではなく、円形の谷の向こう側には、瓦礫《がれき》の山のようなものと、かつては巨大な外壁の一部をなしていたとおぼしき巨石の集積が見えていた。光を反射しない黒い湖水は、ひたひたとその瓦礫の山を洗っているが、まだ完全な勝利を得るにはいたっていない。

「いったん底に降りて、湖の向こうにまわりこんでみよう」ヒルヴァーがうながした。口調が静かなのは、廃墟の偉容に畏怖を感じているからだ。「あの廃墟までいけば、たぶん、なにかが見つかる」

谷の内壁は、上から数百メートルのあたりまでは角度が急で、しかもつるつるすべる材質でできていたため、まともに立ってはいられなかったが、じきに傾斜がゆるくなりだし、歩くのが楽になってきた。湖の岸辺付近までいくと、なめらかな艶なし黒の材質は、土の層で薄くおおわれていた。この土は、長年のあいだにリスの風が運んできたものだろう。

差しわたし四、五百メートルはある湖の向こうで、いくつもの巨石のブロックは、たがいに折り重なるようにして山をなしていた。その姿は、ヒルヴァーにいわせると、巨大な赤ん坊が放り投げたおもちゃのようだった。巨大な壁の一部にはまだ原形をとどめているところもあった。あそこにそびえる塔――彫刻を施された二本の方尖塔《オベリスク》は、かつては荘厳な入口があった場所を示すものらしい。いたるところに生えているのは、苔《こけ》や匍匐《ほふく》植物、成長を阻害された小さな木だ。ここでは風さえもが息をひそめている感がある。

かくして、アルヴィンとヒルヴァーは、シャルミレインの廃墟にたどりついた。その堅牢無比な巨石の壁に立ちはだかられ、内に秘めた圧倒的なエネルギーの洗礼を浴びて、かつてここを襲撃した大戦力は――ひとつの世界を塵にしてしまえるほどの戦闘艦の群れは――すさまじい爆発音を放ってつぎつぎに炎上し、完膚《かんぷ》なきまでに破壊されたという。いまはおだやかな青空は、当時、太陽の心臓部から抉《えぐ》りだしてきたにも等しい炎で燃え盛り、リスを取り囲む山脈は、あるじたちの激烈な怒りに触れた下僕《しもべ》のように、ひたすら恐れおののいていたにちがいない。

かつてシャルミレインが占領の憂き目にあったことはいちどもない。しかし、さしもの難攻不落を誇った大要塞も、ついには陥《お》ちるときがきた。匍匐植物の飽くことなき蔓《つる》、何世代にもわたってひたすら地下を掘りつづける地虫、ゆっくりと水位を増してくる湖などの攻勢によって、とうとう占領され、破壊されてしまったのだ。

その光景にすっかり圧倒されたアルヴィンとヒルヴァーは、無言で湖をまわりこみ、巨大な廃墟をめざして歩いていった。やがて、崩れた壁の影に入りこみ、巨石の山が崩れてできた峡谷に足を踏みいれた。峡谷は湖へとつづいていた。湖岸に歩みよったふたりは、黒い寄せ波に足を洗われながら、水辺に立ちつくした。波は小さかった。高さはせいぜい五、六センチほどしかない。それがせまい湖岸に、途切れることなく寄せては返している。

最初に口を開いたのはヒルヴァーのほうだった。その声に宿る不安そうな響きに驚いて、アルヴィンは友に視線を向けた。

「どうにもわからないことがある」ゆっくりとした口調で、ヒルヴァーはいった。「風はまったくない。だったら、なぜ波が起こる? 水面は完全に凪《な》いでるはずじゃないか」

アルヴィンがなにも答えられないでいるうちに、ヒルヴァーは地面にしゃがみこみ、顔を横に向け、右の耳を水面につけた。こんな妙な姿勢になって、なにを調べようとしているんだろう、とアルヴィンはいぶかしんだものの、すぐに友の意図に気がついた。ヒルヴァーは音を聴こうとしているんだ。あまりは気は進まなかったが——光をまったく反射しない水は、なんだか不気味に思えてしかたがない——アルヴィンもヒルヴァーと同じことををした。

水の冷たさに、一瞬、ぎょっとしたが、慣れてしまうと、その音が聞きとれるようになった。かすかだがはっきりとした脈動音――それが一定のリズムを刻んでいる。まるで、湖のずっと底のほうに巨人がいて、その鼓動が聞こえているかのようではないか。

ふたりは起きあがり、ぶるっと頭をふるうと、髪の水を絞りながら、無言でたがいを見つめあい、相手の反応をうかがった。どちらも思いを口にしたくないことは明らかだった。その思いとは――この湖は生きているのではないかということだ。

「この感じだと……」ややあって、ヒルヴァーがいった。「……廃墟を調べるにしても、湖には近づかないほうがよさそうだな」

「水中になにかがいると思うかい？」依然として足を洗う、不可解な黒い波を指さして、アルヴィンはたずねた。「そいつは危険かな？」

「精神を持つものは危険じゃないよ」とヒルヴァーは答えた。

（ほんとうだろうか？）とアルヴィンは思った。（じゃあ、〈侵略者〉はどうなんだ？）

ヒルヴァーは語をついで、

「ここにはどんな種類の思考もとらえられない。しかし、おれたちだけじゃないという感じも強くある。どうにも奇妙な話だが」

ふたりはゆっくりと歩きながら、要塞の廃墟に引き返した。それぞれの心に焼きついているのは、一定のリズムでくりかえされる、あのくぐもった音——鼓動のような音だった。アルヴィンにとっては、謎の上に謎が積み重なっていく感があり、いくら理解しようと努めても、自分が探しもとめる真実からはますます遠ざかっていくいっぽうに思えた。

廃墟を調べたところで、なにもわかりそうにはない。だが、それでもふたりは、瓦礫の山や崩れた巨石の壁のあいだをたんねんに見てまわった。ここのどこかに、機械の——遠いむかしに大役をはたした機構の——墓があるにちがいない。いままた〈侵略者〉が襲ってきたなら、それはもう役にはたたないだろう。しかし、なぜ〈侵略者〉は再来しなかったのか？　それもまた不可解な謎のひとつだ。とはいえ、すでにかかえている謎が多すぎる。これ以上増やしてもしかたがない。

湖から数メートル離れたところで、瓦礫のあいだに小さな空間を見つけた。そこに堆積した土には、つい最近まで雑草が生えていた形跡があったが、それらはすさまじい熱を浴びて炭化してしまっており、ふたりがそこに足を踏みいれたとたん、靴の下で灰となって、脚に煤《すす》の汚れを残した。空間の中央には金属の三脚が立ち、床の素材にしっかりと固定されていた。三脚の上端には円形のリングが載っている。回転軸で支えられたそのリングは、空の一点に向けられていた。一見、リングの内側にはなにもないようだが、アルヴィンが目をこらすと、かすかな靄のようなものがたゆたっているのが見えた。可視光のスペクトルぎりぎりの範囲なので、はっきりとは見えない。だが、それでも見つめているうちに、目が痛くなってきた。それはエネルギーの輝きだった。自分たちをシャルミレインに引きよせた例の光の爆発——あれの源は、このメカニズムにちがいない。ふたりとも、それ以上近づこうとはせず、安全な位置に立って、しげしげと機械に見いった。どうやら、もとめるもののところへはたどりつけたらしい。これからつきとめるべきは、だれが——あるいは、なにが——この機械をここに設置したのか、そして、その目的はなんだったのかということだ。このかたむいたリング——これが向けられている先は、どう見ても宇宙空間だろう。昨夜見た閃光は、なんらかの信号だったのか？　だとしたら、それはとんでもなく重要な意味を示唆していることになる。

「アルヴィン」唐突に、ヒルヴァーがいった。静かな声だったが、切迫した響きを帯びている。「お客さんだ」

アルヴィンはくるりとふりかえった。見ると、すぐそこに、まぶたのない三つの目——正三角形の各頂点に配置された三つの目が浮かび、こちらをじっと見つめていた。すくなくとも、最初はそう見えた。だが、よくよく見ると、こちらを凝視している三つの目の向こうには、小さいが複雑な機械の本体があった。機械は床から一メートルほどの高さに浮かんでいる。ロボットのようだが、これまでに見たどんなロボットともタイプがちがう。

最初の驚きが薄らぐと、アルヴィンはこの状況を完全に掌握できそうな気がしてきた。これまでの生で、機械に命令することには慣れている。見たことのないタイプであろうと、たいして問題にはならない。そもそも、ダイアスパーで日常生活のサポートに従事するロボットだって、全種類の数パーセントほどしか見たことがないのだから。

「おまえはしゃべれるか？」とアルヴィンはたずねた。

返ってきたのは沈黙だけだった。

「だれかにコントロールされているのか？」

ふたたび、沈黙。

「あっちへいけ。そばへこい。もっと高く浮かべ。高度を落とせ」

通常の制御思考では、なんの動作も引きだせなかった。機械は不遜にも思えるほど無反応なままだ。そこから考えられるのは、ふたつの可能性だった。このロボットは知能が低すぎて指示を理解できないのか——でなければ、うんと知能が高くて、裁量権と意志を持たされているかだ。知能が高いのであれば、対等の存在としてあつかわなければならない。それでもまだ過小評価しすぎの可能性もあるにはあるが——向こうとしては、低く見られたところで、べつに腹をたてたりはしないだろう。自負心などという悪徳は、ロボットにはまったく縁のないしろものだから。

アルヴィンのうろたえぶりに、ヒルヴァーは思わず笑いを漏らした。そして、意思疎通の役割を交替しようといいかけたとき——口に出しかけたことばを呑みこんだ。

シャルミレインの静けさを打ち破る不吉な音、聞きあやまりようのないこのゴボゴボという音は——なにか巨大なものが水中から出てこようとしている音だ。

ダイアスパーを出て以来、都市から出なければよかったとアルヴィンが思ったのは、これが二度めのことだった。だが、こんな弱気では冒険をする資格などないと思いなおし、ゆっくりと、しかし慎重に、湖に向かって歩きだした。

黒い湖面を割って出現した生きものは、なおも無言でアルヴィンたちを凝視しているロボットの、怪物じみたパロディーのような存在だった。目が正三角形の各頂点に配置されているのは、けっして偶然の一致ではないだろう。触手といい、小さな関節肢といい、おおむね配置も似かよっている。ただし、似ているところはそこまでだった。たとえば、この巨大な生物には、羽毛を思わせる繊細な口肢があり、それを使って、湖面を一定のリズムでたたいている。のたのたと岸辺へあがってくるのに使っているのは、ずんぐりとした多数の脚だ。呼吸孔からは——あれが呼吸孔ならばだが——断続的にヒューヒューという音をたてて、薄い空気をむさぼる音が聞こえていた。こういったものは、ロボットは持っていないし、そもそも必要としていない。

生物のからだは大半が水中に沈んだままだった。水上に三メートルほどしか頭を突きだしていないのは、地球の異質な空気になるべく身をさらしたくないからだろうか。生物の全長は十五、六メートルほどもあり、生物学の知識がない者にさえ、その体構造がひどくおかしなものであることは一目瞭然だった。なんというか、あまり深く考えず、適当にでっちあげた各部を、必要に応じていいかげんに組みあわせたとでもいうような、即興的でその場しのぎ的印象が非常に強い。

だが、その巨大さといかにも恐ろしげな第一印象にもかかわらず、湖の住人がはっきり姿を見せてしまったあとでは、アルヴィンもヒルヴァーも、まったく危機感を感じなくなった。この生物には、どこか憎めない不格好さがあり、かりに危険だと想定すべき理由があったとしても、なんとなく深刻な脅威とは思いにくい要素がある。人類ははるかなむかし、たんなる外見の異質さがもたらす子供じみた恐怖を払拭してしまっていた。その種の恐怖は、友好的な地球外種属とのファースト・コンタクトを経たのちは、もはや生き残れない感情なのだ。

「ここはまかせろ」ヒルヴァーが小声でいった。「動物のあつかいには慣れている」

「だけど、これは動物じゃないぜ」アルヴィンもささやきかえした。「たぶん、知的生物で、あのロボットの持ち主でもある」

「ロボットのほうがこいつの持ち主かもしれない。どっちにしても、あれの精神構造は、かなり奇妙なものにちがいない。いまだに思考の片鱗も探知できないんだから」

それから、これは生物に向かって、ヒルヴァーは声をかけた。

「やあ――なんの用だい？」

怪物じみた生物は、頭部を突きだした水辺の一点から上へはあがってこようとしない。

そもそも、いまのこの状態を維持するだけでも、たいへんな努力を必要としているらしい。見ているうちに、目が構成する三角形の中心に半透明の膜が生まれ——その膜が脈動し、振動して、人間の耳にも聞きとれる音を発しだした。低音域の低く共振する轟きは、およそ知的なことばには聞こえないが、この生物がふたりに話しかけようとしているのはまちがいないところだろう。

意思を通じようとする必死の試みは、見ていてなかなかにつらいものだった。それから何分間か、生物はむなしい努力をつづけていたが、そこで急に、ミスをしていたことに気づいたらしく、脈動する膜を収縮させた。膜が放出する音が数オクターブほど高くなり、通常の音声の領域に入ってきた。まだ意味不明の音も混じっているが、いまはそれと識別できることばも聞きとれる。まるで、ずっとむかしは知っていたが、もうずいぶん長いあいだ使う機会のなかった語彙を思いだそうとしているような、そんな感じのしゃべりかただった。

ヒルヴァーはなんとか手を貸してやろうとして、

「いっていることがわかるようになった」と、ゆっくりと、一語一語、はっきり区切って語りかけた。「なにかしてやれることはあるか？ おまえが出した光は見た。おれたちはそれに引かれてここにきたんだ——リスからだ」

〝リス〟ということばに、生物は明らかに落胆の反応を示した。ひどくがっかりしたようなようすだった。

「リス」と生物はくりかえした。〝ス〟の音がうまく発音できないらしく、アルヴィンたちの耳に、それは〝リド〟と聞こえた。「いつもリスから。だれもこない、ほかからは。われわれは〈大いなる者たち〉を呼ぶ。しかし、彼らはもう聞かない」

「〈大いなる者たち〉？　それは？」思わず前に身を乗りだして、アルヴィンはたずねた。

例の繊細な、絶えず動いている口肢が、つかのま、天に向けられた。

「〈大いなる者たち〉——終わりなき昼の諸惑星に住むもの。彼らはくる。わが〈主《しゅ》〉が約束した」

これではすこしも状況が明確になっていない。だが、アルヴィンがつぎの性急な問いを発する前に、ふたたびヒルヴァーが質問を重ねた。ヒルヴァーの問いかけは、辛抱づよく、共感にあふれていると同時に、核心をつくものでもあったので、これは横から口を出さないほうがいいと判断し、アルヴィンは質問したい気持ちをぐっとこらえた。友人のほうが知力にすぐれているとは、あまり思いたくない。だが、こと動物のあつかいにかけては、ヒルヴァーには天賦の才がある。たとえ相手がこれほど奇怪な存在であろうともだ。事実、生物はヒルヴァーの誘導に応えはじめていた。やりとりが進むにつれて、生物のことばはどんどん明確になっていき、はじめのうちは無礼ともいえるそっけない答えかたをしていたのに、やがてちゃんと相手をするようになり、みずから進んで情報を提供するようにもなった。

ヒルヴァーが断片的に答えを引きだし、信じられない物語をまとめていくあいだ、アルヴィンは時を忘れて話に聞きいっていた。もちろん、たしかな全体像は望むべくもない。推測で補わざるをえない部分は多く、議論の余地はたっぷりとある。

その間《かん》に――ヒルヴァーの問いに対し、いっそう積極的に答えだすにつれて――生物の外見は変化しはじめた。まず、巨体を大きく湖に沈めた。全身を支えていた太短い脚が、からだに融けこんでいくような感じだった。ほどなく、いっそう劇的な変化が起こった。三つの大きな目がゆっくりと絞りこむように閉じられていき、だんだんと小さくなって、ついには点にまで縮小し、とうとう消滅してしまったのだ。当面、見るべきものはすべて見てしまったので、もう目はいらないと判断したかのようだった。

そのほかにも、もっと微妙な変化は絶えず起こりつづけ、最終的に、水上に残っている器官といえば、生物がことばを話すのに使う振動膜だけになっていた。この膜にしても、必要がなくなれば分解し、本来の不定形の姿――原形質の塊にもどってしまうにちがいない。

それほど不安定な形態に知性が宿ることが、アルヴィンにはとても信じられなかったが――最大の驚きはこのあとにやってきた。目の前の生物が地球に起源を持たないことは明らかだ。しかし、アルヴィンよりもずっと生物学にくわしいヒルヴァーでさえ、この生物の本質に気づくのは、もうしばらくしてからになる。その本質とは、これが単一の生物体ではないということだった。会話のあいだじゅう、相手は自分を指して〝われわれ〟と呼んでいた。そう呼ぶのもむりはない。この巨体は、独立した生物群が未知の力によって組織され、制御された集合生物――群体だったのである。

太古の地球の海には、これに似ていなくもない動物が繁栄していた。たとえばクラゲがそうだ。クラゲのなかには、そうとうに大きなサイズのものもいて、透明な気胞体から垂れる刺胞つきの触手の森は、長さが十五メートルから三十メートルにも達したという。しかし、そういったクラゲには、ごくわずかでも知能を持っていたものはおらず、単純な刺激に反応するのがせいぜいだった。

それに対してこの生物には、まぎれもなく知能がある。衰え、劣化しゆく状態とはいえ、知性がある。世にもめずらしいこの会見は、けっして忘れられないものになるだろう――そう思うアルヴィンの目の前で、黒い湖水がシャルミレインの残骸を洗い、三つ目のロボットがゆるぎない視線をそそぐなか、ヒルヴァーはすこしずつ、不定形のポリプ群体が慣れないことばを使い、とつとつと語る断片をもとに、〈主《しゅ》〉の物語を組みたてていった。

13

〈主《しゅ》〉が地球へやってきたのは、混乱に満ちた〈変転の諸世紀〉のことだった。当時、〈銀河帝国〉は崩壊の一途をたどっていたが、星々を結ぶ連絡網はまだ完全に断たれてはいなかった。〈主〉の種属は人類、生まれ故郷は〈七つの太陽〉のひとつをめぐる惑星。母星を追放されたのはまだ若い時分のころで、そのときの屈辱を、本人は生涯わすれなかったという。追放されたのは、たちの悪い仇敵にはめられたからだと本人は広言していたが、じつのところ、理由は別にあった。宇宙じゅうのあらゆる知的種属のなかで、ホモ・サピエンスだけがかかるとおぼしき不治の病——つまり、宗教的情熱に冒されていたのである。

初期の歴史を通じて、人類はさまざまな預言者、予言者、救世主、伝道者たちを生みだした。その者たちは、自分だけが宇宙の秘密を明かされた唯一の人間だと信じこみ、信奉者たちにもそう信じこませていた。彼らが創立した宗教のなかには、何世代も存続し、何十億人にも影響を与えることに成功したものもあるし、当人たちが死ぬよりも早く忘れ去られたものもある。

やがて興隆した科学は、淡々と、かつ理路整然と、預言者たちの宇宙観を否定し、宗教者にはとうてい太刀打ちできない奇跡を実現することによって、ついにはあらゆる宗教を滅亡に追いこんだ。といっても、自分たちが住む宇宙の壮大さを認識し、考察する知的生物ならかならず感じるはずの、畏怖、畏敬の念、謙虚さといったものまでも滅ぼしたわけではない。科学がその力を削ぎ、最終的に消滅させたのは、無数の宗教団体――ひとつひとつが信じがたいほど思いあがり、自分だけが唯一真実を打ち明けられた使徒であると信じて疑わず、何百万もの競合教団や先達《せんだつ》はみなあやまっているとする組織にかぎられる。

ところが、どんな時代にもかならず閉鎖的なカルトは出現し――人類が文明のごく基本的なレベルに達して以降、もはやいうにたるほどの勢力を持てなかったとはいえ――その教義がいかに奇矯なものであろうとも、つねにそれなりの数の信者を獲得してきた。そういったカルトは、むしろ混乱と無秩序の時代に勢力を持ち、繁栄する。したがって、〈変転の諸世紀〉にカルト的不合理さが隆盛をきわめたことも、さほど驚くにはあたらない。現実がつらいとき、人々は神話になぐさめをもとめるものなのである。

母星から追放されたとはいえ、〈主《しゅ》〉は無一文で放りだされたわけではなかった。有力な友人たちがいたのだろう、銀河系の権力と科学の中心たる〈七つの太陽〉から放逐されるにあたっては、小型だが高速の宇宙船に乗って出発している。それも、かつて建造されたなかで最高速の一隻とうわさされる、高性能の宇宙船に乗ってだ。その宇宙船のほかに、〈主〉はもうひとつ、銀河科学における究極の産物のひとつを持ちだしていた。それこそが、いま、アルヴィンとヒルヴァーの目の前に浮かんでいる、このロボットだった。

いまだかつて、このロボットの全能力と全機能を完全に把握しきれた者はいない。そして、このロボットは、ある程度まで〈主〉の分身にもなっていた。このロボットなかりせば、〈大いなる者たち〉の宗教は、〈主〉の死とともに消滅していただろう。〈主〉とロボットは、高速宇宙船を駆り、ジグザグ・コースを描きながら、あちこちの星雲で布教活動をくりひろげたのち、最終的に、〈主〉の祖先発祥の地であるこの惑星にやってきた。その訪問が偶然でなかったことは確実と見ていい。

〈主〉の行伝《ぎょうでん》の旅は、のちに膨大な数の聖典にまとめられ、その一点一点は、さらに多数の註解を生むことになる。そんな一種の連鎖反応によって生みだされた解釈書はすさまじい数にのぼり、その山に埋もれてオリジナルの聖典は失われてしまった。だが、〈主〉があまたの惑星に立ちより、多数の種属に信仰を根づかせたことは事実のようだ。人類にも非人類にも、等しく信徒を増やしたところを見ると、〈主〉の人格はよほど強烈なものであったのだろう。また、それほど広範に信仰されたからには、魅力的で崇高な要素をたくさん持っていたにちがいない。おそらく〈主〉は、全人類のなかでいちばん成功した——そして、いちばん最後の——救世主だった。その後継者たちは、だれひとりとして〈主〉

ほど多くの改宗者を獲得することはできなかったし、その教えが広大な時間と空間を超えて伝承されることもなかった。

〈主〉の教えについては、アルヴィンもヒルヴァーも、正確に知ることはできなかった。ポリプの巨大群体のほうも、教えを理解させるべく、できるだけの努力はしたが、意味不明なことばが多いうえに、群体は同じ文章や物語を機械的な単調さで何度も口早にくりかえすくせがあり、ふたりにはとてもついていけなかったのだ。しばらくしてヒルヴァーは、無意味な神学の泥沼から抜けだす方向に話の舵を切り、たしかな事実のみに集中してくれるようにと説得した。

〈主〉とひときわ忠実な使徒の一団が地球に到着したのは、各都市がまだ健在で、ダイアスパー宇宙港も星々に対して開かれていたころのことだった。一行はさまざまなタイプの宇宙船でやってきた。この群体にしても、出身惑星の海水を満たした宇宙船に乗ってきたという。彼らの布教活動が地球で受けいれられたかどうかは定かではない。しかし、すくなくとも、暴力をともなう排斥運動に遭うことはなく、しばし地球をめぐり歩いたのち、一行はリスの森林と山々に最後の修養施設を設けるにいたる。

その長い生涯を閉じるまぎわ、〈主〉の想いはふたたび、もはやもどることのできない母星へと向かい、星々の姿がよく見えるよう、屋外の開けた場所に連れだしてくれと使徒たちにたのんだ。みずからの生気が失われていくのを感じながら、〈主〉はじっと待った。

そして、星空に〈七つの太陽〉が昇ってくると、人生の最期を迎えるにあたり、余人には意味が汲みとりがたく、それゆえに、後世、さらに多数の聖典と註解を生むことになる、さまざまなことばを口にした。何度も何度も口にしたのは、〈大いなる者たち〉のことだった。

〝空間と物質からなるこの宇宙を立ち去りし〈大いなる者たち〉は、いつの日か、かならずもどってくるであろう。おまえたちはこの地に残り、帰還した彼らを出迎えてくれ〟

〈主〉は使徒たちにそう言い残した。それは彼が口にした、最後の脈絡あることばだった。その後、〈主〉は二度とまわりを認識することはなかったが、いまわのきわになって、のちのちの世まで、それを聞いた精神をいやでもとりこにせずにはおかない、こんな辞世のことばを口にする。

〝美しきかな、永遠《とわ》の光に包まれし惑星《ほしぼし》を眺むる、その影の彩り豊かなるを〟

そして、それを最後に、〈主〉はこの世を去ったのだった。

〈主〉の死とともに、信徒の多くは散りぢりになったが、その教えに忠実な者はあとに残り、長い年月をかけて、すこしずつ教義を体系化していった。はじめのうち、信徒たちは、〈大いなる者たち〉が――それが何者であれ――すぐにもどってくるものと信じていた。しかし、何世紀もの時が経過するうちに、帰還の望みは薄れていった。このへんになると、物語ははなはだ錯綜しており、真実と伝説が分かちがたくからみあっているように思える。

何世代にもわたって、理解してもおらず、いつ起こるかもわからない大いなるできごとを待ちつづける、狂信者の一団――アルヴィンが思い描いたのは、そんなイメージだった。

結局、〈大いなる者たち〉はもどってこなかった。ひとり、またひとりと、信徒たちが死に、あるいは教義に幻滅するにつれて、徐々に徐々に宗教活動は勢いを失っていった。最初に去ったのは、寿命の短い人間の信徒たちだった。最後のひとりになるまで人間の預言者を信じぬいたのが、人間とは似ても似つかぬこの生物であったことは、なんとも皮肉というほかはない。

巨大群体が〈主〉の最後の信徒となった理由は、ごく単純なものだった。不死だったからである。群体を構成する何十億もの細胞のひとつひとつが死ぬことは避けられないが、すべてが死ぬ前に、かならず全体の再生が行なわれるという。長い長い周期をおいて、その時期が訪れると、群体は個々の細胞に分解し、環境さえ好適なら、細胞分裂を通じてそれぞれに増殖する。この増殖相のあいだ、群体は自意識を持った知的存在ではいられない。それを聞いて、アルヴィンはダイアスパーの住民を思いださずにはいられなかった。都市の住民もまた、何千何万年ものあいだ、メモリーバンクの中で似たような休眠期を過ごすのだ。

群体が分解してしばらくたつと、なんらかの神秘的な生物学的力によって、各細胞はふたたびひとつに集まり、新しい存在周期が開始される。それとともに、群体としての意識が復活し、かつての生の記憶がよみがえる。ただし、なんらかの事故によって、記憶のデリケートなパターンを携えた細胞が損傷していることもあるため、記憶の再生はしばしば不完全なものになるらしい。

おそらく、この群体以外の生物であれば、こんなにも長いあいだ、ひとつの信仰を――十億年前に忘れられた信仰を――堅持していることはできなかっただろう。ある意味で、巨大群体は、自分ではいかんともしがたい生物学的性質の犠牲者だ。その不死性ゆえに変化することができず、いつまでも変わることがない同一パターンを永遠にくりかえさざるをえないのだから。

〈大いなる者たち〉の宗教は、その末期において、〈七つの太陽〉崇拝の一形態と見なされるようになっていた。そして、〈大いなる者たち〉がいっこうに姿を見せないため、その故郷と見なされる〈七つの太陽〉に対し、はるか遠い地球から信号を送りだす試みがなされはじめた。その伝達の試みが意味のない儀式に形骸化したのは遠いむかしのことだが、儀式自体はいまもここで執り行なわれている。その執行当事者こそは、ものを学ぶことのできないこの群体と、ものを忘れることのできないロボットだった……。

悠久の時を閲《けみ》してきた群体の声がついに途切れ、よどんだ空気中に消えてしまうと、アルヴィンの胸は深いあわれみでいっぱいになっていた。見当はずれの献身、たくさんの恒星や惑星が消滅するあいだも無為に貫かれてきた忠誠――。目の前にそれを体現する生き証人がいなかったら、とてもこんな物語は信じられなかっただろう。これまでにもまして、自分の無知ぶりが悲しかった。過去のちっぽけな断片は、すこしのあいだだけ闇を払ってはくれたものの、その光はふたたび闇に閉ざされてしまっている。

宇宙の歴史は、こういった無数の分断された糸で紡がれてきたのだろう。その糸のうち、どれが重要でどれが無価値なものかを決める資格はだれにもない。アルヴィンから見れば、〈主〉と〈大いなる者たち〉の数奇な物語は、〈薄明の時代〉の諸文明からいまに残る、数えきれない伝説のひとつでしかないように思える。とはいえ、こうしてこの巨大群体が――そして、無言で自分を見つめるロボットが――存在する以上、それを狂気の土台の上に築かれた、自己欺瞞だらけの作り話としてかたづけるわけにもいかなかった。

この群体とロボットの関係はどのようなものなんだろう、とアルヴィンは思った。考えつくかぎり、あらゆる点で異質な両者が、長い年月のあいだ、どうやって特異な関係を維持できていたのだろう？　なんとなく、両者のうちでは、ロボットのほうがはるかに重要な存在であるという感触がある。〈主〉の腹心であったロボットは、その秘密をすべて知っているにちがいない。

アルヴィンは、依然としてこちらにじっと視線をそそぐ謎の機械に目をやった。なぜこのロボットはしゃべらないんだろう？　その複雑な、おそらくは異質な精神がめぐらせているのは、どのような思考なんだろう？　いや、しかし、これが〈主〉に仕えるために造られたロボットであるのなら、その精神がまるっきり人類と異質なはずはない。人間の命令には反応するはずだ。

頑として口をきかない機械が知っているはずの、数々の秘密に想いがおよぶと、貪欲なまでの好奇心がむくむくと頭をもたげてきた。そのような知識が世に知られることなく、無駄にしまいこまれたままでいるのは、なんだか不当なことに思える。このロボットの中には、ダイアスパーの〈中央コンピュータ〉でさえ知らない驚異が山ほど詰まっているはずなのだ。

「どうしてきみのロボットはしゃべろうとしないんだ？」

ヒルヴァーの質問が一時的に途切れたころを見はからい、アルヴィンは群体にたずねた。

返ってきたのは、なかば予期していたとおりの答えだった。

「あれが〈主〉以外の声と話すのは、〈主〉の意志にそむくことだ。そして、〈主〉の声は、いまは沈黙している」

「でも、きみのいうことはきくんだろう？」

「きく。〈主〉はあれをわれわれに委ねていかれた。だから、あれがどこへいくにしても、われわれはあれの目を通じてそこのようすを見ることができる。あれはこの湖を維持し、この水を清浄にたもつ機械の管理もしている。しかし、あれのことは、われわれの召使いというより、パートナーと呼ぶほうが正しい」

アルヴィンはこの意味をじっくりと考えた。まだ漠然とだが、ある考えが心のなかに形をなしつつある。おそらくそれは、知識と力に対する純粋な熱望に刺激されたものだったのだろう。もっとも、あとでこの瞬間をふりかえってみても、どこにその動機があったのかは自分でもよくわからなかった。おおむねのところは自分の興味からだが、一部には同情の要素もあったと思う。できることなら、この無益な連鎖を断ち切って、群体とロボットを数奇な運命から解放してやりたかったのである。群体に対してはなにがしてやれるかわからないが、ロボットを狂気から救ってやることはできるかもしれない。同時に、その内部に秘蔵された、かけがえのない記憶を解き放つことも。

「きみはほんとうに——」と、アルヴィンはゆっくりと語りかけた。表面上、語りかけている相手は群体だが、そのことばを向けている相手はロボットだ。「——ここに残ることが〈主〉の遺志を実行することになると思っているのか？　〈主〉は世界に自分の教えを広めたかったんだろう？　しかし、きみがシャルミレインに閉じこもっているあいだに、その教えは世界から失われてしまった。ぼくらがきみを見つけたのは偶然にすぎないが、〈大いなる者たち〉に関する教義を知りたがる者はほかにもいるかもしれないぞ？」

ヒルヴァーがこちらに顔を向け、鋭い目でアルヴィンを見た。いまの質問の真意がわからないのだろう。群体は動揺したらしく、呼吸孔のたてる規則的な音が数秒ほど乱れた。

ついで、まだ動揺の収まりきらない声で、群体はこういった。

「われわれはその問題を何年間も協議してきた。しかし、われわれにはシャルミレインを離れることができない。したがって、世界のほうからわれわれのところへきてもらわなければならない。どれだけ時間がかかろうともだ」

「もっといい考えがある」アルヴィンは熱心な口調でいった。「きみ自身がこの湖から離れられないというのは事実だろう。しかし、きみの連れがぼくらといっしょにきていけない理由はないはずだ。〈主〉が亡くなって以来、いろいろな変化が起きた。その変化については、きみたちも知っておいたほうがいいんじゃないか？　しかし、ここに残っているかぎり、その変化を理解することはできないぞ」

ロボットは微動だにしなかった。が、群体のほうは判断に苦しみ、湖面の下にすっかり身を沈めてしまった。何分間か待ったものの、いっこうに出てくるようすがない。たぶん、音声を使わずにロボットと協議しているのだろう。その後、何度か水面に出てきそうな気配を見せたものの、群体はそのたびに、また水面下に潜ってしまった。

この機会を利用して、ヒルヴァーはアルヴィンとことばを交わした。

「なにをしようとしてるのか、教えてもらいたいもんだな」からかい半分、本気半分の、静かな口調だった。「それとも、自分でもよくわかっていないのか？」

「わかっているつもりさ。きみはあの気の毒な生きものとロボットがあわれじゃないか？

なんとかしてこの境遇から救ってやるのが親切だとは思わないか？」

「思うことは思うが……。きみのことは、もうかなりわかってきたからな。利他主義はきみの主要な特性のひとつじゃない。なにか別の動機があるんだろう？」

アルヴィンは悲しげにほほえんだ。たとえ心は読まれていなかったにせよ——そう想定する理由はないが——性格は的確に読まれていたようだ。

「きみたちの民族には、すぐれた精神能力がある」危険な領域から話題をそらそうとして、アルヴィンはいった。「その力をもってすれば、ロボットについては、なんとかしてやれるんじゃないかと思う。群体のほうはむりでもさ」

ぐっと声を低めたのは、ロボットに話を聞かれないようにするためだった。もちろん、こんな用心は無用かもしれない。それに、ロボットがいまのことばを聞いていたとしても、それらしい反応はまったく示していない。

さいわい、ヒルヴァーがもっと質問を重ねる前に、群体がやっと湖面を割って現われた。この数分のうちに、群体は目に見えて小さくなっており、動きもいっそうぎくしゃくしたものになっていた。アルヴィンが見ているそばから、複雑で透き通ったからだの一部が剝がれ落ち、さらに小さな多数の小塊に分解して、みるみる見えなくなっていく。ふたりの見ている前で、群体は崩壊しつつあるのだ。

ふたたびことばを発したとき、その声はうんと不安定で、ずっと聞きとりにくくなっていた。

「つぎの増殖相がはじまった」群体はきれぎれの小さな声を絞りだした。「これほど早くはじまるとは思わなかった——残された時間は、あと数分——刺激があまりにも大きすぎたらしい——それより長くは、この形態を維持していられない」

慄然としながらも、アルヴィンとヒルヴァーは、崩れゆく生物から目を離すことができなかった。目の前で展開する過程がいくら自然のものとはいえ、知的生物が死の苦しみに悶える姿は、見ていてあまり気持ちのいいものではない。それに、漠然とした罪悪感もある。ほんとうは、そんな気持ちをいだく必要などないのだろう。群体がふたたびつぎの存在周期を開始すれば、そんなことは重要ではなくなるのだから。とはいえ、自分たちが与えた常ならぬ精神的負担と興奮によって、早すぎる分解が引き起こされたことは、まぎれもない事実だった。

同時に、アルヴィンは気がついた。こうなった以上、急いで行動しなくてはならない。さもないと、せっかくの機会が失われてしまう。失われる期間は数年ですむかもしれないし、数世紀におよぶ可能性もある。

「どうする？　どう決めた？」切迫した口調で、アルヴィンは群体にうながした。「ロボットを連れていってもいいのか？」

苦しそうな間。分解しゆくからだを、群体がむりやり意志にしたがわせようとしているのだろう。発声膜が振動したが、聞きとれる音は出てこなかった。ふいに、最後の力をふりしぼって別れを告げようとするかのように、群体が繊細な口肢を弱々しくふり動かした。口肢は根元からもげ、湖面に落下し、落ちた口肢はたちまちばらばらになって、湖面に浮かんだまま、湖の中央へただよいはじめた。それから数分のうちに、群体全体が分解をおえていた。もはや二、三センチよりも大きな塊は残っていない。湖面にはおびただしい数の、緑色の小塊が浮かんでいるだけだ。そのひとつひとつが生命を持ち、運動能力を持っていて、みるみるうちに広い湖へ分散していく。

それとともに、湖面に立っていた小さな波も消えた。深みで一定のリズムを刻んでいたあの低い脈動音も、いまは消えているにちがいない。湖はとうとう死んでしまったのだ。すくなくとも、そのように見える。しかし、それは錯覚にすぎない。いつの日か、かつていちども失敗することなく務めをはたしてきた未知の力がふたたび働いて、群体は再生されるだろう。それは奇妙にしてすばらしい現象といえる。もっとも、人体組織とくらべてそれほど奇妙かというと、そうではない気もする。なにしろ、人体それ自体も、生きた細胞の巨大な群生体なのだから。

しかし、いまのアルヴィンには、そんなことを深く考えるだけの余裕がなかった。具体的に、なにをどうしようというヴィジョンがあったわけではないが、失意がずしりと心にのしかかっている。千載一遇の好機はここに失われた。こんな機会は、もう二度と訪れないかもしれない。がっくりと肩を落とし、なかば放心状態で、アルヴィンは湖を見つめた。

そんなありさまだったので、友のことばが心にとどくのに、すこし時間がかかった。気がつくと、ヒルヴァーが耳もとにささやきかけていた。

「アルヴィン、上を見ろ」小さな声だった。「どうやら、説得が通じたらしいぞ」

アルヴィンは驚いて頭上をふりあおいだ。いままで一定の距離をおいて宙に浮かび、ふたりの五、六メートル以内には近づかないようにしていたロボットが、いつのまにか音もなくそばまで近づいていて、頭上一メートルほどの高さに静止していたのだ。広角の視野を持っているのだろう、目をどの方向へも動かそうとしないため、どちらに関心を持っているのかは判別しがたい。おそらく、目の前にある半球全域を、同等の鮮明さでひとしおり視野に収めているのだろう。しかし、その関心が自分に向けられていることに、アルヴィンはすこしの疑いもいだかなかった。

ロボットはアルヴィンのつぎの動きを待っている。すくなくとも、一定の範囲において、いまやロボットはアルヴィンの制御下にあると見ていい。ロボットはリスに、さらにはダイアスパーにまでもついてくるだろう——途中で気が変わらないかぎり。

そのときまでは、アルヴィンが主人見習いなのだ。

14

エアリーにもどる旅は三日ちかくかかった。ひとつには、アルヴィンがあまり急がなかったせいもある。といっても、べつにリスを探険していたわけではない。リスの探険は、より重要かつより刺激的なプロジェクトを前にして、二次的なものに格下げされてしまった。帰路に時間をかけたのは、新たに旅の道連れとなったロボットと——つまり、強迫観念に取り憑かれている奇妙な知性体と——意思を疎通しあうためだ。

おそらくロボットのほうも、自分なりの理由でアルヴィンを利用しようとしているのだろう。それはそれでおたがいさまといえる。しかし、ロボットがなにをしようとしているのかは、とうていうかがい知ることができなかった。依然として、頑に口をきこうとしなかったからである。〈主《しゅ》〉なる人物は、当人にしかわからないなんらかの理由で——自分の秘密を必要以上に明かしかねないことを恐れてでもいたのか——ロボットの言語回路にきわめて強力な封印《ブロック》を施したにちがいない。いくらアルヴィンが解除しようとしてもむだだった。〝黙っていたらイエスと解釈するぞ〟というような間接的質問にさえ、なんの反応も返さないのだ。もちろん、こんな単純なトリックにひっかかるほど馬鹿ではないということなのだろう。

しかし、その他の面では、ロボットはだいぶ協力的になっていた。会話と情報提示をもとめないかぎり、命令にはきちんとしたがう。しばらくして、ダイアスパーのロボットたちに指示するときと同じように、このロボットもまた、指示を口にしなくとも思考だけで制御できることに気がついた。これは大いなる前進だった。さらにもうすこしすると、この存在は——もはや、たんなる機械と考えるのはむずかしくなっている——さらにガードをゆるくし、自分の目を通してものを見せてくれるようにもなった。そういった受動的なコミュニケーションであれば、とくに拒否する意志はないらしい。ただし、もっと親密な行動をとろうとすると、ことごとく拒否されてしまうのだが。

ヒルヴァーの存在については、ロボットは完全に無視していた。ヒルヴァーの命令はまったく受けつけないし、心を閉ざしているので精神的探索も通用しない。はじめのうち、そうと知ってアルヴィンはがっかりした。ヒルヴァーのいっそう大きな精神能力があれば、だいじにしまいこまれた記憶の宝箱をこじあけられるのではないかと期待していたからだ。世界じゅうで自分だけの命令しかきかない召使いを持つ——その大きなメリットに気づくのは、もうすこしあとのことになる。

探険隊のメンバーのうち、ロボットの存在に強い拒否感を示したのは、クリフだった。

どうやらライバルだと思ったらしい。翅もなしに空を飛ぶものは、問答無用で気にいらないようだ。だれも見ていないとき、クリフは何度か、ロボットに攻撃を仕掛けたことがあった。それでも相手にされないので、クリフはますます攻撃的になったものの、最終的にヒルヴァーになだめられ、この状況に甘んじるしかないとあきらめたようだった。以後、森と草原を通りぬけ、地上車でエアリーへもどるあいだ、ロボットと昆虫は音もなく地上車のそばを飛びつづけた——それぞれの主人に寄りそい、たがいに相手が存在しないかのようにふるまいながら。

地上車がすべるようにエアリーへ入りこんでいったとき、セラニスはすでにふたりが帰ってきたことを知っており、例の家の屋上で待機していた。この民族を驚かせることはできそうにないな、とアルヴィンは思った。彼らの精神は相互に結びついているので、リスで起きていることはすべて把握できるのだろう。シャルミレインでの冒険のことは、たぶんもう、リスじゅうの人間が知っているにちがいない。あの冒険には、みんな、どんな反応を示したのだろうか。

村を出る前とくらべて、セラニスはずいぶん不安そうな、どこかしら動揺しているようなようすになっていた。それを見て、アルヴィンはこれからなさねばならない選択を思いだした。この選択のことは、ここ数日の興奮にまぎれて、じつはほとんど忘れかけていた。先延ばししてもよい問題を思い悩み、むだにエネルギーを使いたくなかったせいもある。

しかし、先延ばししていたその瞬間は、いよいよ目前にせまった。もうじき、どちらの世界に住みたいかを選ばなくてはならない。

しゃべりだしたセラニスの声には、苦悩の響きが聞きとれた。それを聞いたとたん、アルヴィンは悟った。自分に対するリスの計画は、なんらかの大きな支障をきたしたらしい。自分がいないあいだになにがあったのだろう？　ケドロンの精神を操作するためにダイアスパーへ入りこんだ工作員が、任務に失敗でもしたのだろうか？

セラニスは話しはじめた。

「アルヴィン。あなたにはまだ話していないことがたくさんあってね。わたしたちがとる行動を理解してもらうためには、まず、それを知っておいてもらわなくてはならないわ。

ダイアスパーとリスがたもとを分かったのは、あなたも知っているように、〈侵略者〉に対する恐怖が原因のひとつ。あなたがたの民族をして、世界に背をそむけさせ、安閑とした夢の世界に閉じこもらせたのは、全人類の精神の深みに宿るその暗い影だったのよ。

いっぽう、〈侵略者〉の最後の攻撃を退けるという重責を苦労して果たしたこのリスでは、恐怖はそこまで大きなものではなかったの。自分たちの行動について、より自覚的に臨み、みずからの進むべき道を刮目《かつもく》して選んだからよ。

ずっとむかし、アルヴィン、人々は不死を追いもとめ、ついにそれを手に入れたわ。当時の人々は、死を放逐した世界は誕生をも失ってしまうという事実を失念していたのでしょう。寿命を無限に延ばす力は、個人個人にとっては満足のいくものであっても、その民族の活力を徐々に奪ってしまう。それに気づいたわたしたちは、遠いむかしに不死を捨て去った。けれど、ダイアスパーは、いまもなお偽りの夢をむさぼっている。だからこそ、わたしたちはたもとを分かったのであって――それこそが、双方が二度と合流してはならない理由なのよ」

なかば予期していたことばかりではあったが、じっさいに聞かされてみると、予想よりも大きなショックを受けた。しかし、自分の計画が――なかばまでしか立てていないとはいえ――失敗したと認めるのはまだ早い。セラニスのことばには意識の一部だけをふりむけて、アルヴィンは策を練った。セラニスのいうことは理解できる。憶えておく価値もある。しかし、アルヴィンの精神の意識的な主体は、ひそかにダイアスパーへの道をたどり、行く手に立ちはだかりそうな障害をすべて想定することにそそがれていた。

セラニスのほうは、これからしなければならないことに引け目を感じているようだった。語りかけるその声は、どうか聞きわけてくれと嘆願せんばかりになっている。そのようすから、アルヴィンは気がついた。セラニスが話しかけている相手は、自分だけではない。息子のヒルヴァーも説得の対象なのだ。ともに数日を過ごすうちに、ふたりのあいだには理解と友情が育っており、セラニスもそれに気づいたにちがいない。当のヒルヴァーは、切々と訴える母親をじっと見つめていた。その視線には、母親に対する気づかいとともに、けっして弱くはない非難もこめられているように思えた。

「あなたの意志に反してなにかを強要するまねはしたくないわ。けれど、おたがいの民族がふたたびめぐりあえば、どういうことになるかわかるでしょう？　わたしたちの文化とあなたがたの文化のあいだには、地球と太古の植民星とを隔てていた溝よりも大きな断絶があるの。この事実を、どうかよく考えて、アルヴィン。あなたとヒルヴァーは、見たところ、同じ齢ごろのよう。それなのに、この子やわたしが死んで何世紀もたったあとも、あなたはまだ若いまま。しかもそれは、無限につづくあなたの生の連鎖における、最初の生にすぎない――」

屋上に静寂が降りた。あまり静かなので、村の外の草地で飼われている未知の動物たちの、奇妙で哀調に満ちた鳴き声が聞こえるほどだった。ややあって、アルヴィンはいった。ほとんどささやきにちかい声になっていた。

「……ぼくをどうしたいんです？」

「あなたには、ここに残るか、ダイアスパーにもどるか、どちらかを選ばせてあげられればいいと願っていたのだけれど……その決定をあなたの手にはゆだねられないほど多くのできごとが起こってしまった以上、それはもう不可能。ここにいたわずかな期間にあなたがもたらした影響は、それはもう深刻なものでね。いいえ、あなたを責めているわけではないわ。あなたにすこしも悪意がなかったことはわかっているのだから。でも、あなたがシャルミレインで出会った存在たちには、あのまま運命を受けいれさせておくのがいちばんよかったのよ。

それから、ダイアスパーについてだけれど――」

セラニスは、苦りきっているようなしぐさをした。

「あまりにも多くの者があなたの行き先を知ってしまっていて、対処しようとしたときにはもう手遅れだったわ。もっと深刻なのは、あなたがリスを発見するさいに手助けをした人物の行方が杳《よう》として知れないこと。ダイアスパーの〈評議会〉にも、わたしたちのエージェントにも、その所在は依然としてつきとめられない状態でね。ゆえにその人物は、わたしたちの安全にとって、いまもなお潜在的に危険な存在のまま。ここまであけすけに話してしまうことに驚いているかもしれないけれど、それは話してもまったく問題がないからよ。残念だけれど、あなたに提示できる選択肢は、もはやたったひとつしかないわ。わたしたちとしては、あなたに偽りの記憶を植えつけて、ダイアスパーへ送り返すほかないの。たんねんに作ったその記憶を携えてダイアスパーに帰りついたとき、あなたはもう、わたしたちのことをいっさい憶えていないでしょう。あなたが実際にあったこととして信じこんでいるのは、暗い地下洞窟の中、つぎつぎに崩れてくる背後の天井に追いたてられて進みながら、味気ない草を食べ、たまに遭遇する湧き水を飲み、かろうじて命をつないだという、危険に満ちてはいるけれど、単調な冒険よ。以後の人生を、あなたはそれが真実だと思って送ることになるわ。そして、ダイアスパーの全市民も、それを真実として受けいれることになる。そうなれば、もはやどこにも、あなたの同胞をリス探険にかきたてる謎はなくなってしまう。今後もダイアスパーの人々は、リスについて知るべきことはみんな知ってしまったと思いこむでしょうね」

セラニスはことばを切り、不安の目でアルヴィンを見つめた。

「こんなまねをせざるをえないことは、ほんとうに遺憾のきわみ。まだわたしたちのことを憶えているうちに、心から謝罪します。わたしたちの評決は受けいれがたいかもしれないけれど、わたしたちはあなたの知らない事実をいろいろと知っているの。すくなくとも、ダイアスパーにもどっても、あなたが後悔することはないわ——都市の外で見つけるべきものはすべて見つけた、と信じこんでいるのだからね」

はたしてそうなるだろうか、とアルヴィンは思った。自分がダイアスパーの日常生活に融けこめるとは思えない。たとえ都市の壁の外に、言うに足るものがないと思いこんでいたとしてもだ。もっとも、そもそもアルヴィンには、記憶を書き換えられて都市にもどされるつもりなど、さらさらなかったのだが。

アルヴィンはたずねた。

「いつ受けさせるんです？　その——処置を？」

「いますぐに。こちらの準備はできているわ。さあ、わたしに心を開いて——前にしたと

き と同じように。気がついたときには、もうダイアスパーにもどっているはずだから」

アルヴィンはしばらく沈黙した。ややあって、静かにいった。

「ヒルヴァーに別れをいいたいんですが」

セラニスはうなずいた。

「気持ちはわかるわ。しばらく席をはずします。あなたの心の準備ができたら、またもどってきましょう」

セラニスは階下へ降りる階段へ歩いていき、下の屋内に姿を消した。屋上にはふたりだけが残された。

アルヴィンが友に話しかけたのは、しばらくたってからのことだった。悲しくてやりきれなかったが、かけがえのない希望を断じてだいなしにはさせないという、強い覚悟を固めてもいた。最後にもういちど、村を見まわす。ここではそれなりの満足を見いだすことができた。しかし、セラニスの背後で糸を引く者たちが記憶の捏造を強行するというなら、もう二度とこの村を見られる見こみはない。乗ってきた地上車は、大きく枝を張った木々の一本の根元にいまも停車しており、その上には例のロボットが辛抱づよく浮かんでいる。何人かの子供が、奇妙な新来者をよく見ようと周囲に集まっているが、おとなたちはみな、すこしも興味がないようだ。

「ヒルヴァー」唐突に、アルヴィンはいった。「残念だよ。とてもね」

「おれもだ」ヒルヴァーは答えた。その声は感情の昂ぶりでわなないていた。「おれとしては、ここに残ってくれることを期待してたんだが……」

「セラニスがしようとしているのは、正しいことだと思うかい？」

「責めないでやってくれ。かあさんは要求されたとおりのことをしてるだけなんだ」

それは問いに対する答えではなかったが、アルヴィンには、もういちどたずねるような残酷なまねはできなかった。これほど答えにくいことを誠実な友にいわせるのは不当というものだ。

「じゃあ、これは教えてくれないか。記憶をいじらせないでぼくが脱出しようとしたら、きみたちはどうやってぼくをとめる？」

「簡単さ。逃げようとしたら、精神の自由を奪って、強引に連れもどすんだ」

予想していたとおりの答えだったので、すこし拍子ぬけした。ほんとうは、これからすることを、ヒルヴァーにだけは打ち明けておきたかった。ヒルヴァーは明らかに、強制的別離を前にして動揺している。だが、ここで打ち明ければ、計画自体を危険にさらすことになりかねない。アルヴィンはごく慎重に、あらゆる細部を入念にチェックしながら、いっさい記憶を干渉されずにダイアスパーへもどれる唯一のコースを心の中でたどった。

冒さなければならない危険がひとつだけある。その危険に対しては、対策のとりようがない。セラニスが約束を破り、心の中を覗きこんでくれば、せっかくの周到な準備がすべて水の泡になってしまう。

ヒルヴァーに片手を差しだした。ヒルヴァーはその手をしっかりと握りしめたが、思いをことばにはできないようだった。

「さあ、下に降りてセラニスに会おう」アルヴィンはうながした。「出発する前に、村の人たちとも会っておきたい」

ことばを失ったヒルヴァーの先に立って、アルヴィンはひんやりと心地よい屋内に入り、玄関を通りぬけ、建物を環状に取り囲む色鮮やかな草の帯の上に出た。その草の上で、セラニスが待っていた。いまは冷静にもどり、覚悟を決めたように見える。ただ、アルヴィンがなにかを隠そうとしていることには、セラニスも気づいているふしがあった。このぶんだと、かねて用意の予防措置をいつでも発動できるようにしてあるにちがいない。なんらかの大きな動きをするとき、人は筋肉をたわめる。それと同じように、いざとなったら強制拘束パターンを実行できるよう、心の準備をしているのだろう。

「アルヴィン。準備はできた？」セラニスがたずねた。

「ええ、しっかりと」

その口調になにか剣呑なものを感じとったのだろう、セラニスはアルヴィンをきっと見すえた。

「では、はじめます。心を空白にできるなら、そうしたほうがいいわね、前のときと同じように。それからあとは、なにも感じないし、なにもわからない。気がついたら、ダイアスパーにもどっているだけ」

アルヴィンはヒルヴァーにふりかえり、セラニスには聞こえないよう、小声で口早にささやきかけた。

「さよならだ、ヒルヴァー。でも、心配するな――かならずもどってくるから」

ついで、セラニスに向きなおった。

「あなたがしようとしていることには、とくに怒りをおぼえません。あなたはあなたで、最良と信じる道を選んだだけのことですから。しかし、ぼくから見れば、あなたがたはまちがっています。ダイアスパーとリスが永遠に隔てられていていいはずがない。いつかきっと、両者がたがいに、それぞれの得意分野を真剣に必要とするときがくるでしょう。ですからぼくは、ここで得た知識をすべて持ったままダイアスパーにもどります。あなたがたにぼくをとめられるとは思えません」

それ以上は待たなかった。待たなくて正解だった。セラニスは微動だにしなかったが、突如として、からだがまったくいうことをきかなくなったからである。意志の力を封じる精神能力は、思っていたよりもはるかに強力だった。この場には立ちあっていない多数の精神が、セラニスに力を貸しているにちがいない。アルヴィンはなすすべもなく向きを変えさせられ、屋内へと歩いていかされた。恐怖の一瞬、あきらめが心をよぎった。だめだ、計画は失敗だった……。

　そう思った瞬間、スチールとクリスタルの影がさっと目の前をよぎり、金属の腕が自分を抱きかかえていた。予想どおり、からだは意志に反して抵抗したが、人間の力で抗ったところでどうにかなるものではない。足が浮きあがり、地面から離れだす。一瞬、驚きに立ちすくむヒルヴァーの顔が見えた。その顔が快哉《かいさい》に笑み崩れるのもだ。

　ロボットはアルヴィンをかかえ、地上四メートル近い高さを飛びつづけた。とてもではないが、人間が走って追いつける速さではない。一瞬ののち、からだが抵抗するのをやめたのは、セラニスがアルヴィンのもくろみを察し、精神コントロールを解いたからだろう。しかし、セラニスはまだあきらめたわけではなく、一拍おいて、アルヴィンがもっとも恐れ、入念に対策を立てておいた精神操作を開始した。

　それを受けて、アルヴィンの精神はふたつの独立した人格に分かれ、相争いはじめた。いっぽうは自分を降ろせとロボットに訴えかけている。それに対して本物のアルヴィンは、形だけの抵抗にとどめ、息を殺してなりゆきを見まもっている。この圧倒的な精神コントロール力の前には、さからったところで意味がない。これは賭けだ。どこまで当てにしていいか判然としないこの味方《ロボット》が、事前に与えておいた複雑な命令に応えられるかどうかの賭けだ。アルヴィンはあらかじめ、ロボットにこう言いふくめておいた。いかなる事態になろうとも、ダイアスパー市内に安全に収まるまでは、以後、アルヴィン自身の命令にもしたがってはならない――。機械には、これは理解しにくい命令だろう。うまく実行してくれるかどうかはわからない。アルヴィンはみずからの運命を、けっして人間の干渉がおよばないブラックボックスにゆだねたのである。

ロボットはすこしも逡巡することなく、アルヴィンが入念に指示しておいたルートにそって飛び、高速で進みつづけた。アルヴィンの精神の一部は、いまなお下に降ろせと居丈高に叫んでいたが、本物のアルヴィンは、どうやらいけそうだという手ごたえを感じていた。これはもうだいじょうぶだろう。ほどなく、セラニスもそれに気づいたらしい。脳を締めつける精神コントロール力が、本来の自分と戦うのをやめたからである。ふたたび精神が一体となるのを感じて、アルヴィンはほっとした。はるかなむかし、漂泊の旅のさなかに、みずからを帆船のマストに縛りつけ、葡萄酒色《ワインダーク》の海の彼方に海の精《サイレン》の歌声が遠ざかっていくのを聞いた先達《せんだつ》も、きっと同じような気持ちをいだいたにちがいない。

15

自走路のハブ空洞に入るまで、アルヴィンは一瞬たりとも気をゆるめなかった。リスの人々がアルヴィンの乗った軌道車をストップさせたり、逆行させて出発点まで呼びもどす可能性があったからである。だが、じっさいにはなにごともなく、行きとくらべて帰りは平穏無事な旅となった。リスを出発して四十分後、アルヴィンは〈ヤーラン・ゼイ霊廟〉に立っていた。

〈霊廟〉の外には〈評議会〉の執行員たちが待ちかまえていた。身につけているのは、この数世紀来だれも着たことのない、正装用の黒のローブだった。この〝歓迎委員会〟を前にしても、アルヴィンはべつに驚きはしなかったし、警戒心をいだきもしなかった。ここへ帰ってくるまでに、数々の障害を乗り越えてきた身には、いまさらひとつ障害が増えたところで、たいしたちがいはない。ダイアスパーを出てからというもの、アルヴィンはさまざまな経験を積んでおり、その過程で得た知識は、不遜ともいえる自信をもたらしていた。そのうえ、行動が読みにくいとはいえ、いまは強力な味方もついている。リスで最強の精神たちでさえ脱出計画を阻止できなかったのだから、なんとなく、ダイアスパーの者には、それ以上のことはできないだろうという気がした。

アルヴィンのそんな思いこみには、それなりに理屈の通った根拠もあったが、そこには道理を超えた要素もまぎれこんでいた。心の中ですこしずつ大きくなりだしている、自分の運命に対する過信だ。自分の出生の謎――かつてだれもなしえなかったことに成功したという事実――目の前に新たなヴィジョンがつぎつぎと開けていく過程――。こういったもののすべてが、過剰に自信を深めさせていたのである。自分自身の運命を信じる気持ちは、神々が人に与えた贈り物のなかでも、ひときわかけがえのないものといえる。ただし、そのいかに多くが悲惨な破局を招いたかを、アルヴィンはまだ知らない。

「アルヴィン」執行員のリーダーはいった。「われわれは、〈評議会〉がきみの聴聞を行ない、審判を下すまで、きみのそばについているようにと命じられてきた」

「ぼくはどんな罪状で告発されているんです？」

アルヴィンはつい、きつい口調でたずねた。リスからの脱出でまだ興奮と気分の高揚が冷めやらず、この新展開に冷静に対処できなかったからである。自分が都市の外に出たことは、おそらくケドロンが話したのだろう。秘密を勝手に明かされたことに対して、アルヴィンは〈道化師〉に軽い怒りをおぼえた。

「告発はなにもなされていない」執行員は答えた。「もっとも、必要とあらば、聴聞会まで、適当な罪状をでっちあげて拘束することもできる」

「聴聞会はいつです？」

「もうじき——だと思う」

執行員は明らかに困惑していた。この歓迎すべからざる役目をどうはたせばいいのか、量りかねているのだろう。アルヴィンのことを同胞の市民としてあつかいかけては、執行員としての務めを急に思いだし、極端なまでによそよそしい態度をとるあたりにも、心の迷いが見てとれる。

「このロボットだが」アルヴィンの連れを指さして、執行員は唐突にいった。「どこから連れてきた？　この都市のロボットか？」

「ちがいますよ。リスで見つけたんです。リスというのは、いままで訪ねていた国なんですが。〈中央コンピュータ〉に引き合わせようと思って連れてきたんです」

アルヴィンの淡々とした返答は、一同に大きな動揺をもたらした。ダイアスパーの外に世界があるという事実だけでも受けいれがたいのに、その世界の機械の一体を連れ帰り、都市の頭脳に引き合わせるなど、完全に彼らの理解を超えていたのだ。執行員たちは不安の面持ちで顔を見交わした。そのようすを見て、アルヴィンは笑みをこらえることができなかった。

なにはともあれ、アルヴィンは〈公園〉をあとにし、都市部へ向かって歩きだした。執行員たちは興奮した口調でささやきあいながら、なるべくアルヴィンの目にはふれないよう、うしろにまわってついてくる。歩きながら、アルヴィンはつぎにとるべき行動を検討した。真っ先にしなければならないのは、留守中、なにが起こったのかを正確に把握することだ。ケドロンは姿をくらました、とセラニスはいっていた。人間ひとりが隠れられる場所くらい、ダイアスパーにはいくらでもある。この都市に関する〈道化師〉の知識は他の追随をゆるさないものだから、本人が自発的に出てこないかぎり、見つけられるとは思えない。こんな状況でなければ——とアルヴィンは思った——ケドロンだけが気づく形でメッセージを出し、ひそかに会う手はずをととのえることもできただろう。しかし、こうして監視がついてしまった以上、それはむずかしそうだ。

　執行員たちが控えめな監視に長《た》けていることは認めざるをえなかった。自分のアパートメントにたどりつくころには、アルヴィンもその存在をほとんど忘れてしまっていたほどだった。このぶんなら、ダイアスパーを出ていこうとしないかぎり、行動を制約されることはないだろう。もちろん、当面、出ていくつもりはない。そもそも、前に使ったルートでは、もはやリスにもどれないことは確実だ。いまごろはもう、地下の軌道車システムは、セラニスたちによって運行不能にされているはずだから。

　執行員たちも室内にまでは入ってこなかった。どの住居も出入口がひとつしかないことは知っているから、外で見張っていれば役目がはたせると判断したらしい。ロボットについてはなんの指示も受けていないと見えて、アルヴィンにくっついて室内に入ることをゆるした。構造が異質なのはひと目でわかるので、あまり関わりを持ちたくないのかもしれない。ロボットのふるまいからは、アルヴィンの言いなりになる召使いなのか、自分自身の意志を持って動いているのかはわからないはずで、そこがはっきりしないため、執行員たちは好きにさせておくことにしたようだった。

背後でひとりでに壁が閉じると、アルヴィンはひとまず、気にいりのソファーを実体化させ、どさりとすわりこんだ。馴れ親しんだ屋内と家具がもたらす安心感を嚙みしめながら、メモリーユニットから最後に製作した絵画と彫像を呼びだし、批評的な目でしげしげと見つめる。前回もけっしていい出来とは思わなかったが、いま見ると、倍もひどい出来に思えた。これはとうてい自慢できるようなしろものではない。それに、これを創作した過去のアルヴィンはもういなくなってしまった。ダイアスパーを離れていたわずか数日のあいだに、なんだか一生分の経験をしたような気さえする。

未熟な作品はすべて消去した。たんにメモリーバンクに返したのではない。永遠に抹消してしまったのだ。部屋はふたたび、がらんとして寒々しい空間にもどった。室内にあるのは、自分がゆったりすわっているソファーと、大きくて底の知れない目でじっとこちらを見ている例のロボットだけだ。このロボットはダイアスパーのことをどう思っているのだろう？　そこでアルヴィンは、ロボットがここをはじめて訪ねたわけではないことを思いだした。ダイアスパーがまだ星々と交流のあった最後の日々に、この都市を訪れているはずだ。

帰還を報告しておくべき人たちに連絡をとろうとしはじめたのは、充分にくつろいでからのことだった。手はじめに、エリストンとエタニアに連絡を入れた。元保護者にコールしたのは義務感からであり、格別、顔を見たいわけでも話をしたいわけでもなかったので、〝ふたりとは連絡がとれない〟とコミュニケーターにいわれたときも、とくにがっかりしたりはせず、帰ってきた旨を告げる短いメッセージを残しただけだった。いまごろはもう、都市じゅうが彼の帰還を知っているはずだから、ほんとうはそんなことなどしなくてもいい。それでもメッセージを残したのは、自分の配慮をふたりが喜んでくれるのではないかと思ったからである。アルヴィンはいま、ようやく気配りというものを学びはじめていたのだ。もっとも、たいていの美徳と同じように、自然で下心のないものでないかぎり、気配りにはなんの意味もないのだが、そこまではまだ理解していない。

発作的に、ケドロンの市民番号《インデックス・ナンバー》にコールしてみた。ずっと前、〈ローランの塔〉で教わったあの番号にだ。もちろん、呼びだしに応えると思っていたわけではないが、ケドロンがメッセージを残していった可能性はある。

思ったとおり、メッセージはあった。しかし、そのメッセージは、まったく思いがけないものだった。

壁が分解していき、ケドロンが目の前に立っていた。〈道化師〉は疲れはて、おどおどしているようすだった。リスへ向かう軌道車の空洞へとアルヴィンを導いた、あの自信に満ちて少々シニカルな人物とは別人のようだ。目にはものに憑かれたような色が浮かび、しゃべりかたも時間に追われているような印象を与える。

ケドロンは話しはじめた。

「アルヴィン——これは記録映像だ。きみにしか見られないようにセットしてある。このメッセージを聞く聞かないはきみの好きにしてくれ。わたしにはもう関係がない。

あのあと、〈ヤーラン・ゼイの霊廟〉にもどってみると、アリストラがつけてきていたことがわかった。きみがダイアスパーの外に出たことと、わたしがその手助けをしたことを〈評議会〉に報告したのは、おそらくアリストラにちがいない。あっという間に執行員たちが探しにきたので、わたしは身を隠すことにした。隠れるのには慣れている。評判の悪い道化仕事をいくつかしたことがあって、そのたびに隠れていたからだ」

(このあたりには、以前のケドロンらしさが残っているな)とアルヴィンは思った。

「相手が執行員だけなら、千年かかっても見つかる心配はなかっただろう。ところが、探しているのは執行員だけではなかった。ほかにもわたしを探している者たちがいて、その連中にはもうすこしで見つかるところだった。ダイアスパーには都市外の人間が潜入しているんだよ、アルヴィン。どこからきたかといえば、リス以外には考えられない。とにかく、その連中もわたしを探している。なんのためかはわからないが、なんとも不吉な感触だった。よその都市のことは勝手がわからないはずなのに、もうすこしでわたしを見つけだしそうになったという事実は、連中がテレパシー能力を持っていることをほのめかしている。〈評議会〉となら戦えるが、そんな未知の危機には相対したくない。

それもあって、このさい、〈評議会〉がわたしに強制すると思われる措置を——以前にも強制されそうになった措置を——みずから先取りすることにした。わたしがこれから赴くところへは、だれも追ってはこられない。そこにいるかぎり、いまダイアスパーに起ころうとしているどんな変化からも逃れられる。これは愚行かもしれない。愚行かどうかは時間がたってみないとわからないがね。いつの日か、その答えがわかるときがくるだろう。

すでにもう見当がついているだろうが、きみがこれを見ている時点で、わたしはすでに〈創造の館〉に——安全なメモリーバンクの中にもどっている。なにが起こるにしても、〈中央コンピュータ〉と、あれがダイアスパーの利益のために司る力に対して、わたしは全幅の信頼を置いているんだ。なにかが〈中央コンピュータ〉に干渉できるようなら、われわれはみな終わりだろう。逆に、そうでないのなら、なにも恐れるものはない。

わたしにとっては、いまから五万年後か十万年後かはわからないが、ふたたび〈創造の館〉から出てくるまで、ほんの一瞬しかたっていないように思えるはずだ。それまでに、この都市はどんなふうになっているんだろう。そのさい、またきみと会うことになれば、奇縁というほかはない。もっとも、そのときではなくとも、いつの日か、いずれかならず、われわれはまた出会うと思う。その再会が楽しみなのか恐ろしいのかは、自分でもよくわからないがね。

きみのことを理解できたとうぬぼれた時期もあった。しかし、アルヴィン、正直いって、ついにきみを理解することはできなかったようだ。きみに関する真相を知っているのは、〈中央コンピュータ〉だけだろう。都市の歴史を通じて、ときおり出現しては、ふっといなくなってしまう、きみ以外の特異タイプの真相についてもだ。そういう先達の身になにが起こったか、調べはついたかね？

わたしが未来へ逃亡する理由は、ひとつには、せっかちだからだと思う。きみが手をつけたことの結果を見たくはあるが、その結果にいたる過程はあまり見たくない。おそらく、気分のいいものではないだろうしな。見かけの時間でいえば、これから数分後に、わたしは新しい世界を見ることになる。そのときが、いまから楽しみでしかたがない。未来におけるきみの位置づけは、創造者か破壊者か、さて、どちらだろう。それとも、まったく記録に残されていないだろうか。

さよならだ、アルヴィン。アドバイスのひとつも残していこうかと思ったが、たぶん、きみは受けとるまい。きみはきみの道をゆくがいい。これまでずっとそうしてきたように。友人たちは道具として利用し、必要に応じて切り捨てろ。

以上だ。これ以上はもう、いうことを思いつかない」

つかのま、ケドロンは——もはや都市のメモリーセル内の電荷パターンとしてしか存在していないはずのケドロンは——あきらめの眼差しでアルヴィンを見つめた。その目には悲しみも浮かんでいるようにも見えた。ついで、イメージはふっと消滅した。

ケドロンの姿が消えたあとも、アルヴィンは長いあいだ、身じろぎもせず、その場にすわりつづけていた。自分自身の魂を見すえるためだった。これまでの人生で、こんな内省的な行為をしたことはほとんどないのに、あえてそうしているのは、ケドロンがいったことばの多くが真実だったからだ。その点は否定できない。これまで自分は、さまざまな計画や冒険において、自分の行為が友人のだれかに迷惑をおよぼす可能性など、すこしも考えたことはなかった。しかも、そうやってさんざん困らせてきた友人たちに、もうじき迷惑どころではすまない思いをさせることになる。それもこれも、自分の飽くことを知らぬ好奇心と、知ってはならないことを知りたいという、強い欲求のせいだった。

ケドロンという人物のことは、けっして好きではなかった。〈道化師〉の辛辣な人格は、たとえアルヴィンが親しくなりたいと思ったとしても、それを拒むものだった。しかし、ケドロンの別れぎわのことばを考えるにつけ、自責の念を揺さぶられずにはいられない。〈道化師〉がこの時代を捨て去り、未知なる未来へ逃げ去ったのは、アルヴィンのとった行動が原因だったのである。

しかし、それをいうなら——そのことで自分を責める必要はないとも思う。逃げたという事実は、アルヴィンがすでに知っていたケドロンの本質を裏づけるものでしかない。すなわち、臆病者だということだ。臆病といっても、おそらくダイアスパーの住民としてはふつうのレベルだろう。ただ、人よりも豊かな想像力を持っていたのがあの男の不幸だった。〈道化師〉の運命については、多少はアルヴィンにも責任があるかもしれないが、すべての責任があるわけではない。

ダイアスパーの住民で、自分が傷つけたり困らせたりした者というと、ほかにだれがいるだろう？　最初に思い浮かんだのは、師であるジェセラックだった。ジェセラックは、これまででもっともあつかいにくかったであろう生徒に対し、とても辛抱づよく接してくれた。つぎに、両親のことを考えた。この二十年のあいだに両親が示してくれた、ささやかな思いやりの数々が浮かんできた。ふりかえってみれば、両親は、自分が思っていたよりもずっと愛情深い人たちだったと思う。

最後に、アリストラのことを考えた。自分を愛してくれたアリストラを、アルヴィンはそのときどきに応じ、恋人として受けいれたこともあったし、邪険にすることもあった。しかし、自分にどうすることができただろう？　すっぱりと別れていたほうが、アリストラは幸せになれただろうか？

アリストラを愛していたとはいいがたい。それをいうなら、いままでに知りあったダイアスパーのどの女性も愛したことはない。その理由が、いまならよくわかる。それもまた、リスの旅で身についた知識だった。ダイアスパーはいろいろなことを忘れてしまっている。そのひとつは、愛情のほんとうの意味だ。エアリーでは、子供たちをひざにのせてあやす母親たちの姿を何度も見かけた。アルヴィン自身、小さくていたいけな子供たちに対し、愛情の下心なき双子ともいうべき気持ち――〝いたわり〟をかきたてられたものである。しかし、ダイアスパーの女性には、かつては愛情の最終目標であった子供の世話をしたことはおろか、その存在を知っている者さえいない。

永遠不滅の都市には、真の感情もなければ、深い情熱もない。おそらく愛は、はかないからこそ燃えあがるのだろう。そういったものは、永遠にはつづかない。それがあるのは、ダイアスパーが追放してしまった影の中だ。

まさしく、この瞬間に――ほんとうにそんな瞬間があったのかどうかは自信がなかったが――アルヴィンは悟った。自分の運命がどうあるべきかを悟った。いまのいままで、アルヴィンは自分の衝動の無自覚な下僕《しもべ》でしかなかった。アルヴィンがはるか大むかしのアナロジーを知っていたなら、自分を放れ馬の騎手になぞらえていたことだろう。放れ馬は騎手をあちこちの奇妙な場所へと連れていく。今後もそうするかもしれない。しかし、その奔放な疾走のあいだに、放れ馬はどれだけのことができるかを披露し、騎手がほんとうにいきたい場所を教えてくれたのだ。

そんなアルヴィンの物思いは、壁面スクリーンが発したチャイムにより、強引に破られた。その音色は、イメージによる訪問ではなく、だれかがじっさいに会いにきたことを示すものだった。入室許可のシグナルを出すと、すぐさまジェセラックが室内に入ってきた。師は深刻な面持ちになっていたが、けっしてよそよそしい態度ではなかった。

「きみを〈評議会〉へ連れてくるようにと申しつかってな、アルヴィン。すでにみんな召集されて、聴聞会を開こうと待っている」そこで、ジェセラックはロボットに気がつき、好奇の目でしげしげと見いった。「なるほど、これか、きみが旅先からともなってきたという道連れは。これにもいっしょにきてもらったほうがよさそうだ」

アルヴィンにしてみれば、それは願ってもないことだった。すでにいちど、ロボットは危険な状況から自分を救いだしてくれている。そうであれば、もういちど助けてくれることをあてにしてもいいかもしれない。しかし、アルヴィンがきっかけではじまったこの冒険と変化を、ロボットはどう考えているだろう？　もう何度めになるだろうか、アルヴィンはまたしても、固く閉ざされた心の中で機械が考えていることがわかればいいのにと思った。アルヴィンの受けた印象では、当面、ロボットはようすを見まもり、分析することに専念して、自分なりの結論に達するまでは、なにも自発的にしないつもりでいるらしい。そして、機が熟したと判断したら、突如として行動に出る——そんな気がする。そのさいロボットが下す判断は、アルヴィンの計画とは相いれないものかもしれない。唯一の味方であるロボットは、じつはごく希薄な利己的関心から行動をともにしているのかもしれず、いまにもアルヴィンを見捨ててしまう可能性はつねにあった。

街路に出るスロープにはアリストラが待ちかまえていた。秘密を当局に通報したことを非難したい気持ちもなくはなかったが、その顔を見たとたん、そんなまねはとてもできなくなった。アリストラの苦悩ぶりがひと目でわかったからである。目に涙をあふれさせて駆けよってきたアリストラは、涙声でこういった。

「ああ、アルヴィン！〈評議会〉はあなたをどうするつもりなの？」

アルヴィンはやさしくアリストラの手をとった。そんな自分のふるまいに、アリストラはもちろん、アルヴィン自身も驚きをおぼえた。

「心配しなくてもいいよ、アリストラ。きっとなにもかもうまくいく。最悪の場合でも、〈評議会〉にできるのは、ぼくをメモリーバンクに送り返すことだけだ。それに、なんとなく、そうはならない気がするしね」

美しい顔を悲嘆にくれさせるようすがあまりにも魅力的だったので、こんな場合だというのに、アルヴィンは自分の肉体がむかしながらの形で彼女に反応しだすのをおぼえた。だが、誘惑されたのは肉体だけだった。自分の反応を軽蔑したりはしないが、いまはそんな状況ではない。アルヴィンはそっと手を離すと、ジェセラックにしたがって〈評議会〉の〈議事室〉へ赴くため、アリストラに背を向けた。

アリストラは去っていくアルヴィンの背中を見送った。さびしくはあったものの、もう胸がつぶれそうなほどの悲しみに苦しむことはなくなるような気がした。いまならわかる。自分はアルヴィンを失うわけではない。なぜなら、いまだかつて、いちどたりとも自分のものだったためしがないからだ。その事実を受けいれるとともに、けっして報われない愛を失うことへの悲しみから、アリストラは脱けだせそうな気がした。

アルヴィンは同行者たちとともに見知った街路を進んでいった。そのあいだ、同胞たる市民たちの好奇の目や恐怖の視線にはほとんど気づきもしなかった。これから展開しなければならない論法を整理し、自分にもっとも有利な供述内容を考えるのに手いっぱいだったからである。ときどきアルヴィンは、自分に対し、すこしもあわてることはない、まだこの状況の主導権を握れるはずだから、と言い聞かせなくてはならなかった。

一行は控えの間で待たされた。ほんの二、三分のことだったが、アルヴィンにとっては、もしも自分が怯えていないのなら、こんなにも脚に力が入らないのはなぜなんだろう、と自問する程度には長い時間だった。こういう気持ちに陥るのは、はるか遠いリスの地で丘の斜面を登り、ヒルヴァーに滝を見せてもらった夜、その丘の中腹から、例の光の爆発を――ふたりをシャルミレインへと引きよせることになるあのまばゆい光を――見たとき以来だ。いまごろヒルヴァーはどうしているだろう？　また会う機会があるだろうか。もういちどヒルヴァーに会うことは、突如として、とてもだいじなことに思えてきた。

そのとき――大きな扉が左右に開いた。アルヴィンはジェセラックのあとにつづいて、〈評議会〉の〈議事室〉に入っていった。馬蹄形のテーブルには、すでに二十人の評議員が着席しており、そこにはひとつも空席がないことに気づいて、アルヴィンは自分が投げかけた波紋の大きさを実感した。ひとりの欠席もなく、評議員全員が一堂に会することなど、たぶん数世紀来のできごとだろう。めったに開かれない〈評議会〉は、純粋に形式的なものであり、通常の業務であれば、壁電話《ヴィジフォン》でのやりとりと――こちらは必要が生じればだが――議長と〈中央コンピュータ〉の相談だけですんでしまう。

ほとんどの評議員の顔には見覚えがあり、顔見知りも何人かいた。その事実は安心感をもたらした。ジェセラックと同じように、どの顔も冷淡な感じはしない。たんに混乱し、当惑しているだけのようだ。つまるところ、評議員はみな理性的な人たちなのである。自分たちがまちがっていると論破されれば、不愉快には思うだろうが、腹だちまぎれに感情的な処分をすることはないと見ていい。そのむかしであれば、こんな仮定は無謀そのものだが、人間の性質も、いくつかの点でたしかに進歩していた。

したがって〈評議会〉は、アルヴィンに公正な発言の機会を与えてくれるだろう。だが、評議員がどう思うかは、すこしも重要ではない。なぜなら、ほんとうにアルヴィンを裁くのは、〈評議会〉ではなく――〈中央コンピュータ〉だからだ。

16

形式的手続きはいっさいなかった。議長は淡々と聴聞会の開催を宣言し、アルヴィンに顔を向けた。

「アルヴィン」やさしい口調だった。「十日前、きみが姿を消して以来、なにがあったのか、まずはそこから説明してくれないか」

〝姿を消して〟という表現は、いろいろな背景を物語っているな、とアルヴィンは思った。〈評議会〉はこの期におよんでも、アルヴィンがダイアスパーの外に出たという事実を認めたくないのだ。都市内に部外者が潜りこんでいたことを、評議員たちは知っているのだろうか。おそらく、知らないだろう。知っていれば、もっと緊迫したようすになっているにちがいない。

アルヴィンは自分の経験を、明確に、かついっさい誇張することなく、淡々と報告した。ありのままを話しても、評議員たちの耳には充分に奇妙かつ信じがたい物語のはずなので、誇張する必要がなかったのである。ただ、一カ所だけ、あえて省いた部分があった。リスから脱出するさいの顚末《てんまつ》だ。似たようなやりかたでダイアスパーから脱出せざるをえなくなる可能性も大きいから、ここは伏せておいたほうがいい。

物語を進めるうちに評議員たちの態度が変わっていくのは、なかなかの見ものだった。はじめのうち、評議員たちは懐疑的で、自分たちが信じてきたことを全面的に否定され、自分たちの心に深く根づいた思いこみをないがしろにされることを拒否した。都市の外の世界を探険したいという情熱や、都市の外に世界が実在するという不合理な確信を聞かされるにつけ、評議員たちはアルヴィンのことを、珍妙で理解不能な動物を見る目で凝視したものである。彼らにしてみれば、事実、アルヴィンはそういう存在以外のなにものでもなかった。しかし、最終的に、アルヴィンの話は事実にほかならず、まちがっているのは自分たちのほうかもしれないと認めざるをえなくなり、アルヴィンの話が進むにつれて、評議員たちの疑念はゆっくりと氷解していった。ここで聞かされた話は、たしかに気にいらないものではあるが、といって、真実を否定するわけにもいかない。否定したくとも、アルヴィンの物言わぬ連れを見れば、疑念はあっさり打ち砕かれてしまう。

アルヴィンの物語のなかで、評議員たちの怒りを買った部分は一ヵ所しかなく——その怒りにしても、アルヴィンに向けられたものではなかった。〈議事室〉に怒りの声が渦巻いたのは、リスがダイアスパーに〝汚染される〟のを懸念していることと、そういう破局を未然に防ぐ目的でセラニスたちがとった処置、この二点について語ったときだけだった。

ダイアスパーはみずからの文化を誇りに思っているから、彼らが激昂するのもむりはない。これほどの文化を粗悪と見なす者は、評議員たちに許容できる範囲を超えていた。

アルヴィンはなるべく、評議員たちの心証を悪くしかねない表現を慎むよう心がけた。〈評議会〉はできるだけ味方につけておきたかったのだ。聴聞会を通じて、自分がしたことはすこしもまちがっているとは思っておらず、自分の発見に対しては非難よりも賞賛を期待しているという印象を与えるように努めもした。そうすることで、批判の大半をあらかじめ回避してしまえるため、これはアルヴィンにとりうる最良の作戦といえる。この作戦には、さらに――これはむしろ、たくまざる副産物だったが――批判の矛先《ほこさき》をケドロンに向けられるという効果もあった。アルヴィン自身は若すぎて、自分の行動が危険を招く可能性に思いいたらなくてもやむをえないが、〈道化師〉はもっと分別をもって臨むべきなのに、きわめて無責任な行動をとった――評議員たちは当然のように、そう思っていたからである。ただし、評議員たちは知らなかったが、じつはケドロンも、この点にはまったく同意見だった。

アルヴィンの師に対しても多少の責めはおよび、評議員の何人かは、ときどきジェセラックになにかいいたげな視線を送った。ジェセラックのほうも、評議員たちの考えは手にとるようにわかっていたが、とくに気にしてもいなかった。〈薄明の時代〉以来、ダイアスパーに生まれたもっとも独創的な精神の教師を務めたことは、彼にしてみれば、ある種の名誉だ。ジェセラックからその名誉を奪うことは、だれにもできはしない。

冒険に関する事実を語りおえてから、アルヴィンは若干の説得を試みた。真実を尊ぶ評議員たちに対し、なんとかリスで学んだことを納得させねばならない。だが、見たこともなければ想像するのもむずかしいことがらを、どうやって理解させればいいのだろう？

「これは大いなる悲劇に思えてならないんです」とアルヴィンはいった。「現存する人類のふたつの系統が、なぜこんなにも長いあいだ離ればなれになってきたのでしょう。いつの日か、その理由がわかるときがくるかもしれません。しかし、いっそうだいじなのは、いったんは断たれた両者の関係を修復することであり——もういちど別れ別れになるのを防ぐことです。リスにいたとき、向こうの人間からは、自分たちのほうがダイアスパーの者よりすぐれているとする考えを聞かされました。この見かたに、ぼくは異を唱えました。たしかに彼らには、都市の住民に教えられることをたくさん持っているかもしれません。しかし、こちらにも向こうに教えられることはたくさんあります。おたがい、相手から学ぶものがなにもないと思いこんでいる状況は——どちらもまちがっていることの証《あかし》ではありませんか？」

いったんことばを切り、期待の目で評議員たちの顔を見まわした。どうやら、この調子で話していてもだいじょうぶらしい。アルヴィンは先をつづけた。

「ぼくたちの祖先は、星々にまで広がる一大帝国を建設しました。人々はかつて、無数の世界間を行き来していたのです。それなのに、その子孫であるぼくたちは、都市の外壁の内側にひたすら縮こまって暮らしている――。それがなぜだかわかりますか?」

アルヴィンはふたたび、ことばを切った。広々として飾り気のない〈議事室〉には、なんの動きも見られない。

「ぼくたちは怯えているんです――歴史の曙において起こったなにかに怯えているんです。その真実を、ぼくはリスで知りました。もっとも、ずっと前からそうではないかと、うすうす感じてはいたんですが。ぼくたちはこれからも、ダイアスパーに閉じこもってびくびくと怯え暮らさなくてはならないのでしょうか? 十億年前、〈侵略者〉によって、地球に押しもどされたからといって?」

ここにおいて、アルヴィンはついに、評議員たちのひそやかな恐怖を――アルヴィン自身は分かちあったこともなく、したがってその力を完全には理解できたことのない恐怖を――鋭く抉《えぐ》った。あとはもう、〈評議会〉の判断にまかせるのみだ。自分が見てきた真実は、これですべて語りつくした。

議長は険しい顔でアルヴィンを見つめ、

「それ以上、いうことはあるかね?」とたずねた。「そろそろ、きみに対する処分を検討せねばならないのだが」

「あとひとつだけ。このロボットを〈中央コンピュータ〉のところへ連れていかせてくれませんか」

「なんのために？〈中央コンピュータ〉はすでに、この部屋で起きたあらゆることを把握しているのだよ」

「それでも、ぜひ」アルヴィンは丁重に、しかし、頑固な口調でいった。「〈評議会〉と〈中央コンピュータ〉――この両方の了承を得たいんです」

議長が口を開く前に、明晰で冷静な声が室内に響いた。生まれてはじめて聞く声だったが、その声の主はすぐにわかった。都市の無数の情報機器も――じっさいにはそれらも、巨大知性のごく小さな周辺機器なわけだが――人間と話をする能力を持つ。しかし、そういった機械の声には、このような響き――聞きまがいようのない英知と権威を感じさせる響きはない。

〈中央コンピュータ〉が口にしたのは、こんなことばだった。

「わたしのもとへ、彼を」

アルヴィンは議長を見た。あえて勝利の思いを顔に出さなかったことは誉められていい。かわりにアルヴィンは、こうたずねた。

「退出の許可をいただけますか？」

議長は他の評議員たちを見まわし、異論がないのを見て、すこし途方にくれたようすで答えた。

「いいだろう。〈中央コンピュータ〉のところへは執行員たちを同道させる。われわれの議論がおわりしだい、また彼らにここへ連れてきてもらうことにしよう」

アルヴィンは小さく頭をさげて謝意を表わし、評議員たちに背を向けた。目の前で両開きの大扉が開かれるのを待ち、ゆっくりと歩いて〈議事室〉の外に出る。ジェセラックもいっしょについてきた。背後でふたたび大扉が閉まると、アルヴィンは師に向きなおり、不安の面持ちでたずねた。

「〈評議会〉はどう判断すると思います？」

ジェセラックはほほえんだ。

「きみはせっかちだな、いつものように。わたしの推測になど、なんの価値もあるまいが、おそらく、〈ヤーラン・ゼイ霊廟〉は閉鎖されるだろう――だれかが同じルートを通って外に出ることが二度とないように。そうすることで、ダイアスパーはこれまでと同じく、外界にわずらわされる心配なしに存続できる」

アルヴィンは苦々しげにいった。

「ぼくが恐れているのは、まさにそれなんです」

「きみはまだ、都市の封鎖を食いとめられると思っているのか？」

アルヴィンは即答しなかった。ジェセラックが自分の意図を読んでいることには気づいている。しかし、いくら師といえども、今後の計画までは読めていないだろう。なにしろ、なんの計画もないのだから。ことこの段階にいたっては、新たな状況が発生するたびに、即興で対処するほかはない。

ややあって、アルヴィンは問い返した。

「いけないことだと思われますか？」

アルヴィンの声の、いままで聞いたことがない響きに、ジェセラックは驚きをおぼえた。ごくかすかながら、そこには謙虚さめいたものがあったからである。アルヴィンが他人の評価をもとめるのは、おそらくこれがはじめてだ。ジェセラックは感銘を受けたものの、そこに大きな意味を見いだすほど軽率でもなかった。アルヴィンはいま、大きな負担のもとにある。その性格に見られる改善が永続的なものと見なすのは、賢明なことではない。

「それは非常に答えにくい質問だな」ジェセラックはゆっくりと答えた。「わたしとしては、こういってやりたい気持ちもある。すべての知識には価値があり、きみがわれわれに多くの知識をもたらしたことは否定できない、とね。しかし、きみがわれわれに危険をもたらしたこともまた事実だ。長い目で見れば、さて、どちらが重要だろう。行動を起こす前に、きみはどれだけものごとを考えたのかな？」

しばし、教師と教え子は、考え深げな顔でたがいを見つめあった。双方ともに、いまだかつて、これほど深く相手の視点を理解できたことはない。ついで、なにかの合図でもあったかのように、ふたりはそろって向きを変え、〈議事室〉の前につづく長い廊下を歩きだした。うしろからは辛抱づよく、執行員たちがついてくる。

この領域が人間のために造られたものでないことはひと目でわかった。強烈なブルーの照明のもとで――あまりのまぶしさに目が痛い――長くて幅の広い廊下は無限の彼方まで連なっているように見える。巨大な通路には、ダイアスパーの無限の寿命を持つロボットたちが無数に行きかっていた。だが、ここに人間の足音が響くことは、何世紀に一度すらもない。

ここは地下の都市――それなくしてダイアスパーは存続できない、機械の都市である。あと数百メートルほど進んだところで、通路は円形の巨大な空間につながっているはずだった。空間の差しわたしは一キロ半以上もあり、天井を支える何本もの極太の柱は、〈エネルギー・センター〉の想像を絶する重量を支えている。ダイアスパーの運命を永遠に管理しつづける〈中央コンピュータ〉は、地図によれば、その大空間に収容されていることになっていた。

目的の大空間はたしかにそこにあった。じっさいに目にしてみると、想像していたよりずっと広く感じられる場所だった。しかし――〈中央コンピュータ〉はどこにあるのだろう? アルヴィンはなんとなく、ひとつの巨大な機械がここに鎮座していると思っていたのだが――もちろん、そういう概念が素朴にすぎることはわかっている――眼下に広がるのは、壮大だがまったく理解不能な一大パノラマだった。驚愕——そして信じられないという思いから、アルヴィンは呆然とその場に立ちつくし、眼下の光景を見つめた。

一行が通ってきた通路は、大空間の高みに設けられたプラットフォームに通じていた。そこから見わたす空間は広大だった。かつて人類が築いた施設のなかでも、これは最大級のものにちがいない。プラットフォームの左右には、下方に向かって長いスロープが伸びだしており、はるか下の床までなめらかにつづいている。煌々と照らされた大空間の床をおおいつくすのは、何百という数の巨大な白い構造物だ。あまりにも思いがけない光景だったので、アルヴィンはしばし、自分が見おろしているのは地下都市にちがいないと思いこんだほどだった。それが与える印象は、鮮烈の一語につきた。この光景が脳裏から消えることは、けっしてないだろう。なにしろ、この空間には、これまで予想していたようなものは——始原の時以来、人類が召使いである機械たちにつきものだと思ってきた金属光沢は——どこにも見当たらなかったのだから。

そこにあるのは、人類とほぼ同期間にわたって進化してきた機械の、究極の産物だった。その起源は、〈薄明の時代〉の曖昧模糊とした霧に包まれてわからない。〈薄明の時代〉——それはすなわち、人類がはじめて動力の使いかたを学び、騒々しい音をたてるエンジンを世界じゅうに送りだしていた時代だった。初期に採用された蒸気力、水力、風力といった駆動力は、わずかな期間しか利用されることがなく、すぐに打ち捨てられてしまったという。その後、何世紀にもわたって世界を席巻していたのは、物質のエネルギーだった。しかし、やがてそれもすたれるときがきた。そうやってエネルギー革命を迎えるたびに、旧来の機械は忘れられ、新時代の機械に取って代わられた。そして、その種の革命がくりかえされるにつれ、何千年もの時を費やして、機械は徐々に徐々に、完璧な姿に——あるべき理想に——近づいていった。かつてはただの夢であり、のちに遠いながらも到達可能な目標となり、ついには現実となったその理想とは——。

〝いかなる機械も、いかなる可動構造を持たない〟

その理想を言い表わす、究極の表現がこれである。人類がこの理想を達成するまでに、一億年はかかっただろう。そして、ついに勝利が訪れた瞬間、人類はすっかり満足し、機械に対して永遠に背を向けた。究極の形に到達した以上、以降は人類に仕えつつ、みずからを永続させせられるからである。

アルヴィンはもう、このひっそりとした白い構造物群のどれが〈中央コンピュータ〉なのかと自問したりはしなかった。そんなに単純なものではない。ここのすべてを包含するものが——この大空間のはるか外にまで拡張され、動くものと動かないものとを問わず、ダイアスパーにある無数の機械のすべてを包含するものこそが——〈中央コンピュータ〉なのだ。アルヴィン自身の脳が、奥行二十センチたらずの頭蓋に詰めこまれた、何十億もの独立した細胞の集合体であるように、〈中央コンピュータ〉の物理的構成要素もまた、ダイアスパーという巨大な都市全域に分散しているにちがいない。ここの大空間にあるのは、もしかすると、都市じゅうに分散した全ユニットを相互に接続するための、たんなる交換システム以上のものではないのかもしれない。

つぎにどこへいけばいいのかわからず、アルヴィンはなめらかに連なる壮大なスロープと、ひっそりとした大空間の床を見おろした。〈中央コンピュータ〉はアルヴィンがここにきていることを知っているはずだ。なにしろ向こうは、ダイアスパー内のできごとをすべて把握している存在なのだから。であれば、あとは指示を待つだけでいい。

はたして、すでに聞き覚えのある声が——依然として畏怖をかきたてずにはおかない、あの声が聞こえてきた。あまりにも静かな声だった。それがあまりにもすぐそばから聞こえてきたので、アルヴィンはぎょっとした。もしかするとこの声は、ほかの者たちには聞こえていないのではないだろうか。

「左のスロープを下へ——」声はうながした。「下に降りたら、また誘導する」

アルヴィンはゆっくりと歩いてスロープを降りた。頭上に浮かんだまま、ロボットもいっしょについてくる。だが、ジェセラックと執行員たちはその場を動こうとしない。ついてこないようにとの指示でも受けたのだろうか。それとも、わざわざ下まで長いスロープを降りていかなくとも、見通しのいいプラットフォームの上から見張っていればいいと判断したのだろうか。あるいは、ダイアスパーの奥の院に近づきすぎて、それ以上は進む気になれないのかもしれない……。

スロープを下《くだ》りきると、ふたたび静かな声の指示があった。アルヴィンはそれを受けて、眠れる巨大構造物のあいだに設けられた広い道を歩いていった。その後、声の指示は三度あり、それにしたがって進むうちに、ようやく目的地にたどりついたことがわかった。

目の前にそびえる機械は、ほかの機械の大半よりも小さめだが、それでもアルヴィンよりはずっと大きかった。見たところは五段構造で、各々の段と段は水平のラインで仕切られている。その姿はなんとなく、巨獣がうずくまっているような印象をいだかせた。巨大な機械からいったん視線を離し、自分のロボットに目を向ける。両者が同じ進化の産物であり、同じ〝機械〟ということばで形容できるものとは、とても思えなかった。

機械の下のほうには、腰を曲げずに内部を覗きこめる位置に、横長の大きな透明パネルがはめこんであった。床からパネル下部までの高さは一メートルほどで、幅は機械前面の全幅におよんでいる。材質はなめらかで、奇妙にあたたかかった。アルヴィンはパネルに額を押しつけ、中を覗きこんでみた。最初はなにも見えなかったが、目のまわりを両手でおおってみると、虚無に浮かぶ何千ものほのかな光点が見えるようになった。光点は整然とならんでいて、三次元的な格子を形成しているようだ。その光景は、古代人にとっての星空と同じく、アルヴィンの目には不可解で意味のないものに思えた。しばし時がたつのも忘れて見いったものの、色のついた光点はどれひとつとして動くことがなく、明るさが変わることもない。

もしも自分の脳の中を覗きこむことができたなら——と、アルヴィンは気がついた——やはりなんの意味も読みとれないのだろう。この機械の内部が不活性で動きがないように思えるのは、たぶん機械の考えていることが読みとれないからだ。

ここにいたってはじめて、漠然とながら、この都市を維持しているエネルギーや機構のことがわかるようになった気がした。これまでの生を通じて、アルヴィンはなんの疑念もいだくことなく、合成装置の奇跡を——悠久の年月、ダイアスパーが必要とするさまざまな物資を無尽蔵に供給してきた機器の奇跡を——あたりまえのものとして受けいれてきた。なにかが創りだされる瞬間は何千回となく見てきたくせに、目の前で世界に生みだされるそのなにかの原型がどこかに存在することには、まったく思いがおよばなかった。

人間の精神というものが、ごく短期間だけ、いちどにひとつの思考を宿すのに対して、人間のものなど比較にならないほど大規模で高性能なこの頭脳の数々は——それらとて、〈中央コンピュータ〉のごく一部にすぎないのだが——複雑きわまりない概念群を永遠に把握し、保持する能力を持つ。創造されたすべての事物のパターンは、おびただしい〝永遠の精神〟内に、みな凍結された状態で保存されている。あとは人間の意志が介在するだけで、それを現実のものに実体化できる仕組みだ。

最初期の穴居人が、辛抱づよく、何時間も何時間もかけて、硬い石から矢尻やナイフ形石器を削りだしていた時代から、世界はなんと遠くまできたものだろう……。

アルヴィンは待った。向こうがこちらを認識していることを示すまでは、なにもいわないつもりだった。〈中央コンピュータ〉はどうやってこちらの存在を把握し、姿を視認し、声を聞きとっているのだろう。知覚器官の形跡はどこにも見当たらない——ロボットたちが通常、周囲の世界を認識するのに用いるメッシュもスクリーンも、感情のないクリスタルの目もない。

「問題の提起を」

ふいに、耳もとで静かな声がうながした。圧倒的なまでに膨大な機構の、自分に向けて極度に集約された思考が、こんなにもおだやかな形で発声されるのかと思うと、ひどく奇妙な感じがした。そこで、〝自分に向けて〟というのはうぬぼれもいいところだと気がついた。〈中央コンピュータ〉の頭脳は、アルヴィンひとりの相手をするのに、おそらくその能力の百万分の一すらも使ってはいない。アルヴィンとの対話は、ダイアスパー全体を管理運営するうえで同時並行的に注意をふりむけている、数かぎりないできごとのひとつにすぎないのだ。

まわりの空間じゅうを占める存在に話しかけるというのは、なかなかむずかしいことだった。口にするかたはしから、ことばがうつろな空気中で分解していくような気がする。

「ぼくは……何者だ?」とアルヴィンはたずねた。

都市の情報端末の一台にこの質問を投げかけたなら、返ってくる答えはわかりきっている。じっさい、何度もこの質問をしてみたことがあるが、答えはいつも同じで、〝あなたは人間〟だった。しかし、いま相手をしているのは、端末とは次元を異にする超高度な知性だ。意思疎通のために正確な文法を心がける必要もない。〈中央コンピュータ〉なら、いまのひとことだけで、こちらのいわんとするところをわかってくれるだろう。もっとも、意味がわかるからといって、ちゃんと答えてくれるとはかぎらないのだが。

事実、返ってきた答えは、まさにアルヴィンが恐れていたとおりのものだった。

「その質問には答えられない。答えるためには、わたしの製造者たちの目的を明かさねばならなくなり、結果的に、彼らの意図をだいなしにしてしまう」

「ということは、ぼくの役割は、この都市が建設された時点で、すでに計画されていたということか？」

「それはすべての人間についていえる」

この答えを聞いて、アルヴィンは考えこんだ。たしかに、そのとおりだ。ダイアスパーじゅうの人間は、ここの機械と同じく、だれもが入念に設計されている。自分が特異タイプであるという事実は、アルヴィンに稀少性を付与していたが、そう設計されたこと自体に特別の意義はない。

自分の出生の謎について、ここではもう、これ以上の調べはつかないことがわかった。

この圧倒的な知性をだまして情報を引きだせる見こみはない。秘密厳守を命じられている情報の開示を要求しても、徒労におわるだけだ。ただしアルヴィンは、それほどがっかりしたわけではなかった。すでに真実の片鱗は見えはじめている感触がある。それに、自分の出自調べは、ここを訪ねた主目的ではない。

リスから連れてきたロボットに目をやって、さて、どんなふうにしてつぎのステップに進んだものだろうと考えた。アルヴィンが計画している処置を知れば、ロボットは過激な反応を示す可能性がある。それを防ぐためには、これから〈中央コンピュータ〉に話すつもりでいることをロボットに聞かれないようにしなくてはならない。

「防音ゾーンを設定してくれないか？」

即座に、独特の〝閉塞感〟に包まれた。すべての音が吸収されたようなこの感覚は、防音ゾーンに特有のものだ。ゾーン内だけで聞こえる声で、〈中央コンピュータ〉がいった。いまは奇妙に平板で不気味な感じの声になっている。

「これでもう、だれにもわれわれの会話は聞こえなくなった。いいたいことの提起を」

アルヴィンはちらりとロボットを見た。定位置から動いてはいない。たぶん、なにも疑いを持ってはいないのだろう。ロボットが独自の計画にそって行動していると考えたのは、自分の思い過ごしだったのかもしれない。忠実で信頼の置ける召使いとして、あれがダイアスパーまでついてきたのだとしたら、アルヴィンがこれからやろうとしていることは、なんともさもしいトリックということになる。

「あのロボットとぼくの出会いのくだり——そこは聞いていただろう?」アルヴィンは話しはじめた。「あのロボットは、過去について測り知れない価値がある知識を持っているにちがいない。この都市が建設される前の時代にまで遡る、古い知識をだ。それどころか、地球以外の惑星のことすら語ってくれるかもしれない。なんといっても、あちこちの惑星をめぐり歩いた〈主《しゅ》〉にずっと同行していたんだから。ただし、残念ながら、ロボットの会話システムはブロックされている。そのブロックがどれだけ強力なものかはわからないが、それをなんとか解除してもらえないだろうか」

アルヴィンの声は、われながら妙に生気がなく、うつろに聞こえた。ひとつひとつのことばが振動となって周囲に伝達される前に、防音ゾーンに吸収されてしまうためだった。目には見えず、反響もない虚無の中で、アルヴィンは相手の反応を待った。はたして自分の要請は受けいれられるだろうか、それとも拒否されるだろうか。

「あなたの要請にはふたつの問題がある」〈中央コンピュータ〉は答えた。「ひとつは道義上の問題、もうひとつは技術上の問題だ。そのロボットは特定の人間の命令にしたがうように設計されている。いかなる権利があって、わたしにその命令を解除できるというのか? かりにその命令が解除可能だとしての話だ」

この疑問はアルヴィンも予想ずみだったので、いくつか答えを用意してあった。

「ぼくらには〈主〉の制約がどういう形で課されているのかわからない。しかし、きみがロボットと話をすることができるなら、会話ブロックがかけられた時代とは状況が変わっていることを説得できるかもしれないだろう？」

もちろん、これは基本的なアプローチでしかない。アルヴィン自身、すでに試してみたことがある。結局、その試みはうまくいかなかったが、人間よりも圧倒的に強力な精神リソースを持つ〈中央コンピュータ〉なら、アルヴィンが失敗したことも実現できそうな気がした。

「それはひとえに、ブロックの性質による」返ってきたのは、そんな答えだった。「強制的に解除しようとすれば、メモリーセルの内容を消去してしまうブロックの設定もありうる。しかし、〈主〉がそれを設定しうるスキルを持っていたとは考えにくい。その種のブロックをかけるには、ある程度まで専門的な技術を必要とする。メモリーユニット内に消去システムが組みこまれていないかどうか、ひとまず、あなたの機械にたずねてみよう」

「だけど、もしも——」アルヴィンはあわてて懸念を口にした。「——消去システムが存在するかどうかをたずねただけで、メモリーが消去される仕組みになっていたら？」

「そのような場合にそなえて行なう、標準的手順というものがある。その手順にしたがい、二次的指示として、もしもそういったシステムが存在する場合、わたしの質問に答えないよう、その機械に伝えておけばよい。そうすれば、機械はいともたやすく論理矛盾に陥り、わたしの問いに答えるにせよ、答えないにせよ、当初の指示に違反せざるをえなくなる。そのような場合、自己保全の必要上、すべてのロボットがとる行動パターンはひとつだ。すなわち、入力された質問を無視し、なんの質問もなされなかったようにふるまう」

この問題を持ちだしたことに、アルヴィンはすこしばかり、うしろめたさをおぼえた。そして、心の中でしばし葛藤したのち、いま聞かされたのと同じ戦術をとろうと決めた。つまり、〈中央コンピュータ〉のことばを〝聞かなかったこと〟にしたのである。ただし、いまの話で、ひとつ裏づけられた推測がある。〈中央コンピュータ〉には、ロボットのメモリーユニットに仕掛けられている恐れのあるブービートラップを、いかなるものであれ、回避できるということだ。ロボットがガラクタの山になってしまうのは見るに忍びなかった。そのくらいなら、秘密を暴かないまま、シャルミレインに帰してやったほうがずっといい。

ふたつの知性同士の、はたからはそれとわからない、音声なき対話が行なわれているあいだ、アルヴィンはなけなしの忍耐をふりしぼり、ひたすら待った。ここに歴史的邂逅をとげたふたつの精神は、それぞれに、遠いむかしに失われた黄金時代において人間の天才に生みだされた、至高の被造物だ。そして、両者はいま、現存するいかなる人間の理解をも大きく超えた存在となっている。

何分もが過ぎたころ、ふたたび〈中央コンピュータ〉の、うつろで反響をともなわない声がいった。

「部分的にコンタクトが確立した。すくなくともブロックの性質はわかった。ブロックをかけられた理由もわかったと思う。これを解除する方法はただひとつ――〈大いなる者たち〉が地球に降臨することだ。そのときまで、このロボットが口をきくことはない」

「だって――そんなばかな！〈主〉のもうひとりの使徒もそう信じこんでいて、〈大いなる者たち〉がどういう存在かを説明しようとしたけれど、その内容はほとんどわけのわからないことばかりだった。〈大いなる者たち〉は存在したこともないし、これからも存在しないはずじゃないか」

完全に行き詰まった感があった。無力感に満ちた、苦い失望がこみあげてきた。狂気の淵に陥ったあげく、十億年も前に死んでしまった人間の願望によって、貴重な真実に近づく機会を封じられてしまうなんて……。

「〈大いなる者たち〉は存在したことがない。その点では――」と〈中央コンピュータ〉はいった。「――あなたは正しいかもしれない。しかし、だからといって、これからも存在しないとはかぎらない」

ふたたび、長い静寂が降りた。その静寂のあいだに、アルヴィンはいまのことばの意味を考えた。ふたつの機械精神は、ふたたび微妙なコンタクトをとりはじめている。

つぎの瞬間――なんの前触れもなく、アルヴィンはシャルミレインにもどっていた。

17

前回訪ねたときと、そこはまったく変わっていないように見えた。巨大な黒いボウルは依然として陽光を吸収しており、反射光はまったく目にとどかない。アルヴィンは崩壊した要塞のただなかに立ち、例の湖を眺めやった。湖面は波紋ひとつ立っていない状態だ。ということは、いまはあの巨大群体がばらばらに分散して微小動物の雲と化し、組織化された知性ある存在ではなくなっているということだろう。

ロボットはいまもそばに浮かんでいたが、ヒルヴァーの姿はどこにも見当たらなかった。しかし、それがなにを意味するのかを考えるひまはなかったし、姿の見えない友の身を案じるひまもなかった。というのは、シャルミレインにもどったと思う間もなく、異様な現象が発生し、それ以外のことを考える余裕がなくなってしまったからである。

天空がふたつに割れつつある。地平から天頂にかけて、かぼそい暗黒の楔《くさび》が打ちこまれ、その幅がゆっくりと広がっていく——まるで夜と混沌が世界に侵入してきたかのように。黒い楔は容赦なく広がりつづけ、ついには天の四分の一を引き裂いた。天文学についてはいちおうの知識があるアルヴィンだが、にもかかわらず、自分と自分の属する世界が巨大な青いドームの真下にあり、そのドームに外部からなにかが押しいってくるという印象をどうしてもぬぐいさることができなかった。

唐突に、夜の楔の拡幅がとまった。それを押し広げた強大な力たちが、発見したばかりのおもちゃの宇宙《トイ・ユニバース》を覗きこみ、注意をはらうに値するかどうかを相談しているのだろうか。宇宙的な力の検分を受けても、アルヴィンはすこしも不安や恐怖をおぼえなかった。自分が見あげているのは英知を持つ力たちだ。英知の前に置かれた人間は、畏怖をいだくことはあっても、恐怖を感じることはない。

力たちはとうとう結論を下した。地球とその住民に対し、持てる悠久の時間のごく一部を割くことにしたのである。そして、空にこじあけた巨大な窓から、こちらがわの世界に入りこんできた。

天の溶鉱炉からほとばしる火の粉のように、力たちがつぎつぎと地球へ降臨してくる。火の粉はしだいにその数を増していき、ますます大量に降りそそぎはじめ、ついには焔《ほのお》の滝となって天からなだれ落ちてきた。地上に達した焔は、火の粉のしぶきを撒き散らし、あちこちに液体のような光だまりを形作っていく。ことばが聞こえるわけでもないのに、アルヴィンの耳にはこんな音楽的祝禱が響いた。

「〈大いなる者〉は来たれり」

焰はアルヴィンのもとにまでおよんだ。だが、すこしも熱くはない。焰はいたるところに広がって、シャルミレインの巨大なボウルを黄金の光輝で満たしはじめている。魅いられたように見つめるうちに、アルヴィンはそれが特徴のない光の氾濫などではなく、形と構造を持っていることに気がついた。各々の構造がはっきりとした形をとり、たがいに合体しながら、燦爛《さんらん》と輝くいくつもの渦を形成しだす。無数の光の渦は、軸を中心にますます回転を速め、やがてそれぞれの中央部分が盛りあがっていき、何本もの巨大な光柱を形成した。各光柱の内部には、神秘的な儚《はかな》い形状がうごめいているのが見える。ややあって、輝けるトーテムポールの列柱から聞こえてきたのは、ごくひそやかな韻律――はてしなくおぼろげで、うっとりするほど甘美な、さっきと同じ音楽的祝禱だった。

「**〈大いなる者〉は来たれり**」

この祝禱に、今回は応える声があった。聞こえてきたそのことばとは――。

「わが〈主《しゅ》〉の下僕《しもべ》がお迎え申しあげます。わたくしどもは、みなさまのご来臨を心よりお待ち申しあげておりました」

それを聞いたとたん、アルヴィンは悟った。これはロボットの声にちがいない。ということは、ロボットのブロックが解除されたということだ。つぎの瞬間、シャルミレインと奇妙な来訪者たちは消滅し、アルヴィンはふたたびダイアスパーの地の底にいて、〈中央コンピュータ〉の前に立っていた。

いまの光景はすべて幻影だったのだ。アルヴィンがもっと若いころに何時間も過ごした〈冒険譚《サーガ》〉のファンタジー世界と同様、現実のものではなかったのだ。しかし、あの幻影はどうやって創られたのだろう？　いま見せられた奇妙なイメージは、いったいどこからきたものなのだろう？

「たぐいまれな難問だった」〈中央コンピュータ〉の静かな声がいった。「そのロボットが、精神のうちに〈大いなる者たち〉のなんらかの視覚的概念を持っているにちがいないことはわかっていた。したがって、ロボットに特定の感覚的印象を与えてみた。それが自分の持つイメージに一致するとロボットが認めさえすれば、あとは簡単だった」

「具体的には、どうやって……？」

「最初に、〈大いなる者たち〉とはどのような存在であるかをたずね、ロボットの思考に形成されたイメージ・パターンを読みとった。そのパターンは不完全なものだったので、かなりの部分を即興で補整しなければならなかった。一、二度、わたしの創ったイメージがロボットの持つ概念からずれはじめ、そのたびにロボットの当惑が増大しだすのがわかったため、その当惑が疑念に膨らむ前に、急いでイメージの修整を行なった。そのロボットがひとつのイメージしか持てないのに対して、わたしは何百もの回路に同時並行的にイメージを生成し、見ている者が気づかないほどの速さでイメージ同士を瞬時に切り替えられる。一種の奇術的トリックと思えばいい。ロボットの知覚機構を大量のイメージで飽和させる処理によって、批評的能力を麻痺させることもできた。あなたに見せたのは、修整を重ねたあとの最終決定イメージにほかならない。〈主《しゅ》〉の啓示にもっともうまく適合したのが、あのイメージだったのだ。つたないものではあったが、役目をはたすにはあれで充分だった。ロボットはイメージの正しさに納得し、一瞬だけガードをおろした。その隙をついて、わたしはロボットの精神と完全なコンタクトを持つことができた。あれはもう正気を失ってはいない。あなたが問いかけるどのような質問にも答えを返す」

アルヴィンはまだぼうっとしていた。あのまがいものの黙示録の残照が、いまなお心の中で燦然と燃えたっていたからである。〈中央コンピュータ〉の説明を完全に理解したふりを装うつもりはなかった。だが、そのことは、いまはいい。とにもかくにも、奇跡的な治療は成功し、知識の扉はいよいよ大きく開け放たれ、アルヴィンが足を踏みいれるのを待っている――。

そこでアルヴィンは、〈中央コンピュータ〉にいわれた警告を思いだし、おそるおそるたずねてみた。

「〈主〉の命令に優先していうことをきかせるうえで、道義上の問題はあるのかな?」

「ブロックがかけられた理由は判明した。〈主〉の一代記はすでに参照可能になっている。それを詳細に検分すれば、〈主〉が多数の奇跡をなしたと主張していたことがわかるだろう。〈主〉の使徒たちはそれを信じこみ、その盲信は〈主〉に権威をもたらした。しかし、当然ながら、それらの奇跡はすべて単純な謎解きで説明できる——そもそも、その奇跡がじっさいに起こったとしての話だが。それ以外の点では知的な人々が、ことこの点になるとたやすくまどわされてしまうことに、わたしは驚きを禁じえない」

「じゃあ、〈主〉は詐欺師だったと？」

「ちがう。それほど単純な話ではない。〈主〉がたんなる騙《かた》りであったのなら、あれほどの成功は収めえなかっただろうし、その宗教活動もあれほど長くはつづかなかっただろう。〈主〉は善良な人間だった。その教えの多くは真実であり、賢明なものだった。最終的に、〈主〉は自分が起こした数々の〝奇跡〟を信じてもいた。そのいっぽうで、自分の奇跡が本物ではなく、それを証言できるものがひとつだけ存在することも承知していた。そこのロボットがそれだ。ロボットは〈主〉の秘密をすべて知っていた。〈主〉の代弁者であり、運命共同体でもあった。それだけに、細部にわたって質問をされたなら、〈主〉の権威の基盤が崩壊してしまう。そこで〈主〉は、ロボットに対し、宇宙最後の日が訪れ、〈大いなる者たち〉が降臨するまで、自分の記憶をけっして明かしてはならないと命じた。このような欺瞞と誠実さが同じ一個の人間の中に同居しうるとは、とても信じがたいことだ。しかし、事実はこのとおりだった」

それほど古い縛りから解放されることを、ロボットはどう感じているんだろう。あれはそうとうに複雑な機械で、怒りのような感情も理解できるはずだ。もしかすると、自分を奴隷化していた〈主〉に対して怒りをいだいているかもしれないし――トリックを使って自分に正気を取りもどさせたアルヴィンと〈中央コンピュータ〉に対しても、同じように憤りを感じているかもしれない。

防音ゾーンが解かれた。もうなにかを秘密にしておく必要はない。アルヴィンが待ち望んでいた瞬間が、いま、ついに訪れたのだ。アルヴィンはロボットに向きなおった。そして、〈主〉の年代記をつづる物語を聞いて以来、ずっと気になってしかたがなかったことをたずねた。

ロボットはその問いに答えてくれた。

ジェセラックと執行員たちは、同じ場所で辛抱づよく待っていた。スロープを登りつめ、入口のプラットフォームにもどったアルヴィンは、通路に出ていくまぎわ、うしろをふりかえり、広大な空間を見まわした。はじめて見たときの錯覚は、いま見るといっそう強くなっている。眼下に広がるのは、奇妙な白い建物が連なる死んだ都市――人間の目が見ることは想定されていない、強烈な光にさらされた都市だ。たしかに、死んでいることはまちがいない。生きていたことがないのだから。それでもこの都市は、有機体に生命を付与したいかなるエネルギーよりも強力なエネルギーで脈動していた。地球が存続するかぎり、このひそやかに稼動する機械群もここに在《あ》りつづけ、はるかなむかし、人間の天才たちによって与えられた思考から、けっして精神をそらすことはないだろう。

〈議事室〉にもどる道すがら、ジェセラックはアルヴィンをせっつき、〈中央コンピュータ〉との顚末を聞きだそうとしたが、なんの返事も得られなかった。これはアルヴィンが意識して分別を働かせたためではない。いましがた見聞きした驚異の数々に気をとられていたうえ、勝ちえたばかりの成功に興奮していて、まともに会話ができる状態ではなかったからである。ジェセラックとしては、当面は好奇心を抑え、やがてアルヴィンが話のできる状態にもどってくれるのを待つしかなかった。

ダイアスパーの自走路を明るく照らす照明といえども、機械都市の強烈な光を見てきた者の目には、青白くて力ないものに映る。しかし、アルヴィンの目には、そんな光などまったく入ってはいなかった。横を高速で通りすぎていく巨大タワー群の見慣れた美しさも、道ゆく市民たちの好奇の視線もだ。

奇妙なものだな、とアルヴィンは思った。これまでに起こったできごとが、みんなこの瞬間につながっていたなんて。ケドロンと出会って以来、すべては自動的に、あらかじめ定められたゴールに向かって進んできたような印象がある。〈評議会ホール〉のモニター——リス——シャルミレイン——どの場所も、ほんのすこしタイミングがずれていたら、その意味に気づかないまま通りすぎていてもおかしくはないところだった。それなのに、なにかに導かれるようにして、自分はそこを訪れた。自分という人間は、みずからの運命を創りだしているんだろうか、それとも運命の女神にひときわ好かれているんだろうか。おそらく、たんに偶然のできごとの連続——確率の法則のなせるわざなのだろう。どんな人間であれ、アルヴィンが通ってきた道程を見つけることはできるはずだし、過去の長い年月のあいだ、ほぼ同じ道をたどった人間は何人もいたにちがいない。たとえば、アルヴィンに先立つ特異タイプたちがそうだ。その先達たちの身にはなにが起こったんだろう？もしかすると自分は、ここまでたどりつけるほど運がよかった、最初の人間だったというだけのことかもしれない。

自走路で〈評議会ホール〉へもどる途中、長年の隷従から解放してやったロボットとの関係は、いっそう親密なものになりつつあった。ロボットのほうは、いつでもこちらの思考を受信できる状態にあったのだが、これまでは、アルヴィンが与える命令にしたがうかどうかが未知数だった。しかし、もうその心配はない。ほかの人間を相手にするのと同じように会話もできる。ただし、いまは同行者たちがいるので、音声による会話は行なわず、アルヴィンにも理解できるシンプルな思考イメージだけで意思を疎通するよう指示した。アルヴィンがときに憤りすら感じるのは、このはがゆい事実——ロボットたちはテレパシーのレベルで自由に意思を疎通できるのに、人間には——リスの住民を除き——できないという事実だ。それもまた、ダイアスパーがなくしてしまったか、意図的に排除した力のひとつだった。

〈議事室〉の控えの間で待たされているあいだも、アルヴィンはロボットと、音声によることばを使わないまま、ほぼ一方的な会話をつづけた。現在のこの状況は、リスにおける状況と比較せずにはいられない。あのとき、セラニスと主《おも》だった村人は、自分をむりやり意志にしたがわせようとした。今回もそんな事態にならないことをアルヴィンは願っていたが——もしも拘束されそうになった場合、対抗する準備は、前回よりもはるかにととのっている。

評議員たちの顔を見たとたん、どんな決定が下されたかはひと目でわかった。驚きもしなければ、とくに失望することもなかった。アルヴィンは、評議員たちが期待していたかもしれない動揺をいっさい見せることなく、議長が述べる裁定の要旨を冷静に聞いた。

「アルヴィン。きみの発見が招いた状況を詳細に検討した結果、満場一致で以下の結論に達した。いまの生活様式に異論を唱える者がひとりもいない以上——そして、たとえダイアスパーの外へ出る手段が存在するにせよ、じっさいに外へ出る者が数百万年にひとりしかいない以上——リスへのトンネル・システムは無用の存在であり、危険をもたらしかねないものと判断せざるをえない。よって、自走路のハブ空洞は閉鎖する。すでにこれは実行に移された。

さらに、都市の外へ出るルートがほかにも存在する可能性を考慮し、モニター室のメモリーユニットを使用して捜索を行なう。その捜索はすでにはじまっている。

きみについては、なんらかの処分を下すべきか、下すとしたらどのような内容にするかを協議した。しかし、まだ若いこと、および出生にまつわる特殊な状況に鑑《かんが》みれば、きみの行為は糾弾するに忍びない。むしろ、いまの生活様式に対する潜在的危険性を暴いたことで、都市に貢献してくれたともいえる。われわれはその事実を評価することを、ここに記録するものである」

肯定のつぶやきとともに、評議員たちの顔に満足げな表情が浮かんだ。やっかいな状況は迅速に処理され、アルヴィンの懲戒処分は回避された。かくして、ダイアスパーの中心的市民である彼らは、義務をはたしたという満足感のもとに、それぞれの生活へもどっていける。充分に運がよければ、今回のような大事件が起こるのは、何世紀も先のことだろう。

議長は期待の眼差しでこちらを見ていた。これほど軽い処分ですませた温情にアルヴィンが感謝し、礼をいうものと思っているらしい。だとしたら、議長はがっかりすることになる。

「ひとつ質問をしてもいいですか?」アルヴィンは丁重にたずねた。

「もちろんだとも」

「〈中央コンピュータ〉も〈評議会〉のこの決定を認めた——のですね?」

通常であれば、これは立場をわきまえない、じつに不遜な質問と見なされたはずである。

〈評議会〉には、みずからの決定を正当化する義務も、いかにしてその決定に到達したかを説明する義務もない。しかしアルヴィンは、はたからはわからない奇妙な事情によって〈中央コンピュータ〉の信頼を得ており、いわば特権的な立場にある人物だ。

この質問は多少の当惑をもたらしたものと見えて、返ってきたのは不承不承という感じの答えだった。

「もちろん、〈中央コンピュータ〉には諮問した。われわれの判断を尊重するとのことだった」

思ったとおりだった。〈中央コンピュータ〉は、さっきアルヴィンと話をしていたさい、同時に〈評議会〉の諮問をも受けていたのだ――それも、ダイアスパーの百万もの仕事を並行して同時にこなしながら。〈中央コンピュータ〉もまた、アルヴィンと同じように、いまの〈評議会〉が下す決定になど、なんの重みもないことを承知しているにちがいない。なにも知らないという幸せな状態において、今回の危機を的確に処理できたと〈評議会〉が判断したその瞬間に、じつは未来そのものが彼らの管理のおよばないところへすりぬけてしまったことを、当の評議員たちはまったく気づいていない。

とくに優越感を感じることもなく、勝利が間近にせまっているという予感を噛みしめることもなしに、アルヴィンは自分たちがダイアスパーの支配者だと思っている愚かな老人たちを見つめた。都市の真の支配者には会ってきた。まばゆい光に照らされた地下世界の重苦しい静寂の中で、その支配者と話もした。あの会見によって、アルヴィンの魂の中の傲慢な部分はほとんど燃えつきてしまったが、まだいくぶんかは残っており、それが冒険へと——これまでの冒険など児戯にも等しい、最後の冒険へと駆りたてていた。〈議事室〉を退出するさい、アルヴィンは思った——評議員たちは、自分がおとなしく決定にしたがったことも、リスへいたる道の閉鎖を知らされて平然としていたことも、奇異には思わなかったのだろうかと。いずれにしても、執行員たちはもうついてきてはいない。これはアルヴィンが観察対象から——すくなくとも、公式には——はずされたことを意味する。しかし、ともに〈議事室〉をあとにしたジェセラックだけは、おおぜいの人が行きから色彩豊かな街路までついてきた。

「——さて、アルヴィン。なかなかお行儀よくしていたが、わたしの目はごまかせないぞ。なにをたくらんでいるんだね、きみは？」

アルヴィンはほほえんだ。

「先生には見ぬかれていると思っていましたよ。いっしょにきていただければ、どうしてリスに通じる地下トンネルがもう重要ではないのかをお見せします。やってみたい実験がもうひとつあるんです。だいじょうぶ、危険はありません。もっとも、先生の気にはいらないかもしれませんけれど」

「よかろう。わたしはまだきみの教師でいるつもりだったが、どうやら立場が逆転してしまったようだ。で——どこへいくのかね？」

「〈ローランの塔〉へ。そこでダイアスパーの外の世界をお目にかけます」

ジェセラックはすっと青ざめたが、考えなおしたりはしなかった。ついで、自分自身のことばが信用できないかのように、口では答えず、ぎくしゃくと小さくうなずくと、アルヴィンのあとにつづき、よどみなく流れる自走路の路面に乗った。

ダイアスパーに寒風を呼びこむ例のトンネルを歩いていくあいだ、ジェセラックはいっさい恐怖を見せなかった。トンネルの一端には、いつのまにか手が加えられていた。外の世界に通じる吸気口は、もう石の格子でふさがれてはいない。構造壁の一部ではないので、〈中央コンピュータ〉はアルヴィンの要請に応え、〈評議会〉にひとことも説明することなく、格子をはずしておいてくれたのだ。あとになって、〈モニター〉に石格子の存在を〝思いださせ〟、もういちど設置するかもしれないが、いまのところは、落下をさえぎるものもないままに、トンネルは都市外壁の切りたった絶壁にぽっかりと口をあけていた。

その向こうに外界が広がっていると師が気づいたのは、吸気ダクトの端付近まで近づいてからのことだった。しだいに大きくなっていく円形に切りとられた青空——それを見つめるうちに、ジェセラックの歩みはだんだんおぼつかなくなっていき、とうとう途中で脚を動かせなくなった。そういえば、アリストラがきびすを返して逃げだしたのも、まさにこの場所だった。あのときのようすはよく憶えている。はたして師を、もっと先まで進ませることができるだろうか。

「ぼくはただ、外界を見てほしいだけなんです」懇願する口調で、アルヴィンはいった。「なにも都市の外に出ようというんじゃありません。だいじょうぶ、ただ見るだけですから！」

短期間ながらエアリーに滞在していたとき、子供に歩きかたを教える母親の姿を見たことがある。あのときの光景を思いだしながら、アルヴィンはジェセラックをなだめ、おそるおそる進む師をはげまして、ダクトの吸気口へと導いていった。ケドロンとちがって、ジェセラックは臆病ではない。恐怖と戦う心がまえができている。ただしそれは、死にものぐるいの戦いだった。なんとかジェセラックを誘導し、吸気口の縁に視界をさえぎられることなく、砂漠のようすを一望できる位置まで連れていったときには、アルヴィンも老教師と同じくらいに疲れはてていた。

ともあれ、ジェセラックはその場に立った。ひとたびそこに立ってしまうと、この生でも前生でもまったく見たことのない、奇妙で美しい光景にすっかり目を奪われて、好奇心が恐怖に打ち勝ったようだった。すでに夕刻がせまっている。もうすこしすれば、ダイアスパーにはけっして訪れることのない夜のとばりがたれこめるだろう。

「ここにきてもらったのは——」はやる気持ちを抑えきれず、アルヴィンは早口でいった。

「――先生には、ほかのだれにもまして、ぼくの旅が導いた帰結を目のあたりにする権利があると思ったからです。先生には、ぜひともこの砂漠を見てほしかったんです。それに、証人にもなってほしかった――ぼくがしたことが〈評議会〉に伝わるように。〈評議会〉にもいいましたが、ぼくがこのロボットをリスから連れて帰ったのは、〈中央コンピュータ〉のところへ連れていけば、〈主《しゅ》〉として知られる人物がメモリーにかけたブロックを解除できるのではないかと考えたからです。期待のとおり、いまだにぼくにはよく理解できないトリックを使って、〈中央コンピュータ〉は解除を行なってくれました。いまのぼくは、このロボットのすべての記憶にアクセスできます。そして、組みこまれた特殊能力にも。いま、その能力のひとつを使ってみます。見ていてください」

ジェセラックには内容を想像することしかできない、音声をともなわない命令を受けて、それまで宙に浮かんでいたロボットがただちに吸気口の外へ飛びだしていった。ロボットはぐんぐんスピードをあげていき、ものの数秒のうちには、陽光を浴びて金属的な輝きを放つ、はるか遠い点と化していた。凍てついた波のように連綿と連なる砂丘の上を、いまは低く飛んでいる。ジェセラックの受けた印象では、どうもなにかを探しているらしい。もっとも、なにを探しているのかは見当もつかないが。

だしぬけに、そのまばゆい光点が砂漠から天へと駆け昇り、地上から三百メートルほどの高さで静止した。同時に、凝らしていた息を、アルヴィンが一気に吐いた。満足と安堵の吐息のようだった。ついでアルヴィンは、すばやくジェセラックに目をやった。その眼差しは、まるでこういおうとしているかに見えた。

〝さあ、これです！〟

はじめのうち、ジェセラックには、なにがはじまろうとしているのかわからず、変化はまったくとらえることができなかった。が、ややあって、ようやくそれが見えた。自分の見ているものが信じられなかった。砂漠からゆっくりと、もうもうたる砂塵が立ち昇っていく。

二度と動きがあるはずのないところに、動きが起こる――これほど恐ろしいものはない。しかし、ジェセラックは驚きも恐怖も忘れ、食いいるようにその光景を見つめた。砂丘がまっぷたつに裂けようとしている。砂漠の下でなにか巨大なものが身じろぎしているのだ――眠りから醒めようとする巨人のように。まもなく、ジェセラックの耳に、大量の土砂が落下する音と、途方もない力によって岩が引き裂かれる絶叫が聞こえてきた。

つぎの瞬間、突如として、間欠泉のごとく、百メートル以上もの高さに砂が噴きあがり、一帯の視界をおおいつくした。

砂塵はゆっくりと落ちつきだし、砂漠の表面に生じた裂け目に砂が降り積もっていった。だが、ジェセラックとアルヴィンは、砂塵になど目もくれず、ただ大空の一点だけを凝視していた。ついいましがたまで、そこに浮かんでいたのは、待機するロボットだけだった。

しかし、いま、ジェセラックはついに、なぜアルヴィンが〈評議会〉の決定にも平然としていたのか、なぜリスへの地下道が閉鎖されたと聞いたときもまったく動揺を見せなかったのかを知った。

砂塵と岩屑におおわれて細部はぼやけていても、裂けた砂漠からいまなお上昇していく船の、堂々たるシルエットは見まがいようもない。ジェセラックが見つめる前で、船は悠然と向きを変え、船首をこちらに向けた。細長かった船体が、この向きでは円形に見える。ついで、ゆっくりと、ごくゆっくりと、その円が広がりはじめた。こちらへ近づいてきているのだ。

アルヴィンがしゃべりだした。時間が切迫しているかのように、口早になっている。

「あのロボットは、〈主〉の側近として――また召使いとして造られたものですが、その第一の役割は、〈主〉の船のパイロットだったんです。リスを訪れる前、〈主〉は船をダイアスパー宇宙港に着陸させました。それがあそこ――あの砂に埋もれている一帯です。当時でさえ、宇宙港はすっかりさびれていたんでしょう。〈主〉の船は、地球にやってきた最後の一隻だったのかもしれません。ダイアスパーでしばし過ごしたのち、〈主〉はシャルミレインへ向かいました。当時はまだ都市外との交通ルートが開かれていたんでしょうね。しかし、〈主〉が船を使うことは二度となかったので、この十億年のあいだ、船はあそこに――いつしか砂に埋もれてしまったあとも――ずっと待機していたんです。ダイアスパーのように、あのロボットのように――過去の設計者たちがほんとうに重要だと考えたあらゆるものと同じように――あの船もまた永続システムを持っていて、それで自分を維持してきたんですよ。動力源が尽きないかぎり、あの船が損耗することも壊れることもありません。メモリーセル内に保存されたイメージが消えることもなく、そのイメージにしたがって、物理構造はずっと維持されます」

操縦ロボットによって超高層タワーへと誘導されてくる船は、もうすぐそばにまで迫っており、ふたたび横向きになっていた。ジェセラックの見るところ、船の全長は三十メートルほどだ。船首と船尾は鋭く尖っている。一見、窓も開口部もないようだが、砂が部厚くおおいかぶさっているので、はっきりとはわからない。

だしぬけに、大量の砂を撒き散らし、船体の一部がぱかっと外に開いた。ジェセラックはその内部に、せまくて飾り気のない小部屋を見てとった。突きあたりにはもうひとつの扉がある。船と吸気口との距離は、もう三十センチほどしか離れていないが、船はなおも、繊細な生きもののように、ゆっくりと、慎重に近づいてきた。

「お別れです、ジェセラック」アルヴィンがいった。「ダイアスパーの都市部にもどって友人たちに別れを告げるひまは、もうありません。どうか、ぼくに代わって、みんなに別れのことばを伝えてください。エリストンとエタニアには、なるべく早く帰ってきたいと。もしもすぐには帰れないようなら――ふたりの厚情にはほんとうに感謝している、とも。

先生にも心から感謝します。先生の教えをこんな形で実践することには、眉をひそめておられるかもしれませんが。

〈評議会〉には、こう伝言していただけませんか――ひとたび開かれた道は、ただ決議をするだけでは、けっして閉じることはできない、と」

船はすでに、大空にぽつんと見える黒いしみと化していた。つぎの瞬間、その姿はふっと消えた。いつ消えたのか、はっきりとはわからなかったが、ややあって天に鳴り響いた大音響は、かつて人類が作りだした音のなかでも、もっとも畏怖をかきたてるものだった。長々と響くこの雷鳴は、空に突如として何キロもの真空トンネルがうがたれ、そこに空気が勢いよく流れこんでいく音にほかならない。

最後の残響が砂漠に吸いこまれたあとも、ジェセラックはじっと動かなかった。心に去来するのは、たったいま飛び去っていった男の子のことだ。男の子――そんな感覚は、いまもなお抜けない。なぜなら、ジェセラックにとって、アルヴィンはつねに子供――はるかなむかし、生と死の自然のサイクルが崩れて以来、このダイアスパーに生まれてきた、ただひとりの子供だったからである。アルヴィンがおとなになることはけっしてないだろう。アルヴィンにとっては、全宇宙が遊び場であり、嬉々として解くべきパズルなのだ。その遊びのなかで、アルヴィンは究極の、しかし、恐るべきおもちゃを手に入れた。そのおもちゃは、わずかに残る人類文明を破壊してしまうかもしれない。しかし、どんな結果が出るにしても、それもまた、アルヴィンにとってはゲームでしかない。

いつしか太陽は大きく地平にかたむき、砂漠から冷たい風が吹きよせてきていた。それでもなお、恐怖と戦いながら、ジェセラックは待った。

生まれてはじめて星々の姿を見たのは、それからまもなくのことだった。

18

ダイアスパーの中にいてさえ、これほど贅沢な住環境には、めったにお目にかかれるものではない。エアロックの内扉《ないひ》がスライドして開いたとき、アルヴィンが最初にいだいたのは、そんな感想だった。どんな人物であったにせよ、すくなくとも〈主《しゅ》〉は、苦行者ではなかったようだ。しかし、しばらく乗っているうちに、この設備の数々は、けっして無意味に贅沢なだけではないことに気がついた。これはむしろ、必要不可欠の設備だろう。この小さな世界は、星間を移動する長旅を何度もくりかえすあいだ、ずっと〈主〉の住まいだったのだから。

コントロール装置らしきものはまったくなかったが、奥の壁全面を大きな楕円形のスクリーンが占めているところからすると、ここがただの部屋ではないことはまちがいない。スクリーンの手前には、半円形を描くようにして、三脚の低いカウチが配置されている。それ以外の空間を占領しているのは、二脚のテーブルと、クッションの効いた何脚もの椅子だ。そのなかには、明らかに、人間以外のものがすわることを前提に設計されたものもあった。

スクリーンに歩みより、カウチの一脚にゆったりと腰をおろした。ついで、おもむろにロボットの姿をさがした。驚いたことに、どこにも姿が見当たらない。あちこちを見まわしてみて、ようやくどこにいるのかがわかった。湾曲した天井の窪みにすっぽりとはまりこんでいる。〈主〉の召使いとしてリスに同行する以前、パイロットとして宇宙空間を越え、地球まで〈主〉を連れてきたロボットは、いま、十億年の空白期間など存在しなかったかのように、かつての務めをふたたび遂行しようとしているのだ。

試しにアルヴィンは、船に精神コマンドを投げかけてみた。たちまち、大型スクリーンがちらつき、よみがえった。目の前に見えているのは〈ローランの塔〉だ。ただし、奇妙に寸づまりのうえ、横転して見えている。さらにいろいろなコマンドを送ると、表示される外部映像がつぎつぎに切り替わっていった。空、都市の全景、どこまでも広がる砂漠の光景——解像度はおそろしく高く、不自然なほどに鮮明だったが、拡大はとくになされていないようだ。もうしばらくあれこれと試すうちに、見たい場所を自由自在に見られるようになった。これならもう、いつ出発してもいい。

「リスに連れていってくれ」

口でいうのはたやすいことだった。しかし、自分自身、リスがどちらの方角にあるかもわかっていないのに、どうやって船がその指示にしたがえるというのだろう？　こんな疑問は、いままでいだいたこともなかったが――そう思ったときにはもう、船はすさまじいスピードで砂漠を横切りはじめていた。肩をすくめ、無用の疑問をふりはらう。ここはすなおに、自分よりも賢い召使いたちを得たことをありがたく受けいれよう。

スクリーンをかすめすぎる光景から、映像の縮尺を推し量ることはむずかしかったが、すでに毎分何キロもの速度が出ていることはまちがいなかった。都市からそれほど遠くまでいかないうちに、地面の色が急にくすんだ灰色に変化した。どうやら、失われた海のひとつに――干あがった海底の名残に――差しかかったようだ。ダイアスパーは海からそう遠くないところに建設されたらしい。もっとも、最古の記録にもそれらしい記述はなかったところを見ると、十億年の歴史を持つ都市が建設されるよりもずっと前に、海はすべて消滅していたのかもしれない。

何百キロも踏破したころ、地面が急激に隆起し、ふたたび砂漠が現われた。もうすこし進んだあたりで、アルヴィンは船を停止させた。砂の被いの下に、何本もの線が交差する奇妙なパターンがうっすらと透けて見えている。最初はなんだかわからなかったが、ややあって、これは滅びた都市の廃墟だと気がついた。それに気づいてからは、早々に立ち去った。何十億もの人々が生きていたあかしが砂中に残るかすかな痕跡しかないと思うと、やるせない気持ちがこみあげてきたのだ。

なおも進むうちに、とうとう地平線のなめらかなカーブが乱れ、鋸歯《きょし》状に波打つ山脈が行く手に見えてきた——と思ったときにはもう、山脈は眼下にまで近づいていた。すでに減速がはじまっており、長さ三百キロの長大な弧を描きつつ、船は速度と高度を落としていく。環状山脈の内側にはリスの地が広がっていた。森林や、延々と連なるたくさんの川——それらが作りだす夕景の美しさに、アルヴィンはしばし船をとどめさせ、うっとりと見いった。夕闇は東の大地にも忍びよっており、あちこちに点在する大きな湖は、藍色の夕空を映しこんで、周囲よりもいっそう黒々とした闇をたたえている。だが——いよいよ日没を迎えようかというころ、その湖面が急にきらきらと輝きだした。ななめに射しこむ落陽を受けて、周囲に夕映えを反射しているのだ。光さざめく湖面が船に投げかけてくるのは、想像を超えて豊かな色彩の波だった。

上空からエアリーを特定するのは、そうむずかしい作業ではなかった。アルヴィンにしてみれば、これは僥倖《ぎょうこう》だった。さすがのロボットも、エアリーまで連れていくことはできなかったからである。ロボットの能力にも限界があるとわかって、アルヴィンはすこしほっとした。もっとも、この状況は予想されたものではあった。ロボットがエアリーの情報を得る機会があったとは思えず、したがって、村の位置がメモリーセルに記録されているはずはない。

すこし指示のしかたを練習してから、アルヴィンははじめてリスの光景を目にした場所に——あの丘の斜面に——船を降着させた。船を誘導するのは、しごく簡単なことだった。

だいたいの意向を伝えれば、こまかい操船はロボットがやってくれる。おそらく、危険な指示や実行不可能な指示は無視してしまうのだろう。もちろん、できることなら、そんな指示は出さずにすませたかったが。

船で飛来する姿は、十中八九、だれにも見られなかったと思う。この点は重要なポイントだ。もういちどセラニスと精神の戦いをするのは避けたかった。計画はまだおぼろげなものでしかなかったが、友好的な関係を確立するまで、無用の危険は冒さずにおきたい。それまでのあいだ、自分は安全な船内にいて、ロボットを大使として使うつもりだった。

エアリーにつづく道では、だれにも会わずにすんだ。スクリーンにはロボットの視点が映しだされている。宇宙船内にすわっていながら、あたかも自分自身がその場にいるかのように、見覚えのある道をなめらかに進んでいき、臨場感たっぷりに森のささやきを耳にするのは、なんとも奇妙な経験だった。もっとも、ロボットとの完全な自己同一化はまだまだで、制御にともなう負担はかなり大きかったが。

エアリーに到着するころには、とっぷりと日も暮れていた。小さな家々が灯火に包まれ、そこだけぽっかりと闇に浮かんでいる。アルヴィンはロボットに影の中を進ませた。が、もうすこしでセラニスの家にたどりつくというところで、とうとうあるものに見つかってしまった。だしぬけに、怒っているようなブーンというかんだかい音が聞こえてきたかと思うと、高速で羽ばたく翅に視界をさえぎられたのだ。翅の猛攻を受けて、アルヴィンは反射的にロボットを後退させた。そこでやっと、なにが起こったのかを知った。クリフだ。クリフが例によって、翅もないのに空を飛ぶ存在に敵愾心《てきがいしん》を燃やしているにちがいない。

美しいがあまり賢くはない生物を傷つけたくなかったので、アルヴィンはロボットを停止させ、自分自身が襲われているような錯覚をもたらす攻撃にじっと耐えた。一キロ以上離れたところで安閑とすわってはいても、襲われるたびに、反射的にたじろいでしまうのは避けられなかった。だから、ヒルヴァーがようすを見に出てきたときには、心からほっとした。

飼い主が近づいてくると、クリフは依然として敵意むきだしの羽音を響かせつつ、離れ去っていった。訪れた静寂のなかで、ヒルヴァーはその場に立ちつくし、長々とロボットを見つめていた。が、ややあって、顔をほころばせ、

「やあ、アルヴィン」といった。「よく帰ってきてくれたな。それとも、まだダイアスパーにいるのかい？」

ヒルヴァーの頭の回転の速さ、判断の正確さには、うらやましさをおぼえると同時に、感嘆せずにはいられない。そう思うのは、今回がはじめてではなかった。

「いや、ちがうよ」ロボットを通じて、どれだけ明確に自分の声を伝えられるだろうかといぶかしみながら、アルヴィンはいった。「じつはもう、エアリーにきてるんだ。そんなに遠くないところにいる。もっとも、長居するつもりはないんだけどさ」

ヒルヴァーは笑った。

「そのほうがいい。セラニスはきみを許しているが、議員連中のほうはな——まあ、それは別の話だけど。もうじきリス議会が開催されるところなんだ。エアリーで開かれるのは、こんどがはじめてのことになる」

「というと——きみたちのところの評議員に相当する人たちが、わざわざエアリーに集まってきているというわけか？　きみたちのテレパシー能力があれば、わざわざ集まって会議する必要なんてないだろうに」

「めったにない機会じゃあるんだが、ときどき、じかに顔を合わせて話しあったほうがいいと思う場合もあるらしい。どういう危機が持ちあがったのか、くわしくは知らないがね。すでにもう、議員が三人きてる。ほかの議員たちも、おっつけやってくるはずだ」

ダイアスパーとそっくり同じ騒ぎがリスでも起こっているのかと思うと、苦笑を禁じえなかった。行く先々で、自分は驚愕と恐慌の渦を引き起こしていくようだ。

「だったら、こうしてみてはどうだろう、いい考えのような気がするんだが——」アルヴィンは提案した。「——きみたちの議会で、いちどぼくに話をさせてもらえないか。もちろん、こちらの安全が保証されるならだけど」

「〝きみの精神を二度と乗っとろうとしない〟と議員たちが約束するんなら、自分でここにきてもだいじょうぶだろう。しかし、約束しないようなら、その場にとどまっていたほうがいい。ひとまず、このロボットを議員たちのところへ連れていってみよう――こいつを見たら、連中、きっと仰天するぞ」

アルヴィンはふたたび、ぞくぞくするほどの快感とスリルを味わいながら、ロボットをヒルヴァーのあとにつづかせ、屋内に入らせた。今回は、対等以上の条件でリスの支配者たちと会うことになる。別段、彼らに含むところはないが、自分がいまだ思いきりふるったことのない強力な力を持っていて、この状況の主導権を握る立場にあるのかと思うと、なんだか愉快でしかたがなかった。

会議室の入口は固く閉ざされており、ヒルヴァーがテレパシーで呼びかけても、いっこうに応答が得られなかった。議員たちの精神はすっかり議論に没頭していて、注意をこちらに向ける余裕がなかったらしい。しばらく呼びかけをつづけるうちに、不承不承のようすで、ようやく壁が左右に開いた。アルヴィンはすみやかにロボットを室内へ進ませた。

セラニスと三人の議員は、ロボットが空中を近づいてくるのに気づき、すわったままの状態で凍りついたが、セラニスの顔に驚きがよぎったのは、ほんの一瞬のことだった。おそらく、すでにヒルヴァーがそっと警告を与えていたか、でなければ、いずれアルヴィンがもどってくることを予想していたのだろう。

「こんばんは、みなさん」アルヴィンは丁重に語りかけた。ロボットを代理に差し向けるのがごくあたりまえの行為であるかのような、さりげない口調だった。「いろいろ考えたすえ、もどってきました」

議員たちは、アルヴィンが予想していた以上に驚愕したと見えて、なかなか反応を示さなかった。最初に口を開く気力を取りもどしたのは、髪が半白の、若い男の議員だった。

「どうやって……ここへきた？」いまだに驚きのさめやらない口調になっている。

若い男が驚いた理由は見当がついた。ダイアスパーと同じく、リスの側でも、地下軌道を通行不能にする処置を講じてあるにちがいない。

「前と同じコースで、ですよ」

とアルヴィンは答えた。からかってやりたい気持ちをどうしても抑えきれなかったのだ。

ほかの議員二名が、いま質問した若い議員をじっと見つめた。若い議員は両手を上に向けて広げてみせた。混乱とあきらめの入りまじったしぐさだった。ついで、アルヴィンに顔を向け、ふたたびたずねた。

「なにか、こう――通りにくくなっていたりはしなかったか？」

「いいえ、ぜんぜん」

議員たちをいっそう混乱させてやろうと思って、アルヴィンはそう答えた。思惑は図に当たったようだった。

「ぼくは自分自身の意志でもどってきました」アルヴィンはつづけた。「お伝えしなくてはならない、重要なことがらが出てきたからです。ただし、前回、ああいう形で物別れになったので、当面は姿を見せずに話をさせてもらいます。自分でその場に出向いていくのはいいんですが、その場合、もういちど裁いたり動きを封じたりしないと約束してもらえますか？」

しばし、だれも口をきかなかった。議員たちのあいだではどんな思考が交わされているんだろう、とアルヴィンは思った。ややあって、セラニスが議員たちを代表して口を開いた。

「もう二度とあなたをコントロールしようとはしないわ。もっとも、前のときだって、うまくいったとは思っていないけれどね」

「いいでしょう」アルヴィンは答えた。「それでは、できるだけ早くエアリーに出向きます」

アルヴィンはロボットを呼びもどした。ついで、詳細に指示を与え、念のために復唱させた。セラニスが約束を破らないことには確信があったが、万一にそなえて退路だけは確保しておいたほうがいい。

船の外に出ると同時に、エアロックの外扉が音もなく閉まった。一瞬ののち、息を呑むようなかすかな音が、静かに、しかし、長々と聞こえた。これは上昇する船が空気を切り裂いていく音だ。つかのま、黒々とした影が星々を覆い隠したものの、船はすぐに見えなくなった。

自分がささやかだが深刻なミスを――入念に考えぬいた計画を破綻させてしまいかねないミスを――犯したと気づいたのは、船が完全に姿を消してからのことだった。ロボットの知覚力が人間のものよりも鋭いことを、うっかり忘れていたのだ。夜は思っていたよりずっと暗く、いちどならず道に迷いかけた。もうすこしで木にぶつかりかけたことも何度かあった。森の中はほぼ完全な真っ暗闇だった。途中、下生えのあいだを近づいてくる、かなり大きな動物に遭遇した。小枝を踏みしだくかすかな音――つづいて現われた、一対のエメラルド色の目。その双眸《そうぼう》が、腰の高さから、こゆるぎもせずにこちらを見つめている。アルヴィンは小声でそっと呼びかけてみた。そのとたん、信じられないほど長い舌にべろりと手をなめられた。つぎの瞬間、大きな動物は力強い肉体をうれしそうにアルヴィンにこすりつけ、音もなく去っていった。その動物がなんだったのかは、ついにわからずじまいだった。

まもなく、行く手の木々のあいだに、村の灯火がちらちらと見え隠れするようになった。もっとも、たとえ灯火をたよりにできなくとも、もはや道に迷う恐れはなかっただろう。というのは、足の下に、ほのかに発光する青い燐光の川ができており、それが村までつづいていたからである。発光しているのは夜光性の苔で、ふりかえると、青い川に点々と黒い足跡が残っていた。見ているうちにも、踏まれた部分は光をとりもどし、黒い足跡がゆっくりと消えていった。それはえもいわれず美しい、幻想的な光景だった。アルヴィンは地面にかがみこみ、奇妙な苔をすこしむしりとってみた。水をすくう形にそろえた両手の中で、苔は数分ほど発光したのち、ようやく輝きを失った。

ヒルヴァーは今回も家の外で待っていた。そして今回も、前のときと同じように、家の中へ案内し、セラニスほか三名の議員たちに引き合わせてくれた。三人は用心深く、不承不承のようすながら、それなりの敬意をこめてあいさつをした。あのロボットはどこへいったのかと考えているにしても、それを口に出しはしなかった。

やおら、アルヴィンはしゃべりはじめた。

「悲しく思っています。前回、あんなふうに強引に出ていかざるをえなかったのは、おたがい、とても残念なことでした。興味があるかもしれないので付言しておきますが、ダイアスパーから脱出するのも、同じようにおおごとだったんですよ」その意味が十二分に伝わるのを待ってから、アルヴィンは急いでつけくわえた。「ダイアスパーの人たちには、リスのことをすべて打ち明けました。リスにいい印象を持ってくれるよう、できるだけ好意的に話したつもりです。しかし、ダイアスパーがリスと接触することはないでしょう。ダイアスパーは劣った文化に汚染されることを避けたがっていますから」

議員たちの反応には胸のすく痛快さをおぼえた。理性的なセラニスでさえ、この侮辱にすこし色をなしたほどだった。リスとダイアスパーに、たがいに対する敵愾心を燃やさせることができたなら、問題は半分以上解決したも同然なんだがな、とアルヴィンは思った。

双方ともに、自分たちの生きかたが相手よりもすぐれていることを証明しようとして躍起になれば、両者を隔てる垣根などすぐに崩れてしまう。

「なぜリスにもどってきたの？」セラニスがたずねた。

「説得したかったからですよ。ダイアスパーの人たちにしたのと同じように。あなたがたが判断ミスを犯したことをわかってほしかったんです」

もうひとつの理由は、あえて話さなかった。リスには信用のおけるただひとりの友人がいて、その助力が必要なことは、まだ伏せておいたほうがいい。

セラニスと議員たちは、無言で話のつづきを待っている。アルヴィンには、四人の目と耳を通じて、この場にはいないおおぜいの者たちに注目されていることがわかっていた。いまの自分はダイアスパーの代表であり、この場で口にする内容しだいで、ダイアスパー自体が全リスから判断を下されることになる。責任は重大であり、その重さを考えれば、いやでも謙虚にならざるをえない。考えを整理して、アルヴィンは語りはじめた。

主題はダイアスパーのことだった。アルヴィンは最後に見たイメージのとおりに都市を形容してみせた。砂漠の胸もとで夢を見る都市——。その無数の超高層タワーは、大地につなぎとめた虹のように光り輝き、天にそそりたっている。そんなダイアスパーを讃えるいにしえの詩人の詩《うた》を、記憶の中の宝箱から選んで暗誦してみせ、都市をいっそう美しいものにするべく一生を捧げた無数の人々のことも語って聞かせた。いかなる人間も、どれだけ長生きしようとも、都市の美という宝を使いはたせたためしはなく、そこにはつねに新しいものが生まれつづけてきたこともだ。ダイアスパーの人々が創りだした驚異の数々についても、しばし熱く語った。過去のアーティストたちが創造し、人々から永遠の賛美を受けることになった芸術についても、せめて一端くらいかいま見てもらおうと努力した。地球が星々へ向けて送りだした最後の音がダイアスパーの音楽だというのはほんとうだろうかと、すこし無念さをこめて疑念を口にしたりもした。

議員たちは、いちどもアルヴィンをさえぎろうとはせず、質問をはさむこともせずに、最後まで話を聞いてくれた。いうべきことをぜんぶ吐きだしおえるころには、すっかり夜も更けていて、アルヴィンはかつてなくはげしい疲労に見まわれた。長い一日の緊張と興奮に、とうとう屈するときがきたようだ。そう思ったとたん、いきなりスイッチが切れたかのように、アルヴィンは眠りに落ちていた。

目が覚めると、そこは見慣れない部屋だった。ここはダイアスパーではない――そう気づくのに、すこし時間がかかった。意識がもどるのに歩調を合わせて、しだいに周囲が明るくなっていく。まもなくアルヴィンは、いまは透明になっている壁から射しこんでくる朝陽の、おだやかですがすがしい光に包まれた。まだすこし朦朧《もうろう》としたまま、きのうのできごとを反芻《はんすう》してみる。自分がしたことは、いったいどれほど大きな波紋をもたらすだろう？

そのとき、静かで音楽的な音とともに、壁の一面が歪みだした。とてもではないが目では追いきれない、複雑怪奇な歪みかただった。やがて歪みは開口部となり、そこからヒルヴァーが入ってきた。なかばおもしろがっているような、なかば心配しているような表情で、友はアルヴィンを見つめ、こういった。

「やっと目が覚めたか、アルヴィン。これからどうするつもりなのか、どうやってリスにもどってこられたのか、せめておれだけには教えておいてくれよ。議員連中は、地下トンネルのようすを見に出かけようとしてる。あそこを通ってどうやってもどってこられたのか、不思議でしかたがないみたいだな。じっさい、どうなんだい？　ほんとうに軌道車を使ってきたのか？」

アルヴィンは上体を起こし、大きくのびをすると、

「とめにいったほうがよさそうだ」といった。「いったところで、無駄足なだけだから。それから、きみの質問だけど——もうすこししたら答えを教えるよ」

湖のそばで、アルヴィンとヒルヴァーはようやく調査委員会の議員三人に追いついた。おたがい、少々気まずい思いであいさつを交わした。調査委員会のほうも、自分たちの行き先を知ってアルヴィンが追いかけてきたことがわかったらしいが、思いがけなくこんな場所で出会ったことで、少々とまどっているようだった。

「ゆうべは誤解させてしまったようです」アルヴィンは快活にいった。「リスへきたコースは同じでも、地下を通ってきたんじゃありません。地下トンネルを封鎖する必要はなかったんです。じつをいうと、ダイアスパーの〈評議会〉も向こう側の出入口を封鎖しましたが、なんの意味もありませんでした」

議員たちの顔は、まさに困惑の表情の見本だった。いろいろな可能性が頭の中を堂々めぐりしているようだ。

「では、いったいどうやってここへきたんだ？」

議員のリーダーがたずねたが――そこで急に、目に理解の色がきざした。どうやら真実に見当がついたらしい。アルヴィンはたったいま、山脈の向こうに、精神による指示を送ったところだったが、もしかすると、それを感知したのかもしれない。

議員の質問には答えずに、アルヴィンは無言で北の空を指さした。

そこに、銀色に輝く針が見えた。目では追えないほどの猛スピードで弧を描きながら、山脈の上空へ駆け昇っていく。うしろには長さ一キロ以上もの白熱する航跡を残している。リスの上空六千メートルの高さに到達したとき、銀色の針はぴたりと静止した。それも、まったく減速なしでだ。圧倒的な速度にブレーキをかけることもなく、直前までは猛烈なスピードで飛んでいたのに、つぎの瞬間、その場で完全に停止したのである。その動きを追いかけていた脳は、針が静止したことを即座には把握できず、目も視線をとめきれずに、天の四分の一ほど先までいきすぎてしまったほどだった。一拍遅れて、大空から雷鳴のような轟音が降ってきた。船のコース上にあった空気が、すさまじい力で引き裂かれた音だ。

ややあって、朝陽を浴びて燦然と光り輝きながら、こんどは船そのものが舞いおりてきて、百メートル先の丘の斜面に着地した。

いちばん驚いたのがだれなのか、それを見わけるのはむずかしかったが、ともあれ、最初にわれに返ったのはアルヴィンだった。みなとともに、宇宙船のほうへ歩いていきながら──むしろ、走っていきながらといったほうが正しい──アルヴィンは思った。あれはふだんから、あんな隕石みたいな飛びかたをしているんだろうか。そう思うと、なんだか不安になってきた。もっとも、はじめての飛行では、とくに動きなど感じなかったのだが。

それよりもずっと面食らったのは、まるで磨きあげられたかのように、船体がピカピカに輝いていることのほうだった。ついきのうまで、船は鉄のように硬い岩の部厚い層の下に埋もれていて、砂漠の砂の下からみずからを解放したあとも、岩と砂の層をこびりつかせていたというのに、なぜこんな状態に？　その理由はすぐにわかった。船体に手を伸ばし、不用意に手をあてがったとたん、火傷をしてしまったからである。船尾のあたりにはいまも砂の痕跡が残っているが、すべて融けて熔岩になってしまっている。それ以外の堆積物はきれいに吹きとばされ、時間にもどんな自然の力にも侵されない、堅牢無比の船体があらわになっていた。

ヒルヴァーと肩をならべ、開かれた扉の前に立ったアルヴィンは、うしろに向きなおり、ことばを失った議員たちを見つめた。この議員たちはなにを考えているんだろう――いや、正確には、リスじゅうの人間はなにを考えているんだろう。その表情からすると、一見、なにかを考えるどころではないようだが……。

「ぼくはこれから、シャルミレインに赴きます」アルヴィンはいった。「エアリーには、一時間ほどでもどってくる予定です。しかし、この旅はまだほんの始まりにすぎません。そして、ぼくが出かけているあいだに、ひとつ、みなさんに考えておいてほしいことがあるんです。

この船は、むかしの人間が地球上を旅するのに使っていた、ありふれた飛行機械ではありません。宇宙船です。それも、かつて造られたなかで、もっとも速い一隻だそうです。しかし、これをどこで見つけたのかを知りたければ、その答えはダイアスパーにあります。しかし、それを知るためには、リスのほうからダイアスパーへ出向いてもらわなくてはなりません。なぜなら、ダイアスパーのほうからリスへくることは絶対にありえないからです」

それだけいうと、アルヴィンはヒルヴァーに向きなおり、扉を指し示した。ヒルヴァーはほんのすこしためらい、慣れ親しんだ風景を見まわした。ついで、エアロックに足を踏みいれた。

三人の議員は、去っていく宇宙船を見送った。宇宙船は、いまはごくゆっくりと動いている。移動先までの距離が短いからだ。見まもるうちに、やがて船は南の彼方に消えた。ここでようやく、一行のリーダーを務める半白の若者が、哲学的な面持ちで肩をすくめ、同行の議員のひとりに向きなおった。

「きみはいつも、ぼくらが変化をもとめるたびに反対してきたな。これまではきみの勝ちだった。しかし、どちらのグループにも、もう未来はなさそうだ。リスとダイアスパーは一時代の終わりに差しかかっている。この機会を最大限に利用しないといけない」

「残念ながら、きみのいうとおりのようだ」陰鬱な口調で、もうひとりの議員が答えた。「これは深刻な危機だぞ。ダイアスパーを訪ねろといったとき、アルヴィンは自分のいっていることをちゃんと心得ていた。ダイアスパーはもう、われわれのことを知っている。であれば、これ以上はリスの存在を隠している意味がない。そろそろ、わが従兄弟たちと接触を持ったほうがいいだろう。向こうのほうも、いまはわれわれと協力したがっているかもしれないしな」

「だが、地下トンネルはどうする？　両端でふさがれているんだぞ」

「こちらのほうは封鎖を解くこともできる。遠からず、ダイアスパーも同じようにするだろう」

議員たちの精神は――いまエアリーにいる者も、リス各地にいる者も含めて――この提案を検討し、全員が心の底からの忌避感を示した。しかし、ほかに選択の余地はない。アルヴィンが期待していたよりもずっと早く、彼が蒔いた種は実を結びはじめていたのである。

船がシャルミレインに到着したとき、環状山脈はなおも影の中にたゆたっていた。この高度から見おろすと、例の要塞を収めた巨大ボウルはうんと小さく見えた。かつて地球の運命が、あんなにちっぽけな漆黒の円にかかっていたとは、とても信じられないことだった。

アルヴィンは湖のほとりの廃墟に船を着陸させた。その荒廃ぶりがあらためて実感されて、魂が凍てつきそうなほどのわびしさをおぼえた。エアロックの外扉を開くとともに、一帯の静けさが船内に忍びこんでくる。

シャルミレインにくるまでのあいだ、ほとんど口をきかなかったヒルヴァーが、ここでようやく、静かな声でたずねた。

「なんでまた、ここへきたんだ?」

アルヴィンは、すぐには答えなかった。返事をしたのは、湖のほとりまで近づいてからのことだった。

「きみに船の能力を見せたくてさ。それに、あのポリプ生物がまた群体として復活しているかもしれないじゃないか。あれには借りがある気がするんだ。だから、見つけたもののことを教えてやりたくて」

「だとしたら——もうちょっと待ってからのほうがよかったんじゃないか？　どうやら、早く帰ってきすぎたようだぞ」

アルヴィンもそれは予期していた。見こみが薄いことは承知のうえだ。それもあって、群体の復活がまだだとわかっても、失望したりはしなかった。湖面は鏡面のように凪いでおり、前回訪ねたときとちがって、一定のリズムで振動してはいない。アルヴィンは水辺にひざをつき、冷たくて黒い水の深みを覗きこんだ。

吊り鐘形をした、小さくて透き通った生きものの群れが、かろうじて見える細い触手を動かし、湖面のすぐ下を泳ぎまわっていた。アルヴィンは水に片手をつっこみ、一体をすくいあげ——そのとたん、小さく叫んであわててポリプを水中にもどした。刺されたのだ。

いつの日か——何年も先、もしかすると、何世紀も先のことかもしれない——この精神なきクラゲの群れがふたたび合体し、各個体の記憶がリンクされ、意識が芽生えるとともに、あの巨大群体が復活するときがくる。アルヴィンが発見したいろいろなことを知ったなら、群体はどう受けとるだろう。〈主〉に関する真実を知れば、けっして快くは思わないかもしれない。長年にわたって延々と待ちつづけてきた苦労が徒労であったなどとは、断じて認めないかもしれない。

いや、しかしそれは、ほんとうに徒労だったのだろうか。たとえだまされていたにせよ、長年の不寝番《ふしんばん》はついに報われたともいえる。そのままでは永遠に失われていたかもしれない過去の知識を、群体はまるで奇跡のように守りぬき、この時代にまで伝えたのだから。これでやっと、このポリプたちも心安らかに休息することができる。そして、彼らの信仰はついに、かつてみずからを永遠だと思いこんでいた百万もの宗教と同じ道をたどることになるのだ。

19

ヒルヴァーとアルヴィンは、内省的な沈黙にひたったまま、廃墟のあいだを引き返し、待たせておいた船に乗りこんだ。やがて要塞は眼下に遠ざかり、ふたたび丘のあいだの黒い影にもどった。その姿はみるみる縮んでいき、とこしえに宇宙を見つめるまぶたのない黒い目と化したのち、リスの雄大なパノラマに呑みこまれて消えた。

アルヴィンは、いっさい船を減速させようとはしなかった。事前の指示にしたがって、大地はどんどん下に遠ざかっていき、やがて広大なリス全体が一望できるようになった。この高さから見ると、リスは黄土色の海に浮かぶ緑の島といった趣きだった。いまだかつて、アルヴィンはこれほどの高空にあがったことがない。ようやく上昇がとまったときには、地球の壮大な弧が眼下に見えるまでになっていた。いまはもう、リスはかなり小さく、くすんだ砂漠にぽつんと残るエメラルド色のしみでしかなくなっている。しかし、地球の湾曲面のはるか遠くでは、なにかが極彩色の宝石のようにきらめいていた。それこそは、ヒルヴァーがはじめて目にする都市——ダイアスパーの姿だった。

ふたりは長いあいだ、カウチにすわったまま、眼下で自転する地球の姿を眺めていた。人類が古代に身につけた力のうち、軌道上にあがるこの能力は、絶対に失いたくないもののひとつだ。アルヴィンは思った——いま見ている光景をリスとダイアスパーの指導者たちに見せてやれたなら、どんなにかいいだろうと。

「ヒルヴァー」ややあって、アルヴィンは友に問いかけた。「ぼくがしようとしてること、正しいと思うかい？」

予想外な問いかけに、ヒルヴァーは驚いた。アルヴィンはときどき、唐突にこみあげてきた疑念に深く思い悩む傾向がある。そのことを、ヒルヴァーはまだ知らない。それに、アルヴィンが〈中央コンピュータ〉と対話を持った経緯も、その会見がアルヴィンの精神にもたらした衝撃の大きさについても、まだ聞かされてはいない。ともあれ、私情ぬきで答えるには、この問いはむずかしいものだった。ケドロンと同じように——ケドロンの場合は自業自得の面もあるが——ヒルヴァーもまた、アルヴィンが人生を突き進むにつれてあとに残していく渦が動きだすのを感じてはいた。アルヴィンの意志のおよばないところで事態に、いやおうなしに巻きこまれていく感はたしかにある。だが……。

「正しいと思う」ヒルヴァーはゆっくりと答えた。「ふたつの民族は、別れ別れになっていた時間が長すぎた」

じっさい、そのとおりだからな、とヒルヴァーは思った。この答えは、感情によるバイアスがかかっているにはちがいないが、本音でもある。

不安の表情のまま、アルヴィンは浮かない口調でいった。

「ひとつ、気になる問題があるんだ。双方の民族の寿命差なんだが」

それ以上はもう、いう必要がなかった。おたがいの考えていることがよくわかっていたからだ。

「それはおれも気になっていた」ヒルヴァーはうなずいた。「だけど、交流さえ再開されたら、それは時間が解決する問題だと思う。どっちの寿命も適切とは思えない。こっちのは短すぎるし、そっちのはとんでもなく長すぎる。最終的には、ちょうどいいところで折りあうんじゃないか？」

アルヴィンは考えた。たしかに、唯一の望みはそこにしかないだろう。しかし、過渡期の苦しみはそうとうつらいものになるはずだ。これで何度めになるだろうか、またしてもアルヴィンは、セラニスの耳に痛いことばを思いだした。

〝この子やわたしが死んで何世紀もたったあとも、あなたはまだ若いまま〟

とはいえ、この点はやむをえない部分でもある。そこのところには目をつぶろう。ダイアスパーでさえ、すべての友情にはかならず終わりがくるのだから。友との別れが百年後であれ百万年後であれ、別れそのものがつらいことに変わりはない。

いずれにしても、人類としての繁栄は、このふたつの文化の融合なくしてありえない。

そこには理屈を超えた確信があった。このような状況においては、個人の幸せなど重要なことではない。いまこのとき、アルヴィンは人類のことを、自分が生きていく基盤以上の存在としてとらえている。いつの日か、この選択は自分に不幸をもたらすだろう。それでもアルヴィンは、すこしも怯《ひる》むことなく、融合の道を受けいれようと決めた。

下を見おろせば、地球が際限なく自転をつづけている。友人の気分を察して、ヒルヴァーはあえて口をきこうとはしていない。ややあって、アルヴィンは沈黙を破った。

「最初にダイアスパーを離れたときは——なにが見つかるのか見当もついていなかった。あのときは、リスを見つけただけで充分だった。いや、充分以上だった。しかしいまは、地球上のあらゆるものが、ひどくちっぽけで、どうでもいいものに思えてしかたがない。なにかを見つけるたびに、いっそう大きな疑問がつぎつぎに出てきて、いっそう広い地平が開けていく。最終的に、ぼくらはどこへたどりつくんだろう……」

ヒルヴァーは黙っていた。これほど思索的な気分のアルヴィンを見るのははじめてで、ひとりごとのじゃまをしたくなかったのだ。この何分間かで、友人のことがずいぶんわかった気がしていた。

「ロボットがいうには」アルヴィンはことばをつづけた。「この船は一日たらずで〈七つの太陽〉まで到達できるそうだ。どう思う？　いくべきかな？」

「おれがやめとけといったら、いくのをやめるのかい？」ヒルヴァーは静かに答えた。

アルヴィンはほほえみ、

「それじゃ答えになってないよ」といった。「この先、宇宙の彼方にはなにが待ち受けているのかわからない。〈侵略者〉はこの宇宙からいなくなったかもしれないが、人類に友好的じゃない知性はほかにもいるかもしれないんだし」

「そんなものがいるのかな？　それはリスの哲学者たちがむかしから議論してきた疑問のひとつだけど……ほんとうに知的な種属が非友好的であるとは、とても思えないんだが」

「だったら、〈侵略者〉は？」

「連中は謎さ。それは認める。だけど、根っから邪悪な連中なら、いまごろはもう自滅してしまっているだろう。それに、たとえ自滅してないにしても――」そこでヒルヴァーは、眼下にどこまでも連なる砂漠を指さして、「――かつて人類が築いた帝国は、いまではあのありさまだ。〈侵略者〉がほしがるものなんて、どこにも残ってない」

アルヴィンはすこし驚いた。それは自分の考えとまったく同じだったからだ。こんな考えかたをする人間がほかにもいたなんて……。

「リスの人間は、みんなそんなふうに考えるのかい？」

「いや、これは少数派さ。平均的な人間は、そんなことで思い悩んだりはしない。ただ、〈侵略者〉が地球を破壊したいのなら、とうのむかしにそうしていたはずで、その点は、だれに訊いても同じ答えだろう。本気で〈侵略者〉を恐れてる人間なんていやしない」

「ダイアスパーでは、事情はまったくちがうんだ。ぼくの同胞は、みごとなくらい臆病者ぞろいで、都市の外に出るのが怖くてしかたがない。ぼくが宇宙船の場所をつきとめたと聞いたら、どんな反応を示すものか見当もつかないよ。いまごろはもう、ジェセラックが報告をすませているだろうな。〈評議会〉がなにをしているのか、ぜひ知りたいところだけど……」

「それなら教えてやれるぞ。ダイアスパーはいま、最初のリス使節団の受けいれ準備をしているところだ。ついさっき、セラニスから聞いた」

ふたたび、アルヴィンはスクリーンに目をやった。リスとダイアスパー間の長い距離が、この高さからだと、ひと目で見わたせる。いまここに、目的のひとつは達成された。いまとなっては瑣末なことに思えるが、それでも心からうれしかった。長きにわたる不毛な孤立の時代は、もうじき終わりを迎えるにちがいない。

かつての主要な目的が達成されたと知って、アルヴィンの心に最後まで残っていた疑念はとうとう払拭《ふっしょく》された。この地球で、たとえ実現するにしても、長い時間がかかると見ていた目的は、期待よりもうんと早く、うんと徹底した形で実現しようとしている。懸案がすっかりなくなったいま、行く手に待つ冒険を妨げるものはなにもない。その冒険は、おそらく最後の、そして最大のものになるだろう。

「いっしょにくるかい、ヒルヴァー？」

自分が口にしたことばの重さを嚙みしめながら、アルヴィンはたずねた。

だが、ヒルヴァーはじっとアルヴィンを見つめ、あっさりとこう答えた。

「そいつは聞くだけやぼというもんだぜ、アルヴィン。セラニスにも友だちにも、もう長旅に出ると伝えてあるんだ――一時間も前にさ」

アルヴィンがロボットに最後の指示を与えた時点で、船はかなりの高みに浮かんでいた。空中に停止している船の高度は、だいたい千五百キロというところだ。これだけ離れていても、地球は天のほとんどをおおいつくしている。砂漠だらけのその姿は、あまりぞっとしない眺めだった。この十億年間、宇宙からやってきて、しばしこうして停船したのち、そのまま立ち去ってしまった船は、いったいどれくらいいたのだろう。

指示を与えてから実行されるまでには、はっきりそれとわかるだけの間があった。まるでロボットが、地質学的な年月が経過するあいだ使われずにいた、操船機構や回路をチェックしているかのようだった。ついで――ごくかすかな音がした。船がなんらかの音を出すのを聞くのは、これがはじめてだった。小さなウィーンという音は、オクターブ単位でみるみる高くなっていき、ついには可聴域を超えた。

変化や動きの感覚はまったくなかった。それなのに、気がつくと、スクリーンには星々がよぎっていた。ふたたび地球が現われ、スクリーンを横切っていき――消えたと思うとまた現われた。見えている角度がさっきとはすこしちがう。北を探して振れる磁石の針のように、船は宇宙空間で揺れ動き、〝経路探索《ハンティング》〟を行なっているのだ。それから何分間も、宇宙はふたりの周囲でめまぐるしく回転し、ねじれつづけたが、やがてついに揺れは収まり――船は一個の巨大な砲弾となって、星の海の一角にぴたりと標的を定めた。

スクリーン中央に位置しているのは、七色に輝く壮大な環状構造――〈七つの太陽〉だ。地球はいまも、日没の黄金と真紅に縁どられた黒い弧となって、すこしだけ見えている。アルヴィンにはわかっていた。これからいよいよ、いままでの経験を超越したなにかが起ころうとしているにちがいない。長い数秒が経過するあいだ、アルヴィンは座席のアームをしっかりと握りしめ、スクリーンにきらめく〈七つの太陽〉を食いいるように見つめた。

なんの音もしなかった。いきなり周囲が歪み、視界がぼやけたように見えただけだった。が、その一瞬のうちに――まるで巨大な指で弾きとばされでもしたかのように――地球はふっとかき消えていた。そこはもう、宇宙空間のまっただなかだった。見えるのはただ、星々と奇妙に小さく縮んだ太陽のみだ。地球の姿はどこにもない。存在していなかったも同然に、きれいさっぱりと消えてなくなっている。

ふたたび、さっきの歪みを感じたが、今回はごくかすかな音をともなっていた。ついにジェネレーターがその実力の一端を示そうとしているような、そんな印象をアルヴィンはいだいた。一瞬、なにごとも起こらなかったかに思えた。太陽そのものが見えなくなっていると気づいたのは、その直後のことである。星々がのろのろと後方へ這い進んでいく。後部スクリーンをふりかえってみたが――後方にはなにも見えない。天にあったすべてのものが完全に消えてなくなり、夜の半球に呑みこまれてしまっている。見ているうちにも、星々がつぎつぎにその暗黒の半球へ吸いこまれ、水に落ちる火花のように消えていった。これはたぶん、この船が光よりもはるかに速い速度で動いているからだろう。ここはもう、地球と太陽がある馴じみの宇宙空間ではないのだ。

三たび、なんの前触れもなしに、独特のめまいをもたらす歪みが襲ってきた。さすがにこんどは心臓がとまりそうになった。この奇妙な視覚の歪みは、けっして錯覚ではない。まぎれもなく現実だ。一瞬、認識できないほどひどく周囲が歪んで見えた。その歪曲が意味するものに気づかせてくれたのは、自分でも説明できない直感の閃きだった。

(これは現実に起こっていることだ――目の錯覚なんかじゃない)

どのようにしてか、船が〝現在〟の薄い膜を貫き、驀進《ばくしん》するのに合わせて、自分は周囲の空間で起こっている変化をかいま見ているらしい。

そのとき、それまでの小さなつぶやきとは打って変わって、ジェネレーターがいきなりすさまじい咆哮を張りあげ、船全体を振動させた。その音の大きさはもちろんのこと、船が負担の大きさに抗議の声をあげるのははじめてだったので、二重の意味で衝撃的だった。ぎょっとしたのもつかのま、咆哮はすぐに収まった。急に訪れた静寂が、耳の中で、かえってやかましく鳴り響いているようだ。強力なジェネレーターは、どうやら当面の仕事をなしおえたらしい。旅の終点まで、もう出番はないのだろう。スクリーンに目を向けると、行く手の星々がつぎからつぎへと青白色に燃えあがり、紫外線の領域に入っては姿を消しつつある。科学なり自然なりのなんらかの魔法によって、〈七つの太陽〉はなおも中央に見えていたが、その位置と色彩は微妙に変化していた。暗黒のトンネルのなか、船は七つの光点をめざし、時空の境い目を躍り越え、人間の精神にはとても把握できない圧倒的な高速で突き進んでいく。

一瞬のうちに太陽系外へ飛びだしたことが、アルヴィンにはなおも信じられなかった。このまま制動をかけなければ、たちまちのうちに銀河系の中心を突っ切って、銀河系外のより広大な虚空に飛びだしていくのではないか——そんな危惧をいだいてしまうほどの、驚異的な速度だった。しかし、アルヴィンにもヒルヴァーにも、この旅のほんとうのスケールは理解できていない。宇宙探険の偉大な物語の数々は、人類の宇宙に対する見かたを根本的に変えてしまったからである。宇宙を自在に飛びまわっていた時代から何百万世紀もが経過したいまでさえ、いにしえのこの伝統はすっかり死に絶えたわけではない。言い伝えによれば、陽が昇って沈むまでのあいだに銀河系を一周してしまえる船が、かつてはほんとうに存在したという。それほどのスピードの前には、星々を隔てる何十億キロもの距離といえども、なんの障害にもならない。アルヴィンにしてみれば、この旅はリスへの最初の旅とくらべてそれほど壮大なものではなく、むしろ危険は小さくなっているように感じられた。

行く手で〈七つの太陽〉が徐々に明るさを増していくなか、たがいの思いを先に口にしたのは、ヒルヴァーのほうだった。

「アルヴィン――あの星のならび、自然のものじゃないぞ」

アルヴィンはうなずいた。

「何年も前から、ぼくもそう思っていたよ。だけど、そんなとんでもないことがあるものだろうか？」

「たしかにあれは、人が造ったものじゃないかもしれないが……知的生物が造ったことはまちがいないだろうな。自然の力にまかせていたら、星があんなふうに完全な円を描いてならぶことはないし、明るさが均等になることもない。それに、あの〈中央の太陽〉みたいなものは、見える範囲の宇宙にはないだろう、ほかに？」

「じゃあ、どうしてあんなものを造らなきゃならなかったんだ？」

「理由はいろいろ思いつくさ。たとえば、標識の可能性。銀河系外からやってきた船に、どこにいけば生命がいるかを知らせるための標識だ。あるいは、銀河系の司政の中心地であることを示す標識とか。でなければ――なんとなく、これが正解じゃないかという気がするんだが――たんに史上最大の芸術ということなのかもしれない。もっとも、いまから当て推量するのはばかげてる。二、三時間もすれば真相がわかるんだから」

「真相がわかる、か——」

たしかに、現地までいけば真相はわかるかもしれない。しかし、その真相のどれほど多くを自分たちは理解できるのだろう。そんな疑問への連想がきっかけで、精神はふたたび、自分の出生の謎に向かった。ダイアスパーから——それどころか、地球そのものから——理解を絶するスピードで遠ざかっているいま、こんなことを考えるのは、なんだか不思議な気もする。そのいっぽうで、内省的になるのもむりはないと思う。リスを最初に訪ねて以来、じつにいろいろな知識を学んできたわけだが、その知識についてじっくりと考えるひまは、これまでずっと持てなかったのだから。

いずれにしても、いまの自分にできるのは、カウチにじっとすわり、待つことだけだ。これからしばらくのあいだ、自分の未来は、この驚異の機械、自分を銀河系の中心地へと運んでいく船に——歴史を通じて至高の工学技術の産物のひとつであるこの船に——預けるしかない。望むと望まざるとにかかわらず、いまは腰をすえて考えをめぐらすべきときだろう。しかし、それに先立って、まずはヒルヴァーに、つい二日前、あわただしく別れてからのことをひととおり話しておいたほうがよさそうだ。

ヒルヴァーはアルヴィンの物語にひとこともロをはさまず、いっさい説明をもとめることもせずに、じっと耳をかたむけていた。アルヴィンが話す内容は、耳にするそばから理解できるらしく、驚いたようすはすこしも見せなかった。〈中央コンピュータ〉に会ったことや、〈コンピュータ〉がロボットの精神に行なった解除処置を聞いたときでさえもだ。もちろん、ヒルヴァーに驚くという能力が欠如しているわけではない。これはおそらく、リスの人間が知る過去の歴史が、アルヴィンの物語のどれにも劣らないほどの驚異に満ちているからだろう。

「まちがいないな」アルヴィンが話しおえると、ヒルヴァーはいった。「造られた時点で、〈中央コンピュータ〉はきみについて特殊な指示を与えられていたにちがいない。その理由が、いまならわかるだろう？」

「うん、たぶん。答えの一部は、ケドロンから聞いた話のなかにもあった。都市が頽廃に陥らないよう、ダイアスパーを設計した人たちが講じた予防策についての話だ」

「つまり、きみは自分が——これまでに現われた特異タイプたちも——完全な停滞を食いとめるための社会機構の一部だと考えているんだな？〈道化師〉たちが短期的な補整要素であるのに対して、きみときみの同類たちは長期的な補整要素だと？」

さすがはヒルヴァーだった。要点をずっと的確に整理できている。だが、アルヴィンの考えは、それとはちょっとちがっていた。

「真相はもっと複雑だと思う。こんなふうに考えれば、いろいろと辻褄があわないか？ダイアスパーが建設されたとき、意見の対立があったとしたら？外界との接触を完全に断つべきだとする閉鎖派と、多少の交流は維持するべきだとする交流派とのあいだにだよ。勝ったのは閉鎖派のほうだったが、交流派も負けを認めはしなかった。ヤーラン・ゼイは、その交流派のリーダーのひとりだったんじゃないだろうか。正面から流れに逆らうほどの力はなかったんだろうが、ともあれ、できるだけの努力はした。たとえば、地下トンネルを閉鎖させずに温存させたことさ。それに、そう、全市民の恐怖を分かちあわない者を、長い間隔をおいて、〈創造の館〉から送りだすように手配したこともそうだ。じっさい、ぼくが思うに――」

アルヴィンはふいにことばを切り、考えこんだ。考えに没頭するあまり、しばし周囲のことがすっかり意識から消えてしまっていた。

ややあって、ヒルヴァーがたずねた。

「……こんどはなにを考えてるんだ？」

「たったいま、思いついたんだが――もしかすると、ぼく自身がヤーラン・ゼイという可能性はないだろうか。十二分にありうることだろう。彼は自分の人格をメモリーバンクに登録したのかもしれない。ダイアスパーの鋳型が硬直的になってきたら、柔軟性を取りもどさせる目的で。折を見て、これまでに生まれた特異タイプたちがどうなったのかを調べてみないといけないな。そうすれば、この構図の欠けている部分が見えてくるはずだから」

「で、ヤーラン・ゼイは――それがどういう立場の人間であったかはともかくとして――特異タイプが創造されるたびに、格別のサポートをするよう、〈中央コンピュータ〉に指示しておいたというわけか」

アルヴィンの論理をたどって、ヒルヴァーが考え深げな口調でいった。

アルヴィンはうなずいた。

「そのとおり。その場合、皮肉なのは、あわれなケドロンが助けてくれなかったとしても、必要な情報はみんな、〈中央コンピュータ〉が与えてくれていただろうということだよ。ケドロンには教えない情報も、ぼくにならいろいろと教えてくれたはずだし。ただ、ケドロンのおかげで、ずっと時間の短縮になったことはまちがいない。自力では気づかなかった手がかりもずいぶんある」

「きみの仮説は、これまでにわかった事実をぜんぶ説明してはいる」ヒルヴァーは慎重な言いまわしをした。「ただし、残念ながら、最大の問題についてはまだ大きな穴があいたままだ。つまり、ダイアスパーが建設されたそもそもの目的さ。なぜ建設当時の人々は、都市の外の世界が存在しないかのようにふるまったのか？ そこのところを、ぜひ答えてほしいもんだが」

「ぼくだって、ぜひ答えたくはあるけれど、それがいつになるのかはわからない――どうやって答えるかもだ」

こうして、ふたりが何時間も費やして議論をし、先々のことを夢想しているあいだに、〈七つの太陽〉をなす光点はすこしずつ相互の間隔を広げていき、船が通過している奇妙な夜のトンネルの出口いっぱいに広がった。やがて、外側の環を形成する六つの光点は、ひとつ、またひとつと暗黒の縁の外へ消えて、とうとうトンネルには〈中央の太陽〉だけが残った。いまはもう、七つ星構造は見えないが、依然として独特の真珠色に輝いているため、ふつうの星とはちがうことがはっきりと見てとれる。その輝きは時々刻々と増していき、やがて真珠色の太陽は、光点ではなく、小さな円板にまで広がった。と、その円板が目の前で急激に膨れあがり――。

ごく短く、警報が鳴った。一瞬だけ、船内に鳴り響いた、深く響くベルのような音――。アルヴィンは思わず座席のアームを握りしめたが、そんなまねをする必要がないことはすぐにわかった。

だしぬけに、強力なジェネレーターがふたたび咆哮を発したかと思うと、つぎの瞬間、目がくらむほどの唐突さで、全天に星々が出現していた。船が通常の空間に――太陽と惑星からなる宇宙、なにものも光より速くは動けない自然の摂理にしたがう世界に――もどってきたのだ。

船はすでに、〈七つの太陽〉の星系内にいた。七色の光点が構成する巨大環状構造が、天にはひときわよくめだつ。そして、現在地から見える天の姿ときたら！　知っている星、馴じみがある星座は、ただのひとつもない。〈天の川〉にしても、もはや天のいっぽう、はるか遠くに連なる、かすかな霧状の帯ではなくなっている。船はまさに創造の中心にあり、〈天の川〉は銀河系の全周を取りまいて、星の海を水平に断ち切っていた。

〈中央の太陽〉をめざし、船はなおも、すさまじい速度で進んでいく。星系内にある残り六つの太陽は、天に点在するカラフルなビーコンだ。そのビーコンの、もっとも近いひとつからさほど遠くないところに、小さな火の粉のようなものが点々とちらばっているのが見えた。あの光は、太陽の周囲をめぐる惑星にちがいない。拡大もしていないのに、これほどの距離を隔てて見えるからには、それぞれがよほど大きいのだろう。

ここまでくると、〈中央の太陽〉が真珠光沢を帯びている理由がよくわかった。巨大な恒星はガス雲で囲まれていて、それが輻射をやわらげ、独特の色彩をもたらしているのだ。ガス雲は間接的にしか見えず、奇妙な形にねじくれており、じかに見ようとしても視認はできないが、そこに実在していることはまちがいなく、目の隅で長く見ていればいるほど、いっそう広範囲に広がっているように思える。

「さあて、アルヴィン」ヒルヴァーがいった。「探険する惑星はよりどりみどりだ。それとも、ぜんぶ探険したいかい？」

「運がよければ、そんなことはしなくてもいいと思う。どこかに連絡がつけば、必要な情報を教えてもらえるんじゃないだろうか。理屈で考えるなら、〈中央の太陽〉でいちばん大きい惑星に向かうべきだろう」

「大きすぎるのも問題だぜ。惑星のなかには、大きすぎて人間が生存できないものもあると聞いたことがある。自分の重みでつぶれてしまうんだ」

「ここでは、そんなふうにはならないんじゃないかな。この星系が完全に人工のものであることはたしかだと思う。どちらにしても、宇宙から見れば、都市や建物があるかどうかはひと目でわかるだろう」

ヒルヴァーはロボットを指さした。

「考えてみたら、あいつに訊けばいいんじゃないか？　おれたちのガイドがこの星系の出身であることを忘れちゃいけない。あいつはおれたちを自分の故郷へ連れていこうとしているんだから。しかし、あのロボット、故郷へ帰ることをどう思ってるんだろうな？」

それはアルヴィンも気になっていることだった。だが、何億年もの年月を経て〈主〉の生まれ育った故郷へ帰還するにあたり、ロボットが人間の感情に似たものを感じると想像するのは、はたして適切なことだろうか。それ以前に、これはまともな発想といえるだろうか。

〈中央コンピュータ〉に口封じのブロックを解除されて以来、つきあってきたかぎりでは、ロボットはいかなる感情の徴候も見せたことがない。アルヴィンが質問すれば答え、命令すればしたがうものの、そのほんとうの人格コアには、まったくアクセスできないことがわかっている。ロボットが人格に相当するものを持っていることには確信があった。このロボットを――このロボットと、いまは休眠状態にあるあの群体とを――ある意味でだまし、外の世界へと連れだした自分の行為を思いだすたびに、漠然としたやましさを感じてしまうのは、そういう認識があるからだ。

ロボットはいまも〈主〉の教えをすべて信じている。〈主〉が偽の奇跡をでっちあげ、信徒たちにうそを語るところを見てきてはいるが、そういった不都合な事実にも、その信仰心はまったく揺らいでいない。このロボットは、かつて人間の熱心な信者たちの多くがそうであったように、ふたつの相矛盾するデータセットと折り合いをつけることができるのだ。

ロボットはいま、遠いむかしの記憶をたどり、出身惑星にもどろうとしていた。〈中央の太陽〉の輝きにかき消されそうになりながらも、行く手にはぽつんとひとつ、かすかに光る光点がある。そのまわりに散らばる、いっそうかすかな光点は、それよりも小さな世界――目標の大型惑星をめぐる衛星の群れだ。膨大な距離を踏破してきたこの旅は、いよいよ終点に近づきつつあった。これが無駄な旅であったかどうかは、あとすこしではっきりする。

20

わずか数百万キロの距離にまで近づいてみると、その惑星は多彩な光に包まれた美しい球体に見えた。地表のどこにも、夜の闇におおわれた部分はまったくない。これはたぶん、〈中央の太陽〉のもとで自転するあいだ、ほかの六つの太陽が順番に天の夜側をよぎっていくからだろう。その光景を見て、アルヴィンには〈主〉がいまわのきわに残したことばの意味がはっきりとわかった。

〝美しきかな、永遠《とわ》の光に包まれし惑星《ほしぼし》を眺むる、その影の彩り豊かなるを〟

船は惑星にかなり近づき、大陸や大洋、かすかにけぶる大気なども見えてきた。だが、惑星全体をおおう模様には、どこかしら違和感があった。まもなくふたりは、その理由に気がついた。陸と海の境界が妙に規則的なのだ。この惑星の大陸は、自然のままの形ではないらしい。もっとも、惑星を改造することなど、ここの住民にとっては朝飯前だったにちがいない。なにしろ彼らは、〈七つの太陽〉を創るほどの存在なのだから！

「あれは海なんかじゃない！」いきなり、ヒルヴァーがいった。「見ろ——海に模様がある！」

アルヴィンにははじめのうち、友のいう意味がよくわからなかった。だが、もっと惑星に近づいてみて、ようやくその模様が見えるようになった。大陸の辺縁にそって、かすかな帯や線がいくつも走っている。それも、海岸線だと思っていた部分よりずっと〝海〟側にまでも。その光景を見たとたん、急に疑念がこみあげてきた。なぜならアルヴィンには、その線が意味するものがなにかわかったからだ。あの線は、以前にいちど、ダイアスパーの外に広がる砂漠でも見たことがある。そしてそれは、ここへの旅が無意味だったことを示唆していた。

「この惑星は乾ききっている——地球と同じように」アルヴィンは呆然として、つぶやくようにいった。「海の水はすっかり干あがってしまったらしい。あの模様は、海が蒸発したあとに塩が残ってできたものだ」

「だれかが住んでいるなら、ああなるのを放置しておくはずがないな」ヒルヴァーがいった。「結局、くるのが遅すぎたのか」

あまりにも失望が大きかったので、アルヴィンはしばし口をきく気力をなくし、行く手に広がる大型の惑星を漫然と見つめた。船の行く手で、荘重なまでに悠然と自転をつづけながら、船を出迎えるかのように、惑星の地表がぐんぐん近づいてくる。ほどなく、無数の建物が見えるようになってきた。干あがった海底を除けば、いたるところが小さな白色の建築物でびっしりとおおわれている。

かつてこの惑星は銀河系の中心だったのだろう。それがいまでは、しんと静まり返り、空中を移動するものはなく、地上にも動きまわる点の姿は——生命活動を示すものは——見当たらない。それでも船は目的ありげに、凍てついた石の海に近づいていった。その海のそこここには、白いものが集まって巨大な波を形成し、天に挑みかかっていた。

ややあって、船は停止した。まるでロボットが、とうとう記憶を源流までたどりきったかのようだった。眼下に広がるのは、大理石でできた巨大な円形施設だ。その中心には、一本の巨大な純白の石柱がそそりたっている。アルヴィンはしばらく待った。だが、船がじっと浮かんだままなので、その石柱の根元に着陸するよう指示を出した。

この期におよんでもなお、この惑星にも生物がいるのではないかと、アルヴィンはひそかに望みをいだいていた。しかし、エアロックの外扉が開いたとたん、望みはたちまちついえた。これまでの人生において、あの荒廃したシャルミレインのただなかでさえ、これほど圧倒的な静寂というものには触れたことがない。地球ではつねに、人の話し声、生物たちの息吹、風のささやきが聞こえていた。だが、そういったものは、ここではなにひとつ聞こえない。今後も聞こえる見こみはない。

アルヴィンはロボットにたずねた。

「どうしてここへ連れてきたんだ?」

その答えにはもう、あまり興味がなかったが、探究の旅をつづける気力がすっかり失せたいまも、探究心についた慣性は、そう簡単には消えてくれないようだった。返ってきたのはこんな答えだった。

「〈主〉はここから旅立った」

「そんなこったろうと思ったぜ」ヒルヴァーがいった。「なんとも皮肉な話じゃないか。〈主〉は不名誉にまみれてこの惑星を追いだされた——それなのに、見てみろ、〈主〉のために建てられたこの記念碑を！」

巨大な石柱は、方尖塔《オベリスク》のように角張った形をしていて、人間の背丈のおそらく百倍はあり、地面からすこし嵩《かさ》あげされた金属の円環の中に建てられていた。装飾はまったくない。碑文が刻んであるわけでもない。いったい何千年何百万年のあいだ、〈主〉の信者たちはここに集い、その遺徳を讃えてきたのだろう？　信者たちは、その放浪の旅のさなか、〈主〉が遠い地球で死んだことを知っていたんだろうか？

だが、いまとなっては、そんなことはどうでもいい。〈主〉もその信者たちも、ともに忘却の彼方に沈んでしまったのだから。

「なにはともあれ、外に出てみようぜ」すっかり落ちこんだアルヴィンを元気づけようと、ヒルヴァーがうながした。「わざわざ銀河系の半分を越えて、ここまで見物にきたんだ。扉の外に出るくらいのことはしたっていいじゃないか」

気は進まなかったが、アルヴィンはほほえみ、ヒルヴァーのあとについてエアロックの外に出た。外に出てみると、ちょっぴり気分が上向くのをおぼえた。たとえ死んだ世界であっても、ここには興味深いものがいろいろと眠っているにちがいない。それは過去の謎のいくぶんかを解く助けになってくれるかもしれない。

空気はよどんで古びていたが、呼吸することはできた。空にはいくつも太陽が出ているのに、気温は低い。熱といえるほどの熱を感じさせるのは、白く輝く〈中央の太陽〉だけで、その熱にしても、周囲を取りまくガス雲を通過するさい、ずいぶん弱められている。ほかの太陽は、それぞれの色を投げかけてくるばかりで、熱をまったく感じさせなかった。

そびえるオベリスクは、なんのためのものか不明だった。二、三分調べただけで、その目的を知りようがないことはすぐにわかった。強靱な素材のようだが、長い歳月を経た形跡ははっきりとうかがえる。角が丸みを帯びているし、金属の土台にしても、何世代もの信者や訪問者たちの足に踏まれて磨耗がはげしい。この場所に立った何十億もの人間のなかで、自分たちが最後のふたりかもしれないと思うと、なんだか不思議な気持ちになった。

ヒルヴァーがつぎの行動をうながしかけたとき——そろそろ船にもどって、この施設を取りまく建物のうち、いちばん近いもののところまで飛んでみようといいかけたとき——アルヴィンは妙なものを見つけた。円形施設の床に細長い亀裂が走っている。ヒルヴァーとともに、その亀裂をたどって歩きはじめた。だが、かなり歩いても、亀裂はいっこうに途切れる気配がない。それどころか、進むにつれて幅が広がっていき、とうとう人間の脚ではまたげないほどになった。

しばらくのち、ふたりは亀裂の源のそばに立っていた。上から巨大な力がかかってひしゃげ、ひび割れたのだろう、施設の床に、長さ一キロはゆうにある、巨大だが浅い窪みができていたのだ。とくに高い知能や想像力がなくとも、なぜこんなものができたかを推理するのはたやすい。はるかなむかし――といっても、この惑星が荒廃してからずっとあとのことだろうが――巨大な円筒形の物体がここに着陸し、ふたたび宇宙空間に飛びたっていったにちがいない――この惑星が過去の思い出にひたるにまかせて。

それは何者だったのだろう。どこからきたのだろう。アルヴィンには、ただ窪みを見つめ、思いをめぐらすことしかできなかった。その訪問者が訪れたのが千年前だったのか、百万年前だったのか、それを知るすべはどこにもない。

ふたりは無言で船まで歩いてもどり（かつてここに着陸した巨船の横にならべたなら、自分たちの船はどれだけちっぽけに見えることだろう！）、空中に浮かびあがると、円形施設の上をゆっくりと横切って、周囲に建ちならぶ建物のうち、もっとも印象的な一棟の前で停止した。その装飾的な入口の前に着陸したとき、ヒルヴァーが下のほうを指さした。指さされるまでもなく、アルヴィンもそれに気づいていた。

「このあたりの建物は、あまり安全そうじゃないな」とヒルヴァーはいった。「見ろよ、あそこに落ちている破片の山。まだ建ってるだけでも奇跡だぜ。この惑星に嵐があったら、とうのむかしに崩れていただろうな。どの建物にしろ、中に入るのは賢いことじゃないと思うんだが」

「自分では入らないさ。ロボットを送りこめばいい。ロボットなら、ぼくらよりも速く移動できるし、天井が落ちてくるほどの衝撃を建物に与えることもないだろう」

アルヴィンの用心深さに感心するいっぽうで、ヒルヴァーは大きな見落としを指摘した。もっともな指摘だったので、偵察に送りだす前に、アルヴィンはロボットに命じ、ほぼ同等の高度な頭脳を持つ船に対して、一連の指示を伝達させた。こうしておけば、パイロットが万一の事態に遭っても、すくなくとも人間ふたりは地球にもどることができる。

この大型惑星から得るものはなにもないとわかるまで、それほど時間はかからなかった。ロボットががらんとした迷宮をうろつきまわるあいだ、スクリーンに映しだされるのは、ほこりの積もった通路や回廊ばかりだったのだ。知的生物によって設計された建物には、その生物がどのような形態をしているのであれ、かならず一定の基本法則があるもので、どれほど異質な建築様式や設計思想であっても、しばらくその内部を歩きまわるうちに、当初の驚きは失われ、たびかさなる反復で精神が麻痺し、それ以上はこれといった特徴に気づかなくなってしまう。このあたりの建物群は純然たる居住棟だったのだろう。住んでいたのは、おおむね人間サイズの生物だったらしい。人間であった可能性も充分にある。

部屋や区画の数は膨大で、いずれも空飛ぶ生物にしか出入りできないような構造をしていたが、だからといって、この都市の建設者たちが羽を生やしていたとはかぎらない。かつては個人用の反重力装置が普及していて——ダイアスパーにはそんな名残を示すものはないが——それを使って出入りしていたかもしれないからだ。

「アルヴィン——」ややあって、ヒルヴァーがいった。「百万年かけてこの建物を探険したって、結果は同じだぞ。ここはたんに捨てられただけじゃない——価値のあるものは、みんな徹底的に持ち去られている。ここを見てまわっても時間のむだだ」

「じゃあ、どうすればいいと思う？」

「この惑星の地域を二、三ヵ所見て、どこも同じ状態かどうかたしかめるんだ——たぶん同じだろうと思うが。そうしたら、ほかの惑星もざっと調べて、根本的にほかとはちがう場合、でなければ、どこかふつうじゃない場合にだけ着陸する。おれたちにできるのは、それがせいいっぱいだろう。死ぬまでここにいたいならべつだがね」

たしかに、そのとおりだった。ここへは知的生物とコンタクトをしにきたのであって、考古学の調査にきたわけではない。知的生物とのコンタクトなら——もしコンタクトすることが可能だとしても——二、三日もあれば成否がわかるだろうが、考古学調査となると、おおぜいの人間とロボットを動員しても、何世紀もかかってしまう。

二時間後、ふたりはとうとう惑星をあとにした。もうこんなところにいないですむのがありがたかった。生命にあふれていた当時でさえ、建物だけがはてしなく連なるこの惑星は、ひどく気の滅いるところだったにちがいない。公園のような場所はまったくなく、植物が植えられた広い空間もない。なんのうるおいもない世界で、こんなところで暮らしていける生物の心理は、想像するだけでも困難だった。つぎの惑星もこの調子なら、調査はもう打ちきりにしよう、とアルヴィンは心に決めた。

だが、訪ねてみると、つぎの惑星はまったくようすがちがっており、最初の惑星とくらべると、想像できないほどの落差があった。

こちらの惑星は太陽に近く、そのぶん暑い世界であることは、宇宙空間からでもひと目でわかる。地表を部分的におおい隠す低くたれこめた雲は、水が豊富なことを示していた。しかし、海らしきものは見当たらない。知的生物が存在する形跡もだ。惑星を二周してみたが、なんらかの人工物はひとつも見つからなかった。両極から赤道にかけて惑星全体をおおいつくすのは、やけに毒々しい緑色をした一面の植物だけだった。

「この惑星は、慎重の上にも慎重に臨まないとまずいだろうな」とヒルヴァーがいった。

「この惑星は生きているが――気にいらないのはあの植物の色だ。船の中にとどまって、エアロックは絶対にあけないほうがいい」

「ロボットを送りだすだけでもだめか？」

「ああ、一瞬でもあけないことだ。きみたちは病気というものの存在を忘れてるだろうが、おれたちには病気に対する予防という考えかたがある。ここは故郷から遠いし、どういう危険が待ちかまえているかもわからない。この惑星は植物が暴走した世界なんだと思う。以前は惑星全体が庭園か公園だったんだろうが、捨てられてからというもの、自然がふたたび勢力を取りもどしたんじゃないかな。この太陽系に居住者が住んでいたころは、けっしてこんなふうじゃなかったはずだ」

ヒルヴァーがいうことはもっともで、アルヴィンもまったく同感だった。眼下の生物学的な無政府地帯には、なにかしら禍々《まがまが》しいものがある。リスとダイアスパーがともに基盤を置く秩序や調和——そういったものとは相いれないなにかがある。この十億年のあいだ、ここではいっときもやむことのない生存競争がくりひろげられてきたにちがいない。それに勝ちぬいてきた相手に対しては、十二分に注意して臨むべきだろう。

ふたりは用心深く、広大な草原の上に船を降下させた。たちまち危惧をいだいたのは、その不自然なまでの平坦さだった。草原のはずれのほうには、一段高くなった一帯があり、そちらはすっかり密林でおおいつくされている。木々の具体的な高さは見当がつかない。びっしり密生しているうえ、下生えが緊密にからみついていて、幹がほぼ埋めつくされた状態だからだ。上のほうの枝々には、羽を持った生物たちが飛びまわっていたが、その動きがあまりにも速いため、動物なのか昆虫なのかは識別できなかった。あるいは、どちらでもないのかもしれない。

そこここには、成長を競いあう木々を尻目に、局所的に十数メートルも高く樹冠を突きだした巨木があった。優位に立ったライバルを引き倒すべく、周囲の木々は一時的に同盟を組み、寄ってたかってその巨木を攻めたてている。それはきわめて静かな闘争であり、人間の目では把握しきれないほどゆっくりと進む戦いだったが、そうとわかってはいても、植物同士の戦いは、いかにも熾烈で容赦のない印象をもたらした。

それにくらべれば、草原のほうは平穏無事で、のどかにすら見えた。起伏らしい起伏はほとんどなく、全体の高低差は十センチもない。地平線に向かって右手のほうは、細い針金のような草でおおわれている。草原から十五メートルの高さまで船を降下させてみたが、動物らしきものの気配はまったく見られなかった。ヒルヴァーはこのことにかなりの驚きを示し、もしかすると動物たちは、近づいてきた船に恐れをなして地下に潜ってしまったのではないかとの考えを口にした。

草原の上に浮かんでいるあいだ、アルヴィンはヒルヴァーを説得し、ちょっとだけでもエアロックをあけさせようと試みた。ヒルヴァーは辛抱づよく、細菌、菌類、ウイルス、微生物などの概念を説明した。アルヴィンにとっては、そういう存在をイメージするのはむずかしく、そんなもので自分の身に危険がおよぶというのはいっそう理解しがたいことだった。が、議論が数分ほどつづいたころ、ふたりは異状に気がついた。ついいましがたまで行く手の森を映していた展望スクリーンが、いまはなにも映していないのだ。

「映像をオフにしたのか？」

ヒルヴァーがたずねた。いつものように、彼の精神はアルヴィンの一歩先をいっていた。

「していない」背筋に冷たいものが走るのをおぼえながら、アルヴィンは答えた。となると、考えつく説明はひとつしかない。「だとしたら……これはきみのしわざか？」

　この〝きみ〟というのはロボットのことだ。

「していない」

　自分が口にしたのと、まったく同じ答えが返ってきた。

　ロボットが自分自身の意志で動きだしたわけではないとわかって、アルヴィンは安堵の吐息をついた。こんなところで機械に反乱を起こされては、たまったものではない。

「じゃあ、なぜスクリーンになにも映っていないんだ？」

「イメージ受光部がおおわれているため」

「どういうことだ？」

　うっかり、あいまいな訊きかたをしてしまった。ロボットが明確な命令や疑問にしか反応しないことを、一瞬、失念してしまったのだ。すぐに気をとりなおして、アルヴィンはあらためてたずねた。

「なににおおわれている？」

「不明」

たしかなことだけを答えるロボットの率直さには、ときとして、人間の思考のとりとめなさと同じくらい、いらいらさせられることがある。しかし、アルヴィンがさらに問いを重ねようとしたとき、ヒルヴァーが口をはさんだ。

「アルヴィン、船を上昇させろ！」

切迫した口調だった。

アルヴィンはただちにそのとおりの指示を出した。動いている感覚がまったくないのはいつもと変わらない。まもなく、展望スクリーンに、すこしずつイメージがもどってきた。最初は像がぼやけ、歪んで見えたが——そこに見えた光景は、着陸の議論を打ちきるのに充分なしろものだった。

平らな草原は、もはや平らではなくなっていた。船の真下に巨大な突起が出現していたのだ。その突起の上部には、ぽっかりと穴があいている。船が引きちぎったあとらしい。その穴のなかで、たったいま逃げたばかりの獲物を取りもどそうとするかのように、いくつもの大きな擬足がのたのたとうごめいていた。慄然としつつ、魅いられたようにその姿を見つめるうちに、脈動する真っ赤な口がちらりと見えた。その周囲には鞭のような触手がずらりとならんでおり、同調して動いている——とどく範囲にきたものはすべて捕捉し、あんぐりと開いた口の中へ取りこむために。

いったんはとらえた獲物に逃げられて、巨大な生物はゆっくりと草原に沈んでいった。

ここにいたって、アルヴィンはようやく、下に広がるものの実態を知った。あの〝草原〟は、よどんだ海の表層に浮かぶ薄膜でしかなかったのだ。

呆然として、友にたずねた。

「なんだったんだ、あの……怪物は？」

「地表に降りて調べてないことには、なんともいえないが」ヒルヴァーは淡々と答えた。

「なんらかの原始的な形態の動物かもしれないし――シャルミレインにいたわれらが友の親戚筋という可能性だってある。知的生物でないことはたしかだろう――でなかったら、宇宙船を丸呑みにしようなんてするはずがない」

あれに呑まれたところで、とくに危険があったとは思えないが、それでもアルヴィンは動揺を抑えきれなかった。あの下に棲息しているのは、いったいどんな生物なのだろう。〝草原〟はいかにものどかそうで、さあ船の外に出てこい、弾力のある草の上を駆けまわれ、と誘《いざな》っているように見えるが……。

「ここでなら、いくらでも時間をつぶせそうだな」ヒルヴァーがいった。たったいま見た光景に、すっかり魅了されているようすだった。「こういう条件のもとだと、進化の力はかなりおもしろい結果を生みだしているはずだぞ。進化だけじゃない、退化もだ。惑星が捨てられたあと、高次の生物もきっと退行しただろう。いまはもう、均衡に達しているにちがいない。それに――あ、おい、もうここを離れるつもりじゃないだろうな？」

緑の大地が下方に遠ざかっていくのを見ながら、ヒルヴァーは心から悲しそうな声を出した。

「残念ながら、そのつもりだよ」とアルヴィンは答えた。「まったく生命のない惑星に、過剰なほど生命にあふれた惑星。どっちのほうがいやかは、なんともいえないが」

この惑星は、最後にもうひとつ、新たな驚きを用意していた。草原から千五百メートル上空で、風に乗って大気中を漂流する、ぶよぶよした気球の一群に遭遇したのだ。なかば透き通った気球の外被からは、一群の触手のようなものがたれさがっている。それは文字どおり、逆さにした森だった。どうやら、地表の熾烈な闘争を避けるため、一部の植物が大空を制覇するすべを身につけたらしい。適応の奇跡によって、この植物たちは、どのようにしてか水素を分離し、それを気嚢《きのう》に蓄え、比較的平安な大気下層部を浮遊できるようになったのだ。

しかしここでは、空の高みにあってさえ、安全が確保される保証はなかった。逆立ちした木々の幹や枝葉には、クモのような動物が大量に住みついていたからである。この動物たちは、惑星の地表から遠く離れて一生を送り、地表のいたるところで行なわれているのと同じく、空中の島でも生存競争の戦いをくりひろげているにちがいない。おそらく、ときどきは地表とも接触することがあるのだろう。というのは、アルヴィンが見ている前で、巨大気球のひとつがいきなり裂け、落下しだしたからだ。裂けた気嚢が間にあわせのパラシュートとなって、気球はゆっくりと降下していく。これは事故なのだろうか、それとも、この奇妙な生物たちの生活環の一部なのだろうか……。

つぎの惑星に向かう時間を利用して、ヒルヴァーは睡眠をとった。太陽系内に入ってからというもの、ロボットはごくゆっくりとした速度で——理由をたずねたところ、説明はできないそうだが——船を進ませている。ゆっくりとはいっても、銀河を横断したときのめくるめく速度にくらべればの話でしかないが、それでも、三つめの訪問先としてアルヴィンが選んだ惑星に到着するまでには二時間ちかくを要した。ただの惑星間移動にこんなにも時間がかかることに、アルヴィンはすこし驚いた。

惑星の大気圏内に突入した時点で、アルヴィンはヒルヴァーを起こした。

「どう思う、あれを？」

展望スクリーンを指さして、アルヴィンはたずねた。

眼下に広がるのは、黒と灰色の荒涼たる地形だった。植物らしきものの姿は見られない。その他の生物が存在する直接的な証拠もだ。ただし、間接的な証拠ならあちこちにあった。地表に連なる低い丘と浅い谷には、ところどころに完璧な形をした半球が点在しており、その一部は複雑で対照的なパターンを描くように配置されていたのだ。

ひとつ前の惑星で用心のたいせつさを学んだので、あらゆる可能性を慎重に考慮した結果、船は大気上層に待機させておき、調査のため、ロボットだけを地表に降下させることにした。ロボットの目を通して、ふたりはしだいに近づいてくる半球のひとつを見つめた。やがてロボットは、その半球の一メートルたらず上に浮かんだ。半球の表面は完璧になめらかで、なんの模様も凹凸も見られない。

出入口のようなものは見当たらず、これがなんのための構造物かをうかがわせる手がかりも見つからなかった。ただし、サイズはかなり大きい。高さは三十メートル以上もある。他の半球のなかにはもっと大きなものもあった。これが建物であるにしても、出入りする場所はどこにもないようだ。

すこしためらったのち、アルヴィンはロボットに指示し、前進してドームに触れるよう伝えた。驚いたことに、ロボットは指示にしたがうことを拒否した。まぎれもなく、これは反抗だ。すくなくとも、はじめて反抗と思える例だった。

「なぜいうとおりにしないんだ?」

驚きから覚めるとともに、アルヴィンはロボットにたずねた。

「禁じられているから」返ってきたのは、そんな答えだった。

「だれに禁じられている?」

「不明」

「だったら、どうして──いや、この質問には答えなくてもいい。その禁止の指示は、以前からきみに組みこまれていたものか?」

「ちがう」

これで可能性のひとつは消えた。このドーム群を造った者たちは、じつはロボットを造ったのと同じ種属であり、基本命令セットのなかにこの禁忌《きんき》を加えておいたのかと思ったのだが、どうやらそうではなかったようだ。

「いつその指示を受けた？」アルヴィンはたずねた。

「地表に降りたとき」

新たな希望に目を輝かせて、アルヴィンはヒルヴァーに向きなおった。

「ここには知性がいるらしいぞ、ヒルヴァー！　感知できるか？」

「いや――この惑星は、最初の惑星と同じで、死んでるようにしか感じられない」

「とにかく、地表に降りてロボットと合流しよう。ロボットに話しかけたなにかが、ぼくらにも話しかけてくるかもしれない」

ヒルヴァーは反対こそしなかったが、あまり気は進まないようすだった。アルヴィンは船を地表まで降下させ、ドームから三十メートルほどの、待機しているロボットからそう遠くないところに停止させると、エアロックを開かせた。

大気が人間に呼吸可能であると判断しないかぎり、船の頭脳がエアロックを開くことはない。そうと知っていながらも、アルヴィンは一瞬、船がミスを犯したにちがいないと思った。船外の空気はひどく薄く、肺がたちまち酸素をもとめてあえぎだしたからである。

大きく深呼吸してみると、なんとか生存できる程度の酸素は得られることがわかったが、こうも空気が薄くては、外に出ていられる限度は二、三分だろう。

ふたりはあえぐように呼吸をしながら、謎のドームに向かって歩いていき、ロボットのそばに立った。そして、もう一歩、湾曲した壁に歩みよろうとしたとき――ふたりとも、いきなり殴られでもしたかのように、ぎょっとして同時に足をとめた。それぞれの精神内に、まるで巨大な銅鑼《どら》の音のように、ひとつのメッセージが轟きわたったのだ。


危険。近づくな。


それだけだった。音声言語によるメッセージではない。純粋な思考による警告だった。おそらく、ここに近づいた生物は、その知的レベルには関係なく、一様にこの警告を受けるのだろう。それも、まったく同じ、誤解のしようのない形で――精神の奥深くに。

しかし、これは警告であり、威嚇ではない。なんとなく、アルヴィンたちにはわかった。この警告は近づく相手を脅かすためのものではない。接近者の安全を気づかってのものだ。

〝ここには本質的に危険なものがあり、われわれは――つまりドームの建設者たちは――だれかが不用意に近づいて大怪我することを心配している〟――そういった意図のもとにこのメッセージは流されているように思える。

アルヴィンとヒルヴァーは数歩あとずさり、たがいに顔を見交わして、相手が思っていることを口にするのを待った。先にこの状況を要約したのは、ヒルヴァーのほうだった。

「やっぱり、おれのいうとおりだっただろう、アルヴィン？　ここに知的生物はいない。いまの警告は自動メッセージだ。おれたちが近づきすぎた時点で、おれたちの存在に反応したんだ」

アルヴィンはうなずいた。

「どうやらそうらしい。あのメッセージ、なにに近づかせまいとして警告したんだろう？　あのドームの地下には、建物かなにかが——具体的になにかはわからないが——あるんだろうか？」

「どのドームもいまみたいに警告してくるのなら、そいつを調べる手だてはないと思う。しかし、おもしろいな。これまでに訪ねた三つの惑星は、三者三様だ。最初の惑星からはなにもかも持ちだして——二番めの惑星はほったらかしのまま放置していったというのに——ここではずいぶんな手間をかけてなにかを残している。もしかすると彼らは、いずれまたもどってくるつもりで、帰還したらすぐに、すべてを使えるようにしておきたかったのかもしれない」

「だけど彼らは、もどってこなかった——おそらく、もどってくるはずの時期をとうに過ぎたあとも」

「ああ。気が変わったんだろうか……？」

不思議だな、とアルヴィンは思った。自分もヒルヴァーも、無意識のうちに〝彼ら〟ということばを使いはじめている。〝彼ら〟が何者であれ、どんな生物であれ、最初の惑星にはその存在感が強く残っており――ここではそれがいっそう強い。この惑星はなにかを厳重にしまいこみ、ふたたび使う必要が生じるときまでだいじに保存しておくためのものらしい……。

「船にもどろう」あえぎあえぎ、アルヴィンはうながした。「ここではろくに息もできやしない」

背後でエアロックの外扉が閉じ、楽に息ができるようになると、ふたりはこれからとるべき行動を相談した。徹底的な調査をするためには、相当数のドームをめぐる必要がある。なかにはひとつくらい、警告を出さず、内部に入れてくれるドームがあるかもしれない。もしも途中で予想外の事態が起こったなら――いや、しかしそれは、そういう局面に遭遇してから考えればいいことだ。

そういう局面に遭遇したのは、それから一時間もたたないころのことだった。ロボットを六つのドームに派遣し、そのたびに同じ警告を受け、七つめのドームに向かわせようとしていたとき――ふたりはロボットの目を通じて、このこぢんまりとしてきちんと荷造りされた惑星には場ちがいな光景に遭遇した。

眼下に広がるのは広大な谷だった。そのところどころには、ぽつりぽつりと、例のドームが——いっこうに中へは入れてくれず、じれったい思いをつのらせるばかりのドームが——点在している。そんな谷の中央に、見まがいようもない大爆発の傷跡があった。爆発による破片は周囲何キロにまでも飛散しており、爆心地とおぼしき地面には、焼け焦げた浅いクレーターが抉《えぐ》られている。

そして、そのクレーターのそばには、宇宙船の残骸がころがっていたのである。

21

太古の悲劇の現場に船を着陸させたふたりは、深く息を吸いながら、目の前にそびえる巨大な残骸をめざし、ゆっくりと歩いていった。船体で残っているのはごく一部——船首か船尾のどちらかだ。ほかの部分は、おそらく爆発で吹きとばされてしまったのだろう。残骸に近づくにつれ、アルヴィンの心の中ではある考えが徐々に形をなしていき、それはしだいに確実性を増して、ついには確信へと変わった。

「ヒルヴァー」歩きながらしゃべるのは、ここの空気の薄さではむずかしい。「この船は——最初の惑星に着陸跡のあった、あの船じゃないだろうか」

ヒルヴァーはうなずいただけだった。空気をむだにしたくなかったからだ。ヒルヴァーもすでに、同じ見当をつけていた。不用心な訪問者がどうなるかという、これは格好の見本といえる。アルヴィンがこの教訓に気づいてくれればいいんだが……。

ふたりは船体のもとにたどりつき、露出した内部を見あげた。力まかせにまっぷたつにされた、巨大な建物の中を覗きこんでいるような感じだった。床、壁、天井は、爆発時にほかの部分から切断され、船の歪んだ断面図を描きだしている。アルヴィンは思った——船の残骸の中で死んだ生物たちの死体は、いまもまだ残っているんだろうか。残っているとしたら、どんなに奇妙な姿をしているんだろう。

「わけがわからない」いきなり、ヒルヴァーがいった。「船のこの部分は、かなりダメージを受けているとはいえ、まるごと残ってる。じゃあ、ほかの部分はどうなったんだ？空中でふたつに裂けて、この部分だけがここに落下したのか？」

ふたたびロボットを送りだし、残骸の周辺を調査させ、自分たちも周囲を調べてみて、ようやく答えがわかった。もう疑問の余地はない。そうではないわずかな可能性も、船のそばの小さな丘にならぶ、低い石積みの塚を見つけた時点で——それぞれの長さは三メートルほどだ——完全についえた。

「つまり、彼らはここに船を着陸させて——」考えこんだようすで、ヒルヴァーはいった。「——警告を無視したわけだ。きみと同じように探究心が旺盛だったんだろう。そして、あのドームをこじあけようとした……」

ヒルヴァーが指さしたのは、クレーターの向こう側にある、つややかでなんの模様も傷もない金属の殻——ここをあとにするさい、この惑星の支配者たちが宝物を封印していったとおぼしき、例の不可解な宝物庫だった。だが、そこにある宝物庫は、もはや半球形ではない。ほぼ完全な球状構造をあらわにして、大地にころがっている。埋めこまれていた地面ごと吹きとばされ、別の場所に放りだされたのだろう。

ヒルヴァーはつづけた。

「彼らは船を壊され、おおぜいの乗組員を失った。それでも、なんとか修理をすませて、立ち去っていった……この区画を切り離して、価値のあるものを残らずはぎとって。それは想像を絶する作業だったにちがいない！」

しかし、アルヴィンはほとんど聞いていなかった。その目はじっと、最初にこの塚の列に引きよせられるきっかけとなった、奇妙な目印を見つめていたのである。それは地面に立てられた金属の細長い棒で――最上端から下へ三分の一のあたりには水平の円板がはめこんであった。異質で見慣れない形ではあったが、長きにわたってそれが携えてきた無言のメッセージに、アルヴィンは哀悼の意を表さずにはいられなかった。

石を積みあげたこの塚の下に埋められているものを、あえて暴くことさえ辞さなければ、すくなくとも答えのひとつは得られる。しかし、その答えはわからないままにしておいたほうがいい。ここに眠るのがどのような生物であろうと、仲間たちの懸命の努力によって、彼らは安らかに眠る資格を手に入れたのだから。

ヒルヴァーにはよく聞きとれなかったが、自分たちの船にゆっくりと歩いてもどる途中、アルヴィンは小声でそっと、こんなことばをつぶやいた。

「彼らがぶじに、故郷へ帰りつけていたならいいんだが……」

「さて、つぎはどうする？」

ふたたび宇宙に出ると、ヒルヴァーがたずねた。

アルヴィンは考えこんだ顔になり、しばしスクリーンを見つめてから、問い返した。

「そろそろ引き返すべきだと思うかい？」

「それが分別のある判断ではあるな。おれたちの運も、そうそうはつづかないかもしれないし、これから訪ねるほかの惑星に、どんな驚異が待っているかわかったもんじゃない。だろう？」

良識と慎重さに裏打ちされたことばだった。いまのアルヴィンは、二、三日前とくらべて、ずっと友の良識に耳をかたむけるようになっている。しかし、はるばるここまでやってきたのだし、長年、星の世界へ出るのを心待ちにしていたことでもある。まだまだ見てまわるべき場所があるのに、ここで引き返したくはなかった。

「これからは船の外に出ないようにしよう」とアルヴィンはいった。「それに、地表にはもう着陸しない。それなら危険はないはずだ」

ヒルヴァーは肩をすくめた。この先、なにが起こっても責任は持てないぞ、といわんばかりのしぐさだった。もっとも、アルヴィンがある程度まで慎重さを見せるようになった以上、本心は口にしないほうが得策だろう。じつはヒルヴァー自身、アルヴィンに負けず劣らず、探険をつづけたくてしかたがなかったのである。といっても、この星系にある惑星で知的生物と遭遇する望みは、だいぶ前に捨ててしまっていたが。

つぎの訪問先に待っていたのは、二重惑星だった。大きな惑星が小さな惑星をしたがえ、たがいの周囲をまわりあう構造だ。大きな惑星のほうは、二番めに訪ねた惑星の双子といっても通用するほどで、よく似た毒々しい緑の層におおわれていた。ここに降下したところで意味はない。これはすでに知っている物語なのだから。

アルヴィンは小さい惑星の地表付近まで船を降下させた。船の複雑な機構から警告を受けるまでもなく、ここに大気がないことは一目瞭然だった。影という影がくっきりと濃く陰影が鮮明にきわだっている。夜と昼の境界にも段階的な濃淡はない。夜に近いものには、この星系にきてはじめて遭遇した。船が最初に降下した地域で地平線上に顔を出していたのは、遠い六つの太陽のうち、赤い太陽だけで、そのため、大地は鈍い赤の光のみに照らされて、まるで血の海にひたっているように見えた。

それから何キロも、船は山脈の上すれすれを飛びつづけた。生まれてから悠久の年月を経ているはずなのに、山はどれも鋭く尖り、峨々たる山並みを残している。ここは変化と腐朽を知らない世界、風雨の侵食を受けたことのない世界なのだろう。永続システムなどなくても、ここでは原初のままに、物体を真新しい状態で保存できるにちがいない。

しかし、空気がないのなら生命を宿せるはずはないが――いや、それとも、宿しうるんだろうか？

「もちろんさ」アルヴィンがたずねると、ヒルヴァーはそう答えた。「生物学的にいって、そいつはけっしてばかげた考えじゃない。空気のない空間だと、さすがに生命が生まれるのはむりだが――そういう環境でも生存できるように進化することはありうる。居住可能な惑星から大気が失われるつど、そういう進化は起きていたにちがいない。回数的には、それこそ何百万回も」

「だけど、知的生物が真空に適応しようとするものかな？　むしろ、空気がある環境を確保しようとするんじゃないか？」

「充分に高度な知能が発達したあとで変化が起こったのなら、空気の流出を食いとめることはできるだろう。しかし、まだ原始的な状態のうちに空気がなくなりだしたら、適応するしかない。でなければ、絶滅してしまう。そして、そうやって適応したあとで、うんと高度な知能を発達させることもなくはないはずだ。いや、じっさい、そうなる可能性は高い――知能の発達をうながす進化圧がものすごく強くなるだろう？」

　この議論は、ことこの惑星に関するかぎり、純粋に理論的なものでしかないな、とアルヴィンは思った。知的生物であろうとなかろうと、生命が生まれたことを示す痕跡など、どこにも見当たらないのだから。しかし、そうだとしたら、この惑星の存在意義はどこにあるのだろう？　いまはもう、アルヴィンは確信を持っていた。いくつもの恒星と惑星で構成された〈七つの太陽〉系は、星系全体が人工的なものであり、この惑星もまた、その壮大な構想の一部にちがいない。

あるいは、この惑星が純粋に装飾的な意図で設置されたということも考えられる。つまり、大きな兄弟惑星の空に月をかける目的でだ。しかし、たとえそうであったとしても、この惑星に装飾以外の役割があてがわれていた可能性は否定できない。

「見ろ」ふいに、ヒルヴァーがスクリーンを指さした。「あそこ、右のほう」

アルヴィンはただちに船のコースを変えさせた。眼下の地形が大きくかたむいていく。すばやい動きに、一瞬、赤く照らされた無数の岩がぶれたが、イメージはすぐに安定した。眼下をすべるように流れていくのは、見まがいようもない証拠——ここになんらかの生物がいたことを示す証拠だった。

ただし、見まがいようもないのはたしかだが、それは当惑させられる眺めでもあった。大地に連なっているのは、大きな間隔を置いて一列にならべられた、細い柱の列だったからである。柱と柱の間隔は三十メートルで、各々の柱の高さは、その倍はあった。列柱ははるか彼方にまで連なっており——遠ざかるにつれて縮んでいくその姿には、なにかしら催眠術的な効果がある——ついには遠い地平線に呑みこまれていた。

アルヴィンは船を右に旋回させ、柱の列にそって進ませはじめた。この柱はいったい、なんのためのものだろう？　柱はどれも完全に同じ形をしていて、一定の間隔を崩すことなく丘を乗り越え、谷を這い進んでいる。柱がなにかを支えていた形跡はない。どれもつるつるで、模様のたぐいはいっさいなく、上のほうへいくにつれて、わずかに先細りになっている。

唐突に、柱の列は向きを変え、直角に曲がった。アルヴィンがあわててコースの変更を指示したときには、列柱はすでに何キロも後方へ遠ざかってしまっていた。船はただちに旋回し、柱の新たな向きに合わせて進みはじめた。

列柱は完全に同じ間隔を維持したまま、途切れることなく大地を行進していく。やがて、さっきの屈曲点から五十キロのところで、前と同じく唐突に、柱はふたたび直角に向きを変えた。この調子でいくと、いずれ出発点にもどってしまいそうだ。

はてしなく連なる列柱には、意識をぼうっとさせる効果があった。そのため、柱の途切れめに差しかかったとき、ふたりとも即座には反応できず、ようやくヒルヴァーが「船をもどせ！」と叫んだ時点では、その場所を何キロも通りすぎてしまっていた。アルヴィンは反射的に——彼自身はなにかに気づいたわけではなかったが——船に反転を命じた。そして、高度を落とさせ、ヒルヴァーが見つけた問題の箇所の周囲を旋回させた。ふたりの心に、あるとんでもない疑念が形をなしはじめたのは、その光景をじっくりと眺めだしてからのことである。もっとも、最初のうちは、おたがい、それを口にするのがためらわれたが。

柱のうちの二本は基部付近でへし折れ、大地にころがる多数の岩の上に倒れこんでいた。しかし、それだけならまだいい。問題なのは、その倒壊した柱の両脇に立つ二本の柱が、とてつもない力によって、それぞれ外側にねじ曲げられていたことだ。

それがほのめかす恐ろしい結論からは逃れようがなかった。アルヴィンのいだいた疑念は、やがて確信へと変わっていった。この列柱は、リスでたびたび見たものの同類にちがいない——ただ、そのスケールがはるかに大きいため、にわかにはそれと気づかなかっただけで。

「ヒルヴァー」いまだに自分の結論を口にするのがためらわれて、アルヴィンは友に声をかけた。「これがなんだかわかるか?」

「とても信じられないが、おれたちがいままで周囲を飛んでいたのは——動物の囲いだな。この柱の列は〝フェンス〟なんだ。ただし、どうもフェンスとしての強度がたりなかったようだが」

「ペットを飼う人間というものは」笑いを含んだ声で、アルヴィンはいった。人はときどき、畏怖を感じていることをごまかそうとして神経質な笑い声をあげるものだが、これはまさに、そんな笑いかただった。「ペットをきちんと管理しておく方法を知っておくべきなんじゃないのか?」

ヒルヴァーは、アルヴィンの見せかけの快活さにはまどわされず、壊れたフェンスを無言で見つめていた。眉根を寄せているのは、深く考えこんでいるしるしだ。

「わけがわからない」ややあって、ヒルヴァーはいった。「逃げた生物は、こんな惑星で、どうやって餌を手に入れていたんだろう。それに、なぜこの囲いを破って逃げだしたりしたんだ？　くそっ、それがどんな動物かわかるんなら、なんだってくれてやるのに」

「もしかすると、ここに置き去りにされて、空腹のあまり逃げだしたのかもしれないぞ」アルヴィンは推測を口にした。「でなければ、なにかにわずらわされて、ここにいられなくなったのか」

「高度を落とそう」ヒルヴァーがいった。「地面のようすをよく見たい」

船は降下し、荒涼とした岩石平原に触れんばかりになった。よく見ると、硬い岩の大地は無数の小さな孔だらけになっていた。ふたりがそれに気づいたのは、地表すれすれまで近づいてからのことだった。孔の直径は四、五センチほどか。しかし、フェンスの外には、この謎めいたあばたはまったく見られない。フェンスのラインで急に途切れている。

「きみのいうとおりだろうな」ヒルヴァーがいった。「逃げた生物は腹ぺこだったんだ。ただし、そいつは動物じゃなかった。たぶん、植物と呼んだほうが正確じゃないだろうか。そいつはフェンスの内側にある岩の養分を吸いつくしたあと、新たな養分をもとめて外へ出ていった。その動きはたぶん、うんと緩慢なものだったと思う。あの柱を押し倒すだけでも、何年もかかったかもしれない」

じっさいのところはわかるはずもないのだが、アルヴィンの想像力は、ここで起きた過去のできごとを頭の中で詳細に再現した。ヒルヴァーの分析が基本的に正しいことには疑いを持っていない。植物の怪物は、ふつうに見ているだけではわからないほどゆっくりと移動し、自分を囲いこむフェンスを相手にして、時間はかかるが容赦のない戦いを仕掛けていたのだろう。

その怪物は、ここを出て長い年月を経たいまも生きていて、惑星の地表をさまよっているのかもしれない。しかし、それを見つけだすのは絶望的に思える。惑星の地表全体を、縦横に捜索しなければならないからだ。とりあえず、フェンスの裂け目から数平方キロの範囲をざっと調べてみたところ、地面にひときわ大きなあばたの痕が見つかった。直径は約百五十メートルというところだった。どうやら怪物は、ここで停止して食事をとったらしい。もちろん、硬い岩から養分を吸収する生物に〝食事〟という概念をあてはめられるならの話だが。

ふたたび宇宙へと舞いあがったとき、アルヴィンは奇妙なやるせなさをおぼえていた。この星系にきてから、いろいろなものを見た。だが、自分はいまだなにも学んでいないに等しい。訪ねた惑星は、たしかに数々の驚異に満ちてはいたが、アルヴィンが探しもとめていたものは、どの惑星でもとうのむかしに失われてしまっていた。この調子でいくと、〈七つの太陽〉系のほかの惑星を訪ねてもむだだろう。銀河系にまだ知的生物がいるのなら、どこを探せばいい？　展望スクリーン全体に、塵のように散らばる無数の星々を見つめて、アルヴィンは実感した。自分に与えられた時間をぜんぶ使っても、この星々をすべて探険してまわることはできないだろう……。

　これまでに経験したことのない、圧倒的な孤独感と無力感に押しひしがれそうだった。いまならわかる——宇宙という広大な空間を前にしたダイアスパーの恐怖が。都市というちっぽけな小宇宙に引きこもった同胞たちの恐怖が。結局のところ、同胞たちが正しかったとは認めたくないところだが……。

　なぐさめをもとめようとヒルヴァーに向きなおり——アルヴィンはぎょっとした。ヒルヴァーが両手を固く握りしめ、その場に立ちつくしている。目の焦点が合っていない。頭はいっぽうにかしげており、まるで全感覚をふりしぼって周囲の虚空に耳をかたむけているかのようだ。

「どうした？」

　声に心配をにじませて、アルヴィンは問いかけた。どうにか声がとどいているらしい反応が得られたのは、もういちど呼びかけてからのことだった。なおもしばし虚空に耳をかたむけてから、ヒルヴァーはようやく答えた。

「なにかがくる」ゆっくりとした口調だった。「おれには理解できないなにかが……」

　船内の温度が、急にぐんと下がったような錯覚をおぼえた。〈侵略者〉に対する種属的な悪夢が頭をもたげ、すさまじい恐怖とともにのしかかってくる。意志の力をふりしぼり、パニックを起こしかけた精神の手綱を懸命にとりながら、アルヴィンはたずねた。

「そいつは友好的か？　それとも、急いで地球に逃げたほうがいいか？」

ひとつめの問いに対する答えはなかった。答えがあったのは、ふたつめの問いに対してのみだった。ヒルヴァーの声はごく小さかったが、そこには警戒心も恐怖もいっさいなく、聞きとれるのは極度の驚きと、強い好奇心だけだった。想像を絶するなにかに遭遇して、アルヴィンの問いになど答えているひまはない──いかにもそういいたげなヒルヴァーの返事とは……。

「手遅れだ──もうここにきてる」

ヴァナモンドに意識が芽生えてから、銀河系はどれだけ自転をくりかえしたことだろう。初期の年月のこと、そのころ自分の世話をしてくれた生物たちのことは、ほとんど記憶にない。ただし、その生物たちが自分ひとりだけを残し、星々の世界へ去ってしまったときのさびしさはよく憶えている。以来、太陽から太陽をめぐること幾星霜《いくせいそう》──その間《かん》に、彼はすこしずつ進化し、力を増大させてきた。そのむかしは、自分を誕生させてくれた生物たちといまにもめぐりあえるのではないかとわくわくしていたものである。その夢も、いまはだいぶ薄れてしまったが、まだ完全に消えてしまったわけではない。

あれから数えきれないほどの惑星をめぐった。しかし、見つかるのはいつでも、生命が残した遺物ばかりだった。知的存在を発見したのは、ただの一度だけだ。その一度きりの機会にしても、ほうほうのていで〈黒い太陽〉から逃げだすという、惨憺《さんたん》たるものだった。とはいえ、銀河系はとほうもなく広大であり、探索の旅はまだはじまったばかりでしかない。

はるか遠く——といっても、この時空内のことではあったが——銀河系の中心付近に、巨大なエネルギーの爆発を感じとったのは、ちょうどそんなときだった。何光年もの彼方から差し招いているかのようなその爆発は、星々が放つ輻射とはまったく性質を異にしており、雲ひとつない夜空をよぎる流星のように、突如としてヴァナモンドの意識の野に出現した。ヴァナモンドは時空を一気に跳躍し、爆発の最後の余韻めざして近づいていった——あまりにも変化のない過去の、退屈きわまりないパターンから脱却するために。

それは細長い金属の物体だった。とんでもなく複雑なその構造は、ヴァナモンドの理解を完全に超えていた。物理世界のほとんどあらゆるものと同じく、彼にしてみれば、これもまた奇妙な存在でしかない。物体の周囲には、エネルギーの名残が——銀河系の彼方から自分を招きよせたあのエネルギー爆発の名残が——なおもオーラとなってまとわりついている。しかし、いまヴァナモンドの興味をとらえているのは、そのオーラではなかった。ヴァナモンドは用心深く、野獣のそれにも似た、神経質なまでの敏感さをもって、いつでも逃げられる態勢をとりながら、その物体内に見つけたふたつの精神へと意識を伸ばした。

そしてついに、長かった探索の旅が終わりを告げたことを知ったのである。

アルヴィンは友の両肩をつかみ、がくがくと揺さぶった。現実の大いなる認識のもとへ引きもどそうと必死だった。

「なにがあったのか教えてくれ！」懇願せんばかりの口調になっている。「どうすればいいんだ？　なにか手伝えることはあるか？」

うつろだったヒルヴァーの目に、すこしずつ生気がもどってきはじめた。

「……まだよくわからないが……」やっとのことで、ヒルヴァーは答えた。「……怖がる必要はない——それはたしかだ。あれが何者であれ、こちらに危害を加えるつもりはない。相手はただ——興味を持っているだけなんだ」

その意味をたずねようとしたとき、アルヴィンはふいに、かつてまったく経験したことのない独特の感覚に圧倒された。なにかあたたかい、ちかちかと光る輝きのようなものが全身に広がっていく。それはほんの数秒間つづいただけだったが、その感覚が去ったとき、彼はもうアルヴィン単独ではなくなっていた。なにかが自分の脳を共有している。ひとつの環が部分的に別の環にかぶさっているような、そんな感じなのだ。同時に、すぐそばにあるヒルヴァーの精神までもが知覚できた。アルヴィンと同じように、ヒルヴァーもまた、ふたりの上からおおいかぶさってきた存在と精神的にからみあっているのだろう。それは不愉快というよりも、奇妙さが先に立つ感覚だった。ここにおいてアルヴィンは、生まれてはじめて本物のテレパシーの——ダイアスパーの市民たちからは退化してしまい、いまでは機械のコントロールにしか使えなくなっている能力の——なんたるかをかいま見た。

かつてセラニスに精神を支配されそうになったとき、アルヴィンは抵抗した。しかし、今回の侵入に対しては、はなから抵抗しようとすらしなかった。これほど圧倒的な力には抵抗してもむだなだけだし、この存在が何者であれ、非友好的でないことは感じでわかる。ゆえにアルヴィンは、なるべくリラックスし、いっさいの抵抗をすることなく、はるかに偉大な知性が——無限ともいえるほど偉大な知性が——自分の精神内を探っているという事実を受けいれた。ただし、この認識は、事実とはすこし異なっている。

ヴァナモンドはただちに、ふたつの精神のうち、かたほうがもういっぽうよりも共感力にすぐれ、接触しやすいことを見てとった。もうひとつ判明したのは、どちらの精神も、自分という存在に対して心底から愕然としているという事実だった。その事実に対して、ヴァナモンドはおおいに驚いた。そもそも、ものを忘れることができるということ自体、彼には信じられない。忘却は、死という運命と同じく、ヴァナモンドの理解を超えるものなのだ。

意思の疎通はきわめて困難だった。ふたつの精神が持つ思考＝イメージの多くは非常に奇妙で、どうにも認識しがたいものだった。くりかえし現われる〈侵略者〉というものへの恐怖パターンには、とまどいをおぼえると同時に、少々恐れをいだきもした。そのパターンは、〈黒い太陽〉がはじめて自分の知識の野に入ってきたときにいだいた感情を想起させたからである。

しかし、ふたつの精神は、〈黒い太陽〉のことをなにも知らなかった。そして、いま、ふたつの精神の内部には、みずからの疑問が形をなしつつあった。

（――おまえは何者だ？）

彼は自分に返せる唯一の答えを返した。

（わたしはヴァナモンドだ）

間があった。この者たちの思考パターンが形をなすまでには、なんと時間がかかるのだろう！ ついで、同じ質問がくりかえされた。この者たちには、いまの答えが理解できなかったらしい。これは奇妙な反応だった。この者たちの同類が名前を与えてくれた事実は、誕生時の記憶にしっかりと残っている。その時期の記憶は非常にすくなく、不思議なことに、時間の一点においてはじまっているのだが、それでも、きわめて鮮明ではあった。

ふたたび、ふたつの精神のちっぽけな思考がヴァナモンドの意識に接触を試みた。

（――〈七つの太陽〉を造った人々はどこにいる？ その人たちの身になにが起きた？）

知らなかったので、知らないと答えた。ふたつの精神は、とても信じられないという反応を示した。両者の失望はあまりにも鋭く、強烈だったため、ふたつの精神とヴァナモンドの精神とを隔てる深い淵をも越えて、はっきりと伝わってきた。しかし、ふたつの精神はなかなか辛抱づよく、両者と接触を持つうちに、ヴァナモンドは進んで手助けをしてやろうという気持ちになってきた。両者が探究しているものはヴァナモンドのそれと同じであり、その事実は彼に、はじめて経験する仲間意識というものを与えてくれたのである。

自分が生きているあいだに、この音なき会話ほど奇妙な経験をすることは二度とないだろう、とアルヴィンは思った。それに、自分がただの傍観者でしかないと思い知らされるのは、はなはだつらいものだった。ヒルヴァーの精神のほうが、いくつかの点ではるかに勝っていることを、ほんとうは認めたくない。自分の心の中だけであってもだ。だが……。アルヴィンとしては、自分の理解のおよばない思考の奔流をなかば呆然として見まもり、とりあえずの結果が出るまで待つほかなかった。

ややあって、ヒルヴァーはすっかり青ざめ、緊張したようすで、ひとまず接触を中断し、友に向きなおった。

「アルヴィン」ひどく疲れた声になっていた。「どうも妙なことになっている。おれにはさっぱりわけがわからない」

そのことばには、アルヴィンの自尊心を多少とも取りもどさせる効果があった。たぶん、ほっとした思いが顔に出たにちがいない。というのは、ヒルヴァーが急に、思いやりのこもった笑みを浮かべてみせたからだ。

「この――ヴァナモンド――というのが、いったいなんなのか、どうしてもわからない」ヒルヴァーはつづけた。「とてつもない量の知識を持った存在ではある。しかし、知能はそんなに高くないようだ。いや、もちろん、その精神がまったく異質な構造を持っていて、人間には理解できないという可能性もあるが――なんとなく、そうじゃないような気がする」

「で、わかったことは？」じれったい思いで、アルヴィンはせかした。「〈七つの太陽〉のことをなにか知ってたか？」

ヒルヴァーの精神は、どこか遠くにあるような感じだった。

「あれはたくさんの種属によって造られたものだそうだ。そのなかには人類も混じっていた」意思の疎通に意識を割かれているようなようすで、ヒルヴァーはいった。「ヴァナモンドは、そういう事実を語ることはできる。しかし、その意味を理解してはいないらしい。過去のできごとを知識として持ってはいるが、それを解釈することはできないんだと思う。過去に取りこんだあらゆる知識が、その精神の中で乱雑に散らばっているようだ」

ヒルヴァーは、しばし考えこんだ顔でことばを切った。が、すぐに顔を輝かせて、

「ともあれ、するべきことはひとつしかない。なんとかしてヴァナモンドを地球に連れていって、うちの哲学者たちに研究させないと」

「そんなことをしてもだいじょうぶかな？」

「だいじょうぶだよ」おまえらしくないことをいうじゃないか、といわんばかりの口調で、ヒルヴァーは請けあった。「ヴァナモンドは友好的だ。いや、そんなものじゃない。じっさい、なついているといってもいい」

唐突に、アルヴィンの心の目に、いままでずっと意識の縁に浮かんでいた考えがはっきりと見えた。思いだすのは、しじゅう脱走してはヒルヴァーの友人たちを怒らせ、困らせていた、クリフその他の動物たちのことだ。そして、もうひとつ——ああ、なんとむかしのことに思えるんだろう！——ヒルヴァーがシャルミレイン方面へ出かけた裏には、動物学への関心があったことも。

ヒルヴァーはここに、新しいペットを見つけたのである。

22

つい二、三日前なら、こんな会談が持たれる日がこようとは信じられなかっただろうな、とジェセラックは思った。リスからきた六人の訪問者は、馬蹄形テーブルの開いた側からすこし離して置かれたテーブルにつき、〈評議会〉の面々と向きあっている。そう遠くないむかし、アルヴィンがあのテーブルのあった場所に立たされ、ダイアスパーはあらためて世界から閉ざされねばならないとの裁定を聞かされたときのことを思いだすと、皮肉な思いを禁じえない。なにしろ、いま、世界はダイアスパーへ強引に押しいってこようとしているのだから。それも、地球という惑星だけではなく、宇宙までもがいっしょにだ。

〈評議会〉そのものにも変化が生じていた。辞任した評議員は、じつに五人にものぼる。自分たちが直面する責任と問題とを受けとめきれず、ケドロンがひと足先にたどった道を追って、眠りについてしまったのだ。数百万年来の本格的な試練に直面できない者は、たんにその五人にとどまらず、おおぜいの市民がぞくぞくとあとを追っていた。その事実は、ダイアスパーなる計画が失敗だったことの証明かもしれないな、とジェセラックは思った。

目が覚めたときは危機が去っており、ダイアスパーが見慣れた状態にもどっていることを期待して、メモリーバンクのつかのまの忘却に逃げこむ――そんな市民は、すでに何千人もいる。しかし、その期待が報われることはけっしてない。

〈評議会〉にできた空席を埋めるため、ジェセラックはあらためて評議員に選ばれていた。アルヴィンの教師ということで、微妙な立場ではあるが、必要不可欠の存在でもあるため、退席をもとめる者はだれもいなかった。いまついているのは、馬蹄形テーブルの一端だ。この席には大きなメリットがある。訪問者たちの横顔だけでなく、同僚である評議員たちの顔もひととおり見える点だ。同僚たちの表情からは得られることが多い。

いまにして思えば、アルヴィンはたしかに正しかった。〈評議会〉はゆっくりと、不愉快な真実を認識しつつある。たとえば、リスからの代表団は、ダイアスパー最高の頭脳たちよりもずっと頭の回転が速いということだ。それに加えて、彼らは驚くほどの協調ぶりを示した。ジェセラックの見るところ、これはおそらく、テレパシー能力の賜物だろう。もしかすると彼らは、評議員側の思考を読んでいるのかもしれない。いや、それはないか。心は読まないという確約を破ることを、向こうはまずしないだろう。その約束なくして、この会談は成立しないのだから。

もっとも、会談にはほとんど進展が見られていなかった。それをいうなら、そもそも、進展する余地があるとも思えない。〈評議会〉はリスの存在こそかろうじて認めたものの、現状についてはいまだ認識できずにいるからである。ただ、ひどく恐慌をきたしていることは明らかだった。その点はたぶん、リスからの訪問者たちも同様だろうが、恐怖を表に出さないようにする能力は、向こうのほうがずっと上らしい。

ジェセラック自身は、思っていたほど恐ろしさを感じてはいなかった。たしかに、恐怖は厳然とそこにある。だが、その恐怖をなんとか見すえることはできた。アルヴィンの無謀さは——それとも、勇気というべきだろうか？——将来への展望を一変させ、新たな地平を切り開きつつあるようだ。もちろん、自分自身がダイアスパーの外壁の外へ足を踏みだせるとは思っていない。しかし、アルヴィンをあそこまで駆りたてていた強烈な衝動を、いまなら多少は理解できる気がした。

ふいに議長から質問され、虚をつかれたジェセラックは、すぐさまわれに返って答えた。

「わたしが思うに——いままでこういう事態が起こらなかったのは、純然たる偶然というべきでしょうな。われわれは、過去において十四人の特異タイプが出現したこと、彼らが創造される背景には明確な計画があったにちがいないことを知っています。その計画は、リスとダイアスパーが永遠に別れ別れの状態に終止符を打つためのものだったのでしょう。アルヴィンはそれを実現させたわけですが、彼がやったことの一部は、およそ当初の計画にあったとは思えません。〈中央コンピュータ〉？　きみならそれを裏づけられるのではないかね？」

感情の感じられない声が、打てば響くように答えた。

「当該評議員は、設計者たちから与えられた指示について、わたしがコメントできないことを承知しているはずだ」

ジェセラックは、やんわりとしたこの叱責を受けいれた。

「どんな背景があったにせよ、事実を否定することはできません。アルヴィンが宇宙へ飛びだしていったことは事実なのです。彼がもどってきたなら、あなたがたは、もう二度と外へ出ていかないような処置を講じようとするかもしれませんが――はたしてうまくいくかどうか。そのころには、彼はうんといろいろなことを学んできているでしょうからね。そして、あなたがたが恐れているとおりの事態が訪れたとしても、われわれにできることはなにもありません。地球はまったくの無力なのです――何百万世紀ものあいだ、ずっとそうであったように」

ジェセラックはことばを切り、テーブルを見まわした。

「しかし、なぜ警戒せねばならないのか――わたしにはその理由がわからない。いまの地球は、かつてほど大きな脅威にさらされているわけではありません。たった一隻の小舟に乗ったふたりの人間が、ふたたび〈侵略者〉の怒りを招いたりするでしょうか。自分に正直になるのであれば、これはだれもが認めざるをえないことでしょうが――〈侵略者〉にその気があれば、とうのむかしに地球を滅ぼせていたはずではありませんか」

気まずい沈黙が降りた。ほかの評議員たちが納得していないことがはっきりとわかる。これは異端なのだ。じっさい、以前はジェセラック自身、この考えを異端として排斥していたものだった。

眉間に深い縦じわを刻んで、議長がいった。

「ある伝説によれば、〈侵略者〉が地球を滅ぼさなかったのは、人類が二度と宇宙に進出しないと約束したからではなかったかね？　われわれはいま、その停戦協定を破ったことになるのではないか？」

「しかし、それは伝説にすぎません」ジェセラックは反論した。「われわれは多くのことを無批判に受けいれています。これもまたそのひとつであり、この伝説が事実であるという証拠はありません。これほど重要なことがらが、〈中央コンピュータ〉のメモリーに記録されていないとはとうてい考えられませんが、事実、〈コンピュータ〉はそんな協定の存在をいっさい知りませんでした。自分で問い合わせてみたところ、そのような答えが返ってきたのです。ただしそれは、情報機器を通じての問い合わせでしかありませんでした。このさいですから、〈評議会〉として、じかにこの件を質問してみてはどうです？」

もういちど禁断の領域に踏みこんで、ふたたび〈中央コンピュータ〉に叱責される危険は冒したくなかったので、ジェセラックは議長に水を向けた。

だが、返答はなかった。というのは、その瞬間、リスからの訪問者たち全員が、着席したまま、びくっとからだをこわばらせたからである。訪問者たちの顔は一様に、信じられないという思いと不安の表情に凍りついている。どの代表も、遠くからの声が心にささやきかけるメッセージに耳をかたむけているらしい。

評議員たちは待った。ことばなき会話が長びくにつれて、その不安は刻々といや増していく。ややあって、代表団のリーダーが、精神感応時に特有の無表情な状態から脱すると、申しわけなさそうな顔を議長に向けた。

「たったいま、リスから知らせが入りました。非常に奇妙、かつただならぬ知らせです」

「アルヴィンが地球にもどってきたのですね？」議長がたずねた。

「いえ、ちがいます。アルヴィンではありません。なにか別のものです」

忠実な船をエアリーの林間の広場に着地させたとき、アルヴィンは思った。人類史上、かつてこんな荷物を地球に持ち帰った船があっただろうか。もっとも、ヴァナモンドがほんとうに船の物理空間内にいるのかどうかは、アルヴィンにはわからない。帰りの船旅のあいだも、ヴァナモンドが船内にいる形跡はまったくなかった。ヒルヴァーによると——これはヴァナモンドからじかに聞いた話らしいが——空間のどこかに在《あ》るといえるのは、ヴァナモンドの意識圏だけのようだ。ヴァナモンド自身は、どの空間にも局在しているわけではない——おそらくは、どの時間にも。

船の外にはセラニスと五人の議員が待っていた。議員のひとりは、前回の訪問のとき、アルヴィンも顔を合わせたことのある人物だった。あのとき見たほかのふたりは、いまはダイアスパーに出かけているのだろう。代表団はうまくやっているだろうか。都市の側は、数百万年来、はじめて外界からきた訪問者という存在に、どう対処しているだろう。

「どうやら、アルヴィン——」息子を出迎えたあと、セラニスが淡々とした口調でいった。「あなたはとんでもない存在を見つける天才のようね。もっとも、さすがに今回のような特殊な発見を超えるには、しばらく時間がかかるだろうけれど」

驚いたのは、アルヴィンのほうだった。

「では——ヴァナモンドは、もうここに？」

「きているわ、何時間も前に。どのようにしたのか、あなたの宇宙船がとった航路を逆にたどってきたそうよ。それだけでも、とんでもない芸当だけれど、それは同時に、興味深い哲学的問題をもたらしたの。どうも彼は、あなたと遭遇した瞬間に、リスに到着していた形跡があってね。ということは、彼には無限のスピードが出せるということでしょう。それだけではないわ。この数時間のうちに、ヴァナモンドがいろいろ教えてくれたのは、わたしたちにはまったく未知の歴史だったのよ」

アルヴィンは呆然としてセラニスを見つめ——ついで、やっと事態を理解した。ヴァナモンドがリスの人々に与えたであろうインパクトの大きさは、多少なりとも想像がつく。

だが、鋭敏な知覚をそなえ、相互に同調する能力に長けた精神を持つリスの人々は、驚異的な速さでそれに対応したにちがいない。リスの賢者たちに囲まれてすこし萎縮したヴァナモンドの姿が、なんだか目に見えるようだった。

「ヴァナモンドがどういう存在か、もうわかりましたか？」アルヴィンはたずねた。

「ええ。そこのところは簡単にわかったわ。起源はまだ不明だけれどね。ヴァナモンドは純粋な精神体なの。その知識には限界がないみたい。でも、彼は子供なのよ。文字どおりの意味で、子供なの」

「そう、子供なんだ！」ヒルヴァーが叫んだ。「もっと早く気づいて当然だったのに！」

当惑の表情を浮かべるアルヴィンに、セラニスは同情するような目を向けた。

「つまり、ヴァナモンドの精神は巨大で、おそらくは無限の容量を持つけれど、まだまだ未成熟で未発達だということよ。彼の知的発達の度合いは、人間のそれにもおよばないくらい」セラニスは微苦笑を浮かべた。「もっとも、その思考プロセスは人間のそれよりもはるかに速いから、ものすごい勢いでものごとを学んでいるわ。それから、彼はわたしたちがまだ理解していない力をいろいろと持っているらしいの。どうやら彼の精神は、過去全体を見わたせるようでね。口で説明するのはむずかしいんだけれど。地球からの航路を逆にたどるのにも、もしかすると、その能力を使ったのかしら」

アルヴィンはことばもなく、リスの人々のすごさに圧倒される思いで立ちつくしていた。

ヴァナモンドをリスに連れてこようといったヒルヴァーは、やはり文句のつけようがなく正しかったといえる。いまにして思えば、あのとき、セラニスの裏をかいて逃げだせたのは、たんに運がよかっただけにちがいない。この先、もう二度とあんなむちゃはしないよう、肝に銘じておかなくては。

「ということは――」とアルヴィンはたずねた。「ヴァナモンドは、生まれたばかりだということですか？」

「彼の基準では、そう。実年齢はそうとうのものだけれどね。ただ、人類の種齢よりは若いみたい。というのは、自分を創造したのは、わたしたち人類だと主張しているからなの。彼の起源が、過去の大いなる謎の数々と密接な関わりを持っていることは、まずまちがいないでしょう」

あれは自分のものだと思っていることをうかがわせる口調で、ヒルヴァーがたずねた。

「これからヴァナモンドはどうなるんだ？」

「いまはグレヴァーンの歴史家たちが質問攻めにして、過去の主要な概略を把握しようとしているところよ。ただし、ひととおりのことがわかるまでには、何年もかかるでしょう。ヴァナモンドは過去を細部にいたるまで完璧に叙述することができるけれど、自分が見たもののことは理解してはいないから、その内容を解釈するのがとてもむずかしいの」

セラニスはどうやってそこまで知ったんだろう？　アルヴィンは首をかしげ――そこで

すぐに気がついた。おそらく、リスで目覚めているすべての精神は、この大いなる研究の過程を見まもっているにちがいない。自分はダイアスパーだけではなく、リスにも大きな影響をもたらしたのだ。そうとわかって、誇らしい気持ちがこみあげてはきたものの――いっぽうで、その誇らしさにはもどかしさも入り混じっていた。精神的な交流については、自分には分かちあうことができず、完全には理解することもできない。人間の精神同士の直接的接触でさえ、アルヴィンにとっては大いなる謎でしかないのだ――耳の聞こえない者にとっての音楽や、目の見えない者にとっての色彩のように。それに対してリスの人々は、この想像を超えて異質な存在と――自分が地球に連れてきたのに、自分が持つ知覚では存在を探知することさえできない存在と――思考を交換しあえる……。

ここには自分の居場所がない気がした。知りたいことは山ほどあっても、ヴァナモンドへの質問がおわったあとで、だれかから答えを教えてもらうことしかできない。無限への門を開いたアルヴィンは、自分がしたことのすべてに対して、畏怖を――恐怖さえも――感じずにはいられなかった。こんな精神状態でみずからの心の平安を得るには、ちっぽけながらも馴じみ深いダイアスパーの世界へもどり、その庇護のもとで、自分の夢と大望を正面から見つめ、理解する必要がある。なんとも皮肉な話ではあった。都市と決別して、星々へ冒険の旅に出たはずの人間が、怯えて母親のもとへ駆けもどる小さな子供のように、故郷へ逃げ帰ろうとしているのだから。

23

ダイアスパーは、しかし、諸手《もろて》をあげてアルヴィンを歓迎してはくれなかった。都市はなおも大混乱のさなかにあり、棒で巨大なハチの巣を思いきりたたいたような惨状を呈していたからである。住民たちの多くは、いまなお現実に直面しようとしてはいなかったが、リスと外界の存在を断固として認めようとしない者たちは、メモリーバンクに受け入れを拒否され、逃げようにも逃げこむ先を失っていた。自分たちの夢にしがみつき、未来への逃げ道をもとめる者たちは、〈創造の館〉へ足を踏みいれても、もはや目的が達せられることはない。熱を持たない分解の炎も、訪問者を歓迎してはくれない。市民はもう、時の川の流れを十万年ほど下った先で、いやなことをすべて精神から洗い流され、心安らかな状態で目覚めることはないのだ。〈中央コンピュータ〉はどんな訴えにも耳を貸そうとはせず、受け入れ中止の理由もいっさい説明しようとはしなくなっている。かくして、未来へ逃げるつもりだった者たちは、すごすごと市街へ引き返し、この時代の問題に直面することを余儀なくされたのだった。

アルヴィンはヒルヴァーとともに、〈公園〉の外縁部の、〈評議会ホール〉からさほど遠くないところへ船を着陸させた。じつは最後の最後まで、都市内に船を進入させられるかどうかには自信がなかった。都市の空は、なんらかの遮蔽スクリーンにより、外界と隔てられているためである。ダイアスパーでは、ほかのあらゆるものと同じように、空までもが人工的要素で構成されている。すくなくとも、部分的にはそうだ。夜というものは、人類が失ったすべてを思いださせる星々ともども、都市に侵入することをゆるされない。遮蔽スクリーンにはさらに、ときおり砂漠で荒れ狂い、動く砂の壁で空をおおいつくす嵐から都市を護る効能もある。

さいわい、目には見えない守護者《スクリーン》は、アルヴィンたちの乗った船を通してくれた。眼下に広がるダイアスパーを見て、アルヴィンは自分が故郷に帰ってきたことを強く実感した。宇宙とその謎がどれだけ自分を魅きつけようとも、ここここそは自分が生まれた場所であり、ここそは自分が属するところにほかならない。けっして満足することはないが、つねに帰ってくる場所——それがアルヴィンにとってのダイアスパーなのだ。銀河系を半分がた横断してわかったのは、その単純な真実だった。

船が着陸するよりも前から、群衆は早くも〈公園〉に集まっていた。同胞である市民たちは、帰ってきた自分をどんなふうに迎えるのだろう、とアルヴィンは思った。エアロックを開く前から、展望スクリーンを通して、市民たちの表情はたやすく読むことができた。

一同に支配的な感情は好奇心らしい。それ自体、ダイアスパーでは新しいものといえる。ほかには、好奇心と混じりあった不安も見られた。そここには、まぎれもなく恐怖の表情もあった。自分がもどってきたことを喜んでいる者は——と、ちょっぴりせつない気持ちで、アルヴィンは思った——ここにはひとりもいないようだった。

いっぽう、一般市民とは対照的に、〈評議会〉のほうは進んでアルヴィンを受けいれてくれたものの——それは純粋な好意によるものではなかった。この危機をもたらした張本人とはいえ、今後の方針の基盤となる事実を提供できるのは、ただひとり、アルヴィンだけだったからだ。深い関心をもって耳をそばだてる評議員たちを前にして、アルヴィンは〈七つの太陽〉への航行のこと、ヴァナモンドとの出会いのことを語った。そののちは、おびただしい質問の嵐にさらされ、そのひとつひとつに辛抱強く答えていった。予想外の忍耐強さに、質問者たちは驚いたことだろう。アルヴィン自身もすぐ気がついたように、評議員たちの意識の表層にあるのは、〈侵略者〉に対する恐怖だった。ただし、その名前を口にした者はひとりもいなかったし、アルヴィンのほうからこの問題を切りだしたときには、みんな露骨にいやな顔をしたものである。

「〈侵略者〉がまだこの銀河系にいるのなら、ぼくらはかならず遭遇していたはずです。なんといっても、銀河系の中心部を訪ねてきたのですから。しかし、〈七つの太陽〉系に知的生物はいませんでした。ヴァナモンドによって裏づけられる前から、その状況はすでに推測していたとおりです。〈侵略者〉ははるかむかしに立ち去ったのでしょう。すくなくともダイアスパーと同じくらいの年齢らしいヴァナモンドも、〈侵略者〉のことはなにひとつ知りません」

「ひとつ仮説があるのだが」唐突に、評議員のひとりがいった。「いまのわれわれの理解を超えた形で、ヴァナモンドは〈侵略者〉の、なんらかの子孫とは考えられないだろうか。自分では起源を忘れてしまっているが、だからといって、いつの日か、また危険な存在にならないとはかぎるまい」

それを聞いたとたん、傍聴者として出席していたヒルヴァーが、発言の許可も得ずにしゃべりだした。アルヴィンははじめて見た。

「いいですか。ヴァナモンドはおれの心を覗きこんだんですよ。おれだって、彼の心のいくぶんかをかいま見た。リスのみんなは、彼について、すでにたくさんのことを学んでいます。たしかに、彼が何者なのかはまだわかっていません。しかし、ひとつ確実なことがあります。ヴァナモンドは友好的であり、われわれを見つけて喜んでいるということです。ヴァナモンドを恐れる必要なんて、これっぱかりもありません！」

興奮ぎみにまくしたてたあと、ヒルヴァーは少々気まずそうな顔で口をつぐみ、肩の力をぬいた。しばしの沈黙が降りた。これ以後、〈議事室〉内の緊張は、すこしやわらぐことになる——まるで、出席している者の心から暗雲が払われたかのように。議長としては、本来、ヒルヴァーの差し出口を譴責《けんせき》すべきところなのだが、あえてそうはしなかった。

評議員らの議論を聞くうちに、アルヴィンにも見えてきたことがある。〈評議会〉には市民たちの考えかたが反映されており、どうやら三つの派閥ができているらしい。少数派である保守派は、いまなお時計の針をもどし、かつての秩序を取りもどす可能性に希望をつないでいた。あらゆる道理にそむいて、ダイアスパーとリスの住民を説得し、おたがいの存在を忘れさせられる可能性にしがみついているのだろう。

進歩派についても、保守派と同程度の少数派ではあった。しかし、アルヴィンとしては、そもそも進歩派が〈評議会〉に代表を送りこめたこと自体、うれしくもあり、意外でもあった。進歩派としても、外界の侵入を心から歓迎しているわけではないが、それを最大限に利用しようと考えてはいる。なかには、これを機に、十億年にわたってダイアスパーを孤立させてきた障壁を——物理的障壁よりもはるかに強力な心理的障壁を——破る方法が見つかるのではないかという者までいる。

もっとも、評議員のほとんどは、大多数の市民の気分を的確に反映して、用心深く状況を見まもり、未来のパターンが見えてくるまで待つ、という姿勢をとっていた。嵐が過ぎ去るまでは、包括的な計画は立てられないし、方向性の定まった施策をとれないとわかっているからだ。

会議がおわると、ジェセラックがアルヴィンとヒルヴァーのもとへやってきた。広大な砂漠を一望しながら、〈ローランの塔〉で最後に会ったときとくらべて――そして、別れたときとくらべて――ジェセラックは明らかに変わって見えた。それはアルヴィンが予想もしなかった変化だった。きたるべき時代においては、この手の変化を、これからますます目にするようになるのだろう。

なによりも、ジェセラックは若返ったように見えた。まるで、生命の炎が新しい燃料を得て、血管の中で盛大に燃え盛っているような感じだった。アルヴィンはダイアスパーに大きな挑戦をつきつけた。そしてジェセラックは、これほどの高齢であるにもかかわらず、その挑戦を受けいれることのできた人間のひとりだったのだ。

「いくつか知らせておくことがある」ジェセラックはいった。「ジェレイン議員は知っているな？」

一瞬、だれのことだかわからなかったが、すぐに思いだした。

「ええ、もちろん――リスで最初に会った人たちのひとりです。今回の代表団の一員なんですね？」

「そのとおり。あの男とは妙にウマが合ってな。あれは切れ者だぞ。そのうえ、わたしが可能だと思っていたレベルよりもはるかに高い次元で人間の精神を理解している。まあ、本人にいわせれば、リスの基準ではほんの初心者でしかないそうだが。そのジェレインが、ダイアスパーに滞在しているうちにと、いかにもきみの喜びそうな計画を進めつつある。

われわれを都市に閉じこめている心理的強制力を分析するというんだ。そして、その仕組みが解明できたら、その強制力を取り除くこともできると考えている。ジェレインに協力するダイアスパーの人間は、すでに二十人ほどが名乗りをあげた」

「先生もそのひとりなんですね？」

「あ、ああ、うん」ジェセラックは、アルヴィンがいままで見たなかで、もっとも恥じらいにちかい表情を見せた。師のこんな表情を見る機会は、今後、二度とないかもしれない。

「たしかに、簡単なことではないし、けっして愉快なことではない——が、じつに刺激的だな」

「ジェレインはどこから手をつけるといっていました？」

「手はじめに、〈冒険譚《サーガ》〉の洗いだしからはじめるそうだ。かたっぱしから〈サーガ〉を構築させて、それを経験するわれわれの反応を調べていくんだよ。この齢になって、また子供時代のレクリエーションを体験しようとは思わなかったぞ！」

「〈サーガ〉ってなんだい？」ヒルヴァーがたずねた。

「空想的な夢の世界さ」アルヴィンは説明した。「すくなくとも、ほとんどは空想的だ。なかには、歴史的な事実に基づく物語もあるけどね。都市のメモリーセルには、何百万もの〈サーガ〉が記録されていて、どんな冒険でも経験でも好きなものを選べる。イメージ・インパルスが精神に送りこまれているあいだは、それが本物同然に感じられるんだ」

アルヴィンはジェセラックに向きなおった。

「ジェレインが選んでいるのは、どんなタイプの〈サーガ〉なんです？」

「きみも見当がついているだろうが、ほとんどはダイアスパーを出ていくタイプのものでな。なかには、体験者が無数に重ねてきた人生のなかで、もっとも初期の人生にまで――都市創世期のころの人生にまで――遡る物語もある。ジェレインは、この心理的強制力の起源に近づけば近づくほど、それを取り除くのが簡単になると考えているんだよ」

この知らせに、アルヴィンは力づけられる思いだった。ダイアスパーの門戸を開いただけでは、なすべき仕事の半分を達成したにすぎない。だれも外へ出ていかなければ意味はないのだ。

ヒルヴァーが意地の悪い質問をした。

「ダイアスパーを出ていけるようになりたいと、本気で思ってるんですか？」

「いいや」ジェセラックは言下に否定した。「都市外に出ると考えただけでも、わたしはぞっとする。しかし、ダイアスパーだけが重要な世界だと考えるのは決定的なあやまちだ。それは承知している。論理にしたがうならば、そのあやまちを矯正するためになんらかの処理がなされなくてはなるまい。気持ち的には、わたしにはまだまだ都市を離れることはできないだろう――おそらくは、これからもずっと。しかしジェレインは、都市の人間の一部であれば、リスに連れていけると考えている。わたしとしては、喜んでその実験の手助けをするつもりだよ――心の半分では、それがうまくいかないことを願いながらもね」

アルヴィンは尊敬も新たに老教師を見つめた。ジェセラックはもう、思いつきの力を軽んじてはいないし、理屈ぬきで人を行動へと駆りたてる力を過小評価してもいない。勇気をもって冷静に対処するジェセラックと、未来へあたふたと逃げてしまったケドロン――そんなふたりを、アルヴィンは比較せずにはいられなかった。とはいえ、だいぶわかってきた人間なるものの性質に照らしてみれば、いまはもう、〈道化師〉を軽蔑する気はまったくないのだが。

手をつけたというその計画を、ジェレインはかならずやりとげるだろう。ジェセラックのほうは、いくら本人が出なおしたい気持ちにあふれていても、生涯のパターンを破るには、さすがに齢をとりすぎているかもしれない。しかし、それはどうでもいい。リスの心理学者たちのすぐれた指導があれば、きっと強制力からの脱却に成功する者たちが出てくる。そして、ひとたび少数の者が十億年の軛《くびき》から解き放たれれば、残りの者があとにつづくのは時間の問題だ。

障壁がすっかりなくなったとき、ダイアスパーはどうなるだろう？　リスはどうなるだろう？　なんとかして、それぞれの最良の部分は残し、新しく生まれてくる、より健全な文化に融合させてやらなくてはならない。それは気の遠くなるような仕事であり、各人が持つ英知と忍耐のかぎりを必要とするだろう。

今後、だれもが直面することになる摺りあわせのむずかしさは、すでに一端が見えはじめている。一例をあげれば、リスからの代表団は、都市部に用意された住居に住むことを丁重に断わった。かわりに彼らが住んでいるのは、リスの環境に多少ともちかい〈公園〉に設けられた仮住まいだ。そんななかで、ヒルヴァーだけは例外だった。不定壁と刹那的な家具の部屋に住むことを最初はいやがったものの、長くここに住むわけではないからとの約束を支えに、アルヴィンの歓待を雄々しく受けいれたのである。

生まれてこのかた、ヒルヴァーは孤独というものを感じたことがなかったが、ダイアスパーにきてはじめて、それがどういうものかを思い知った。ヒルヴァーにとっての都市は、アルヴィンにとってのリスよりもいっそう奇妙に感じられる場所であり、その際限のない複雑さと、周囲の空間に一センチもあまさずひしめく何百万もの見知らぬ人々には、ただただ圧倒され、憂鬱な気分にさせられた。これがリスであれば、住民はすべて知っている。直接会ったことがある者もいればない者もおり、ごく希薄なつながりしかない者も多いが、それでもすべての人間を知っている。ところがダイアスパーでは、人生を千回くりかえしても、すべての人間と知りあうことはできない。ゆえに、こんなことで思い悩む必要はないと知りながらも、なんとなく気が滅いってしまうのである。自分の世界とはなにひとつ共通するもののない都市。そんな場所にヒルヴァーをつなぎとめているのは、唯一、アルヴィンとの友情だけだった。

アルヴィンに対する自分自身の感情を、ヒルヴァーはときどき分析してみようと試みる。ヒルヴァーが共感をいだくのは、小さな生きもの、懸命に努力する生きものに対してだ。アルヴィンに対する友情も、じつは同じところに端を発しているのだろうと思う。アルヴィンのことを、わがままで頑固で自己中心的で、他人の愛情を必要としておらず、たとえ愛情を示されてもそれに応えることができない人間と思っている者は、ヒルヴァーのこんな考えを聞いたら、きっと意外に思うにちがいない。

ヒルヴァーはアルヴィンがそんな人間ではないことを知っている。はじめて会った時点で、本能的にそれと悟った。アルヴィンは探究者だ。探究者というものは、自分が失ったなにかを探しもとめるものと決まっている。そして、それが見つかることはめったになく、かりに見つかったとしても、探究をはじめる前より大きな幸せが手に入ることはいっそうめずらしい。

アルヴィンがなにを探しもとめているかを、ヒルヴァーは知らない。アルヴィンをつき動かしているのは、大むかし、卓抜した知恵と技倆でダイアスパーを設計した天才たちに——あるいは、その設計者たちと意見を異にする、いっそうすぐれた天才たちに——組みこまれた動因らしい。都市のあらゆる人間と同じように、アルヴィンにも機械的な面があり、その行動は組みこまれた要素によってあらかじめ決定されている。それなのに、同胞である都市の住民たちからすれば、アルヴィンはまるっきり理解できない存在であり、それゆえに、ときとして、アルヴィンが都市住民としての感情を共有していることを忘れてしまう。アルヴィンのことを同じ一個の人間として見るためには、まったく異質な環境からきた部外者の目が必要なのである。

ダイアスパーに着いて二、三日で、ヒルヴァーはこれまでの生で会った人間よりもおおぜいの人々と出会った。といっても、それはたんに顔を合わせたという程度のことで——知りあったといえる者はひとりもいない。都市の人口はきわめて過密だから、住民たちはたがいの心から一定の距離をとる習慣を身につけており、その距離を縮めることは、部外者にはとうてい不可能だ。都市の住民に得られるプライバシーは精神のそれしかなく、ダイアスパーの際限ない社会活動に従事するあいだでさえ、心のプライバシーにしがみついている。そんな都市の住民が、あわれではあった。しかし、あわれむ必要はさらさらないことも、ヒルヴァーはちゃんと知っていた。都市の住民たちには、自分たちが失ったものの大きさがわかっていない。コミュニティが与えてくれるぬくもり、帰属意識のもたらす安心感を——リスのテレパシー社会では、それが全員を強固に結びつけているのだが——理解することができない。都市の人間は礼儀正しいので、みんな本心を隠そうとしてはいるが、これまでに話しかけた住民のほとんどは、じつはヒルヴァーのことをひそかにあわれむ目で見下していた。〝信じられないほど退屈で単調な暮らしを送る田舎者〟と思っていることは明らかだった。

アルヴィンの保護者であったエリストンとエタニアについては、心やさしくはあるが、現状にとまどっているだけの、まったく取るにたらない人物として、念頭から消し去った。血縁関係のない人間のことをアルヴィンが父母と呼ぶのが、ヒルヴァーにはどうにも理解できない。父母ということばは、リスではいまも古代のまま、生物学的につながった親のことを指すからである。ダイアスパーの創造者たちによって、生と死の法則が崩されたことを思いだすには、絶えず想像力を動員しておく必要があった。周囲ではこれだけ人の活動が活発なのに、ときどきヒルヴァーには、都市がやけに閑散として見えることがある。それは子供たちがいないからだ。

長きにわたる孤立に終止符が打たれたいま、ダイアスパーはどうなってしまうのだろう、とヒルヴァーは考えた。都市の住民にとっていちばんいいのは、十億年ものあいだ市民を呪縛してきたメモリーバンクを破壊してしまうことかもしれない。たしかにあれは、奇跡的な機構ではあるが――おそらく、科学というものが生みだした至高の勝利だろう――それは病んだ文化、さまざまなものに恐怖をいだいてきた文化の産物でもある。その恐怖のなかには、現実に基づくものもあるが、いま顧みれば、想像の産物としか思えないものも多い。ヴァナモンドの精神を探究した結果、その想像がもたらす恐怖のパターンが、ヒルヴァーにはある程度見えていた。あと二、三日もすれば、ダイアスパーもそれを知り――

みずからの過去のどれほど多くが神話であったかを思い知るだろう。

とはいえ、もしもメモリーバンクが破壊されてしまったなら、この都市は千年とたたずに滅びてしまう。住民たちが自力で子孫を増やす能力を失ってしまっているからである。それはだれもが見すえなければならないジレンマだ。もっともヒルヴァーは、すでに有望そうな解決策の兆しをかいま見ていた。技術的な問題にはつねに答えがあるものであり、リスの人々は生物科学の専門家にほかならない。あとから加えられた変化なら、かならずもとにもどせる——ダイアスパーの人々がそう望みさえすれば。

しかし、都市の住民はまず第一に、みずからがなにを失ったかを学ぶところから始めなくてはならない。都市の住民の教育には、何年も、もしかすると何世紀もかかるだろう。しかし、教育はすでに始まっている。その最初のレッスンは、まもなく、リスと接触したときにも劣らない大きな衝撃をともなって、ダイアスパーを震撼させるにちがいない。

それは同時に、リスをも震撼させるはずだ。ふたつの文化は、おたがいのあいだにいろいろな差異があるとはいえ、双方ともに、同じルーツの流れを汲む人間が営むものであり——同じ幻想に縛られている。自分たちが失った過去に対して、両者が冷静でゆるぎない視線をすえ、ふたたび事実を見すえるならば、ふたつの文化はどちらも健全さを増すにちがいない。

24

巨大な円形劇場は、メモリーバンクの外で目覚めているダイアスパーの住民全員を収容できるように設計されていた。一千万もの座席のうち、空席はほとんどない。なだらかなスロープ上の、全体を一望できる高みから内側を見わたしたアルヴィンは、その特徴から、シャルミレインを思いださずにはいられなかった。形状といい大きさといい、ふたつのクレーターはそっくりだ。シャルミレインのクレーターに人間をぎっしり詰めこんだなら、いまのここと見わけがつかないだろう。

だが、両者には根本的なちがいがあった。シャルミレインの巨大なボウルが現実の存在であるのに対して、この円形劇場はそうではなく、過去においても実在したことがない。これはたんなる幻影——必要が生じるまで〈中央コンピュータ〉のメモリーで眠っている電荷のパターンにすぎないのである。現実には、アルヴィンはいまも自室にいる。まわりにいる何百万もの人々も、その点は変わらない。もっとも、各自が現在地から動こうとしないかぎり、この幻影は完璧だった。ダイアスパーが破壊され、避難してきた市民全員がこの円形劇場に集まっていると説明されても、たやすく信じられそうなほどリアルにできている。

　都市生活がここまで徹底的にストップさせられる事例は、千年に一回もない。この措置の目的は、全住民が〈市民総会〉へ参加できるようにすることにある。リスにおいても、ちょうどいま、これに相当する集会が開かれているはずだ。向こうでは、じっさいに持たれているのは精神だけでの集会かもしれないが、もしかすると、ここの架空の集会に匹敵するほどリアルで、本人たちが生身で出席しているように思えるイメージが持たれているのかもしれない。

　補整していない視力で見るかぎり、周囲にいる顔のほとんどは見覚えがあるものだった。一キロ以上先、三百メートルほど下には、小さな円形のステージがある。全世界の注目が集まっているのは、まさにそのステージにほかならない。これほど距離が離れているというのに、ステージのようすが手にとるように見えるのは、なんだか不思議な感じがした。たんに見えるだけではない。演説がはじまれば、ステージで語られるすべての内容は、ダイアスパーにいるすべての人々と同じく、きわめて鮮明に聞こえるだろう。

　ステージの上には霧がたゆたっている。その霧が、ふいに人の形に凝縮しだし、やがてカリトラックスの姿をとった。リスの地では、ヴァナモンドが地球にもたらした情報から過去を再構成する作業が行なわれているが、カリトラックスはそのグループのリーダーだ。

とほうもない労力を要するその作業は、本来なら、なんら成果があがらなくてもおかしくはないところだった。それも、膨大な年月が関与しているという理由だけではなしにだ。アルヴィンは一回だけ、ヒルヴァーの精神能力の助けを借りて、自分たちが見つけた——じっさいには向こうが見つけたというほうが正しいかもしれないが——奇妙な存在の精神をかいま見させてもらったことがある。ヴァナモンドの思考はなんの意味もなさないものだった。音の反響する広大な洞窟で、一千人の人間が声をかぎりに叫んでいるような感じ、とでもいえばいいだろうか。しかし、リスの人々は、からみあったその声を解きほぐし、余裕のあるときに分析するため、記録することができた。うわさによれば——ヒルヴァーはそのうわさを否定も肯定もしなかったが——現時点で解明されている歴史はあまりにも奇妙な内容であり、この十億年間、すべての人類が信じてきた歴史とは似ても似つかないものだという。

いよいよカリトラックスが語りはじめた。明晰できちょうめんなその声は、目の前十センチのところから聞こえてくるように思える。アルヴィンだけでなく、ダイアスパーの全住民にもそのように聞こえているはずだ。ついで、アルヴィンは、なんとも形容しがたい形で——夢の中で論理に反することが起きても、その夢を見ている人間にはちっとも変とは思えないように——円形劇場の高みで自分の座席にすわりながら、そのいっぽうで同時にカリトラックスのそばに立ってもいるという、なんとも不思議な経験をした。もっとも、この不可解な現象自体には、とくにとまどいをおぼえることもない。これまで科学が自分に与えてきた驚異や、時空を超えたさまざまな現象——それらのすべてを受けいれてきたのと同じように、なんの疑念も持つことなく、すんなりと受けいれた。

カリトラックスは最初に、人類の通説となっている歴史をごく手短に要約してみせた。手はじめに語ったのは、〈薄明の時代〉の諸文明における未知の人々のことである。その人々は、とくにこれといったものは遺さなかった。遺したのはひとにぎりの有名な名前と、すでに色褪せかけていた〈帝国〉の伝説のみだった。最古の時代から——と伝説にはある——人類は星々を願ってやまず、ついにはそれらを手に入れた。以後、数百万年をかけて、人類は銀河系じゅうに広まり、つぎからつぎへと各地の太陽系を支配下に置いていった。ところがそこへ、銀河系の外に広がる暗黒から突如として〈侵略者〉が襲いかかってきて、人類が獲得したものをことごとく奪いとってしまった——。

太陽系への撤退には長い歳月を要し、その間《かん》に、人類は辛酸を舐めさせられたという。地球そのものは、シャルミレインの周辺で荒れ狂った伝説の激戦でかろうじて救われた。そして、すべてがおわったとき、人類に残されていたのは、過去の栄光の記憶と、自分が生まれ育った母星だけだった。

以来、人類は、長い長い時間をかけて凋落してきた。いちどは銀河系を支配しようと望んだ人類が、みずからのちっぽけな惑星の大半を捨てるはめになり、リスとダイアスパーという、ふたつの孤立した文明に——周囲を取りまく砂漠によって、宇宙空間という深淵に隔てられた星々と同じく、完全に隔絶されたふたつの生命のオアシスに——閉じこもったことは、このうえない皮肉というほかない……。

カリトラックスは、ここでいったん、ことばを切った。アルヴィンには——アルヴィンだけでなく、市民総会に出席している全員にも——歴史家がまっすぐに自分を見つめているように思えた。その眼差しは、自分が見たもののことがいまだに信じられずにいる者のそれだった。

「以上が——」とカリトラックスはいった。「——有史以来、われわれが信じてきた物語です。しかし、ここにおいて、わたしはこう申しあげねばなりません——その物語は虚偽であったと。細部にいたるまで、ことごとくが虚偽であったと。あまりにも作りごとが多すぎるために、いまにいたるも、われわれには真実との接点が見つけられずにいるありさまです」

このことばの意味が聴衆の心に浸透するまで、カリトラックスはしばらく待った。ついで、ゆっくりとした注意深い口調で、リスとダイアスパーの人々に対し、ヴァナモンドの精神から得た知識を語りはじめた。

じつは、人類が自力で星々に到達したということからして、すでに虚偽だった。人類のささやかな帝国は、冥王星とペルセポネの軌道までが限界だった。恒星間空間は、人類の力ではとうてい超えることのできない障壁だったのだ。それもあって、まだ若かった人類の文明は、太陽周辺の領域に集中していた。星々のほうから太陽系に近づいてきたのは、そんな状況でのことだった。

　このコンタクトがもたらした衝撃は、すさまじいものだったにちがいない。当時の人類は、いちどは失敗したものの、いつの日か恒星間空間を征服できるものと信じこんでいた。さらに、宇宙には自分たちと同等の知的生物はいても、自分たちを超える存在はいないものと思いこんでいた。だが、そんなふたつの思いこみは、どちらもまちがっていたことが判明した。星々の世界には、人類よりも偉大な精神たちが存在していたのである。それから何世紀ものあいだ、最初は他種属から入手した船で、やがては借り物の知識で建造した船で、人類は銀河系を探険した。いたるところに文明があった。いずれも、なんとか理解することはできるが、人類文明など足もとにもおよばない、高度な文明ばかりだった。もうじき人類の理解を超えた世界へ昇華してしまいそうな精神たちとも、たくさん遭遇した。

　そういった経験は、劇的なショックをもたらしはしたが、人類発展の新たな礎《いしずえ》となった。悲しみにひたりつつ、ずっと賢明になった人類は、太陽系にもどってくるや、宇宙で得た知識をじっくりと検討しだした。そして、自分たちの置かれた立場を受けいれ、未来への希望をつなぐ計画を練りはじめた。

　かつて人類が最大の興味を向けていた対象は物理科学だった。その興味はいま、いっそうの熱烈さをもって、遺伝子工学と精神科学に注がれた。どれほどのエネルギーを費やしても、人類は自分たちを進化の限界にまで発達させるつもりだったのだ。

それから数百万年にわたり、人類のありったけのエネルギーをつぎこんだ、大いなる実験が行なわれた。長年にわたる不断の努力、犠牲、苦労を、カリトラックスはほんの数語で要約してみせた。その実験は、人類にさまざまな大勝利をもたらしたという。その例としては、たとえば、病気の駆逐に成功したことがあげられる。さらに、望みさえすれば、だれもが永遠に生きられるようになった。テレパシー能力を獲得することによって、あらゆる力のなかでもひときわ微妙なものを意のままにあやつれるようにもなった。

かくして人類は、みずからの力だけを恃《たの》みに、ふたたび銀河系の広大な宇宙空間へと雄飛する準備をととのえた。すごすごと引き返してくるほかなかった前回とはちがい、さまざまな世界のさまざまな種属と、今回は対等の立場でまみえることが期待された。宇宙の物語において、こんどこそ大きな役割を担うのだ。

そして、そのとおりのことを人類はなしとげた。伝説にある〈帝国〉が生まれたのは、史上、人類がもっとも輝いていたと思われる、この時代のできごとである。じっさいには、それは多数の種属で構成された帝国だったのだが、その事実は、のちに悲劇ということばではいいつくせない悲惨な事件が起こり、〈帝国〉が終焉を迎えるなか、混乱にまぎれてすっかり忘れ去られてしまったらしい。

〈帝国〉は、すくなくとも百万年は存続した。危機はたびたび経験しただろうし、戦争さえも起こったはずだが、そういったごたごたは、各々の大種属が協調しあい、成熟へ向かうにつれて、しだいに消滅していった。

カリトラックスはつづけた。

「誇りに思ってよいでしょう。われわれの祖先がこの物語においてはたした役割は、じつに立派なものでした。文化的安定期に入ったあとでさえ、彼らの独創性はまったく失われていなかったのです。しかし――これから先は、確認された事実ではなく、推測でしかないのですが――〈帝国〉を崩壊にいたらしめ、同時に最高の栄光をもたらすことにもなった各種の実験を提唱し、主導したのも、やはり人類であったようです。

これらの実験の根底にあった哲学は、以下のようなものだったと思われます。人類がさまざまな種属との接触によって知ったのは、各種属の持つ世界観が、それぞれのそなえる肉体構造と感覚器官に深く依存しているということでした。そしてそこから、このような議論が持ちあがりました。〝宇宙の真の姿を把握できるものがいるとしたら、それは肉体の制約から解放された精神、つまり純粋な精神体だけではないのだろうか〟。これはむしろ、地球の古い宗教の多くに共通して見られる概念です。合理的な起源を持たない概念が、最終的に科学最大の目標のひとつになったことには、はなはだ奇異な思いをいだかずにはいられません。

しかしながら、自然の宇宙において、肉体を持たない知性との遭遇例はただのいちどもありませんでした。そこで〈帝国〉は、純粋知性の創造に乗りだしました。いまの人類は、他の多くのことと同じように、そんなものの創造を可能にする技術も知識も持ってはいませんが、〈帝国〉の科学者たちは、自然のあらゆる力を自在にあやつり、時空の秘密をすべて解き明かしていたといわれます。われわれの精神は、とてつもなく複雑に配置された脳細胞同士を結びつける、神経ネットワークの副産物にほかなりません。そこで彼らは、構成要素に物質を持たない脳を——空間そのものにパターンを刷りこんだ脳を創造しようとしたのです。そのような脳は——これを脳と呼べるならですが——電気的な力、またはもっと高次の力によって機能するものであり、物質の圧制からは完全に自由となります。それはいかなる有機的知性よりもはるかに高速に機能し、宇宙に一エルグでも自由エネルギーがあるかぎり、永遠に存続するでしょうし、その力に限界が見られることもないでしょう。そして、ひとたび創造されてしまえば、それは創造者たちの予想を超えた、さまざまな潜在的可能性をも開花させることになるのです。

基本的にはみずからの種属的再生で得た経験の結果として、そのような精神体はぜひとも創造されるべきである、と人類は提唱しました。それは銀河系の知的生物につきつけられた最大の挑戦であり、何世紀もの議論を経て、とうとう受けいれられるにいたります。かくして、銀河系のすべての種属は、ともに手を携え、精神体の創造に取り組むことになったのです。

夢が現実となるまでには、百万年以上の時が流れました。その間《かん》に、多数の文明が興隆しては滅び、長年にわたる各惑星の努力は何度も何度も水泡に帰しましたが、その目標が忘れられることはありませんでした。いつの日か、その物語の全貌が――銀河系の歴史においてもっとも長くつづけられた不断の努力のすべてが――判明するときがくるでしょう。しかし、いまのところ、われわれにわかっているのは、その研究が未曾有《みぞう》の大災厄をもたらし、それによって、銀河系全体が破滅に瀕したということだけです。

その時代に踏みこむことを、ヴァナモンドの精神は拒否しています。ある短い期間にかぎり、そこだけブロックされていて、内容を覗けないのです。そのブロックを成立させている原因は、彼自身の恐怖であろうとわれわれは見ています。その時期の始まりにおいて見えるのは、栄光の絶頂にある〈帝国〉の姿でした。当時の〈帝国〉は、きたるべき成功の予感に興奮していたようです。ところが、わずか数千年後の、その時期の終極において、〈帝国〉はずたずたになり、星々はその力の源泉を奪われたかのように輝きを喪失して、銀河系全体に蔓延するのはただ恐怖のみというありさまになっていました。そして、その恐怖にはかならず、ある名前が結びついていました。その名前とは――〈狂える精神〉。

この短い期間に起こったであろうできごとを想像するのは、むずかしいことではありません。純粋知性体はたしかに創造されました。しかしそれは、狂気に陥っていたか、あるいは、他の事情から察するに、物質に対して無慈悲なほど敵対的でした。何世紀ものあいだ、この精神体は宇宙を荒れ狂いました。最終的には制御下に置かれるにいたるのですが、その過程でどのような力が用いられたのかは、いまだ分明ではありません。ただ、窮地に陥った〈帝国〉がどのような武器を使ったのであれ、それは星々の資財を大量に消費するものでした。〈侵略者〉伝説の一部は――けっしてすべてではありませんが――その闘争の記憶から派生したものにほかなりません。ですが、その点については、あとでくわしく語ることにしましょう。

〈狂える精神〉を破壊することはできませんでした。なぜなら、それは不滅の存在だったからです。そのため、捕獲された精神体は銀河系の果てまで運んでいかれ、われわれには理解できない方法で幽閉されました。その幽閉場所とは、〈黒い太陽〉の名前で知られる奇妙な人工恒星であり、そこはいまもなお存在しています。〈黒い太陽〉が滅びるとき、〈狂える精神〉はふたたび解き放たれるでしょう。しかし、どれほど遠い未来にその日が訪れるのかは、いまのところ知るすべがありません」

カリトラックスは、ここで急に黙りこんだ。全世界の目が自分にそそがれている事実をすっかり失念して、自分自身の考えにふけっているかのようだった。長い沈黙のあいだに、アルヴィンは周囲にぎっしりとならぶ聴衆のようすを見まわし、意外な事実の暴露に対して――〈侵略者〉の神話に取って代わる未知の脅威に対して――人々がどんな反応を示すのかを見きわめようとした。ほとんどの場合、同胞である市民たちの顔には、なによりもまず、信じられないという思いが焼きついていた。偽りの過去と決別することに必死で、その代わりに相対すべきいっそう奇妙な現実は、まだ受けいれられずにいるようだ。

ふたたびカリトラックスが話しだした。さっきよりも静かな、抑制された声で語るのは、〈帝国〉の最後の日々のことだった。そのころのようすが目の前に浮かんでくるにつれて、アルヴィンはそういう時代に生きてみたかったと思った。その時代には、冒険があった。なにものにも怯《ひる》むことなく、敢然と立ち向かう勇気があった。その勇気があったからこそ、人類とそのほかの種属は、あやういところで大災厄のあぎとから勝利をかっさらうことができたのだ。

「〈狂える精神〉によって、銀河系じゅうが荒廃に陥りましたが、〈帝国〉にはなお膨大な資財が残っており、いまだ意気は軒昂でした。われわれには驚嘆することしかできない勇気をもって、偉大な実験は再開され、破滅をもたらした欠陥をつきとめるための研究がはじまりました。そのころになると、さすがに反対の声は大きく、新たな研究はさらなる破滅を招くだろうと予言する者もおおぜいいましたが、そういった異議は却下されました。かくして研究プロジェクトは進められ、手痛い代償とともに手に入れた知識を基に、今回はついに成功を見るにいたったのです。

誕生した新たな種属は、測り知れない潜在的知力を有していました。ただしその精神は、赤ん坊のそれも同然でした。創造者たちがそこまで予期していたかどうかはわかりませんが、そのような状態になるのは避けられないとわかっていたふしもあります。新たな知性が成熟するまでには何百万年もの歳月を必要とし、その成長過程を速めるすべはありませんでした。そうして生まれた知性の最初の一体こそは、ヴァナモンドにほかなりません。銀河系じゅうを探せば、ほかにも同種の知性が見つかるでしょう。ただし、創られた数はとてもすくないものであったろうとわれわれは見ています。なぜなら、ヴァナモンドはいまだかつて、同種と遭遇したことがないからです。

純粋精神体の再創造は、銀河文明がなしとげた最大の偉業でした。その創造において、人類は主要な——おそらくは中心的な——役割をはたしました。いままで地球に言及しなかったのは、巨大なタペストリーを構成する膨大な糸において、地球の歴史などごくわずかな一本でしかなかったからです。ひときわ冒険心に富んだ者たちはどんどん宇宙へ出ていきましたから、われわれの惑星は不可避的に、きわめて保守的になってしまったのです。事実、〈帝国〉の終幕において、地球はヴァナモンドを創りだした科学者たちに反対しています。〈帝国〉最後の偉業に対し、地球がなんらの関与もしていないことは明らかです。〈帝国〉の役割は、この新知性の完成によって終わりを告げました。当時の人々は、ここにおいて星々を見まわし、自分たちがもたらした絶望的な災厄の爪跡を目のあたりにして、ひとつの決断を下します。それはすなわち、銀河系をヴァナモンドにゆずることでした。

ですが、ここにひとつ、謎があります。その謎については、われわれには今後も解明できないかもしれません。というのは、ヴァナモンドにもそれに関する知識がないからです。われわれにわかっているのは、〈帝国〉がなにかと――きわめて奇妙できわめて偉大ななにかと――コンタクトしたということだけです。そのなにかは、広大な宇宙のはるか遠く、やはり破滅に瀕している銀河にある存在でした。それがなんであったのかは、想像することしかできません。しかし、その呼びかけは緊急を要するものであり、かつ大いなる成果を約束するものだったのでしょう。それから短時日のうちに、わが祖先とその仲間の種属たちは、われわれには追うことのできない旅に出発します。ヴァナモンドの思考は、銀河系内部だけに限定されているようですが、彼の精神を通じて、われわれは祖先らの大いなる冒険の――謎に満ちた冒険の――始まりを見ることができました。ここに、再構成したそのようすをイメージとして投映しましょう。これからお目にかけるのは、十億年以上も過去のできごとです……」

虚空のただなかに、ゆっくりと回転する銀河系が浮かんでいる。かつての栄光を失い、弱々しい残り火となったその姿は、もはや見る影もない。銀河系全域のあちこちにぽっかりと口を開く巨大な空白は、〈狂える精神〉が引き裂いた傷跡だ。傷跡自体は、新たに生まれる星々によって埋められていくことだろう。しかし、失われてしまった壮麗な輝きがよみがえることは、もはや二度とない。

遠いむかし、出身惑星を旅立ったときのように、人類は銀河系を離れようとしている。だが、いま旅立つのは、ひとり人類だけではない。人類と協力して〈帝国〉を築きあげた何千という知的種属もともにゆく。自分たちと目標のあいだの、渡りきるのに長い長い歳月を要する広大な空間を前にして、彼らはいま、銀河系中心部の上端に勢ぞろいしていた。

彼らが組んだ大船団たるや、いかなる想像をも絶するものだった。主要船は恒星、最小の船でも惑星。じつにひとつの球状星団全体が、そこに属するすべての太陽系、すべての居住化惑星とともに、無限の宇宙へ送りだされようとしているのだ。

そのとき——銀河系の中心部を貫いて、長大な炎の条《すじ》が走りぬけ、太陽から太陽へと飛び移りはじめた。またたく間に一千の太陽が燃えつき、膨大な量のエネルギーが怪物的な規模の大船団に注ぎこまれていく。その大エネルギーを受けて、船団は銀河系の回転軸にそって進みだし、銀河間の深淵へと遠ざかりはじめる……。

「かくして、〈帝国〉は銀河系をあとにしました。はるか遠い銀河において、みずからの運命にまみえるために。〈帝国〉の後継者たちが——純粋精神体たちが——完全に成熟するとき、〈帝国〉はまたもどってくるかもしれません。しかしその日は、まだずっと先のことでしょう。

以上が、ごくごく簡単な、うわっつらをざっとなでただけの、銀河文明史の概略です。自分たちにとっては非常に重要に思えるわれわれ自身の歴史など、これにくらべれば、時代遅れで貧弱なエピローグでしかありません。銀河文明史はあまりにも複雑すぎて、まだその細部を解きほぐすところまではいっていないのですが、より古く、より冒険を好まない種属は、銀河系を捨てて去ることを拒否したもようです。われわれの直接の祖先も、そういったグループのひとつでした。残留した種属のほとんどは、頽廃に陥って滅んでしまったものと思われます。もっとも、いまなお存続中の種属も残っているかもしれません。われわれ自身の惑星は、かろうじてそんな運命から逃れられたひとつに数えられます。〈変転の諸世紀〉において——この時期は何百万年もつづいたのですが——過去の知識は失われたか、あるいは意図的に処分されてしまいました。どちらであるかは判然としませんが、信じがたいことながら、可能性としては、どうやら後者のほうが大きいようです。ともあれ、長い年月のあいだに、人類は迷信的な、それでいて科学的でもある未開状態に退行し、その間《かん》に、みずからの無力感と挫折感をぬぐいさるため、歴史を歪曲しました。〈侵略者〉の伝説は根も葉もない作りごとです。もちろん、〈狂える精神〉との壮絶な戦いが〈侵略者〉伝説に影を落としているのはまちがいないところですが、われわれの祖先を地球に押しこめたのは、外部の力ではなく、自分自身の魂に巣食う病根だったのです。

このことを発見したさい、とくにリスのわれわれをとまどわせた問題がひとつあります。

〈シャルミレインの戦い〉などは起こったためしがない。それなのに、シャルミレインは実在する——今日《こんにち》にいたってもなお。しかも、あれがかつて地球上で造られた最強の破壊兵器のひとつであることは、まずまちがいありません。

この矛盾を解明するにはすこし時間がかかりましたが、わかってみれば、答えはしごく簡単なものでした。ずっとむかし、われらが地球は、単一の巨大な衛星をしたがえていました。月です。潮汐効果と重力の戦いによって、月がとうとう落下しだすにおよび、われわれの先祖はこれを破壊する必要にせまられました。シャルミレインは、その目的のために建設された施設です。そして、その使用をめぐって、みなさんもごぞんじのさまざまな伝説が作られていったのです」

カリトラックスは、膨大な数の聴衆に向かって、すこし残念そうにほほえんでみせた。

「以上のように、真実と虚構がないまぜになった伝説はたくさんありますし、われわれの過去には、いまだ解明されていない矛盾がいろいろとあります。もっとも、この問題は、歴史家よりもむしろ心理学者があつかうべきことがらでしょう。〈中央コンピュータ〉の記録でさえ、頭から信用することはできません。はるかな過去において改竄《かいざん》の行なわれた、明らかな証拠があるからです。

地球上では、ダイアスパーとリスだけが頽廃の時代を生き延びました。ダイアスパーが存続したのは、その機械の完璧さのおかげ——リスが存続したのは、その部分的孤立と、住民の卓越した知力のおかげといえます。とはいえ、どちらの文明も――各々の住民が往年の高度な水準を取りもどそうと苦闘しているあいだでさえ――祖先から継承した恐怖と神話により、自然な姿からゆがめられていました。

もはやそんな恐怖にとらわれている必要はありません。もちろん、未来を予測するのが、歴史家であるわたしの務めではないことは承知しています。わたしはただ、過去を観察し、解釈するのみです。しかしながら、過去から得られる教訓が意味するものは明白でしょう。われわれはあまりにも長いあいだ、現実との接触を断って生きてきました。これを機に、いまこそ人類は、みずからの生を再建すべきではありませんか」

25

ジェセラックはことばをなくし、呆然としてダイアスパーの街路を歩いていた。こんなダイアスパーを見るのははじめてだ。生まれてからこちら、ずっと慣れ親しんできたダイアスパーとはあまりにも街並みがちがっていて、これが同じ都市だとはとても思えない。それでいてなお、ここがダイアスパーであることはわかっている。どうしてわかるのかは、あえて自問しようとはしなかったが。

街路はせまく、建物は低い。しかも〈公園〉はなくなっている。というより、まだできていないのだろう。これは変化を迎える前のダイアスパー——世界と宇宙に対して開かれていた時代のダイアスパーなのだ。都市の上には青空が広がり、ところどころに点在する白い雲が、若き地球の表面を吹きわたる風にあおられ、ゆっくりとうねり、回転しながら流れていく。

雲のあいだを、そして雲の上を行きかうのは、もっと実体のある大空の航海者たち——ダイアスパーと地球外とをビジネス目的で結ぶ宇宙船だ。都市の何キロも上空を、音なき航跡を描いてつぎつぎに降下し、あるいは舞いあがっていく、数々の船。ジェセラックは長いあいだ、開かれた大空の神秘と驚異を見あげていた。つかのま、魂に恐怖が宿るのをおぼえた。身に一糸もまとわず、無防備になったような気がする。頭上におおいかぶさるこのおだやかな蒼穹が、じつはごく薄い層でしかなく、空の上には宇宙空間が――さまざまな神秘と驚異を秘めた空間が――広がっていることを、知識として知っているからだ。

しかしその恐怖は、意志をくじけさせるほどには強くなかった。ジェセラックは精神の一部において、この経験全体が夢であることを知っている。夢には自分を傷つけることはできない。よく知っている都市でふたたび目覚めれば、夢の世界は消えてしまう。

ほどなく、ダイアスパーの中心部に足を踏みいれた。歩いていく先は、自分の時代には〈ヤーラン・ゼイ霊廟〉が建っている場所だ。この古代の都市に、〈霊廟〉はまだない。かわりに、低い円形の建物が建っている。その周囲にはアーチ形の出入口がずらりとならんでおり――その出入口のひとつのそばで、ひとりの男が自分を待っていた。

ふだんのジェセラックなら、驚愕に立ちつくしていたところだろう。だが、いまの彼は、なにものにも驚いたりはしない。なんとなく、ダイアスパーを建設したこの人物とじかに対面することが、正しくもあり、自然なことにさえ思えた。

「わたしがわかるようだね」ヤーラン・ゼイがいった。

「もちろんですとも。あなたの座像は千回も見ましたからね。あなたはヤーラン・ゼイ。

ここは十億年前のダイアスパー。自分が夢を見ていることは承知しています。それにここでは、わたしたちのどちらも、現実の存在ではないことも」

「それなら、これからなにが起きても驚く気づかいはないな。ついてきなさい。忘れてはいけないよ、なにものもきみを傷つけることはありえない。きみが望みさえすれば、いつでもダイアスパーで目覚められる——それも、きみの時代のダイアスパーに」

うながされたとおり、ジェセラックはヤーラン・ゼイのあとにつづき、建物の内部へと入っていった。いまはすべてを無批判に受けいれる精神状態になっている。いずれかの記憶が——もしくは前世の記憶の残滓《ざんし》が——これから起こることに気をつけろと警告してはいた。これから見るものを目のあたりにした当時、恐怖にすくみあがったことも、漠然とながら、記憶にあった。しかし、いまはまったく恐怖を感じない。この経験が現実のものではないという知識が盾になっているのに加えて、これからどんな危険に直面するにせよ、ヤーラン・ゼイの存在が護符のような安心感を与えてくれているからだ。

建物の地下へ降りていくスロープ状自走路には、数えるほどしか人が乗っていなかった。やがてふたりは、ひっそりと静かな場所に降り立った。ここまでくると、ほかに人の姿はまったくない。そこはプラットフォームのような場所で、横手には細長い流線形の円筒が待機していた。これに乗っていけば都市の外へ出られることを、いまのジェセラックは知っている。その旅に出れば、以前のままの自分なら、心をさんざんに打ち砕かれてしまうこともだ。ヤーラン・ゼイが開かれたドアを指さした。その手前でためらったのはほんの一瞬のことで、ジェセラックはすぐに車内へと足を踏みいれた。

「わかっているね？」ほほえみを浮かべて、ヤーラン・ゼイがいった。「さあ、リラックスして。自分の身が安全であることを忘れないように――なにものもきみに触れることはできないのだから」

ジェセラックはそのことばを信じた。地下トンネルの入口がすべるように近づいてくるあいだも、不安はほんのかすかにしか感じなかった。ジェセラックを乗せた移動機械は、地中深くを進みだし、徐々にスピードをあげていく。その動きに多少とも恐怖をおぼえたとしても、過去からやってきた伝説の人物と話をしたいという気持ちに押しのけられて、それはどこかへ消えてしまっていた。

「不思議だとは思わないか？」ヤーラン・ゼイは話しはじめた。「空は開かれているのに、われわれはみずからを地中に埋めようとしているんだから。きみの時代にきみが終焉を見とどけた病根の、これが始まりだよ。人類は隠れようとしている。空の彼方にあるものが恐ろしいんだ。もうじき人類は、宇宙に通じる門戸をすべて閉ざしてしまうだろう」

「しかし、ダイアスパーの上空には、宇宙船がたくさん飛んでいましたが」

「宇宙船の姿を見られるのも、そう長いことではあるまい。星々とのコンタクトはすでに断たれた。まもなく、太陽系内の各惑星も無人になる。銀河系に広く進出するまでには何百万年もかかったというのに——引きあげに要した期間はたったの数世紀だ。じきにわれわれは、地球そのものについても、大半を捨ててしまうだろうな」

「なぜそんなことを？」

ジェセラックはたずねた。その答えは知っていたが、どうしても訊かずにはいられなかったのだ。

「われわれは、ふたつの恐怖からわが身を護るためにシェルターを必要としていた。そのふたつとは、死に対する恐怖と、宇宙に対する恐怖だ。われわれはすっかり病んでいて、もう宇宙の一部にはなりたくなかった。だから、宇宙などは存在しないふりをしたんだよ。われわれは宇宙に混沌が荒れ狂うのを目のあたりにし、平安と安定をもとめた。ゆえに、ダイアスパーは閉ざさねばならなかった——新しいものがいっさい内部に入ってこられないようにね。

われわれは、きみもよく知っている形で都市を設計し、みずからの臆病を隠す目的で、偽りの過去をでっちあげた。そういう作為をなしたのは、歴史上、われわれがはじめてではないが——あれほど徹底的にやったのははじめてだろうな。そのうえ、われわれは人間の魂のありようも作りなおした。野望やはげしい情熱などを抜きとって、いま住んでいる世界だけで満足するように仕立てあげたんだ。

ダイアスパーを建設し、その機械群を造りあげるのには、一千年の時を要した。関係者たちは、受け持つ作業をおえた者から順に、精神から記憶を消去され、周到に用意された偽の記憶パターンを植えこまれて、そのアイデンティティを都市のメモリーバンクに保存された——やがて呼びだされる日のために。

こうしてついに、ダイアスパーにはただのひとりも人間がいなくなる日がやってきた。都市に存在するのは〈中央コンピュータ〉のみだ。その仕事は、われわれが与えた命令を遵守し、われわれが眠るメモリーバンクを管理することにある。過去とのつながりを持つ人間は、こうしてだれもいなくなった。いまの歴史がはじまったのは、この時点においてのことになる。

そののち、ひとり、またひとりと、あらかじめ決められた順番にしたがって、われわれはメモリーバンクから呼びだされ、ふたたび肉体を与えられていった。こうしてダイアスパーは、みずからが造られた目的をはたすため、造られたてではじめて作動する機械のように、忠実に役割を実行しはじめたのだよ。

特異タイプを組みこんだのはわれわれの発案だ。彼らは長い長い間隔を置いて出現し、状況がゆるせば、ダイアスパーの外のようすを探って、接触するに足る価値を持つものがいるかどうかを調査する。よもや、都市の垣根を破るのに成功するまで、こんなにも長い時間がかかるとは思いもしなかったよ。ただし、彼がこれほど大きな成功を収めることも、まったくの予想外ではあったがね」

批評機能の欠落は夢の本質だが、にもかかわらず、ジェセラックはつかのまの疑問をいだいた。十億年後に起こったことを、ヤーラン・ゼイはどうしてここまでくわしく知っているのだろう。まったくわけがわからない……もっとも、それをいうなら、自分がいま、時空のどこにいるのかもよくわからないのだが。

地下の旅は終わりに近づきつつあった。トンネルの壁はもう、さっきまでのすさまじいスピードでうしろへ飛び去ってはいない。ヤーラン・ゼイが切迫した口調で話しはじめた。その声には、いままでにはなかった権威が感じられた。

「過去は終わった。われわれは、よい結果をもたらすにせよ、悪い結果をもたらすにせよ、なすべきだと思った仕事をなした。そして、その仕事に対する結果はついに出た。きみという人間が創造された時点では、ジェセラックよ、きみの精神には、外界に対する恐怖、都市に閉じこもりたいという強迫観念、都市の住民全員とダイアスパーを分かちあっているという意識などが植えつけられていた。しかし、いまのきみは、その恐怖が根拠のないものであることを知っている。人為的に組みこまれたものであることを知っている。そんな処置をきみに施した当人である、このわたし、ヤーラン・ゼイは、いま、その軛《くびき》からきみを解き放とう。わたしのいう意味がわかるね？」

そのことばとともに、ヤーラン・ゼイの声はどんどん大きくなっていき、ついには宇宙全体に轟きわたった。いままで高速で走っていた地下軌道車が、ジェセラックのまわりでぼやけ、わななきだす——まるで夢が終わろうとしているかのように。だが、視界がぼやけていくなかで、脳内に響く堂々たる声だけは、はっきりと心に聞こえた。

「きみはもう恐れることはない、ジェセラック。なにも恐れることはないんだ」

海の深みから海面へ浮上しようとするダイバーのように、ジェセラックは覚醒に向けて浮かびあがろうともがいた。ヤーラン・ゼイは消えたが、それからしばらく、聞き覚えはあるがだれのものかわからない声に励まされるという、奇妙なひとときがつづいた。つぎの瞬間、暁が夜の闇を払い、あたりが一気に明るくなるように、現実が周囲にあふれかえった。

目をあけた。そばには、アルヴィン、ヒルヴァー、ジェレインの三人が、心配そうな顔で立っていた。しかし、ジェセラックの注意は、三人には向かわなかった。その精神は、目覚めと同時に目に飛びこんできた、驚異の光景に満たされていたのである。緑豊かな森と多数の川が形作るパノラマ——宇宙へと開かれた、広大な蒼穹。

ここはリスだ。そして、自分はもう、空を恐れてはいない。

無限につづくかとも思える一瞬のうちに、そのことが実感として胸に刻みこまれるまで、三人は無言で見まもっていてくれた。そして、これがまぎれもなく現実だと納得がいくと、やっとのことで、ジェセラックは友人たちに顔を向けた。

「ありがとう、ジェレイン。うまくいくとは、じつは思っていなかったんだ」

心理学者であるジェレインは、自身もうれしくてしかたがなさそうなようすで、目の前に浮かぶ小型の機械に微調整を加えながら、こう答えた。

「じっさい、不安をおぼえたときもあったがね。一、二度、きみが理屈では答えられない質問をしかけたときには、条件づけ解除シークェンスを中止せねばならないかとはらはらしたものだよ」

「ヤーラン・ゼイがわたしを説得できなかったら──その場合、きみはどうしていた？」

「意識のないままダイアスパーに運んで、自然に目覚めさせていたさ。リスにいたことは知らせずにな」

「きみがわたしの精神に送りこんだヤーラン・ゼイのイメージだが──彼がいっていたことは、どこまでが事実なんだ？」

「ほとんどが事実──だと思っている。わたしが見せたささやかな〈サーガ〉は、歴史的な正確さよりもリアルに見えることのほうに比重を置いて作ったんだが、カリトラックスに調べてもらったところでは、とくにおかしな点はないとのことだった。ヤーラン・ゼイおよびダイアスパーの起源について判明したすべての事実と、問題なく整合するそうだ」

「それじゃあ、いよいよ、ほんとうに都市を解放できるんですね」アルヴィンがいった。

「長い時間がかかるかもしれないけれど、最終的には、そう望みさえすればだれもがダイアスパーを離れられるよう、この恐怖を消してしまえるんですね！」

「長い時間がかかるかもしれないではない。かかるんだ、じっさいに」ジェレインはそっけなく答えた。「それに、忘れてもらっては困る。リスには数億もの人口を収める余裕はとてもない。都市の住民がこぞってやってきたら、とうてい受けいれられないぞ。まあ、そんなことにはならないと思うが、可能性がゼロではないからな」

「その問題ならひとりでに解決するでしょう」アルヴィンは答えた。「リス自体は小さいかもしれませんが、地球は広大です。砂漠をあのまま放置しておく手はないでしょう？」

「するときみは、いまも夢を見ているというわけか、アルヴィン」ほほえみを浮かべて、ジェセラックはいった。「きみがやるべきことは、もう残っていないのではないかと心配していたんだよ」

アルヴィンは返事をしなかった。この数週間、彼の心の中でしだいに存在感を増してきた疑問があり、そちらに意識がいきがちだったからである。その後もアルヴィンは考えにふけり、エアリーに向かって丘の斜面を下っていくあいだも、ほかの三人の存在は意識から消えていた。これからの数世紀、はたして自分を待っているのは、長い長い平凡な日々なのだろうか？

その答えは、自分自身の手のうちにある。ともあれ、自分が背負っていた運命からは、ここにおいて、ついに解放された。ほんとうに生きているといえる日々がはじまるのは、おそらく、これからだ。

26

なにかを達成した人間は、独特の哀愁を感じずにはいられない。長いあいだ追いかけてきた目標にやっと到達したということは、新たな目標に向けて新たな生の方向を模索せねばならないことを意味する。その哀愁を噛みしめながら、アルヴィンはただひとり、リスの森や野を歩きまわった。今回はヒルヴァーもついてきてはいない。人間には、もっとも親しい友人たちからでさえ、離れていなければならないときがあるものだ。

まったくあてどなくさまよっているわけではなかった。さりとて、つぎにどの村を訪ねるかを、まだ決めているわけではない。アルヴィンが探しもとめているのは、特定の場所ではなく、心の持ちかたであり、生きていく指針であり——ひとつの生きかたなのである。ダイアスパーはもう自分を必要としてはいない。自分が都市に投入した酵素はすみやかに発酵を呼び起こしつつある。あそこで起こっている変化を速くしたり遅くしたりする力は、自分にはない。

この平和な土地にしても、やがては変化するだろう。ときどきアルヴィンは、自分がまちがったことをしでかしたのではないかと不安に陥る。自分の好奇心を満足させるための容赦ない衝動に駆られ、ふたつの文明をつなぐ太古の道をむりやり開いてしまったのは、もしかして、大きなあやまちだったのではないだろうか。しかし、リスもまた真実を――リス自体、ダイアスパーと同じように、部分的には恐怖と虚偽の上に創られた世界であることを――知っておくべきだったはずだ。

ときどき、新しい社会はどんなふうになるんだろう、と考える。ダイアスパーは今後、メモリーバンクという牢獄から脱して、生と死のサイクルを再確立しなければならない。その点は確信しているし、その実現にヒルヴァーが自信を持っていることも知っている。ヒルヴァーのヴィジョンは、技術的に高度すぎて、アルヴィンにはとてもついていけなかったが、おそらくダイアスパーでも、愛の営みがまったく不毛ではなくなる時代がくるにちがいない。

しかし、これが――とアルヴィンは思った――ダイアスパーにいつも欠けているように思えていたものの正体なんだろうか？　これがほんとうに、自分が探しもとめていたものなんだろうか？　力、野心、好奇心――これらが満たされたいまも、心の餓《かつ》えは依然として残っている。アルヴィンはリスを訪ねるまで、愛情と欲情が実を結びうるものとは夢にも思っていなかった。その結実を得ることなくして、人はほんとうに生きたとはいえない。

自分は〈七つの太陽〉の惑星に降り立ち、地表を歩いてきた。そんなことをした人間はこの十億年間ではじめてだ。しかし、そんなことは、いまはどうでもいいように思える。ときどき新生児の泣き声を聞けるなら——それも、自分の子供の泣き声を聞けるなら——自分があげた業績のすべてを放りだしてもいいとさえ思う。

このリスにいれば、いつの日か、望みのものが手に入るかもしれない。ここの人々にはぬくもりがある。理解がある。いまならよくわかるが、それこそはダイアスパーに欠けていたものだ。しかし、休息を得る前に——そんな安らぎを見つける前に——ひとつ、どうしても決断しておかなければならないことがあった。

自分は力を手に入れた。その力はいまも手の中にある。それはかつて熱心に探しもとめ、進んで受けいれた責任ではあったが、その力を手にしたままでは、いかなる心の平安も、けっして得ることはできない。しかし、それを捨てることは、自分への信頼に対する裏切りでもある……。

決断を下したのは、広々とした湖のはずれの、小さな水路が入り組む村でのことだった。彩り豊かな家々は、水底の杭に太縄でつなげてあるのだろう、流されることもなく水面に浮かび、おだやかな波に揺られつづけている。それは非現実的なほどに美しい光景だった。ここには生命とぬくもりと安らぎがある。そのいずれもが、〈七つの太陽〉の、荘厳だが荒涼とした世界では見られなかったものだ。

いつの日か、人類はふたたび、宇宙に出ていく準備をととのえるだろう。はたして人類は、星々の世界において、どのような新章を記すのだろう。自分にはわからないし、それは自分が心配することではない。自分はこの地球にとどまるのだから。

だが、星々に背を向ける前に、もういちどだけ、船で宇宙に出ておく必要があった。


猛烈な勢いで上昇する船を減速させたとき、都市ははるか遠く、人間が造ったものとはわからないほどに縮んでおり、惑星の曲面も見えるようになっていた。まもなく、何千キロもの彼方に、飽くことなく砂漠を行軍しつづける明暗境界線が見えてきた。船の上と周囲には星々が見えている。かつての輝きを失ったいまも、星々は充分に明るい。

ヒルヴァーとジェセラックは、無言でカウチにすわっていた。ふたりとも、アルヴィンがこの飛行でなにをしようとしているのか、漠然と見当をつけてはいたものの、具体的な目的を知っているわけではない。アルヴィンがふたりに同行をもとめた理由についてもだ。

眼下に荒涼たるパノラマが開けていくにつれて、ふたりは口をきく余裕を失っていった。大地の空虚さに胸のふさがる思いがしたからである。ジェセラックにいたっては、地球の美しさを顧みず、こんなふうにだいなしにしてしまった過去の人間たちに対して、軽蔑混じりの怒りがふつふつとこみあげてくるのをおぼえたほどだった。

アルヴィンは、この惨状がよい方向へ変わる日を夢見ているという。ジェセラックとしては、そのことばどおりになってくれるよう祈るしかない。さいわい、知識とエネルギーはまだ存在する。何世紀もの時を遡って大地を復旧させ、ふたたび大海原を地球にうねらせるのに必要なのは、意志の力だけだ。水はまだそこに——地球の地の底に隠れていて、たっぷりとあった。必要なら、水を作りだすための物質変換プラントを建設してもいい。

これからの長い年月、行く手にはなすべきことが山ほど待ち受けている。自分がふたつの時代の端境期に立っていることをジェセラックは自覚していた。身のまわりにひしひしと感じるのは、ふたたび速まりだした人類の脈動リズムだ。対処すべき大問題はいろいろとある。しかし、ダイアスパーは正面からきちんとそれらに向きあうだろう。過去の見なおしをするだけでも、何世紀もかかるだろうが、それがおわったとき、人類は自分たちがなにを失ったのか、その全貌をほぼ把握できているにちがいない。

しかし、失ったものをすべて取りもどすことはできるのだろうか？　もういちど銀河系を征服できるとはとても思えない。たとえできたとしても、そんなことをしてなんになるだろう？

ジェセラックの物思いは、ここでアルヴィンのことばに破られた。老教師はスクリーンから目を離し、かつての教え子に顔を向けた。

静かな口調で、アルヴィンはいった。

「見てほしかったのは、これなんです。もう二度と見る機会はないかもしれませんからね」

「きみは地球を離れるつもりではなかったのか？」

「ちがいます。宇宙にはもう、興味はありません。ほかのさまざまな文明がまだ銀河系に存続しているとしても、わざわざ見つけにいく価値があるとは思えないんです。しなければならないことは地球にこそあります——それも、山のように。地球が自分の故郷であることを、ぼくははっきりと自覚しました。もう二度と、故郷を離れるつもりはありませんよ」

そういって、アルヴィンは茫漠たる砂漠を見おろした。しかし、その目が見ているのは、これから千年も先にあの砂漠をおおっているであろう、満々たる海水だった。人類はここに、みずからの住む世界を再発見した。それをもとの美しい姿にもどすのは人類の仕事だ。すくなくとも人類がこの惑星にとどまっているあいだは、復旧に努めなくてはならない。そして、そのあとは——。

「ぼくたちはまだ、星々に出ていく準備ができていません。ふたたび宇宙進出という大業にチャレンジできるようになるのは、うんと先のことでしょう。ですから、ずっと考えていたんです、この船をどうしたものだろうと。このままずっと地球に残しておけば、使いたい誘惑に駆られどおしで、いっときも心が安まることがない……。といって、この船を処分してしまうわけにもいきません。この船は、ぼくに信託されたもののような気がするからです。だとしたら、地球全体の利益のために使わなくては。

そこでぼくは、こうすることに決めました。この船は銀河系の外へ送りだします。パイロットのロボットもいっしょにです。その目的は、ぼくらの祖先がどうなったのかを――そして、もしも可能であれば、祖先たちがなにをもとめてこの銀河系を出ていくことにしたのかを――調べだすことにあります。銀河系ほどのものを捨ててまで旅立つからには、よほどすばらしいなにかが目的地に待っていると思っていいのではないでしょうか。

どれほどの長旅であっても、ロボットは疲れることを知りません。いつの日か、ぼくらの従兄たちは、ぼくからのメッセージを受けとって、子孫が地球で帰りを待ちわびていることを知るでしょう。向こうがどれほど偉大になっていても、地球へ帰ってくるまでには、こちらもそれに恥じない存在になっていられたらいいんですが」

アルヴィンは黙りこんだ。その目が見つめているのは、基礎は造ったものの、けっして自分の目では見ることのできない未来だった。人類が故郷の惑星を再建するあいだ、ロボットは銀河と銀河のはざまの暗黒を渡り歩き、何千年ものち、地球へともどってくる。もしかすると、そのときもまだ自分は生きていて、帰還した船を出迎えられるかもしれないが――たとえそうではないにしても、もう十二分に満足だ。

「うん、なかなか賢明な措置だと思う」とジェセラックはいった。それから、最後にいちどだけ、こみあげてきた太古の恐怖の残滓にまどわされて、こうつけくわえた。「しかし、かりに――われわれが会いたくないものに船が遭遇したなら……」

その先は尻すぼみに消えた。自分の不安の源に気づいたからである。ジェセラックは自嘲ぎみの苦笑を浮かべ、意識から〈侵略者〉の最後の亡霊をふりはらった。

「先生は忘れていますよ」ジェセラックのことばを、本人が思う以上に真剣に受けとめて、アルヴィンはいった。「もうじきヴァナモンドの助けが得られることをね。彼がどれほどの力を持っているのか、ぼくらにはまだわからないけれど、リスじゅうの人間が、その力は潜在的に無制限だと考えているようです。そうだろう、ヒルヴァー？」

ヒルヴァーはすぐには答えなかった。たしかにヴァナモンドは、祖先の行方と肩をならべるもうひとつの大きな謎であり、人類が地球にとどまっているあいだ、つねにその未来に横たわる疑問符といえる。ヴァナモンドの自意識獲得に向けての進化は、リスの哲学者たちとの接触によって加速された。哲学者たちは、先々、いまはまだ子供のような超精神と協力しあえることに大きな期待をかけており、自然のままでは気の遠くなりそうな年月を要する発達過程が、かなり短縮できるものと見ている。

「よくわからない」ヒルヴァーは本音をいった。「ただ、なんとなく、ヴァナモンドにはあまり期待しすぎないほうがいいような気がする。彼の発達に手を貸すのはいい。だけど、彼のおそろしく長い寿命のなかでは、人間なんて、ごく短い一挿話でしかないんだ。彼の最終的な運命に人間がなんらかの形でかかわるとは、どうしても思えないんだよ」

アルヴィンは驚いて友を見つめた。

「どうしてそんなふうに感じるんだい?」

「うまく説明できないな……なにしろ、ただの直感だから」

ほんとうは、もっと思うところがあった。だが、ヒルヴァーはあえて黙っていることにした。こういうことは、ことばでとても伝えきれない。アルヴィンならけっして、ヒルヴァーの想像を笑ったりはしないだろう。しかし、いくら友人であっても、心の中にわだかまるその想像のことは、あまり話したくはなかった。

じつをいえば、それがたんなる想像ではないという、確信めいたものもある。それはこの先、ずっとついてまわることだろう。ヴァナモンドとの、名状しがたい、経験した当事者にしかわからないコンタクトのあいだに、そこはかとなく心の中に漏れてきたもの——。ヴァナモンド自身は、自分が未来において担うであろう、孤独な運命に気づいているんだろうか?

いつの日か、〈黒い太陽〉のエネルギーが尽き、そこに閉じこめられていた虜囚が解き放たれるときがくる。やがて宇宙が終焉を迎え、時そのものが衰えて停止するとき、ヴァナモンドと〈狂える精神〉は、星々の骸《むくろ》のあいだでかならず相まみえるにちがいない。

そのさいに両者がくりひろげるであろうすさまじい闘争は、ついには創造そのものに幕を引く結果を招くかもしれない。だが、その闘争は人類の与《あずか》り知らないものであり、その結果を人類が知ることもない……。

「あれだ！」だしぬけに、アルヴィンが叫んだ。「この位置からお見せしたかったのは、あれなんです。先生には、あれが意味するものがわかりますか？」

船は極地の上空にあり、眼下の地球は完璧な半球となって見えていた。ジェセラックとヒルヴァーは、昼と夜を分かつ明暗境界線を見おろした。境界線のうち、真ん中から半分は日の出を、もう半分は日の入りを迎えている。彼らはいま、夜明けの地域と日没の地域を同時に見ているのだ。そこにこめられた象徴はあまりにも完璧であり、あまりにも強烈な印象をもたらすものだった。この瞬間の光景を、彼らは生涯、忘れはしないだろう。

銀河系には夜が忍びよりつつある。東に向かって長々と影が伸びはじめたいま、ここに夜明けが訪れることは二度とない。しかし、宇宙に数多《あまた》ある銀河では、なおも星々が若々しく輝き、惑星に力強い朝陽を投げかけている。いつの日か、かつてと同じ道をたどって、人類はふたたび銀河系の外へ出ていくにちがいない。

ロンドン、一九五四年九月——
航海中の〈ヒマラヤ〉船上——
シドニー、一九五五年三月

解説——クラークと永遠の子供

SF評論家　中村融

アーサー・C・クラークの墓標には、つぎのような言葉が刻まれているという——「彼はけっして大人にならず、けっして成長することをやめなかった」

生前に自分で用意しておいた墓碑銘だというところが、いかにも見栄っ張りだったクラークらしいが、この言葉を読むと、クラークの小説の主人公たちが、たちどころに思い浮かぶ。たとえば、スター・チャイルドに変貌し、新しい玩具をあたえられた子供のように地球を見おろす『2001年宇宙の旅』（一九六八）のボーマン船長。地球を支配する異星人の宇宙船で彼らの故郷へ密航し、ただひとり地球の外へ出た人類となった『幼年期の終り』（一九五三）のジャン・ロドリックス。永遠の午睡をむさぼるユートピアをぬけ出し、荒野の果てにある伝説の都市をめざす「コマーレのライオン」（一九四九）のリチャード・ペイトン三世。そして地球人類としては十億年ぶりに宇宙へ乗りだし、銀河系宇宙を探索する本書『都市と星』のアルヴィン……。彼らは「永遠の子供」であり、いつまでも瑞々しい知的好奇心のおもむくまま、時間と空間の彼方へ進みつづけるのだ。

ところで、これらの主人公のなかで、アルヴィンはきわだった存在だ。なぜなら、クラーク自身がアルヴィンと自分を同一視している節があるからだ。つぎのような一節を読めば、だれでもそう思うのではないだろうか――「アルヴィンがおとなになることはけっしてないだろう。アルヴィンにとっては、全宇宙が遊び場であり、嬉々として解くべきパズルなのだ」（本書三一九頁）

クラークの墓碑銘と同じいいまわしが出てくることに留意されたい。クラークが一生をかけて成しとげようとしたのは、けっきょくのところ、こういう人間の肖像を描きだすことだったような気がする。

じつをいうと、この種の「子供っぽさ」は、クラークの作品にかぎらず、SF一般にそなわった特徴だといえる。というのも、それは「なぜ？　なぜ？」を連発する子供のように、森羅万象に対して問いを発しつづける営みだからだ。しかも、「宇宙はどういうふうに成り立っているのか？」とか「われわれはどこから来て、どこへ行くのか？」といった根源的な（ある意味では子供っぽい）問いをとりわけ好む性質がある。この点で宗教や哲学、科学と根を同じくしているのだが、SFは「科学をバネにして想像力をはばたかせる」ことで、科学や宗教や哲学がそれぞれ単独では見せられない宇宙像を開示してくれる。

大げさにいえば、SFは宗教と哲学と科学を総合し、さらにその先にあるものを見せてくれるかもしれないのだ。

とすれば、クラークが史上最高のSF作家といわれるのも当然だろう。なぜなら、クラークは科学技術に精通し、「宇宙における人類の位置」という哲学的命題を思索しつづけ、宗教的ともいえる人類進化／超越思想に憧れをいだいていた作家だからだ。クラークは、知的好奇心に燃える子供のように、「宇宙の成り立ち」や「人類の行く末」を考えつづけ、SFを書きつづけたのだった。

その意味で、十億年先の未来を舞台に人類の進むべき道を考察した本書は、「人類の進化と霊的変容」という大胆なテーマに挑んだ『幼年期の終り』と並んで、クラークの代表作と呼べるのである。


さて、本書はアーサー・C・クラーク *The City and the Stars* (1956) の全訳である。イギリスではミュラー社、アメリカではハーコート・ブレース社からそれぞれハードカヴァーで刊行された。

邦訳としてはSF同人誌〈宇宙塵〉一九六〇年一月号から六一年一月号にかけて「都と星」の題名で連載された中原治彦訳が嚆矢《こうし》。一九六六年に『都市と星』の題名で真木進訳がハヤカワ・SF・シリーズの一冊として刊行され、一九七七年に訳者名義を山高昭に変更してハヤカワ文庫SFにおさめられた。本書は当代屈指の名翻訳家、酒井昭伸による完全新訳。この名作に新たな命が吹きこまれたことをまずは喜びたい。

『都市と星』の成立事情に関しては、すこし説明が必要だろう。というのも、クラークの実質的処女長篇『銀河帝国の崩壊』（雑誌掲載一九四八）のリメイクであるからだ。本書の約四分の一が、同書と重複しているのである。

クラークによれば、『銀河帝国の崩壊』の原型は、一九三七年に執筆が開始され、一九四〇年には第一稿が完成していたという。クラークが短篇「抜け穴」で商業誌デビューを飾るのは一九四六年のことなので、それにはるか先立つ時点である。したがって、クラークの原点が、この上ないほど明瞭な形で刻印されている。つまり、イギリス流の「遠い未来を舞台に人類の行く末を考察する思弁小説」とアメリカ流の「時空の広がりを背景にした波瀾万丈の冒険活劇」を融合しようという野心だ。当時、イギリスの科学《サイエンティフィック》ロマンスとアメリカのサイエンス・フィクションは、別個に存在した文芸ジャンルだったが、クラークはその両者を同時に享受した最初の世代に属しており、両者の統合をめざしたのだ。誤解を恐れずにいえば、壮大な人類の未来史とスペース・オペラを融合させようとしたのである。

この原型は一九四五年から四六年にかけて完全に書きあらためられ、さらに改稿を重ねたが、なかなか陽の目を見ず、けっきょく一九四八年になってアメリカのSF雑誌〈スタートリング・ストーリーズ〉の十一月号に掲載された。あくる四九年にはファン出版社ノーム・プレスが、この作品をハードカヴァーで刊行することを決めたが、じっさいに出版されたのは五三年になってから。そのためクラークのSF単行本としては四冊めとなったが、実質的な処女長篇なのである。

しかし、クラークは同書の出来映えに満足がいかず、その後の科学技術の進展を踏まえたうえで改作したいと思うようになった。そのあたりの事情を作者自身に語ってもらおう

――

「この作品は大へん好評だったが、処女作にはつきものである欠陥の多くを具えていて、私が初めに感じた不満は年ごとにますますつのっていった。のみならず、この物語を思いついて以来二十年間におこった科学の進歩のため、当初の考えの多くは幼稚なものとなり、この本が初めに計画された頃には思いもよらなかった展望と可能性が開けてきた。とくに情報理論における一定の発展によって、人類の生活様式には、すでに原子力がもたらしているよりもさらに深い革命のおこることが暗示されていた。私は、本書（『都市と星』のこと――引用者註）の執筆を企て、その中にこれらを織りこみたいと思っていたが、それはなかなか実現しなかった」（山高昭訳）

転機が訪れたのは一九五四年秋。このすこし前にスキューバ・ダイヴィングという新しい世界を知ったクラークは、オーストラリアのグレート・バリア・リーフで一年近くにわ

たる取材を敢行することになった。この冒険を題材にしたノンフィクションを書く約束で、出版社に資金提供してもらったのだ。そしてロンドンからシドニーにわたる客船ヒマラヤ号の船上で、『銀河帝国の崩壊』を『都市と星』へと改作する作業を進めたのだった。ふたたび本人の言葉を引けば——

「自分が数ヵ月を海に潜って温和しそうもない鮫たちの中で暮すことを思うと、筆の進みにはますます拍車がかかった。……かくして、ほとんど二十年間も私を悩ませてきた亡霊は、ついに成仏したのである」（同前）

こうして書きあげられた『都市と星』は、前述のとおり一九五六年に刊行された。つまり本書は、クラークが二十歳のときから二十年かけて完成させた文字どおりのライフワークなのだ。作者自身は、本書が『銀河帝国の崩壊』にとって代わると思っていたのだが、旧ヴァージョンを評価する声も消えず、いまだに両者が版を重ねている。こういう例は、非常に珍しいのではないだろうか。

しかし、小説の完成度からいえば、まちがいなく『都市と星』のほうに軍配があがる。その最大の理由は、先ほどの引用に出てきた「情報理論における一定の発展」を踏まえて、現在とは大きく異なる未来社会を描きだしたこと。つまり、主要な舞台となる都市ダイアスパーのあり方が、前作とは根本的にちがっているのだ。

執筆年から考えて、この「発展」がノーバート・ウィーナーの提唱したサイバネティックスを指すことはまちがいない。それは「機械と人間の神経組織の双方の機能に共通する要素を見つけだし、機械と生命体における制御と通信の仕組みを同時に説明する理論を確立すること」をめざすものだ。いまでは役割を終えた学問だが、その成果は人工知能、DNA理論、一般システム理論などの研究に受け継がれている。だが、批評家のパトリシア・S・ウォリックがその著『サイバネティックSFの誕生』（一九八〇）で指摘したように、「クラークの登場人物は、ノーバート・ウィーナーや、制御システムや、フィードバック・メカニズムや、データファイルといった言葉を口にすることはない。彼らはただ、サイバネティックスの概念が現実と化することによって完全に変貌してしまった環境に住んでいるだけ」（斉藤健一訳）なのである。

では、その「変貌してしまった環境」とはどのようなものか。

ダイアスパーは、都市であると同時に巨大なメモリーバンクである。そこには何千万人もの住民の精神や肉体の情報がパターンとして貯蔵されており、つねに全市民の百分の一だけが実体化して生活するようになっている。住居や家具はもちろんのこと、街路や公園までもが情報としてストックされており、任意に都市の基礎構造の上に実体化することができる。もちろん消滅も自由自在だ。

住民の平均寿命は約千年。老齢化すると分解され、その情報は都市のメモリーバンクにもどされて、およそ十万年後にふたたび肉体をまとうことになる。したがって、人間からは生殖機能が除去されており、死もないかわりに誕生もなくなっている。さらに、この平和で安定した世界には激しい感情をかきたてる要素がないので、喜怒哀楽も弱くなっている。

ただし、各人の非存在期間がランダムに変動するため、同じ顔ぶれの市民構成は二度と再現されない。しかも、「道化師」と呼ばれるトリックスターがシステムに組みこまれており、ときどき予想外のいたずらを仕掛けるようプログラムされているので、完全な退屈からは救われている。こうしてダイアスパーは、十億年にわたり安定と繁栄を享受してきたのだった。しかし、見方を変えれば、それは外界との接触をいっさい断った「人工の子宮」にほかならない。

これが五十年以上も前に書かれた作品だというのだから畏れいる。念のために書いておくが、この小説が書かれた当時、コンピュータや情報理論は揺籃期にあったのだ。そのため、ダイアスパーはコンピュータ上のシミュレーションではなく、実体を持った世界として設定されているが、冒頭を見れば明らかなように、クラークはヴァーチャル・リアリティの可能性も見逃していない。ふたたびウォリックを引けば、「クラークはコンピュータが社会をどう変えるかを想像したにとどまらず、完全に組織化された社会で生きることの哲学的な意味を文学として表現した」（同前）のである。その洞察力と想像力には敬服するほかない。

さて、この高度に安定し、自己完結しているかわりに、永遠の停滞状態にあるユートピアからひとりの若者が飛びだそうとすることで物語は動きだす。その若者アルヴィンは、べつの肉体でいちども生きたことのない「特異な存在」、すなわち、ダイアスパーに十億年ぶりに生まれた子供だった。アルヴィンだけには、ほかの住民が恐れている都市の外の世界を探検したいという欲求がそなわっていたのだ。

ある日、ついにダイアスパーから出る道を見つけたアルヴィンは、リスという村落集団へ行き着く。そこはダイアスパーとは対照的に、開かれた田園世界であり、機械の使用は最小限にとどめられている。住民は強い精神力を発達させ、テレパシーで意思を伝えあっている。彼らは誕生と成長につづく過程として死を受け入れ、短い寿命を精いっぱい生きぬこうとする。リスの暮らしには危険や変化がつきものだが、そのことによって思いやりや情愛や団結心が生まれている。

こう書くと、リスは理想的なアルカディアに思えるが、クラークにとってはそうではない。宇宙に背を向け、地球に閉じこもっている点では、ダイアスパーと変わりがないからだ。

人類はかつて銀河宇宙に進出したが、手痛い敗北を喫して地球へ逃げもどってきた。以来、ダイアスパーもリスも過去の記憶にとらわれ、宇宙への道を閉ざしてきた。だからこそアルヴィンは、新時代を切り開くために、没交渉だったダイアスパーとリスを強制的に交わらせ、みずからは銀河宇宙へ乗りだしていくのだ。なぜなら、宇宙に広がり、より高度の知性を身につけようとすることこそが知的生命の証《あかし》なのだから。

本書の後半では、そのオデッセイの模様が綴られる。このあたりの展開は、スペース・オペラに近いと同時に、後年の『2001年宇宙の旅』を予告するものでもある。そしてアルヴィンは宇宙空間でもうひとり（?）の「子供」と出会い、人類史に関する意外な真相を知る（ここでクラークが心酔するオラフ・ステープルドンばりのヴィジョンが展開されるのだが、作者が伏せていた内容なので、詳述は避ける）。人類の新たな発展は、その真相を認め、これまで目をそむけてきた過去を直視するところからはじまるだろう。

かつて小松左京は、その評論「ユートピアの終焉」（一九七八）において、本書に触れてつぎのように述べた――

「クラークは、この作品の中で……完璧な『美しい自己完結安定系』ダイアスパーをつくり上げ、その中に『永生』を閉じこめただけではなく、さらに『ユートピアの向こう側の』扉を押しあけて見せた。『都市』は『人間の星』地球の象徴であり、くり返される『現生』を守る人工物、文明の極致であり、一方『星』は、この美しく、やさしく、暖かい装置の中で自足できるにもかかわらず、なお人類がその殻を破っていどまねばならない『未来』、『広大な宇宙』の象徴である。

これこそが、真の意味での『ユートピアの終焉』ないしは、最も美しく賢く雄々しい形での『結末』なのかもしれない」

要するに、本書はゆりかごから出ていく子供の話なのだ。クラークの本質は、つねに変わらないのである。

蛇足を承知で、いくつか情報を補足しておく。

『銀河帝国の崩壊』と本書の大きなちがいのひとつに、アルヴィンの恋人アリストラの存在がある。どうやらこの裏には、クラークの実体験がありそうだ。というのも、クラークは一九五四年に電撃結婚したが、わずか半年で別居にいたったからだ。先に記したグレート・バリア・リーフへの遠征は、破綻した結婚生活からの逃避でもあったわけだ。

前作とのちがいでもうひとつ目立つのは、アルヴィンがシャルミレインで出会う〈主〉の弟子の造形だ。役割は同じだが、ただの老人から群体生物に変更されているのだ。後者は、独立した生物群が分離合体をくり返し、形態どころか知能まで自在に変化させる集合生物である。ここにオラフ・ステープルドンの奇作『スターメイカー』（一九三七）の影響を見ることは許されるだろう。

本書に登場する固有名詞の多くは、非常に美しい響きを持っているが、英語圏の住人なら連想する意味もあるらしい。この点に関しては、クラーク自身が『銀河帝国の崩壊』のなかで簡単に触れているが、それによるとダイアスパー（萎縮して活力がない）、リス（野のユリ）、エアリー（風通しがよくて快適）、ヴァナモンド（浮浪者＋消えた世界）だそうである。

内容には踏みこめないのでぼかした書き方で恐縮だが、〈狂える精神〉や〈黒い太陽〉のくだりにH・P・ラヴクラフトの諸作を連想する向きもあるだろう。これはあながち根拠のないことではない。というのも、アメリカのSF誌〈アスタウンディング・ストーリーズ〉の熱心な読者だったクラークは、同誌に掲載されたラヴクラフトの「狂気の山脈にて」（一九三六）や「時間からの影」（同前）といった作品をリアルタイムで読み、深い感銘を受けていたからだ。その証拠に前者のパロディー"At the Mountains of Murkiness, or Lovecraft-into-Leacock"(1940) をファンジンに発表しているほど。クラークとラヴクラフトというと結びつかないように思えるかもしれないが、両者ともアイルランドの偉大な幻想作家ロード・ダンセイニの崇拝者であり、悠久の時間を背景にした宇宙年代記ふうの作品に手を染めたことを考えれば意外ではない。

本書は、一九七七年十二月にハヤカワ文庫ＳＦから刊行された『都市と星』の新訳版です。

訳者略歴　1956年生，1980年早稲田大学政治経済学部卒，英米文学翻訳家　訳書『乱鴉の饗宴』マーティン，『ジュラシック・パーク』クライトン，『全滅領域』ヴァンダミア（以上早川書房刊）他多数

HM=Hayakawa Mystery
SF=Science Fiction
JA=Japanese Author
NV=Novel
NF=Nonfiction
FT=Fantasy

都市《とし》と星《ほし》
〔新訳版〕

〈SF1724〉

二〇〇九年九月十五日　発行
二〇二〇年二月十五日　三刷

（定価はカバーに表示してあります）

著　者　アーサー・C・クラーク
訳　者　酒《さか》井《い》昭《あき》伸《のぶ》
発行者　早川　浩
発行所　株式会社　早川書房

郵便番号　一〇一‐〇〇四六
東京都千代田区神田多町二ノ二
電話　〇三‐三二五二‐三一一一
振替　〇〇一六〇‐三‐四七七九九
https://www.hayakawa-online.co.jp

乱丁・落丁本は小社制作部宛お送り下さい。
送料小社負担にてお取りかえいたします。

印刷・星野精版印刷株式会社　製本・株式会社フォーネット社
Printed and bound in Japan
ISBN978-4-15-011724-5 C0197

本書は活字が大きく読みやすい〈トールサイズ〉です。